## À PROPOS DE L'AUTRICE

Lynsay Sands est une auteure d'origine canadienne qui, depuis qu'elle a commencé à écrire en 1997, comptabilise plus de trente parutions à son actif. Elle exploite de très nombreux genres tels que le roman historique, le contemporain et le paranormal. Sa verve et sa grande maîtrise de l'humour sont régulièrement récompensées par le *USA Today* et le *New York Times* et ses best sellers figurent en tête de classement des librairies américaines Waldenbooks et Barnes & Noble.

# Une si belle inconnue

*Collection :* VICTORIA

*Titre original :*
HIGHLANDER'S PROMISE, THE

*Ce roman a déjà été publié en 2019.*



**HARPERCOLLINS FRANCE**
83-85, boulevard Vincent-Auriol, 75646 PARIS CEDEX 13
Service Clients — www.harlequin.fr
ISBN 978-2-2805-0361-7 — ISSN 2493-013X

Édité par HarperCollins France.
Composition et mise en pages Nord Compo.
Imprimé en juillet 2024 par CPI Black Print (Barcelone)
en utilisant 100% d'électricité renouvelable.
Dépôt légal : août 2024.

FSC www.fsc.org MIXTE Papier issu de sources responsables FSC® C159065

Pour limiter l'empreinte environnementale de ses livres, HarperCollins France s'engage à n'utiliser que du papier fabriqué à partir de bois provenant de forêts gérées durablement et de manière responsable.

LYNSAY SANDS

# Une si belle inconnue

*Traduit de l'anglais (États-Unis) par*
SARAH CHANTEAU

Victoria

HARLEQUIN

# 1

— Pêcher ?

Aulay décela une pointe d'horreur dans la voix de son jeune frère, et ses lèvres se retroussèrent en un rictus amer.

— Tout à fait, Alick. *Pêcher.* Je t'ai dit que je venais ici pour me relaxer, grommela-t-il tout en se dirigeant vers la sortie du pavillon de chasse.

— Certes, mais je croyais que tu entendais par là… Décompresser, prendre du bon temps.

— Autrement dit me soûler en bonne compagnie ?

— *Aye,* répondit Alick en hochant vigoureusement la tête.

— *Nay.*

Aulay ouvrit la porte, et la lumière extérieure se déversa dans la pièce. Il se tourna ensuite vers Alick, puis repoussa la longue mèche de cheveux qui recouvrait habituellement la partie défigurée de son visage et ne fut pas surpris quand son frère détourna le regard en déglutissant avec peine. La lueur éblouissante du soleil avait dû faire ressortir l'affreuse cicatrice qui lui barrait la joue, le menton et le front.

— Je n'ai pas l'intention de me retrouver avec une gueule de bois au petit matin, ni de m'embêter avec une ribambelle de demoiselles qui gloussent comme des bêtasses et poussent des cris d'horreur en voyant ma tête. Je suis venu ici pour me détendre, et pêcher me détend. Pourquoi crois-tu que j'ai fait reconstruire le pavillon plus près de la mer, après l'incendie ?

Aulay tourna les talons et jeta un coup d'œil par-dessus son épaule.

— Tu peux m'accompagner, si tu le souhaites. Sinon, tu ferais tout aussi bien de rentrer à Buchanan car il n'y aura ni alcool ni filles.

Alick ne prit pas la peine de dissimuler sa déception. Il secoua la tête d'un air vaincu.

— Entendu. Allons-y, dans ce cas. Mais je te préviens, je ne resterai pas ici pendant deux semaines si l'on ne fait rien d'autre que pêcher. Je veux bien y passer deux ou trois jours à la rigueur, mais pas plus.

— Comme tu veux, rétorqua Aulay en haussant les épaules comme si peu lui importait.

Au fond de lui, il était content que son frère n'ait pas l'intention de s'attarder. Il avait initialement prévu de venir en solitaire, une situation qu'il préférait lorsqu'il avait le vague à l'âme, ce qui n'était pas rare à cette époque de l'année. Demain serait la date anniversaire de la bataille qui avait coûté la vie à son jumeau et lui avait valu cette cicatrice qui avait ruiné son existence. Il savait pertinemment que le voile de la mélancolie s'abattrait bientôt sur lui et ne le quitterait pas avant une bonne quinzaine de jours. Voilà pourquoi il avait voulu entreprendre ce voyage. Il préférait être seul quand il n'avait pas le moral. Les membres de sa famille avaient tendance à vouloir le réconforter et, malgré leurs bonnes intentions, ils ne parvenaient généralement qu'à le déprimer encore plus. À tel point qu'Aulay se sentait même coupable de leur causer du souci.

— Très bien. Quelle est notre destination ? s'enquit Alick en le suivant à l'extérieur du pavillon.

— L'océan, pardi ! répliqua-t-il sèchement. Où diable crois-tu que l'on attrape du poisson ?

— Oh ! c'est vrai, murmura son frère.

Aulay leva les yeux au ciel tout en s'approchant de son cheval. Il entreprit d'attacher son équipement de part et d'autre de la selle pendant qu'Alick l'imitait.

En d'autres circonstances, il aurait rejoint la plage à pied. Ce n'était pas très loin. Le nouveau pavillon de chasse avait été construit dans une petite clairière au milieu d'une vallée pour le protéger du vent d'hiver glacial venu du large. Le trajet jusqu'au littoral ne nécessitait pas forcément l'usage d'une monture, mais l'idée même de marcher en traînant derrière lui ses cannes à pêche, filets et ustensiles, l'épuisait d'avance.

Un quart d'heure plus tard, Aulay et son frère étaient à bord de leur barque et s'éloignaient du rivage à la rame.

— Jusqu'où allons-nous ? demanda Alick au bout de quelques minutes

— Pas très loin, répondit patiemment Aulay.

S'ensuivit un silence d'une dizaine de secondes avant qu'Alick ne reprenne la parole.

— On arrive quand ?

Aulay secoua la tête, dépité - et c'est alors qu'il aperçut quelque chose derrière son frère. Plissant les paupières, il tenta d'identifier la forme qui flottait à l'horizon, par-delà la proue de leur petite embarcation.

— Qu'y a-t-il ? s'enquit Alick.

Il suivit la ligne de mire d'Aulay et jeta un coup d'œil par-dessus son épaule.

— Il y a un truc dans l'eau.

— *Aye*, répondit Aulay en se remettant à ramer.

L'objet était plutôt grand, large d'un côté et étroit de l'autre. Malgré ses efforts, il lui était impossible de dire de quoi il s'agissait.

Alick pivota sur son siège et se tordit le cou pour mieux voir.

— Qu'est-ce que c'est ? demanda-t-il.

— Je n'en suis pas certain, marmonna Aulay.

Tous deux plissèrent les paupières tandis que leur barque glissait sur l'océan en direction de la forme non identifiée.

— On dirait le mât d'un bateau, dit Alick au bout d'un moment.

Aulay se contenta d'un petit grognement en guise d'approbation. Effectivement, un nid-de-pie à demi immergé dépassait de l'eau.

Le silence retomba, et Aulay continua de ramer de toutes ses forces en direction de l'objet.

— J'ai l'impression qu'il y a un corps accroché à l'extrémité ! finit par ajouter Alick. On dirait une femme.

— *Une femme ?* lâcha Aulay sans vraiment y croire.

Il valait mieux que son frère se trompe. Quelle que soit la masse qui se trouvait devant eux, elle était immobile et muette. Trouver un cadavre en putréfaction au beau milieu de l'océan n'allait certainement pas lui remonter le moral.

— Je crois que je vois sa poitrine, expliqua Alick.

— Le contraire m'aurait étonné ! Toi seul es capable de distinguer une paire de seins à plus de trente mètres de distance, rétorqua Aulay d'un ton acerbe.

À mesure qu'ils se rapprochaient, il comprit ce que son frère avait voulu dire. Au bout du long morceau de bois, deux petites montagnes de chair pointaient vers le ciel.

Alick hocha la tête.

— C'est bien une donzelle.

Aulay ne répondit pas, tout concentré qu'il était sur la voile qui flottait à la surface et menaçait de s'emmêler dans leur embarcation.

— Il y a dû y avoir un naufrage, dit Alick à voix basse en s'approchant de la proue pour tenter d'obtenir une meilleure vue. Pourtant…

— Pourtant quoi ? s'impatienta Aulay.

Alick se pencha un peu plus en avant, tant et si bien qu'Aulay craignit un instant qu'il ne passe par-dessus bord.

— Elle est attachée au mât. Pourquoi diable l'a-t-on ligotée de la sorte ? s'exclama Alick. Plus vite, Aulay !

— Je fais de mon mieux, grommela-t-il en virant de bord dans l'espoir d'obtenir un meilleur angle d'approche et d'évaluer la distance qui les séparait encore du cadavre.

Il ne voulait pas lui cogner dedans.

— Peut-être était-ce pour lui éviter de tomber à la mer, hasarda Alick.

Désormais suffisamment proche de la silhouette, Aulay distinguait parfaitement le corps de la femme ficelé au morceau de bois.

— Le bateau a dû couler pendant la tempête qui a fait rage la nuit dernière, commenta Alick.

Aulay hocha la tête en silence. Le temps s'était gâté juste

après leur arrivée au pavillon, et le vent avait été si violent qu'il avait craint un instant que le toit de l'habitation ne s'envole. Heureusement, ce dernier avait tenu, mais les bourrasques avaient fait trembler les murs jusque tard dans la nuit et il avait eu du mal à s'endormir.

Il balaya une nouvelle fois les environs du regard, mais il n'y avait rien d'autre que de l'eau à perte de vue. Si un navire avait effectivement fait naufrage, tout avait sombré au fond de l'océan hormis le nid-de-pie... Cela paraissait peu probable. Il aurait dû y avoir des débris flottant à la surface, au moins quelques barils ou des restes de caisses.

— Vire à bâbord, Aulay, lança soudain Alick, sinon je ne pourrai pas l'attraper.

Aulay souleva sa rame droite et abaissa la gauche en tirant de toutes ses forces.

— Parfait. Encore un peu. J'y suis presque.

Alick se pencha en avant en tendant les bras, et son torse disparut de la vue d'Aulay.

Après un dernier coup de pagaie, Aulay se leva pour donner un coup de main à son frère, mais ce dernier poussa un juron.

— Qu'y a-t-il ?

— Aurais-tu un couteau ? Les liens sont trop serrés et le nœud est probablement immergé sous l'eau.

Aulay s'approcha pour évaluer la situation. Alick avait raison : le bout de la corde était introuvable. Ils n'arriveraient jamais à la détacher ; sectionner le cordage était leur seule solution.

— Recule, ordonna-t-il à son frère en sortant son poignard de sa poche.

Alick obtempéra et se décala. Aulay se baissa par-dessus la proue, et ses yeux s'écarquillèrent à la vue de la jeune femme. Elle avait été d'une beauté splendide, de son vivant. Sa peau était blanche comme neige et ses cheveux noirs comme l'ébène. La robe qu'elle avait portée était déchirée, probablement des suites de la tempête, et laissait entrevoir le haut de ses cuisses. La partie inférieure de ses jambes était immergée dans l'eau à partir des genoux, là où le mât avait été brisé. Le regard d'Aulay remonta le long de son corps pour s'arrêter sur une paire de seins généreux à peine recouverte par quelques lambeaux de tissu, détail qui n'avait pas échappé à la vue perçante d'Alick. Hormis son buste aux trois quarts découvert, le reste de son corps était dissimulé sous plusieurs tours de corde qui démarraient sous sa poitrine et s'arrêtaient sous ses hanches, la tenant fermement attachée au mât.

— Elle est vivante ! s'écria subitement Alick, visiblement aussi choqué qu'Aulay. Sa poitrine bouge. Regarde !

— Arrête un peu de lui lorgner les seins ! grommela Aulay avec une moue désapprobatrice. Cette fille a besoin d'aide, pas d'un imbécile qui louche sur ses tétons et...

La fin de sa phrase lui échappa quand la jeune femme ouvrit les paupières, prouvant ainsi qu'elle était bel et bien en vie, et Aulay plongea les yeux dans ses iris d'un vert vif émaillé de pépites d'or. Il s'attendait à ce qu'elle prenne peur à la vue de sa cicatrice mais, contre toute attente, elle se contenta de le fixer calmement.

— Tout va bien, beauté. On va vous détacher de ce mât et vous ramener à terre en moins de deux.

L'inconnue écarquilla les yeux.

— Ange, dit-elle dans un souffle.

Aulay inclina la tête sans comprendre.

— Est-ce ainsi que vous vous appelez ?

— *Nay*, répondit-elle en secouant la tête.

Ce simple mouvement sembla déclencher en elle une douleur insoutenable car elle grimaça aussitôt.

— Vous êtes un ange, murmura-t-elle, le visage crispé.

Elle n'avait plus toute sa tête. Probablement le choc.

Aulay était sur le point de la contredire quand elle reprit :

— J'ai cru que c'était la fin, mais Dieu vous a envoyé pour me secourir.

— Elle délire, marmonna Alick. D'ordinaire, les femmes te prennent plutôt pour le diable en personne tout droit sorti de l'enfer, surtout depuis que...

— Alick ? le coupa-t-il en glissant la lame de son poignard sous la corde qu'il se mit à entailler.

— *Aye* ?

— Ferme-la.

Il vint à bout d'une première rangée et s'attaqua sans tarder à la suivante.

Alick obtempéra… pendant près d'une minute, avant de rouvrir la bouche.

— Elle a de la chance que le mât n'ait pas atterri dans l'autre sens ou elle aurait eu la tête dans l'eau et se serait noyée.

Aulay fronça les sourcils en imaginant avec désarroi la mort de cette charmante demoiselle, puis secoua la tête pour reprendre ses esprits et se remit au travail. L'inconnue ne bougea pas d'un pouce et ne dit plus un mot ; elle avait probablement perdu connaissance. Aulay dut taillader cinq ou six liens avant que l'ensemble ne se défasse. Le corps inerte de la jeune femme se mit alors à glisser du mât auquel elle avait été attachée, et un gémissement s'échappa de ses lèvres. De sa main libre, Aulay la retint par le bras.

— Tout va bien, ma belle. Je vous tiens, la rassura-t-il en rangeant rapidement sa dague dans son fourreau pour pouvoir l'agripper par les aisselles et la tirer à bord de leur embarcation.

Aulay tituba sous le poids de l'inconnue. Elle n'était pas bien grosse, mais c'était sans compter la longue robe lourde d'eau de mer qu'elle avait sur le dos.

Quand il eut recouvré son équilibre, il pivota et se laissa choir sur le banc précédemment occupé par Alick, la jeune femme inanimée sur ses genoux. Une fois installé, il put repousser les mèches de cheveux qui lui collaient au visage.

— Ça va ? s'enquit-il en souriant, soulagé de la voir rouvrir les yeux. Bonjour, beauté. Comment vous appelez-vous ? Dites-nous votre nom pour que l'on puisse vous ramener chez vous.

— *Nay*, répondit-elle dans un souffle, soudain prise de panique.

Elle grimaça à ces mots, comme si sa propre voix lui était douloureuse, puis ferma les paupières.

— Il me tuerait, murmura-t-elle.

— Qui donc ? demanda Aulay en fronçant les sourcils. Qui vous tuerait ?

L'inconnue bredouilla quelques mots au sujet d'un chat et d'un fiancé qui aurait tué une certaine dame en blanc.

— Votre fiancé ? répéta Aulay en fronçant les sourcils. A-t-il tué quelqu'un ? Cherche-t-il à vous assassiner ?

— Pas le mien, marmonna-t-elle en secouant la tête. Ils veulent me forcer... Morte, comme sa première femme...

Inquiet, Aulay vit son visage désormais pâle comme un linge se crisper et ses lèvres se serrer sous l'effet du supplice qui semblait se dérouler sous son crâne.

— Ce n'est rien, beauté, dit-il d'une voix douce en la berçant dans ses bras comme il aurait réconforté un enfant. Tout va bien. Nous ne dirons à personne que nous vous avons trouvée. Vous êtes en sécurité avec nous. Nous allons vous remettre sur pied puis nous reparlerons de tout cela.

Contre toute attente, la jeune femme rouvrit les yeux et l'observa fixement malgré l'atroce souffrance qui se lisait dans son regard. Elle leva une main et caressa avec douceur la cicatrice qui barrait le visage d'Aulay.

— Merci, chuchota-t-elle avant de laisser échapper un petit soupir.

Son bras retomba mollement sur son flanc, et ses traits se détendirent tandis que la douleur s'effaçait pour laisser place à la sérénité.

— Est-elle morte ? s'enquit Alick, inquiet.

— *Nay*, juste inconsciente, répondit Aulay en glissant une main derrière la tête de la demoiselle pour la soulever.

Il y rencontra une multitude de coupures et quelques bosses, certaines d'entre elles plutôt volumineuses.

— Elle saigne, constata Alick à voix haute.

Aulay remarqua alors ses doigts rouges et serra les mâchoires.

— L'arrière de son crâne est salement amoché.

— Les remous ont dû la ballotter contre le mât pendant la tempête. Je m'étonne qu'elle soit encore en vie.

— Moi aussi. Ramène-nous sur la plage, Alick. Elle a besoin de soins.

Alick prit la place d'Aulay entre les rames sans protester, et ils repartirent vers la côte.

— Dès que l'on aura mis pied à terre, je monterai en selle

et j'irai chercher Rory à Buchanan, déclara Alick en pagayant vers la rive.

Aulay acquiesça d'un hochement de tête. Rory était le benjamin de leur fratrie. Il s'était mis à étudier la médecine dans son adolescence et était rapidement devenu le meilleur guérisseur de toute l'Écosse. Si quelqu'un pouvait aider cette fille, c'était bien lui. Aulay baissa un instant le regard sur la jeune femme, puis releva la tête vers Alick.

— Ramène aussi Conran, Geordie et oncle Acair. Mais ne mentionne notre découverte à personne d'autre.

Aulay avait confiance en Acair et en ses frères. Ils sauraient se montrer discrets. Mais il ne pouvait prendre le risque de divulguer la présence de cette inconnue à qui que ce soit d'autre.

— D'accord.

Alick hocha la tête d'un air grave sans cesser de ramer.

Aulay reporta son attention sur la demoiselle allongée sur ses genoux. Elle était si pâle, si fragile… et si belle. Que n'aurait-il donné pour qu'elle rouvre les paupières et se remette à parler ? Elle n'avait pas montré le moindre signe de frayeur à la vue de sa cicatrice. Lui qui avait plutôt l'habitude que les femmes poussent des cris d'effroi en posant les yeux sur lui avait été agréablement surpris. Plutôt que de prendre peur, elle l'avait confondu avec un ange et lui avait caressé le visage ! La joue d'Aulay se souvenait encore de la douceur de sa paume. Peut-être y avait-il un espoir, en fin de compte. Peut-être serait-il un jour capable de se trouver une épouse qui ne hurlerait pas en le…

Le raclement de leur embarcation sur le fond sableux interrompit ses pensées. Ils étaient arrivés. Aulay se leva, l'inconnue dans les bras, puis se dirigea vers la proue et enjamba le bord. Quand il mit les pieds dans l'eau, le bateau s'éleva de plusieurs centimètres et se remit à flotter. Alick descendit derrière lui et tira la barque sur la plage.

— Remets-la où elle était. Il ne faudrait pas que la marée l'emporte, ordonna-t-il.

Alick hocha la tête et obéit. Une fois sa tâche accomplie, non sans difficulté, il se dirigea vers leurs chevaux et Aulay lui emboîta le pas. Arrivé devant le sien, il hésita et baissa le regard sur la femme dans ses bras.

— Je vais la tenir pendant que tu te mets en selle.

Aulay releva les yeux vers son frère et hocha la tête. Il tendit son précieux fardeau à Alick, se hissa rapidement sur le dos de l'animal puis se pencha pour récupérer le corps inerte de l'inconnue.

— Parviendras-tu à la ramener au pavillon de chasse sans problème ? demanda Alick en enfourchant sa monture à son tour.

— *Aye.* Va chercher les autres à Buchanan.

— Je ferai au plus vite, promit Alick en faisant volte-face avant de s'élancer au galop.

Aulay le regarda s'éloigner et disparaître sous les arbres, puis il se tourna vers le rivage. Le mât flottait à l'horizon et se rapprochait de la côte. Si Alick et lui ne l'avaient pas découverte un peu plus tôt, la jeune femme aurait dérivé tout l'après-midi avant d'échouer sur la plage. Aucun autre débris n'était en vue, rien qui puisse indiquer qu'il y avait bien eu un naufrage.

Baissant de nouveau les yeux sur la demoiselle inconsciente qu'il tenait dans les bras, Aulay fronça les sourcils. Alick et Rory ne seraient pas de retour de sitôt. En attendant, il ramènerait la fille au pavillon de chasse et la mettrait au lit avec des vêtements secs. Il n'avait pas grand-chose sous la main, mais il pourrait au moins nettoyer ses plaies.

Serrant l'inconnue contre son torse, il fit pivoter son cheval et tourna le dos à l'océan. Quelques minutes plus tard, il mettait pied à terre devant le porche en s'efforçant de ne pas trop remuer la jeune femme. La tâche n'était pas des plus aisées et il ne put éviter quelques soubresauts, mais elle resta inerte et silencieuse tout au long de la manœuvre. Inquiet de cette absence de réaction, il la porta à l'intérieur et monta directement au premier étage.

La disposition du pavillon était sensiblement identique à celle de l'habitation qui avait brûlé dans l'incendie volontaire ayant failli coûter la vie à sa belle-sœur, Murine, deux ans plus tôt. Conformément à sa volonté, la maisonnette avait été agrandie et comprenait désormais deux chambres au lieu d'une. Il décida néanmoins d'installer la jeune femme dans la sienne, qui était plus grande, plus belle et convenablement meublée.

Une fois devant la couche, il hésita. L'inconnue était encore trempée, et sa robe ruisselait sur le parquet à chaque pas qu'il faisait. Il aurait dû y songer avant d'entrer ! Cela lui aurait évité d'avoir à éponger ses bêtises.

Refoulant une grimace d'agacement, il se dirigea vers la petite table flanquée de deux chaises que l'on avait placée près de l'âtre et y déposa la demoiselle en position assise. Tenant son dos d'une main, il tenta de lui ôter sa robe de l'autre, mais se rendit bien vite compte qu'il avait peu de chances d'y parvenir. Sa tenue trempée lui collait au corps comme une seconde peau, et il avait apparemment perdu toute dextérité dans l'art de déshabiller une femme malgré ses années de pratique. Il était une époque où il serait venu à bout de tout ce tissu en deux temps, trois mouvements. Mais c'était avant.

Balayant cette pensée de son esprit, il sortit sa dague du fourreau qu'il portait à la ceinture et trancha délicatement le col du vêtement, révélant une peau glacée blanche comme neige, dont les deux seules touches de couleur étaient une paire de tétons couleur cannelle durcis par le froid. Réagirait-elle de même sous l'effet de la passion ?

Gêné, Aulay détourna le regard de son corps nu pour se concentrer sur son visage, tout en tirant une première manche, puis une deuxième.

— Désolé, beauté, mais pour le moment il n'y a que moi ici pour m'occuper de vous.

À son grand soulagement, le haut de sa tenue glissa sans effort sur sa taille. Ce ne fut qu'alors qu'il remarqua les bleus qui démarraient sous sa poitrine et disparaissaient sous sa ceinture. De longues lignes sombres lui enroulaient l'estomac et les flancs, là où l'on avait serré la corde pour l'attacher au mât. Les remous de sa dérive sur l'océan n'avaient probablement fait qu'empirer les choses. Quand il la prit par les aisselles et la souleva de la table, les loques qui avaient autrefois servi de robe glissèrent le long de ses jambes et tombèrent sur le plancher dans un bruit mouillé.

— Et voilà. Ce n'était pas si terrible, si ? Je m'attendais à ce que ce soit plus difficile que cela et… Seigneur Dieu !

En détournant le regard de l'amas de tissu détrempé sur le sol, il s'était retrouvé juste en face de ses seins. Il ferma très fort les yeux et s'efforça de compter jusqu'à dix… puis vingt… puis trente. Cela faisait tellement longtemps qu'il n'avait pas profité de la compagnie d'une femme, et toute cette situation était tellement… C'était comme de brandir une bière fraîche sous le nez d'un homme mourant de soif au beau milieu d'un désert.

— Contrôle-toi, imbécile ! se sermonna-t-il à voix basse.

Il entrouvrit un œil pour situer le lit dans la pièce puis se dirigea vers la couche, les paupières closes. Ce ne fut qu'une fois à mi-chemin qu'il eut l'idée d'abaisser son précieux fardeau pour éloigner la tentation de son visage. Après tout, elle mesurait près d'une tête de moins que lui. Nul besoin de la porter si haut.

Soupirant face à sa propre stupidité, il s'exécuta et rouvrit les paupières pour la deuxième moitié du trajet. Il glissa ensuite la jeune femme sous les draps en prenant soin de ne pas la regarder.

— Voilà qui est fait ! soupira-t-il, soulagé, en se redressant.

Satisfait, il baissa les yeux vers l'inconnue, mais fronça les sourcils à la vue de ses épaules nues. Il se pencha de nouveau pour remonter les fourrures jusque sous son menton et s'apprêtait à quitter la pièce quand une pensée l'interrompit. Rory voudrait probablement l'examiner dès son arrivée. Il repousserait les couvertures et se rendrait compte que…

Jurant dans sa barbe, Aulay se dirigea sans attendre vers la malle qui se trouvait dans un coin de la pièce et en sortit l'une des chemises blanches en lin qu'il avait apportées de Buchanan. Elle était un peu froissée, mais au moins elle était propre et sèche. De retour au chevet de la jeune femme, il hésita ; il ne se sentait pas capable de poser les yeux sur ses seins d'albâtre sans succomber à la tentation de les toucher. Une voix diabolique lui murmurait déjà à l'oreille qu'elle n'en saurait jamais rien.

Décidément, cela faisait vraiment trop longtemps qu'il n'avait pas connu de femme.

Serrant les mâchoires, il se pencha au-dessus de la couche et s'apprêtait à baisser les fourrures quand une idée brillante lui vint à l'esprit. Heureux d'avoir trouvé une alternative, il renonça à son intention initiale et souleva légèrement le buste de la demoiselle afin de lui passer la tête dans le col du vêtement sans la découvrir. Plus facile à dire qu'à faire ! Ou peut-être s'y prenait-il comme un manche ?

Au bout de quelques minutes d'efforts acharnés, il atteignit enfin son objectif et la rallongea sur le matelas. Plongeant la main sous les draps, il s'empara d'un premier bras, puis d'un deuxième, en prenant soin de ne pas descendre les fourrures au-delà de ses aisselles. Poussant d'une main et tirant de l'autre, il finit par lui enfiler les manches. Il agrippa ensuite le bas de la chemise et le haut des couvertures en même temps, puis baissa le tout de façon à ne rien laisser entrevoir.

Il se félicitait intérieurement de sa propre ingéniosité quand il se rendit compte qu'il avait enfilé le vêtement à l'envers. Pire encore : si la poitrine, le ventre et les jambes de la jeune femme étaient désormais recouverts, la chemise restait en revanche bloquée dans son dos juste sous ses épaules et lui laissait l'arrière du corps à nu. Il envisagea brièvement de remédier à ce problème, mais abandonna rapidement cette idée et se contenta de remonter les fourrures sous son menton. Il était parvenu à la déshabiller et à la rhabiller sans se couvrir de honte. Il n'allait pas prendre le risque de tout gâcher.

Poussant un soupir de soulagement, Aulay se redressa et posa les yeux sur la jeune femme inconsciente. Il pinça les lèvres quand il remarqua les grosses traces de sang sur l'oreiller. Tout occupé qu'il avait été à la mettre au lit sans la regarder, il en avait oublié les blessures de celle-ci et son intention première de les nettoyer.

Il fit rapidement volte-face et sortit de la pièce à la hâte pour aller chercher de l'eau et des linges propres. Quelques minutes plus tard, il était assis sur le matelas, le corps inerte de la jeune femme serré contre son torse, et s'efforçait de panser les plaies de cette dernière avec toute la douceur dont il était capable, une tâche qui n'était pas des plus aisées étant donné la masse de cheveux qui se mettait en travers de sa route. De longues mèches épaisses lui cachaient le cuir chevelu, mais le peu qu'il put distinguer n'était pas bien joli à voir. C'est pourquoi il fut soulagé quand il entendit des bruits de sabots se rapprocher du pavillon de chasse.

Il rallongea la jeune femme, laissa retomber les tissus dans le bol d'eau désormais teintée de rouge posé sur la table de nuit et alla se poster devant la fenêtre.

— Dieu merci, marmonna-t-il en voyant son oncle et ses frères remonter la clairière.

Il attendit qu'ils aient mis pied à terre devant la maison avant de sortir de la pièce, juste à temps pour les voir pousser la porte d'entrée depuis le palier du premier étage.

— Aulay ! s'exclama Rory avec soulagement en l'apercevant. Alick nous a fichu une de ces trouilles. Il nous a ordonné de monter en selle et nous a conduits ici au galop sans même prendre le temps de nous expliquer de quoi il retournait. Je t'ai cru blessé ou au bord de l'agonie.

— Pareil, ajouta Conran en lançant un regard noir à Alick.

— Aulay m'a dit de ne dévoiler notre découverte à personne et vous étiez au beau milieu de la carrière d'entraînement, entourés de soldats, se justifia ce dernier. J'ai jugé préférable de vous ramener ici au plus vite, plutôt que de prendre le temps de vous résumer la situation. La fille a grand besoin de soins.

— *Aye*, affirma Aulay d'un ton grave.

— La fille ? répéta l'oncle Acair, surpris.

D'un geste de la main, Aulay les invita à monter et fit volte-face sans attendre pour retourner dans la chambre. Des bruits de pas précipités dans l'escalier résonnèrent derrière lui. Mais, soudain, le silence retomba sur le pavillon. Aulay se retourna. Arrêtés sur le seuil, Rory et Acair bloquaient l'entrée de la pièce alors que le reste de la fratrie piaffait d'impatience derrière eux.

— Dépêchez-vous ! Il y a urgence, grommela Aulay avec humeur.

Rory s'avança.

— Que s'est-il passé ? demanda-t-il en se hâtant au chevet de l'inconnue.

— L'arrière de son crâne a pris une sacrée raclée, expliqua

Aulay alors que son frère s'asseyait au bord du matelas et se penchait vers la jeune femme pour lui soulever une paupière.

— Qui est-ce ?

— Quelqu'un l'a tabassée ?

— C'est du sang, ça ?

— Qu'est-il arrivé à sa robe ?

À la découverte du corps inanimé sur la couche, ses frères se déployèrent l'un après l'autre dans la chambre en le bombardant de questions.

L'expression désapprobatrice sur le visage de leur oncle quand il ramassa le morceau de tissu tailladé sur le plancher n'échappa pas à Aulay. Il devança la question d'Acair :

— J'ai été obligé de la découper.

— C'est du sang, ça ? répéta Geordie en s'approchant de la table de chevet.

— Oui, dit Aulay d'un air sombre en remarquant que de nouvelles taches rouges étaient apparues sur les draps et l'oreiller. Elle a de grosses plaies derrière la tête. Je pense qu'elle a dû se cogner contre le mât auquel nous l'avons trouvée attachée. La tempête a fait rage cette nuit, et les vagues l'ont certainement ballottée comme une brindille.

— S'est-elle réveillée depuis mon départ ? s'enquit Alick en se penchant pour observer le visage pâle de la demoiselle.

Aulay secoua la tête.

— Donc nous ignorons son identité, poursuivit Alick.

— Exact, admit Aulay en regardant Rory repousser les fourrures pour la tourner sur le flanc.

Dans cette position, il était beaucoup plus facile de l'examiner, nota-t-il en se maudissant ne pas y avoir songé quand il avait voulu laver ses blessures.

— Était-elle consciente quand vous l'avez repêchée ? demanda Rory à l'intention d'Aulay et Alick.

— *Aye*, répondirent-ils à l'unisson.

— Elle a dit quelques mots avant de retomber dans les pommes, précisa Aulay.

Visiblement inquiet, Rory lui tâta le crâne du bout des doigts.

— Au vu de ses blessures, je suis surpris qu'elle ait réussi à parler.

— Moi aussi, dit Aulay.

Le peu qu'il avait réussi à distinguer à travers sa masse de cheveux n'était pas très rassurant.

— Et tu dis qu'elle s'est fait cela en se cognant la tête contre un mât ? continua Rory d'un air incrédule.

— À première vue, oui.

— Le vent a soufflé fort la nuit dernière, expliqua Alick.

Il se tourna ensuite vers Aulay.

— Apparemment la tempête est passée à côté de Buchanan. Tout ce qu'ils ont ressenti là-bas, ce sont quelques bourrasques.

Aulay hocha la tête. Ce n'était pas surprenant.

— Tout de même, j'ai dû mal à comprendre comment c'est possible, dit Rory d'un air sombre.

— Le courant a dû la bringuebaler sur l'océan tel un bouchon de liège au milieu des remous. Si elle n'avait pas été ligotée à ce mât, elle aurait probablement coulé.

— Que diable faisait-elle ainsi attachée ? lança Acair avec une moue désapprobatrice.

Il fit le tour du lit pour l'examiner.

— Peut-être a-t-on voulu l'empêcher de passer par-dessus bord, suggéra Alick.

— Rester dans la cale aurait été beaucoup sûr, fit remarquer Geordie, le visage crispé.

— Vous dites qu'elle a parlé quand vous l'avez trouvée ? poursuivit Rory.

Aulay hocha la tête, mais ce fut Alick qui répondit :

— Quand Aulay lui a demandé son nom pour prévenir sa famille, elle a semblé terrifiée à cette idée et a prononcé des paroles incohérentes au sujet d'un chat, d'une certaine dame en blanc et de quelqu'un qui voulait la tuer. Aulay a dû lui promettre de ne pas prévenir ses proches pour qu'elle se calme.

Ce n'était pas tout à fait exact, mais inutile d'entrer dans les détails pour le moment. Aussi, il ne contredit pas son frère et reporta son attention sur Rory, qui soupira en se redressant.

— Alors ? lança Aulay, inquiet de voir l'expression sombre sur le visage de son frère, guérisseur expérimenté.

Ce n'était pas la première fois que Rory réagissait ainsi, et en général cela voulait dire qu'il nourrissait peu d'espoirs que son patient survive.

— Elle est mal en point, Aulay, mais je ferai de mon mieux pour l'aider, déclara-t-il d'un ton solennel. Je vais devoir lui couper les cheveux pour soigner ses blessures. J'aurai également besoin d'eau bouillie, de linges propres et de mes potions.

— Tu les as laissées à Buchanan ? s'exclama Aulay, paniqué.

— Non, je les ai juste posées sur la table en bas. J'ignorais alors la présence de cette fille.

— Je m'en occupe, annonça Alick en sortant de la pièce.

Geordie lui emboîta le pas.

— Je vais allumer un feu et je ramènerai des serviettes, proposa-t-il.

Le silence retomba dans la chambre le temps d'un instant, puis l'oncle Acair reprit la parole :

— Encore une donzelle que l'on tente de tuer, lâcha-t-il d'un air renfrogné.

Aulay acquiesça en haussant les épaules.

— Apparemment.

Cela semblait devenir une habitude dans l'entourage des Buchanan. Les épouses de deux de ses frères avaient été menacées de mort par le passé. L'histoire allait-elle se répéter ? Et si c'était le cas, lequel des hommes de leur fratrie obtiendrait-il la main de la magnifique créature étendue sur le lit ?

— J'ai eu du mal à suivre ce qu'elle disait, mais, à l'en croire, quelqu'un a voulu la forcer à épouser un homme qui n'était pas son fiancé et qui avait tué sa première femme. Elle semblait craindre pour sa vie.

— Et le chat et la femme en blanc ? demanda Conran.

Aulay haussa les épaules.

— Peut-être que son chat et une certaine Lady Blanc ont coulé avec le navire.

Tous hochèrent la tête comme si cela paraissait logique.

Un long moment s'écoula, puis Acair reprit la parole :

— Si tu as promis de ne pas prévenir sa famille, alors il va falloir tenir ta parole, déclara-t-il d'un ton solennel.

— *Aye*, répondit Aulay d'un ton ferme.

C'était la seule donnée dont ils étaient certains.

— Trouver le nom du bateau qui a fait naufrage ne devrait pas être trop difficile, ajouta Conran. Nous pourrions ainsi découvrir qui elle est sans entrer en contact avec ses proches.

— C'est vrai, acquiesça Aulay. Mais interdiction de mentionner sa présence ici à qui que ce soit jusqu'à nouvel ordre.

Des bruits de pas précipités leur firent tous tourner la tête vers Alick, qui venait de faire irruption dans la pièce, le pochon d'herbes de Rory dans la main.

— Merci, Alick, dit Rory. Vous pouvez sortir, maintenant. Aulay va rester pour m'aider.

La petite troupe se mit en mouvement, et le dernier d'entre eux s'apprêtait à franchir le seuil quand Rory reprit la parole :

— N'oubliez pas de me remonter des linges et de l'eau bouillie.

— *Aye*, répondirent les trois hommes à l'unisson.

Aulay attendit qu'ils aient quitté la pièce pour se tourner vers son frère en haussant les sourcils.

— Que puis-je faire pour toi ?

— Tu vas m'aider à lui raser la tête.

Aulay jeta un coup d'œil inquiet aux magnifiques boucles noires de l'inconnue.

— Seulement l'arrière du crâne, précisa Rory. J'ai besoin de voir les plaies pour les panser. Ça repoussera.

Il plongea la main dans sa sacoche à remèdes pour en sortir son couteau.

— Si elle survit, ajouta-t-il dans sa barbe.

La poitrine d'Aulay se serra. Il avait vu juste. Rory entretenait peu d'espoir que la jeune femme se remette de ses blessures. Elle était si pâle au milieu des fourrures. Au premier regard, elle paraissait frêle et faible, mais Aulay était perduadé du contraire. La douleur qu'elle avait endurée et les efforts qu'elle

avait fournis, suffisamment longtemps pour s'assurer que personne ne préviendrait sa famille, suggéraient une femme forte et de caractère. Elle vivrait, il en était certain. Il ferait tout ce qui était en son pouvoir pour qu'elle s'en sorte.

# 2

Elle ouvrit à demi ses yeux tout collés et ensommeillés. Elle avait la bouche aussi sèche qu'un désert en plein été, et son corps entier la faisait souffrir. Malgré son état de faiblesse générale, toute son attention était tournée vers l'homme assis sur la chaise au bout du lit. Elle le contempla un instant avec curiosité. En dépit de son apparence familière, elle n'était pas sûre de se souvenir de qui il était. Une chose était certaine, il était séduisant, avec de longs cheveux auburn et un visage qui aurait été un peu trop beau sans cette cicatrice qui lui barrait le visage, du front jusqu'au menton en passant à quelques centimètres de son nez.

Plissant les paupières, elle examina la balafre avec intérêt. Il avait probablement reçu un coup de hache. Ou bien était-ce la pointe d'une épée ? L'entaille était relativement droite et n'était ni froncée ni laide ; elle devait dater d'au moins cinq ou six ans. Elle l'examina quelques secondes, puis s'intéressa au reste de son corps. Il était large d'épaules, avait des jambes longues et musclées, et il portait un kilt débraillé laissant entrevoir beaucoup plus de peau que ne l'exigeaient les convenances.

Mais de toute manière sa simple présence ici, dans cette chambre à coucher, défiait toutes les lois de la bienséance... À moins qu'il ne soit son père, son frère ou son époux. Après une courte réflexion, elle décida qu'il était bien trop jeune pour appartenir à la première catégorie. Elle le balaya une dernière fois du regard des pieds à la tête et raya la deuxième possibilité

sur sa liste. Ce qu'elle ressentait en ce moment précis n'avait rien d'un sentiment de filiation. Ils n'étaient donc pas liés par le sang. Du moins, elle l'espérait.

Elle fronça les sourcils à cette pensée. N'était-elle pas censée savoir qui il était ? Pourquoi ne le reconnaissait-elle pas ? Elle ne se souvenait même pas de son propre nom, se rendit-elle soudain compte avec inquiétude, avant de creuser dans son esprit à la recherche d'une quelconque information. Mais, hormis une horrible migraine, rien ne vint.

Aulay remua dans son sommeil et grimaça. Une douleur dans son cou acheva de le réveiller. Flûte, il s'était encore endormi, comprit-il en ouvrant difficilement les yeux. Il se figea en voyant que Jetta lui rendait son regard. Il ignorait encore le nom de l'inconnue, mais lui et ses frères s'étaient mis à l'appeler Jetta peu après leur découverte. Il avait suggéré ce prénom en référence à sa chevelure noire comme le jais, et il lui allait à ravir.

À présent qu'elle était réveillée, ils connaîtraient enfin sa véritable identité. Du moins, si elle ne se mettait pas à crier d'horreur en apercevant son visage. Il la dévisagea un instant. Depuis combien de temps était-elle consciente ? Avait-elle eu l'occasion de bien le regarder ? Avait-elle remarqué son horrible cicatrice ? Probablement. Après tout, il était difficile de la rater. Cette fichue balafre était la première chose qu'il voyait quand il passait devant le miroir en argent poli de sa chambre au château. Elle ne passait pas inaperçue. C'était un fait. Elle effrayait les femmes et faisait pleurer les enfants. Même si, il devait l'admettre, les cris qu'il avait connus à son retour du combat s'étaient apaisés pour laisser désormais place à des réactions plus discrètes : une moue de dégoût, un frisson de révulsion ou un regard fuyant.

— Êtes-vous mon époux ? demanda l'inconnue d'une voix rauque.

Aulay battit des paupières, surpris.

— Pardon ?

— Seul, mon mari ou mon frère auraient été autorisés à

rester dans ma chambre, expliqua-t-elle. Nous n'appartenons pas à la même fratrie, n'est-ce pas ?

Elle haussa un sourcil interrogateur.

— Grand Dieu, non, lâcha Aulay.

Cela faisait maintenant trois semaines qu'il veillait à son chevet. Trois semaines à s'occuper d'elle, à lui verser du bouillon de poule dans la gorge et à la tourner sur le matelas pour éviter les escarres. Durant tout ce temps, aucun des sentiments qu'il avait ressentis à son égard ne s'approchait de près ou de loin à celui que l'on éprouve pour sa sœur.

— Alors nous sommes mariés, conclut-elle en esquissant un petit sourire.

Aulay la dévisagea, ébahi. Ce n'était pas la réaction à laquelle il s'était attendu. Sa propre fiancée avait refusé de l'épouser, préférant renoncer à une dot conséquente et une existence confortable, plutôt que de devoir passer le restant de ses jours à voir « son abominable visage », selon les dires mêmes de sa promise. Pourtant, l'inconnue semblait heureuse de les savoir liés par le mariage. Avait-elle perdu la raison ?

— Ai-je été souffrante ?

Elle semblait quelque peu agitée, mais pas excessivement.

— *Aye*, affirma-t-il en hochant la tête. Cela fait trois semaines, maintenant.

La jeune femme écarquilla les yeux.

— *Trois semaines ?* À cause de quoi ? s'enquit-elle en fronçant les sourcils. De la fièvre ? C'est sûrement cela. Je ne me rappelle pas être tombée malade et cela n'arrive que lorsqu'on a de la température.

— *Nay*, vous vous êtes cogné la tête et vous avez sombré dans un sommeil profond.

— Je me suis cogné la tête ? répéta-t-elle, étonnée. Est-ce pour cela que je ne me souviens de rien ?

Aulay se pencha vers elle avec inquiétude.

— Qu'avez-vous oublié exactement, beauté ?

— Tout, geignit-elle en se redressant sur le lit. Qui vous êtes, cette chambre et même mon nom. Je...

Elle s'interrompit et secoua la tête d'un air désespéré, puis grimaça de douleur et ferma les paupières.

— Est-ce que ça va ? demanda Aulay en bondissant pour venir se pencher au-dessus de la couche. Votre tête vous fait-elle mal ?

— Un peu, murmura-t-elle d'une voix faible.

Une réponse peu crédible.

— Et voilà, milord.

Aulay se redressa brusquement au moment où Mavis pénétrait dans la pièce. La petite femme ronde aux cheveux grisonnants et au visage gai portait un plateau sur un bras.

— J'ai ramené du bouillon pour notre petite Jetta. Je l'ai préparé avec la caille que vous avez attrapée hier. Vous n'avez... Oh !

Elle s'arrêta brutalement à la vue de Jetta assise sur le lit.

— Elle est réveillée ! s'exclama-t-elle, déroutée.

— *Aye*, répondit Aulay, amusé par l'expression médusée de Mavis.

C'était Rory qui avait suggéré de la faire venir au pavillon pour s'occuper de Jetta. Il existait... certaines choses que les hommes ne pouvaient pas faire, et Mavis s'en chargeait seule.

— Merci pour le bouillon, Mavis.

— Il n'y a pas de quoi, milord. Voulez-vous que j'aille prévenir Lord Rory ? proposa-t-elle en se hâtant de poser les victuailles sur la table de nuit.

— Oui, merci.

Aulay attendit qu'elle ait quitté la chambre, puis se tourna vers Jetta avec inquiétude. Les yeux fermés, elle grimaçait toujours mais se tenait assise. La douleur paraissait s'accroître à mesure que les secondes s'égrenaient. Impuissant, il l'observa un moment, puis se dirigea vers le guéridon. Mavis y avait laissé un verre de cidre et un bol de bouillon, mais il s'empara de la gourde d'*uisge beatha*[1] posée à côté du plateau et retourna près de la couche.

— Tenez, beauté, murmura-t-il en s'asseyant. Buvez une gorgée, ça vous aidera.

1. Whisky, en gaélique.

Jetta geignit mais garda les paupières closes et ne bougea pas. Il insista.

— Il faut que...

Des bruits de pas précipités dans le couloir l'interrompirent.

— Mavis dit que Jetta est réveillée, s'exclama Rory en entrant en trombe dans la pièce quelques secondes plus tard.

— *Aye*, mais elle souffre le martyre. Fais disparaître la douleur. Dépêche-toi.

Rory eut un mouvement de recul face à cette demande pour le moins autoritaire, mais il se hâta de se diriger au chevet de Jetta. Ce ne fut qu'alors qu'Aulay se rendit compte que la tête de cette dernière était retombée sur l'oreiller. Elle s'était rendormie.

— Elle était réveillée il y a quelques minutes à peine, affirma-t-il, consterné.

— A-t-elle dit quelque chose ? s'enquit Rory en soulevant les paupières de la jeune femme pour examiner ses pupilles.

— *Aye*, qu'elle ne se souvenait de rien.

Qu'est-ce que son frère pouvait bien trouver à observer dans les yeux de ses patients ?

— De rien du tout ? poursuivit Rory en se tournant vers lui.

— Pas même de son nom.

— Ce n'est pas si étonnant que cela, grommela Rory. Son crâne est sacrément amoché. À vrai dire, je suis même étonné qu'elle ait repris connaissance.

— Crois-tu qu'elle va recouvrer la mémoire ?

Rory se redressa et réfléchit un instant avant de répondre :

— Difficile à dire. Ce n'est pas impossible. Toutefois, les blessures crâniennes sont délicates. Elle a déjà de la chance d'être en vie.

Aulay opina, puis se racla la gorge, gêné.

— Elle m'a pris pour son mari.

Rory lui jeta un coup d'œil surpris.

— As-tu démenti ?

Aulay hésita, puis secoua la tête en grimaçant.

— Elle a dit que seuls son époux ou son frère auraient été autorisés à rester dans sa chambre. Je n'ai pas voulu la contrarier, alors...

Il haussa les épaules.

Rory le dévisagea, puis s'en retourna à sa patiente.

— Est-ce normal que sa tête lui fasse encore mal ? s'enquit Aulay après un moment de silence. Cela fait trois semaines, maintenant.

Rory soupira.

— Les blessures crâniennes…

— Sont délicates, oui je sais, l'interrompit-il, agacé.

C'était une phrase qu'il avait souvent entendue depuis qu'ils avaient secouru la jeune femme. Chaque fois qu'il posait une question à laquelle Rory n'était pas en mesure de répondre, ce dernier affirmait qu'il fallait attendre de voir comment l'état de Jetta évoluerait.

— En d'autres termes, tu ignores pourquoi elle souffre.

— C'est peut-être tout simplement dû au fait qu'elle n'a presque rien mangé depuis des jours. Un peu de bouillon au fond de la gorge plusieurs fois par jour est loin d'être idéal. C'est à peine suffisant pour la maintenir en vie. Comme tu le vois, elle a perdu beaucoup de poids depuis son arrivée ici.

— *Aye*, admit-il à contrecœur.

C'était la première fois qu'il s'en rendait compte. Certes, il avait bien vu qu'elle n'était plus aussi en chair que lorsque Alick et lui l'avaient repêchée, mais jusqu'à présent il n'avait pas réalisé à quel point elle était frêle. Deux cercles sombres lui bordaient les yeux, et elle avait tellement la peau sur les os qu'elle ressemblait plus à un squelette qu'à une jeune femme.

— Je vais demander à Mavis de lui cuisiner quelque chose de plus consistant pour accompagner son verre de cidre, la prochaine fois que Jetta se réveillera, déclara-t-il en se dirigeant vers la porte.

— Aulay, l'interrompit Rory.

Il s'arrêta sur le seuil et lança un regard à son frère par-dessus son épaule.

— *Aye ?*

— Il serait peut-être judicieux que tu évites de lui dire que tu n'es pas son mari quand elle reprendra connaissance. Elle sera fragile, au début, et il est préférable de ne pas trop la bouleverser

en attendant qu'elle reprenne des forces. Sa perte de mémoire lui causera déjà suffisamment de souci. Se savoir entre les mains d'un époux aimant plutôt que celles d'un groupe d'étrangers l'aidera à se rétablir plus rapidement.

— D'accord, dit-il d'un ton solennel en jetant un dernier regard à la jeune femme.

Ou plutôt à *Jetta*, comme ils continueraient désormais de l'appeler, jusqu'à ce qu'elle se souvienne de son vrai nom. Au fond de lui, il espérait vaguement que ce ne serait jamais le cas. Peut-être alors pourrait-il la garder auprès de lui.

Au moment où cette pensée lui traversa l'esprit, il la chassa. Où avait-il donc la tête ? Elle n'était pas un chiot trouvé au bord du chemin. Elle finirait par se remémorer son passé et comprendrait qu'ils n'étaient pas mariés. La nouvelle lui apporterait probablement un grand soulagement, et elle s'enfuirait à toutes jambes.

Les lèvres pincées, Aulay descendit à la hâte l'escalier conduisant au rez-de-chaussée pour aller demander à Mavis de préparer à manger pour Jetta. Il ne pouvait supporter de rester sans rien faire pendant que la pauvre jeune femme dépérissait. Et, si se sustenter ne suffisait pas, il aurait recours aux potions soporifiques de Rory. Non pas que ce soit ce qu'il souhaite, loin de là. Il avait attendu qu'elle reprenne conscience pendant des semaines, mais préférait la voir endormie plutôt que souffrant le martyre.

Quand elle rouvrit les yeux, hormis un faible feu qui brûlait dans la cheminée et faisait danser des ombres dans la pièce, la chambre était plongée dans la pénombre.

Au souvenir de la douleur qui l'avait assaillie la dernière fois qu'elle s'était réveillée, elle renonça à s'asseoir. Immobile, elle balaya les alentours du regard. Sur une table de nuit à sa droite se trouvaient un mazagran et une bougie éteinte. Un peu plus loin, une fenêtre aux rideaux fermés. Au pied du lit, deux chaises flanquaient une table placée devant l'âtre. Personne n'y était assis. Son époux était donc sorti. Dommage, elle aurait bien

aimé lui poser quelques questions. Où était-elle, par exemple ? Comment s'appelait-elle ? Et quel était son nom à lui ?

En creusant un peu, elle pourrait peut-être trouver les réponses à ces interrogations. À en juger par le kilt qu'il portait quand elle l'avait vu, son mari avait tout l'air d'être écossais. Qui plus était, il parlait avec un fort accent. Elle avait donc épousé un Écossais et vivait désormais sur ses terres. Toutefois, elle n'avait pas le sentiment d'être originaire de la région. Et puis sa propre manière de s'exprimer ressemblait plutôt à celle d'une Anglaise. Même ses pensées semblaient imprégnées de l'Angleterre.

Hormis cela...

La servante l'avait appelée Jetta, se souvint-elle brusquement. Le supplice sous son crâne avait été tel au moment de la conversation qu'elle avait failli oublier ce fait.

— Jetta, murmura-t-elle.

Elle grimaça. Sa voix était rauque, sa gorge et sa bouche desséchées. Se souvenant du mazagran sur le guéridon, elle pivota la tête. Était-ce le fait de s'asseoir qui avait déclenché sa migraine, la dernière fois ? Si elle se risquait à attraper le gobelet, serait-elle de nouveau assaillie par la douleur ?

L'éventualité lui intima de rester immobile un moment, puis la soif prit le dessus et elle roula sur le flanc pour s'assurer que le mazagran était plein. Nul besoin de prendre des risques pour rien.

Il était lourd de liquide. Serrant les mâchoires avec détermination, elle se redressa et s'assit au bord du lit. Ce simple geste lui demanda un effort étonnamment conséquent. Cela n'avait pas semblé si difficile, la première fois, mais alors elle était tellement perturbée qu'elle n'avait pas vraiment fait attention.

Elle tendit de nouveau le bras pour s'emparer du verre mais se figea à la vue d'une longue silhouette tapie dans l'ombre sur le plancher. Son cœur manqua un battement, puis elle reconnut le visage balafré de son époux et se détendit. Un sourire se dessina sur ses lèvres. Il avait décidé de dormir sur une paillasse pour ne pas la déranger dans son sommeil. N'était-il pas le plus attentionné des hommes ? Une boule lui monta à la gorge

Elle voulut se saisir du mazagran, mais ce dernier faillit lui glisser entre les doigts. Était-elle si faible que cela ? Portant sa deuxième main autour du gobelet, elle le tint aussi fort que possible et le porta à ses lèvres avec la maladresse d'une enfant. Le goût riche et sucré du cidre réveilla ses papilles, et la boisson, bien qu'à température ambiante, fut vite engloutie. Un peu trop rapidement, d'ailleurs, comprit-elle quand son ventre se mit à grogner en signe de protestation. L'espace d'un instant, elle crut qu'elle allait vomir. Immobile en position assise sur le lit, elle retint sa respiration et attendit que la sensation disparaisse.

Quelques secondes plus tard, elle laissa échapper un petit soupir de soulagement et reposa le gobelet sur le guéridon en jetant un coup d'œil à son mari allongé sur le sol. Elle ne connaissait toujours pas son nom. Il faudrait qu'elle lui pose la question. Après réflexion, cette idée la fit grimacer. « Excusez-moi, cher mari, comment vous appelez-vous ? » ne semblait pas la meilleure manière de le saluer.

Remettant ce problème à plus tard, elle balaya le reste de la pièce du regard. Un plateau posé sur une table au milieu de la chambre contenait quelques victuailles. Manger l'aiderait certainement à reprendre des forces, mais elle avait encore l'estomac barbouillé. De plus, les quelques mouvements qu'elle venait d'effectuer l'avaient épuisée.

Se rendormir semblait la plus sage des options, se dit-elle en baissant de nouveau les yeux sur son époux. Le fait qu'il ait opté pour un tel inconfort afin de ne pas la déranger la touchait énormément, mais sa place était auprès d'elle. Le pauvre s'était contenté de s'envelopper dans son plaid, et la seule couverture disponible était celle qui recouvrait le lit. Après une brève hésitation, elle s'empara de son oreiller, le laissa tomber près de son mari et glissa au sol.

Prenant soin de ne pas le réveiller, elle se pelotonna contre lui, attrapa la fourrure sur le lit et la tira sur leurs deux corps. Il grommela dans son sommeil et lui passa un bras sur les épaules. Elle retint son souffle dans l'attente d'un commentaire, mais, quand seule la respiration lente et profonde de son époux lui répondit, elle se détendit et finit par laisser le sommeil l'emporter.

Aulay remua légèrement et s'enfouit un peu plus profondément sous les fourrures pour échapper à la lumière matinale qui semblait bien décidée à le sortir de sa torpeur. Mais, quand les couvertures gémirent et se mirent à bouger entre ses bras, il ouvrit de grands yeux interloqués et son regard tomba sur la frêle jeune femme qu'il avait repêchée dans l'océan. Son être tout entier se figea. Il était allongé sur le flanc, et elle était étendue près de lui. Et même *sous* lui, ajouta-t-il en son for intérieur en se rendant compte que sa main entourait le sein de la demoiselle avec une familiarité et une possessivité indécentes.

Cette pensée ne l'empêcha pas de resserrer sa prise. Jetta gémit et se tortilla sous cette caresse, mais il s'en aperçut à peine, tout obnubilé qu'il était par la sensation de sa peau contre sa paume. Le devant du fourreau bien trop grand que Mavis lui avait prêté était descendu au niveau de sa taille, la laissant entièrement nue au-dessus de la ceinture.

Aulay fixa d'un œil intense le magnifique mont de chair souple et blanche. Dieu s'était montré généreux en façonnant le corps de Jetta. Sa poitrine était ronde et volumineuse, et ses tétons couleur cannelle pointaient sous l'effet de l'excitation. Au moment où cette réflexion lui traversa l'esprit, Aulay s'empressa de retirer sa main.

— Est-ce vous, mon cher mari ? murmura-t-elle d'une voix endormie.

— *Aye*, grommela-t-il en guise de réponse.

Jetta esquissa un sourire ensommeillé et passa les bras autour du cou d'Aulay. Il l'enserra à son tour, puis se recula, mais ne put résister à la tentation de l'embrasser. Il avait simplement voulu lui effleurer la bouche, mais, passé une seconde de surprise, Jetta répondit à son baiser. Oubliant toute retenue, il se fit plus entreprenant et sourit quand elle tenta maladroitement de lui rendre la pareille. Visiblement, elle n'avait aucune idée de ce qu'elle faisait. Elle s'efforçait néanmoins d'imiter tous ses mouvements. La paume plaquée sur son torse, elle se colla contre son entrejambe.

Un grognement rauque lui échappa, et il remonta le genou entre ses cuisses pour venir le presser contre sa féminité. Elle poussa une petite exclamation de plaisir et enfonça les ongles dans son dos comme si elle craignait qu'il ne s'échappe. La passion de Jetta ne fit qu'attiser la sienne et il venai,t tout juste de poser la main sur son sein de nouveau quand la porte de la chambre s'ouvrit.

— Aulay ?

Au son de la voix de Rory, il se raidit puis tira précipitamment la fourrure sur le corps de Jetta et bondit.

— *Aye ?* grommela-t-il en se baissant pour porter Jetta dans ses bras, avec les couvertures et le reste. Je crois qu'elle est tombée du lit.

C'était la seule explication logique. Autrement comment aurait-elle pu se retrouver sur la paillasse à côté de lui ?

— Tombée du lit ? répéta Rory, interloqué.

— Mais non ! interrompit Jetta en fixant Aulay avec le plus grand sérieux. Quand je vous ai vu sur le sol sans la moindre couverture, j'ai décidé de vous rejoindre.

— Oh.

Aulay la dévisagea un instant, perplexe, puis se tourna pour la déposer sur la couche.

— Vous avez repris des couleurs, ce matin. Vous m'en voyez ravi, commenta Rory en s'approchant de son chevet.

Aulay jeta un coup d'œil au visage de Jetta. Elle avait les joues roses, mais était-ce le résultat de leur interlude passionné ou bien la gêne d'avoir été interrompus ?

— Et vous avez bu tout le cidre ! s'exclama ensuite Rory.

Effectivement, le gobelet sur la table de nuit était vide.

— La boisson ne vous a-t-elle pas retourné l'estomac ?

— Si.

Elle se racla la gorge avant de poursuivre :

— J'ai cru un instant que j'allais le recracher, mais la sensation a fini par disparaître.

— C'est bon signe, déclara Rory en se penchant vers elle pour poser une oreille contre sa poitrine.

Jetta se raidit et lança vers Aulay un regard apeuré, mais il esquissa un sourire rassurant.

— Il ne fait qu'écouter votre cœur, expliqua-t-il, sans

manquer de remarquer l'expression inquiète sur le visage de Rory. Qu'y a-t-il ?

— Les battements sont trop rapides, marmonna ce dernier en se redressant pour dévisager Jetta, qui rougit sur-le-champ.

Rory pivota lentement vers Aulay d'un air soupçonneux.

— Tu as dû lui faire peur quand tu es entré sans frapper, grommela Aulay en évitant le regard de son frère.

— J'en suis convaincu, rétorqua sèchement ce dernier.

Il reprit un ton beaucoup plus aimable envers Jetta :

— Vous rappelez-vous quelque chose aujourd'hui ? Votre nom ? D'où vous venez ?

— Je... Je m'appelle Jetta.

Aulay sursauta, surpris que son véritable patronyme soit également celui dont il l'avait gratifié.

— J'ai entendu la bonne me nommer ainsi hier, admit-elle.

— Ah, fit Rory, déçu. Donc vous n'avez aucun souvenir de ce qui s'est passé avant votre réveil ?

Jetta secoua la tête d'un air désolé.

— Quand retrouverai-je la mémoire ?

Rory hésita un instant, puis parut décider qu'il était préférable d'être franc avec elle – du moins en partie.

— Je n'en sais rien. Vous avez pris de vilains coups sur la tête. En toute honnêteté, je suis surpris que vous ayez survécu, d'autant plus avec l'intégralité de vos facultés intactes, à en croire mes premières observations.

Il fronça les sourcils à ces mots.

— Sont-elles bien toutes en parfait état de marche ?

— Je crois, répondit Jetta avec lenteur, avant de hausser les épaules d'un air impuissant. Mais comment pourrais-je en être sûre ?

Rory esquissa un faible sourire.

— Eh bien, votre vision est-elle trouble ?

— *Nay*.

— Qu'en est-il du goût et de l'odorat ?

— Le cidre était très bon.

— Votre élocution me paraît tout ce qu'il y a de plus normal, ajouta Rory. J'en conclus donc que seule votre mémoire a été affectée.

Jetta acquiesça, mais elle sembla déçue.

— J'ai conscience que je devrais déjà m'estimer heureuse, mais je ne me souviens même pas de comment j'ai été blessée !

Rory se tourna vers Aulay pour lui laisser l'opportunité de trouver une réponse à cette question.

— Dans un naufrage.

Jetta fronça les sourcils.

— Je me suis cogné la tête dans un naufrage ? Comment est-ce possible ?

Aulay se racla la gorge.

— Quand le bateau a coulé, vous vous êtes retrouvée ligotée au mât et les vagues vous ont bringuebalée tant et si bien que votre crâne a été salement malmené.

Du moins, c'était la conclusion à laquelle ils étaient arrivés et la seule explication logique. Malheureusement, ils n'avaient trouvé aucune information validant cette hypothèse. Ses frères s'étaient renseignés discrètement, sans parvenir à découvrir le nom du bâtiment sur lequel elle naviguait au moment de l'accident. De fait, d'après leurs recherches, aucun navire n'avait sombré au cours de la semaine précédant la découverte de Jetta.

— Et vous m'avez secourue ?

La question sortit Aulay de ses pensées.

— *Aye*, répondit Rory. Aulay et Alick vous ont détachée et ramenée sur la terre ferme.

— Alick ? demanda-t-elle, perplexe.

— Le benjamin de notre famille, expliqua Rory.

Elle écarquilla de grands yeux ronds.

— Vous êtes trois dans votre fratrie ?

— Neuf, corrigea Rory.

— Huit, lança Aulay en même temps.

— Pardon, marmonna Rory. Nous étions neuf en tout, dont une fille, mais l'un d'entre nous a quitté ce monde il y a quelques années, et nous sommes seulement huit, désormais.

— *Seulement huit* ? dit-elle dans un rire. C'est déjà beaucoup.

— J'imagine, acquiesça Rory en souriant. J'en conclus que vous n'avez pas beaucoup de frères et sœurs.

— Je...

Jetta fronça les sourcils. Elle tentait de toute évidence de trouver la réponse à cette question au fond de sa mémoire.

Pendant un instant, Aulay retint son souffle, puis Jetta porta une main à son front et le frotta du bout des doigts comme si l'effort la faisait souffrir.

— Laissez tomber, beauté. Cela reviendra plus tard.

— *Aye*, soupira-t-elle. Ou vous pourriez me le dire et m'éviter d'avoir à me creuser la cervelle.

Aulay se raidit, mais Rory prit les devants.

— Il vaut mieux que vous vous le rappeliez par vos propres moyens. Ainsi nous saurons que ce sont vraiment vos souvenirs et non juste des éléments que l'on vous aura rapportés.

— Oh ! murmura-t-elle, visiblement déçue.

Aulay ne fut pas surpris de cette réaction. L'excuse de Rory ne lui paraissait pas tellement logique. Après tout, Jetta savait encore faire la différence entre un vrai souvenir et une simple histoire, non ?

Peu convaincu, il s'éloigna du lit en marmonnant.

— Je vais faire venir Mavis pour qu'elle vous aide à faire votre toilette, ajouta-t-il. En attendant, j'irai chasser pour le souper.

— Oh non, ne partez pas, s'exclama-t-elle avec douceur.

Aulay s'arrêta sur le seuil et pivota. Jetta avait encore les joues toutes roses. Ses boucles noires lui encadraient le visage en un joyeux désordre. Elle serrait la fourrure contre sa poitrine, dissimulant ce qu'il savait être une paire de seins nus, et affichait un air aussi triste que celui d'un gamin abandonné par sa mère. Que n'aurait-il donné pour la rejoindre dans le lit et l'embrasser jusqu'à ce que le chagrin disparaisse de son visage ?

Malheureusement, l'état de semi-excitation ensommeillée dans lequel il s'était trouvé en la découvrant blottie contre lui sur la paillasse avait disparu. À présent qu'il était parfaitement réveillé, sa conscience avait repris le dessus. Jetta avait peut-être l'impression qu'ils étaient mari et femme, mais Aulay savait pertinemment que ce n'était pas le cas. Il n'avait aucun droit de l'embrasser ni de la toucher, quelle que soit l'intensité du désir qu'il éprouvait. Seigneur, si Rory n'avait pas fait irruption dans la chambre, qui sait s'il aurait résisté à l'envie de lui faire l'amour ? Quoi qu'il en soit, le plus sage désormais était de se tenir loin de la tentation qu'elle lui avait offerte sur un plateau.

Malgré son intention initiale de fournir une raison plausible pour ne pas avoir à rester auprès d'elle, ce furent des mots tout autres qui franchirent ses lèvres :

— Je ne serai pas long, annonça-t-il. Je reviendrai pour déjeuner en votre compagnie, quand Mavis sera passée.

Sa réponse ne sembla pas satisfaire Jetta. Il s'attendait à ce qu'elle proteste, mais elle prit une grande inspiration, s'efforça visiblement de se détendre et hocha la tête.

— Très bien. Merci.

Elle avait prononcé ces mots d'une voix calme et posée, mais Aulay remarqua que sa lèvre tremblait. Perplexe, il lança un regard à Rory, persuadé que son frère saurait lui expliquer ce qu'il ne comprenait pas. Ce dernier marmonna une excuse à l'intention de Jetta et le suivit hors de la pièce.

— Mais que diable…

Rory leva la main pour le faire taire, ferma derrière eux et le prit par le bras pour l'éloigner de la chambre.

— Elle sera très émotive au début, déclara-t-il d'un ton grave quand ils furent hors de portée de voix. Attends-toi à ce qu'elle soit un peu collante.

— *Collante ?* répéta-t-il, consterné.

Au cours de ces trois dernières semaines, tandis qu'il veillait au chevet de cette femme endormie dans son lit, Aulay s'était laissé aller à toutes sortes d'idées hypothétiques sur ce qu'ils feraient ensemble si jamais elle se réveillait. Cela allait du cri d'horreur qu'elle pousserait en le voyant aux parties d'échecs et pique-niques près du lac, en passant par lui faire l'amour devant le feu de cheminée. Jamais il n'avait imaginé qu'elle serait « émotive » et « collante ».

— Son esprit lui échappe. Elle ne se souvient ni de son passé ni d'elle-même, expliqua Rory. Il est naturel qu'elle soit effrayée et veuille que son mari reste auprès d'elle.

— *Aye*, acquiesça Aulay avec lenteur.

Il commençait à comprendre.

— Peut-être devrais-je envoyer une nouvelle fois Alick et Geordie se renseigner sur un navire qui aurait fait naufrage il y a trois semaines.

— Ce n'est pas une mauvaise idée, approuva Rory avec sérieux. Savoir qui elle est pourra l'aider à retrouver la mémoire.

Leurs frères allaient toutefois devoir se montrer extrêmement prudents, songea Aulay. Il ne fallait pas que la présence de Jetta au pavillon de chasse soit révélée au grand jour.

— Mais pour l'instant, poursuivit Rory, tout ce qu'elle sait, bien qu'à tort, c'est que tu es son époux. Qu'elle l'admette ou non, elle est anxieuse et a besoin d'affection. Nous devons nous montrer patients avec elle et la rassurer du mieux que nous pouvons. C'est pourquoi je t'ai suggéré de ne pas lui annoncer que vous n'étiez pas mariés. Se croire chez elle en compagnie d'un homme aimant et attentionné lui apportera un certain réconfort. En tout cas, plus que de se savoir seule et faible, sans le moindre souvenir, en compagnie de parfaits inconnus.

— J'ai saisi, murmura Aulay en se détendant.

— Quand elle aura repris des forces et confiance en elle, et sera en mesure de faire face au choc, nous lui expliquerons qu'elle n'est pas ta femme. À ce moment-là, elle aura compris que nous ne lui voulons aucun mal et qu'elle est en sécurité avec nous.

Aulay hocha la tête.

— J'ose espérer que tu sauras te souvenir que tu n'es pas son époux pour de vrai, n'est-ce pas ? ajouta calmement Rory.

— Bien sûr ! grommela-t-il en le fusillant du regard. Elle est sous ma protection. Je ne suis pas idiot.

— Tu m'en vois ravi, déclara son frère. Parce que ce n'est pas l'impression que j'ai eue quand je suis entré dans la chambre.

Aulay le fixa sans un mot, ne daignant pas répondre à cette insinuation.

— À première vue, tu étais en train de l'embrasser, Aulay, ajouta Rory face à son silence. Quand je l'ai examinée, elle avait les joues rouges, son cœur battait la chamade et je n'ai pu m'empêcher de remarquer que la robe que Mavis lui avait enfilée était grande ouverte sous la fourrure qu'elle serrait contre sa poitrine.

— Ce ne sont pas tes oignons, répondit-il froidement.

Rory hésita, puis redressa les épaules.

— Si, ça l'est, figure-toi. Elle est ma patiente et, à en juger par son élocution et la qualité de la robe qu'elle portait quand vous l'avez trouvée, ou du moins ce qu'il en restait, c'est une jeune femme de bonne famille. Si tu ruines son honneur, tu devras l'épouser. Je ne te laisserai pas profiter d'elle dans l'état où elle est, ni la traiter comme une vulgaire fille de joie. Bon sang, elle vous croit *mariés*, Aulay.

Aulay fixa son frère sans répondre tandis que les mots de ce dernier se frayaient un chemin dans son esprit. *Si tu ruines son honneur, tu devras l'épouser.* Pour une raison étrange, ces paroles ne déclenchèrent pas en lui l'horreur que Rory s'attendait sans doute à causer en les prononçant... et c'est précisément ce qui l'effraya le plus.

# 3

Assise sur le lit, Jetta remua avec impatience et balaya une fois de plus la chambre du regard. Peu après le départ de son mari et du frère de ce dernier, les deux hommes étaient revenus avec une baignoire et deux grands seaux, Mavis sur leurs talons. Ils avaient ensuite fait plusieurs allers-retours pour ramener de l'eau chaude.

Quand le bain fut suffisamment rempli au goût de Mavis, la domestique les avait chassés hors de la pièce, puis avait ôté cette robe ridiculement grande que Jetta avait sur le dos et l'avait fait grimper dans le bain. Pendant qu'elle se lavait, la bonne avait changé les draps puis avait reporté son attention sur elle.

Mavis était une femme d'une extrême efficacité. Elle lui avait frotté le dos, brossé les cheveux, secouant la tête à la vue des bleus jaunâtres qui lui couvraient le corps. Elle avait ensuite bavardé de tout et de rien en l'aidant à se sécher, se rhabiller et se remettre au lit.

Jetta baissa les yeux sur sa tenue, aussi peu à sa taille que la première, et soupira tristement. Mavis lui avait expliqué qu'elle avait perdu beaucoup de poids au cours de ces dernières semaines. Le fourreau qu'elle avait sur le dos en était la preuve. Il pendait sur ses épaules de manière informe, et le bustier était tellement lâche au niveau de sa poitrine qu'il en était indécent. Les tenues qu'elle possédait avant son accident étaient probablement immettables, désormais. Peut-être pourrait-elle demander une aiguille et du fil à Mavis afin de les reprendre ?

À ces pensées, son regard se tourna vers les malles alignées contre le mur. Laquelle d'entre elles pouvait bien contenir ses affaires ? La porte s'ouvrit, interrompant ses réflexions, et Aulay entra dans la pièce, un plateau recouvert de victuailles dans les mains. Elle se redressa et lui adressa son plus beau sourire.

— Comment a été la chasse ? lança-t-elle tandis qu'il posait son fardeau sur la table près de l'âtre.

— Bonne. Nous avons ramené un lièvre, deux faisans et un cerf. Rory est en train de les vider, et Mavis a prévu un ragoût de chevreuil pour dîner. En attendant, elle vous a préparé un petit quelque chose. Avez-vous faim ?

— Oui, je... Oh ! s'exclama-t-elle avec surprise quand Aulay la souleva du lit sans prévenir en l'agrippant sous les genoux et derrière le dos.

— Du calme, dit-il d'une voix rassurante en se dirigeant vers la cheminée. Je ne vous ferai pas tomber.

Jetta resserra sa prise sur les épaules d'Aulay et se détendit. Il était son mari, après tout. Il pouvait la porter où cela lui chantait. À dire vrai, il n'était pas désagréable de se trouver sans ses bras, et elle ressentit une pointe de déception quand il la déposa sur l'une des deux chaises.

— Merci, murmura-t-elle.

Elle baissa les yeux et découvrit que son bustier trop grand était descendu jusque sous ses tétons. Rougissant, elle s'empressa de le remonter tandis que le souvenir des caresses du matin lui revenait en mémoire. Malgré sa promptitude à recouvrer une tenue décente, un bref coup d'œil en direction de son mari lui apprit que l'incident ne lui avait pas échappé. Et, à en juger par son expression, lui aussi se remémorait ce moment qu'ils avaient partagé au réveil.

Gênée, Jetta détourna la tête. Malheureusement, ses yeux tombèrent droit sur le kilt d'Aulay, dont la partie frontale... ressortait de manière curieuse, telle une tente que l'on aurait plantée en biais. Elle fixa la protubérance d'un air ahuri pendant un instant, jusqu'à ce qu'il se détourne brusquement pour aller s'asseoir sur la deuxième chaise.

— Il faut manger, déclara-t-il avec fermeté.

Jetta ne put s'empêcher de remarquer que sa voix était plus rauque que d'ordinaire et qu'il évitait soigneusement de croiser son regard. Ce ne fut qu'alors qu'elle s'intéressa au plateau qu'il avait apporté.

— Seigneur Dieu ! lâcha-t-elle.

— Qu'y a-t-il ? demanda-t-il, inquiet.

— Regardez-moi un peu toute cette nourriture ! s'exclama-t-elle, ébahie.

Aulay se mit à placer les différents plats devant elle.

— Vous devez reprendre des forces.

— Je sais, mais... Ce n'est pas étonnant que mes robes soient si larges si je mangeais autant avant de me cogner la tête !

À première vue, il y avait suffisamment sur la table pour nourrir une dizaine de personnes.

— Vos robes ? répéta-t-il en fronçant les sourcils.

— *Aye*, dit-elle en portant une main à son décolleté. Je devais être beaucoup plus en chair que je ne le suis.

Pour une raison qui lui échappa, son mari éclata d'un rire tonitruant. Elle le dévisagea sans comprendre.

— Ce que vous avez sur le dos n'est pas à vous, beauté. Mavis vous a prêté ce fourreau. La robe que vous portiez a été déchirée pendant la tempête. Je vous avais enfilé une de mes chemises, mais Mavis a jugé que vous seriez mieux habillée dans une tenue de femme, aussi grande soit-elle.

— Oh ! laissa-t-elle échapper, avant de se renfrogner. Dans ce cas, où sont mes habits ? Ont-ils coulé avec le bateau ?

— Oui... C'est cela, marmonna Aulay.

Jetta soupira.

— Ainsi, je n'ai pas seulement perdu la mémoire, j'ai également perdu toute ma garde-robe.

Aulay posa une main sur la sienne.

— Ne vous inquiétez pas, nous vous rachèterons d'autres tenues, dit-il en lui serrant légèrement les doigts.

— Merci, de tout cœur, répondit-elle en essayant tant bien que mal de sourire.

Mais ce sont des larmes qui lui montèrent aux yeux, et elle

battit des paupières pour éviter de pleurer, sans succès. Agacée, elle se sécha les joues d'un revers de la main.

— Tout va bien ? s'enquit Aulay en la dévisageant.

— Oui, c'est juste que...

Elle secoua la tête, dépitée.

— Je suis à fleur de peau. La moindre attention me fait pleurnicher comme un bébé. C'est ridicule.

— Vous vous remettez de terribles blessures, Jetta. Soyez patiente avec vous-même. Rory a dit qu'il fallait s'attendre à ce que vous soyez émotive, au début. Cela passera.

Ces paroles la rassurèrent. Elle avait vraiment été sur le point d'éclater en sanglots. Se transformait-elle aussi facilement en fontaine avant l'accident ? C'était difficile à croire. Elle prit une grande inspiration pour se calmer et reporta son attention sur la nourriture étalée devant elle.

— Je ne pourrai jamais manger tout cela, déclara-t-elle en secouant la tête.

— Je ne m'attends pas à ce que vous le fassiez, répliqua-t-il d'un ton amusé. J'ignorais ce qui vous ferait plaisir, ou ce que votre estomac serait capable de supporter après un si long jeûne, j'ai donc décidé de vous apporter un peu de tout.

— Oh ! dit-elle dans un souffle, en sentant les larmes lui monter aux yeux une fois de plus devant une telle gentillesse.

Heureusement, Aulay sembla ignorer sa réaction disproportionnée.

— Peut-être devriez-vous commencer par un peu de bouillon de légumes, suggéra-t-il. Nous passerons aux aliments solides plus tard.

— D'accord, dit-elle en tendant la main pour s'emparer du bol fumant.

Ils mangèrent, Jetta concentrée sur son potage pendant qu'Aulay engloutissait quasiment tout le reste. Seigneur, cet homme avait un appétit d'ogre ! Elle qui avait pensé qu'il y aurait eu de quoi nourrir tout un régiment... Apparemment, cela aurait à peine suffi à deux hommes comme lui.

— Arrêtez de me fixer de la sorte et buvez votre soupe, ordonna-t-il soudain.

Jetta avait cessé de manger et l'observait bouche bée depuis un moment.

Le sourire aux lèvres, elle baissa le regard sur son plat, mais secoua la tête.

— Je suis repue.

— Vous devez vous sustenter plus que cela, Jetta, dit Aulay d'un air sombre. Vous êtes bien trop maigre. Il vous faut reprendre des forces.

Jetta rentra les épaules, gênée par son apparence. Elle avait été étonnée de sa minceur quand Mavis l'avait aidée à prendre son bain et qu'elle s'était vue nue pour la première fois. À vrai dire, hormis ses seins ronds, elle n'avait que la peau sur les os. Elle s'était trouvée repoussante. Qu'est-ce qui avait donné à Aulay l'envie de l'embrasser, ce matin-là ? Leur union devait probablement être un mariage d'amour. Quelle autre raison pouvait pousser un homme à caresser une femme qui ressemblait à un squelette ?

— Vous aurez peut-être faim plus tard, dit-il tandis qu'elle fixait d'un regard vide le reste de soupe froide dans son bol.

Elle en avait à peine avalé la moitié.

— Peut-être, répondit-elle, soulagée, en relevant la tête.

Aulay la dévisagea un instant, puis entreprit de remettre les assiettes sur le plateau.

— Avez-vous envie de jouer à quelque chose ? Une partie d'échecs ? Autre chose ?

Elle acquiesça tout en lui donnant un coup de main avec les plats.

— Les échecs, ce sera très bien.

Quelques minutes plus tard, Aulay sortit un plateau de jeu finement taillé de l'une des malles alignées contre le mur.

— Il est magnifique, déclara Jetta en s'emparant d'un cavalier pour l'examiner de plus près.

La tête du cheval était si détaillée qu'elle paraissait presque réelle.

— *Aye*, acquiesça-t-il d'une voix de velours tandis qu'il inspectait une tour. Mon frère Ewan l'a fabriqué, il y a quelques années. C'était un cadeau pour nos parents.

— Ewan ? Est-il ici avec les autres ? demanda-t-elle avec curiosité.

— *Nay,* dit-il en reposant la pièce sur le plateau. Il est décédé.

— Oh ! c'était votre septième frère, murmura-t-elle en se souvenant des paroles de Rory.

— C'est cela. Ewan était le deuxième de la fratrie, pour être exact. C'était mon jumeau, né juste après moi.

— Vraiment ? Étiez-vous proches ?

— Autant que deux frères peuvent l'être, répondit-il d'un ton solennel.

Jetta hésita un instant avant de poser la question.

— Comment est-il mort ?

— Au combat, dit Aulay à voix basse.

De toute évidence, la perte d'Ewan était encore terriblement douloureuse pour lui. Aussi, elle décida de changer de sujet.

— Donc vous êtes le plus âgé et l'héritier du domaine.

Aulay acquiesça.

— Je vois.

Elle jeta un coup d'œil par la fenêtre mais ne distingua que des arbres. Reportant son attention sur son mari, elle hésita.

— Aulay ?

— Oui ? dit-il d'un air absent.

— Où sommes-nous exactement ?

Il releva la tête et la fixa un long moment.

— Je ne me souviens de rien, expliqua-t-elle en grimaçant, gênée. Pas même du nom du château dont je suis la dame.

— Buchanan, marmonna-t-il. Je suis le chef du clan et le seigneur de Buchanan. Ce n'est toutefois pas là que nous nous trouvons actuellement. Nous sommes dans mon pavillon de chasse. Je vous ai amenée ici après le naufrage, le temps que vous vous remettiez de vos blessures.

Jetta opina. Voilà pourquoi tout était si calme alentour. C'était probablement pour cela que son époux avait choisi cet endroit. La vie dans un château était rarement paisible.

— Buchanan, répéta-t-elle à voix basse en plaçant ses pièces sur l'échiquier. Jetta Buchanan. Lady Jetta Buchanan. Lady Buchanan.

Elle releva les yeux et s'aperçut qu'Aulay la fixait de manière étrange.

— Quelque chose ne va pas ?

— *Nay*. C'est votre tour, beauté.

Jetta hocha la tête, balaya le plateau du regard et avança un pion de deux cases.

— Je vois que vous vous souvenez des règles du jeu, commenta-t-il après quelques tours.

— Oui, admit-elle, à la fois fière et soulagée de ne pas avoir tout oublié.

Il déplaça un fou, elle bougea un cavalier.

— Comment est votre sœur ?

— Saidh ? fit-il, surpris.

— Est-ce là son nom ?

— *Aye*.

Il attendit qu'elle ait joué pour reprendre la parole.

— Pourquoi cette question ?

Jetta haussa les épaules.

— J'imagine mal avoir autant de frères. Soit elle a été chouchoutée par vous tous, soit...

L'éclat de rire d'Aulay l'interrompit, et elle haussa les sourcils, interloquée.

— Saidh est tout l'inverse de la jeune femme gâtée pourrie, expliqua-t-il, amusé.

— Ah oui ?

— Parfaitement, déclara-t-il avec assurance. C'est une combattante. Elle a survécu à de nombreuses années de brimades et de taquineries de notre part.

L'affection qu'il portait à sa sœur s'entendait dans sa voix. Jetta sourit.

— Quel âge a-t-elle ?

— J'avais onze ans quand elle est née, annonça-t-il. Elle doit avoir vingt-deux ou vingt-trois, à présent.

— Donc un ou deux printemps de moins que moi, murmura Jetta.

Choquée, elle se raidit et releva brusquement la tête.

— Je me souviens de mon âge !

Les yeux d'Aulay s'écarquillèrent.

— Vous rappelez-vous votre date d'anniversaire ?

Jetta réfléchit un instant, se creusant la cervelle à la recherche d'une réponse à cette question. Elle devait bien être là, quelque part ! Si seulement elle pouvait…

— Jetta ?

Elle cessa de penser et lui lança un regard confus.

— Qu'y a-t-il ?

— Vous vous frottez le front. La douleur est-elle revenue ? s'enquit-il avec douceur.

Elle fronça les sourcils. Son crâne lui faisait horriblement mal, tout à coup. Plus elle essayait de retrouver la mémoire, plus le supplice s'intensifiait…

Les plis de douleur sur le visage de Jetta se firent plus marqués tandis qu'elle tentait de se souvenir du jour de sa naissance. Aulay était sur le point de lui intimer d'arrêter de se creuser la cervelle quand elle se mit à pencher dangereusement sur son siège. Il bondit juste à temps pour la rattraper.

Les lèvres pincées, il transporta une Jetta inconsciente jusqu'à la couche puis se précipita vers la porte.

— Rory ! beugla-t-il sur le seuil.

— Que s'est-il passé ? s'enquit son frère quelques instants plus tard en atteignant le haut de l'escalier d'un pas précipité.

— Elle s'est souvenue de son âge, expliqua Aulay en faisant volte-face pour retourner dans la chambre. Puis elle a tenté de se rappeler sa date de naissance, mais…

Il secoua la tête, impuissant.

— L'effort a semblé lui causer une douleur insoutenable, et elle s'est évanouie.

Rory se pencha au chevet de Jetta et lui souleva une paupière, puis posa une oreille sur sa poitrine pour écouter son cœur.

— Comment se sentait-elle avant cela ?

— Bien. Elle était assise sur le lit quand je suis arrivé. Je l'ai portée jusqu'à la table et elle a mangé un demi-bol de soupe. Nous avons joué aux échecs et puis…

Il haussa les épaules.

— Comment en est-elle venue à se remémorer un tel fait ?

— Je l'ignore, dit Aulay en fronçant les sourcils. Nous parlions de Saidh. Je lui ai dit qu'elle avait vingt-deux ou vingt-trois ans, et elle a commenté : « Un ou deux printemps de moins que moi. » Elle était tout excitée. J'ai voulu savoir le jour de son anniversaire, et voilà...

Il désigna le corps inerte de la jeune femme sur la couche. Rory l'observa un instant d'un air pensif.

— Ainsi, c'est venu naturellement, comme une pensée en marge de la discussion.

— En marge de la discussion ? répéta Aulay sans comprendre.

— Elle n'essayait pas *volontairement* de se souvenir. C'est arrivé au cours de la conversation. Son inconscient a automatiquement comparé l'âge de Saidh au sien propre, et l'information lui est revenue, expliqua-t-il. Mais, quand elle a tenté de chercher un fait précis dans les méandres de sa mémoire, elle a ressenti des maux de tête et s'est évanouie.

— C'est cela, répondit Aulay. Maintenant que j'y repense, la première fois que la douleur s'est réveillée, elle tentait également de se remémorer quelque chose.

Rory fronça les sourcils et secoua la tête.

— Elle a peut-être repris conscience, Aulay, mais son esprit n'est pas encore rétabli. C'est la seule explication que je vois à cette affliction.

Il se tut un instant, puis reprit la parole d'un air extrêmement grave :

— Cela risque de causer des dommages irréversibles si elle s'efforce de se souvenir de son passé avant d'être guérie.

— Comme si elle marchait trop tôt sur une jambe cassée qui n'a pas encore eu le temps de se ressouder entièrement ?

— Tout à fait. Dis-lui de ne pas faire d'efforts et que cela doit venir naturellement.

Aulay eut un petit rire sans joie à cette suggestion.

— Cesserais-tu d'essayer, à sa place ?

— Probablement pas, admit Rory en grimaçant.

Il réfléchit un instant avant de poursuivre :

— J'ignore comment tu peux t'y prendre, mais il faut absolument que tu l'empêches de tenter de retrouver la mémoire. Sinon je serai obligé de lui faire avaler une potion soporifique chaque fois qu'elle se réveillera. À la réflexion, ce n'est peut-être pas une mauvaise idée. Nous ignorons à quel point elle peut s'abîmer le cerveau si elle recommence. Je vais aller chercher…

— *Nay*, l'interrompit sèchement Aulay.

L'idée de droguer la jeune femme pour l'obliger à dormir lui déplaisait.

Rory haussa les sourcils d'un air interrogateur.

— Laisse-moi faire. Je tenterai de lui occuper l'esprit. Si cela ne marche pas, alors nous passerons à tes remèdes.

Le compromis ne sembla pas entièrement satisfaire Rory, mais il acquiesça d'un signe de tête.

— Très bien, mais préviens-moi dès que tu te rends compte que le stratagème ne fonctionne pas.

Aulay se contenta d'un grognement évasif et regarda son frère quitter la pièce avant de se tourner vers Jetta. À en juger par l'expression de son visage, la douleur l'avait suivie jusque dans son sommeil. Il se jura de faire tout ce qui était en son pouvoir pour que ce soit la dernière fois qu'elle souffre.

Jetta ouvrit les yeux pour les refermer presque aussitôt, éblouie par une clarté intense qui acheva de la sortir de son doux sommeil. Seigneur, que cette pièce était éclairée ! Ce devait être encore plus lumineux à l'extérieur, songea-t-elle en imaginant aisément le soleil resplendissant très haut dans le ciel, ce qui était plutôt rare par chez elle. La plupart des journées débutaient sous la pluie, dans le nord de l'Angleterre.

— Oh ! s'exclama-t-elle en écarquillant les yeux avec surprise.

— Tout va bien ?

Jetta tourna la tête vers la voix de son mari.

— Je viens de me souvenir que j'ai grandi en Angleterre.

Aulay sembla étonné d'apprendre une telle nouvelle, mais elle n'y fit guère attention et tenta de retrouver, au fond de son esprit, le nom de l'endroit en question.

— Jetta ?

— Oui ? répondit-elle distraitement en baissant les paupières pour réfléchir.

— Avez-vous faim ? demanda-t-il. Si je fais venir un bol de soupe, vous sentez-vous capable d'en boire un peu ?

En cherchant bien, elle finirait tôt ou tard par se souvenir d'un château ou d'un village de la région.

— *Jetta.*

Ce serait un bon début. Elle dresserait une liste de tous les lieux qui lui reviendraient en mémoire – à supposer qu'elle en retrouve au moins un. Pour le moment, cela n'avait pas l'air d'être…

Le flot de ses pensées s'interrompit brusquement quand Aulay l'embrassa. Allongée sur le lit, elle ne l'avait pas vu approcher, et les lèvres fermes et chaudes de ce dernier emportèrent ses réflexions avec la force d'une vague.

L'espace d'une seconde, Jetta fut tellement surprise qu'elle ne répondit pas au geste, mais, quand la passion de la veille se réveilla en elle, elle lui rendit son baiser. Dès qu'elle réagit, Aulay interrompit leur échange et lui lança un sourire taquin.

— Un peu de potage, beauté ?

— Volontiers, lâcha-t-elle dans un souffle, persuadée que présentement, elle aurait dit oui à n'importe quoi.

Tout ce qu'elle voulait, c'était qu'il continue ce qu'il avait commencé. Malheureusement, Aulay se dirigeait déjà vers la porte. Quelqu'un, probablement Mavis ou Rory, devait se trouver dans le couloir, car elle l'entendit chuchoter.

Réprimant un soupir, elle ferma les yeux un instant.

— Le nord de l'Angleterre, murmura-t-elle en se souvenant de la pensée qui lui avait échappé quand Aulay avait posé ses lèvres sur les siennes.

Elle connaissait son âge et la région où elle avait grandi… Un lieu où il pleuvait souvent. Sa mémoire lui revenait. Doucement et par petits morceaux, mais sûrement.

— Voulez-vous vous asseoir pour manger ?

Jetta rouvrit les yeux à cette question. Aulay avait transmis ses instructions et revenait vers elle. Après un bref regard en direction de la cheminée, elle hocha la tête, s'assit sur le matelas et eut à peine le temps de repousser les couvertures qu'Aulay la soulevait déjà dans ses bras.

Elle se laissa faire et enroula les bras autour de son cou.

— J'aime quand vous me portez, confessa-t-elle.

— Vraiment ? demanda-t-il, amusé.

— Oui, affirma-t-elle en se redressant légèrement pour lui déposer un petit baiser sur le menton. J'ai l'impression d'être une petite chose fragile dont il faut s'occuper.

— C'est le cas ! rétorqua-t-il d'un ton bourru.

— *Aye*. Mavis m'a dit que c'est vous qui m'avez nourrie de bouillon pour m'éviter de mourir de faim pendant que j'étais inconsciente. Apparemment, elle a proposé de s'en occuper, mais vous avez insisté pour le faire vous-même et n'avez jamais failli à votre tâche, sauf quand vos affaires vous ont appelé au château. Merci.

— Il n'y a pas de quoi, répondit Aulay d'une voix grave et rocailleuse qui envoya de délicieux frissons le long de l'échine de Jetta.

Quand ils arrivèrent près de la table, elle le serra brièvement dans ses bras avant qu'il ne la dépose. Elle lui murmura à l'oreille :

— Je suis l'épouse la plus chanceuse du monde avec un homme tel que vous à mes côtés. J'ai dû tomber amoureuse de vous dès l'instant où j'ai vu votre beau visage.

Aulay se raidit.

— Qu'y a-t-il ? s'enquit-elle en relevant la tête vers lui avec curiosité.

— Est-ce que vous vous moquez de moi ?

— Pardon ?

— Je sais parfaitement que je ne suis pas agréable à regarder, dit-il d'un air renfrogné. Je l'ai été, il fut un temps, mais ce n'est plus le cas depuis ce combat qui a coûté la vie à Ewan et m'a laissé cette balafre.

Jetta examina l'entaille en question et ne put s'empêcher de remarquer le mouvement de recul qu'eut Aulay quand il s'en aperçut. Il semblait sur le point d'exploser. N'avaient-ils jamais eu cette discussion par le passé ? Ne lui avait-elle pas affirmé que sa blessure ne lui ôtait rien de son charme ? Avait-elle été aussi stupide que cela avant sa perte de mémoire ?

— J'ignore ce que vous voyez quand vous observez votre reflet dans un miroir, commença-t-elle avec le plus grand sérieux, mais j'ai en face de moi un bel homme. À dire vrai, j'aime bien votre cicatrice. Elle vous donne un petit côté... diabolique.

— Vous trouvez que je ressemble au diable ? demanda-t-il d'un air pincé.

Fronçant les sourcils, Jetta lui prit le visage entre les mains et plongea ses yeux dans les siens.

— Pas le diable en personne, corrigea-t-elle avec fermeté. J'ai dit « un petit côté diabolique ». Elle vous donne un air légèrement dangereux, comme un Viking sur le point de piller mon village, un bandit en quête d'un butin à voler ou d'une femme à enlever, un guerrier venu me kidnapper pour me faire sienne.

À son grand soulagement, Aulay sembla trouver la comparaison amusante et il sourit.

— Il semblerait qu'il y ait un dénominateur commun à tous vos exemples.

— Eh bien, je...

Jetta hésita, mais, si son mari ignorait qu'elle le trouvait attirant, c'était qu'elle avait manqué à ses devoirs d'épouse. Elle se devait de rectifier le tir immédiatement. Cet homme s'était occupé d'elle avec la dévotion d'un serviteur pendant qu'elle était inconsciente et il avait fait preuve d'une gentillesse à toute épreuve depuis qu'elle était réveillée. Il méritait qu'on lui dise qu'il était beau et bon, et qu'elle était chanceuse de l'avoir à ses côtés

— Je vous trouve très séduisant, Aulay. Et j'aime beaucoup quand vous m'embrassez et me touchez...

Elle déglutit avec peine avant de trouver le courage de poursuivre.

— L'idée que vous me fassiez vôtre me donne des frissons dans tout le corps. C'est très excitant.

Au grand embarras de Jetta, Aulay se crispa à ces mots. Qu'est-ce qui avait bien pu se passer dans leur vie de couple pour qu'il réagisse ainsi ? L'avait-elle repoussé à cause de sa cicatrice ? Avait-il pris son éventuelle timidité pour du dégoût ? Inquiète à l'idée qu'elle ait pu le blesser par le passé, elle se mit à fouiller dans sa mémoire, déterminée à trouver où elle avait péché pour pouvoir réparer sa faute. Inconsciemment, elle porta une main à son front et grimaça de douleur sous l'effet de la concentration. Elle n'eut pas le temps de poursuivre sa réflexion car Aulay relâcha brusquement ses jambes. Mais, plutôt que de la faire tomber comme elle le craignit initialement, il l'agrippa par la taille des deux mains pour l'embrasser.

— Oh ! souffla-t-elle avant que leurs lèvres ne se joignent.

Le geste était empreint d'une telle passion et d'un tel désir que Jetta se rendit à peine compte qu'Aulay l'avait déposée sur la table. Du moins jusqu'à ce que les doigts de son époux se mettent à courir sur son corps. Les mains d'Aulay remontèrent le long de sa taille, caressant, malaxant, serrant son buste avant de redescendre dans le creux de ses reins pour s'emparer de son postérieur.

Une petite exclamation de surprise s'échappa de ses lèvres, et elle serra les bras autour des épaules d'Aulay tout en l'embrassant avec avidité. Les jambes enroulées dans son dos, elle se colla à lui comme pour se fondre dans son corps.

— *Nay*, grommela-t-elle quand il rompit leur baiser.

Elle n'eut pas le temps de protester davantage car il tira sur le fourreau démesuré qu'elle avait sur le dos et s'empressa de lui ôter ses manches. Sa tenue retomba mollement sur ses hanches, et elle se retrouva entièrement nue au-dessus de la ceinture. Avant même qu'elle n'ait pu essayer de se couvrir, Aulay posa une main ferme et chaude sur son sein, qu'il se mit à pétrir. De l'autre, il lui soutint le dos tout en se penchant en avant, de sorte qu'elle se retrouva bientôt allongée sur la table, Aulay au-dessus d'elle. Sans attendre, il se tourna vers le téton de son deuxième sein, qu'il goba entièrement avant de le titiller du bout de la langue.

Un gémissement incontrôlé s'échappa de la gorge de Jetta, et elle se débattit brièvement avant d'abandonner le combat et plonger les doigts dans la chevelure d'Aulay pour l'attirer contre elle et réclamer un autre baiser. Entreprenante, elle glissa la langue entre ses lèvres et alla même jusqu'à remonter la main contre la protubérance qui se pressait contre son intimité. Dès l'instant où ses doigts rencontrèrent le doux tissu du tartan, Aulay recula d'un pas, tira la chaise la plus proche du bout du pied et retomba lourdement dessus.

Interdite, elle le dévisagea sans comprendre. Leur interlude passionné était-il terminé ? Était-elle censée descendre de là et s'asseoir en face de lui comme si de rien n'était ?

— Oh ! s'écria-t-elle, choquée, quand il la saisit par les chevilles et la tira brusquement vers lui de façon à rapprocher son postérieur du bord de la table.

Avant même qu'elle n'ait pu objecter, il plongea la tête sous l'ourlet de sa robe et se mit à lui embrasser les cuisses.

— Mon amour, je vous en prie..., murmura-t-elle sans vraiment savoir si elle le suppliait d'arrêter ou de continuer.

Il ne répondit pas et se contenta de lui écarter un peu plus les jambes pour venir s'emparer de son intimité.

Une exclamation de stupeur s'échappa des lèvres de Jetta et elle arqua le dos en serrant les genoux contre la tête d'Aulay tel un étau, tandis que la langue de ce dernier explorait les parties les plus tendres de son anatomie.

— Seigneur ! souffla-t-elle en fermant les paupières sous l'effet d'un plaisir qu'elle n'aurait jamais cru possible.

Les actes auxquels il se livra étaient impossibles à décrire – et probablement condamnables aux yeux de l'Église. Mais à cet instant seules comptaient les sensations exquises qu'Aulay déclenchait en elle.

Comment avait-elle pu oublier une émotion aussi intense, aussi puissante ? Sa famille et ses proches, *aye*, peut-être pouvaient-ils s'être perdus dans les méandres de sa mémoire. Mais cette passion délirante ? Comment était-ce possible de ne pas se la rappeler ? Pourquoi n'avait-elle pas supplié Aulay de la lui remémorer dès l'instant où elle avait repris connaissance ? Elle avait l'impression que ce dernier aspirait son âme. Son corps tout entier était tendu comme un arc et frémissait de plaisir sous l'effet de ses caresses. Sa respiration était saccadée, son cœur battait la chamade. S'il continuait ainsi, elle allait en perdre la raison. Et pourtant elle aurait préféré mourir plutôt que de lui demander d'arrêter. Puis, quelque chose en elle vola en éclats. Une ficelle invisible sur laquelle il avait tiré se brisa sous la pression, et une vague de plaisir déferla sur elle, accompagnée d'un cri primitif qui s'échappa de ses lèvres tandis que tout son corps convulsait sous l'effet de la délivrance.

Quand elle finit par reprendre ses esprits et rouvrit les yeux, elle n'était plus sur la table, mais de retour dans les bras d'Aulay qui la portait vers le lit. Une fois au bord de la couche, il se pencha pour l'y déposer avec douceur et elle l'attira contre elle en quête d'un baiser. Il hésita un instant, puis l'embrassa rapidement avant de lui saisir les poignets.

— Il y a quelqu'un à la porte, chuchota-t-il.

Au même instant, trois coups puissants retentirent contre le battant de bois. Était-ce la première fois que l'on frappait ? Ou bien la deuxième ? Elle était incapable de le dire. Obnubilée par ce qui venait de se passer, elle n'avait pas prêté attention aux bruits alentour. Elle relâcha le cou d'Aulay à contrecœur et s'adossa contre les oreillers.

— C'est sûrement Mavis qui revient avec la soupe, commenta-t-il en souriant avant de lui serrer brièvement les doigts.

Jetta ferma les yeux et l'écouta distraitement répondre au visiteur. Elle crut reconnaître la voix de Rory, mais fut incapable de distinguer ses paroles. Le frère de son époux semblait toutefois agité, songea-t-elle avant de laisser le sommeil l'emporter.

# 4

— Que diable étais-tu en train de faire à cette pauvre fille ? Je l'ai entendue depuis la cour.

Aulay fusilla Rory du regard pour lui intimer de se taire et sortit sur le pas de la porte. Mavis avait-elle également entendu les cris passionnés de Jetta ? La jeune femme était une amante très vocale. S'il avait trouvé cela extrêmement satisfaisant dans le feu de l'action, il se rendait désormais compte que ce n'était pas sans conséquence.

— Heureusement que Mavis est sortie, commenta Rory comme s'il avait lu dans ses pensées. Elle est allée cueillir des herbes pour la cuisine et montera un bol de soupe pour Jetta quand j'aurai ajouté un peu d'eau du puits dans la marmite. Si elle avait été là, elle aurait eu une crise cardiaque. Que s'est-il passé ? A-t-elle fait un cauchemar ?

Étonné, Aulay haussa les sourcils puis secoua la tête.

— Le simple fait que tu me poses la question prouve que tu devrais sortir le nez de tes livres de médecine de temps en temps et te rendre au bordel du village plus souvent.

Rory se crispa, puis plissa les yeux d'un air suspicieux.

— Aulay, ne me dis pas que…

— Non, l'interrompit-il d'un ton ferme. Je l'ai simplement… distraite.

Ce n'était pas entièrement faux. Son intention initiale avait été de détourner son attention en la convainquant de manger un morceau, mais, quand elle avait affirmé le trouver séduisant et lui avait avoué de but en blanc que l'idée qu'il la fasse sienne l'excitait, il avait tellement eu envie d'elle que…

— Aulay ! lâcha Rory d'un ton irrité. Quand je t'ai demandé de la distraire, je ne t'ai pas dit de disposer de sa vertu comme tu l'entendais.

— Son honneur est intact, rétorqua-t-il sèchement.

Par-dessus l'épaule de Rory, il aperçut Mavis qui rentrait de sa cueillette et décocha un regard d'avertissement à son frère.

— Mavis ! Tu es de retour, lança-t-il.

— *Aye*, acquiesça-t-elle en souriant. Il devait y avoir un jardin dans le coin, il fut un temps. L'endroit regorge d'herbes et d'épices sauvages.

— Ce sera très utile, murmura Aulay.

— Je l'espère, dit-elle en se tournant vers Rory. Au fait, merci d'avoir ajouté de l'eau dans la marmite. La soupe bouillait à mon arrivée.

Une expression coupable se dessina sur le visage de Rory. Perturbé par les cris de Jetta, de toute évidence, il avait oublié d'accomplir la tâche que Mavis lui avait confiée.

— Merci, Mavis, reprit Aulay à la hâte pour éviter qu'elle ne remarque la réaction de son frère. Jetta est très maigre et elle a besoin de manger pour recouvrer ses forces.

— C'est vrai, elle fait peur à voir, admit-elle d'un air sombre en tendant son plateau à Aulay. Je vais essayer de me mettre à ces délicieuses pâtisseries que Cook prépare souvent au château. Cela aidera Jetta à reprendre un peu de poids.

— Bonne idée, approuva Aulay.

Mavis tourna les talons et s'éloigna. Quand elle fut hors de portée de voix, il reporta son attention sur son frère.

— Sa vertu est intacte, je te dis. Elle est sous ma protection, et je n'ai aucunement l'intention d'abuser de sa confiance.

Les yeux de Rory brillaient encore de colère.

— Elle vous croit *mariés*, Aulay. Penses-tu qu'elle te laisserait l'embrasser si ce n'était pas le cas ? La toucher constitue déjà une trahison, tant qu'elle ignore la vérité.

— C'est toi qui m'as dit de ne pas tout lui avouer, lui fit-il remarquer sans parvenir à dissimuler son irritation. Tu prétendais que cela l'aiderait à se remettre.

— *Aye*, c'est vrai, admit Rory. Et j'en suis toujours persuadé. Les blessures crâniennes sont délicates, et jusqu'à ce qu'elle soit entièrement rétablie elle a besoin de beaucoup de repos, de se sentir protégée et d'éviter toute forme d'agitation, quelle qu'elle soit.

— Nom de Dieu, marmonna Aulay dans sa barbe avant de prendre une grande inspiration pour tenter de se calmer. Très bien, je ferai en sorte de ne pas l'exciter.

Rory hocha la tête d'un air satisfait.

— Bien.

Aulay fit volte-face et il s'apprêtait à retourner dans la chambre quand son frère l'arrêta.

— Au fait, j'oubliais...

— Quoi encore ?

— Alick est arrivé un peu plus tôt, annonça-t-il.

Aulay haussa un sourcil étonné.

— Et donc ?

— Il voulait t'informer que Conran et Geordie sont partis à cheval hier pour s'enquérir d'un éventuel naufrage ayant eu lieu il y a trois semaines.

— Conran ? dit Aulay en fronçant les sourcils. Je croyais avoir demandé à *Alick* et Geordie de s'en charger.

— Oui, mais apparemment Conran a jugé préférable d'accompagner Geordie pour qu'Alick puisse rendre visite à Saidh, expliqua-t-il.

Il tordit la bouche en une petite grimace embarrassée.

— Geordie ne souhaitait probablement pas s'occuper de cette corvée tout seul. Conran a donc pris la place d'Alick, qui peut ainsi se rendre à MacDonnell.

Aulay ne put dissimuler sa surprise.

— Alick a l'intention d'aller voir Saidh ?

Rory hocha la tête.

— Tout à fait. Cette idée a été mise sur le tapis le jour où Jetta a repris connaissance, le but étant qu'Alick demande à Saidh si elle a des robes qui iraient à Jetta. La donzelle mérite mieux que les tenues de Mavis, à présent.

— Grands dieux, surtout pas ! s'exclama Aulay.

— Et pourquoi ça ?

— Si Saidh apprend que Jetta est ici, elle va rappliquer au triple galop et c'est bien la dernière chose dont nous avons besoin. Demande plutôt à Alick d'aller chez un marchand de tissus. Certains vendent des robes prêtes à porter. Sinon, nous trouverons bien quelques couturières à Buchanan disposées à confectionner des tenues à la taille de Jetta.

— Ah, fit Rory en baissant soudain le regard vers ses pieds.

— Qu'y a-t-il ?

— Tu m'as mal compris. Alick est passé au pavillon, mais il est *déjà* reparti. Il se dirige vers MacDonnell à l'heure qu'il est.

— Quoi ? s'exclama Aulay.

— *Aye.* Il est arrivé peu après notre retour de la chasse, quand tu es monté pour déjeuner avec Jetta.

— Pourquoi ne me l'as-tu pas dit plus tôt ?

Rory haussa les épaules.

— J'ai oublié.

— Pour l'amour du ciel, Rory ! grommela Aulay d'un ton exaspéré. Saidh va sauter en selle dès qu'elle apprendra la nouvelle. Je m'attends à la voir ici dès demain.

— Pas forcément, contra Rory. Peut-être que Saidh sera absente quand Alick arrivera à MacDonnell.

— Rappelle-moi la dernière fois que la chance a tourné en notre faveur ?

Rory sourit.

— Tu as raison. Elle sera ici au petit matin.

Réprimant un juron, Aulay tourna les talons et pénétra dans la chambre. Sans lâcher le plateau, il repoussa la porte d'un coup de pied. Quand il releva la tête, il découvrit que Jetta s'était rendormie et ronflait légèrement.

Jetta fronça les sourcils et porta une main ensommeillée à son visage pour se gratter le nez, mais elle ne réussit qu'à se mettre le doigt dans l'œil. Fort heureusement, elle avait les paupières fermées et sa maladresse ne lui causa aucune douleur, mais cela réussit néanmoins à achever de la réveiller et elle balaya la pièce d'un regard encore vaseux. À travers les volets, une faible clarté bleutée annonçait l'arrivée imminente de l'aube. Il était encore tôt et elle referma les yeux pour se rendormir, mais un petit ronflement la tira de sa torpeur et elle se redressa en position assise sur le matelas.

Un sourire se dessina sur ses lèvres quand elle aperçut son mari qui dormait profondément sur la paillasse à côté du lit. Tous les matins depuis l'interlude sur la table, il y avait neuf jours de cela, Mavis avait été la première personne à qui elle avait dit bonjour. Quand la domestique arrivait pour l'aider à accomplir ses ablutions journalières, Aulay était généralement sorti et il ne la rejoignait que pour déjeuner. Non seulement il n'était plus présent à son réveil, mais il avait également cessé de l'embrasser et de s'adonner à ces caresses délicieuses qui lui avaient octroyé tellement de plaisir.

Le bonheur que Jetta avait initialement ressenti en voyant son époux s'effaça. Que se passait-il ? Était-il fâché ? La trouvait-il repoussante ? À cette pensée, elle passa une main sur la partie presque chauve à l'arrière de son crâne. On lui avait rasé les cheveux pour panser ses blessures. Ces dernières étaient cicatrisées, mais sa chevelure avait seulement repoussé d'un petit centimètre. Ce n'était probablement pas très beau à voir.

Pourtant c'était déjà le cas quand il l'avait embrassée la première fois et quand il avait... Quand il s'était livré à cette *autre activité*. Pourquoi ne la touchait-il plus ? Et, surtout, qu'est-ce que cela signifiait pour leur mariage ? Certes, Aulay se montrait toujours aussi prévenant et attentif. Il passait la quasi-totalité de son temps avec elle après le départ de Mavis en début de matinée. Ils jouaient à des jeux de société. Parfois, il lui racontait des anecdotes de son enfance. Jamais il n'avait manqué un seul repas en sa compagnie et il veillait constamment à ce qu'elle se sustente suffisamment, faisant monter casse-croûte et sucreries à longueur de journée afin de l'aider à reprendre un peu de poids.

À dire vrai, elle n'aurait pas pu rêver meilleur mari. Il était gentil, attentionné. Seul son refus de la toucher l'inquiétait. Elle s'imaginait mal vivre le restant de ses jours à ses côtés sans qu'il lui fasse de nouveau connaître le plaisir qu'il lui avait fait découvrir sur la table ce jour-là. Plus elle y repensait, plus elle avait envie de renouveler l'expérience. Dès que la main d'Aulay effleurait la sienne ou qu'elle posait les yeux sur ses lèvres, son cœur manquait un battement et se mettait à battre la chamade. Un simple regard suffisait à déclencher en elle un désir brûlant. Pourquoi diable gardait-il ses distances ?

Elle l'observa tristement en silence. Tout à coup, elle comprit : bien qu'il lui ait octroyé énormément de plaisir sur la table, elle n'avait rien fait d'autre que de gémir et de crier en retour. Elle l'avait à peine embrassé, sans parler de lui rendre ses caresses, ce qui était incroyablement égoïste de sa part. Peut-être s'était-il fait de fausses idées. Il était temps qu'elle lui montre qu'elle avait apprécié l'attention, et quoi de mieux pour ce faire que de lui rendre la pareille ?

Laissant échapper la petite inspiration qu'elle avait retenue jusqu'alors, Jetta releva le menton et s'assit au bord du lit, les pieds sur le plancher et le regard baissé sur son mari. Allongé sur le flanc, il s'était enroulé dans son tartan, ce qui risquait de poser un problème. Si elle essayait de repousser le plaid, elle était quasiment certaine qu'il se réveillerait avant qu'elle n'ait pu attiser son intérêt et il mettrait immédiatement fin à ses tentatives.

Elle réfléchit un instant, puis sourit et se retourna pour tirer la plus épaisse des fourrures sur ses genoux. La tenant fermement d'une main, elle se leva et la laissa retomber sur le sol, avant de l'étaler avec précaution sur le corps endormi de son époux. Puis, elle se rassit au bord du lit pour patienter. Son stratagème sembla prendre une éternité et elle commençait à perdre espoir quand son mari finit par remuer dans son sommeil et roula sur le dos en repoussant l'ensemble des couvertures sous l'effet de la chaleur.

Jetta faillit bondir et applaudir à tout rompre tellement elle était heureuse que son plan ait fonctionné, mais elle se retint et laissa son regard glisser vers ce qui était désormais découvert au grand jour.

Aulay n'était vêtu que de sa chemise en lin qui était remontée sur son ventre, le laissant ainsi entièrement nu en dessous de la ceinture.

Et ce qu'elle vit ne correspondait en rien à ce à quoi elle s'était attendue. Si elle se souvenait instinctivement avoir changé les couches de petits garçons, la minuscule petite chose qu'elle avait vue entre leurs jambes n'était en rien comparable au monstre endormi au creux du nid de boucles sombres qu'elle avait présentement sous les yeux. Elle n'avait aucun souvenir d'une telle bête.

Seigneur ! Qu'était-elle censée en faire ?

La question tourna un bon moment dans son esprit, en vain, et elle envisagea un instant de faire semblant de dormir jusqu'à ce qu'Aulay se réveille et quitte la pièce. Mais elle se ravisa. Si elle voulait connaître ce plaisir qu'Aulay lui avait octroyé, elle devait lui rendre la pareille. Elle se contenterait de l'imiter. Cela ne devait pas être très compliqué, si ?

Réprimant une grimace de douleur, Jetta glissa sur le plancher à côté de son époux et jeta un regard nerveux sur son visage endormi, puis sur son membre au repos. Par quoi était-elle censée commencer ? Aulay s'était d'abord mis à lui embrasser les cuisses, avant de… Elle n'était pas certaine d'avoir saisi ce qu'il avait fait exactement, toute concentrée qu'elle avait été sur les sensations qu'il avait déclenchées en elle en embrassant sa féminité. Elle savait, en revanche, qu'il avait fait usage de ses lèvres et de sa langue.

Aussi, elle décida de l'imiter.

Agenouillée près de lui, elle déposa un premier baiser à l'intérieur de son genou, puis remonta un peu plus haut, passant de la jambe droite à la gauche tout en continuant son avancée. Quand elle releva la tête, le monstre s'était réveillé. Après un bref moment d'hésitation, elle commença à l'embrasser, remontant le long de son membre qui ne cessa de grandir et de grossir. Quand elle finit par atteindre son extrémité, il était alors de taille plus que respectable, mais elle fut étonnée de le sentir se durcir encore sous sa langue quand elle le prit en bouche.

Elle enroula une main à sa base et se recula pour adopter une position un peu plus confortable. Le long gémissement qui s'échappa des lèvres de son mari la surprit.

Relevant brusquement les yeux, elle fut soulagée de voir qu'Aulay dormait toujours, mais son expression était tendue et sa tête et ses jambes s'étaient mises à remuer. Encouragée par cette réaction, elle le reprit un peu plus profondément entre ses lèvres avant de s'écarter de nouveau. Aulay poussa un grognement inintelligible, mais elle crut reconnaître son propre prénom et elle sourit malgré elle.

C'était probablement bon signe. Elle n'imaginait pas le désarroi dans lequel il l'aurait plongée s'il avait prononcé celui d'une autre femme. Il était temps qu'elle passe à la vitesse supérieure. Elle reprit le monstre en main et déposa de petits baisers sur toute sa longueur mais, à sa grande déception, cette action ne sembla pas susciter chez son époux la même réaction que précédemment. Perturbée par l'absence de gémissements, elle reprit l'extrémité de son membre en bouche et l'inséra entre ses lèvres aussi profondément que possible, déclenchant un autre grognement avide et profond.

Satisfaite d'avoir découvert ce qui lui faisait le plus plaisir, elle poursuivit lentement le mouvement de va-et-vient et elle était tellement concentrée sur ce dernier que lorsque Aulay grommela son prénom et enfouit une main dans sa chevelure elle eut un mouvement de recul involontaire… et serra les dents. Un cri de douleur s'échappa des lèvres d'Aulay, et elle se recula brusquement en comprenant son erreur.

— Oh ! je suis désolée, s'exclama-t-elle, anxieuse, tandis qu'il se recroquevillait en position fœtale, les deux mains sur son membre maltraité.

Le rugissement d'Aulay fit place à un chapelet de jurons.

— Vous m'avez fait sursauter. Je suis vraiment navrée. Je n'ai pas voulu vous mordre. Vous ai-je fait mal ?

— Nom de Dieu, grogna-t-il, la tête dans la fourrure.

— Je veux dire... Je sais bien que c'est le cas, se corrigea-t-elle à la hâte. Mais vous ai-je blessé ?

Elle s'interrompit et se mordit la lèvre en baissant les yeux sur les poings qu'Aulay tenait serrés contre son entrejambe.

— Voulez-vous que je jette un coup d'œil pour voir si cela saigne ?

— *Nay*, grommela-t-il, sa voix étouffée par les couvertures dans lesquelles il avait enfoui son visage.

— Mais...

— Retournez au lit, ordonna-t-il.

Sa voix était aussi dure que la pierre. Elle le fixa un instant, impuissante, puis grimpa sur le matelas à contrecœur. Elle avait tout gâché ! Il ne voudrait plus jamais la toucher désormais. Elle passerait le restant de ses jours à côté d'un mari adorable et prévenant mais qui refusait de se laisser aller à la passion dans ses bras, sans qu'elle en comprenne la raison.

Ses yeux la piquèrent, et elle renifla. Le pire, c'était que son mariage était presque parfait. Elle n'en avait peut-être pas beaucoup de souvenirs, mais elle savait, au fond de son cœur, que peu de femmes avaient la chance d'avoir un époux aussi attentionné que le sien. C'était un homme bien. Si seulement elle avait pu résoudre ce problème, tout serait allé pour le mieux. Elle avait échoué, reconnut-elle en essuyant ses larmes d'un revers de la main.

Plus jamais elle ne connaîtrait la douceur des lèvres d'Aulay sur les siennes, la caresse de ses mains sur son corps, et toutes ces autres activités auxquelles les couples s'adonnaient en privé. Cette pensée lui arracha un sanglot.

— Jetta ? Qu'est-ce qui ne va pas ? Pourquoi pleurez-vous ?

Elle rouvrit les paupières. Aulay était penché au-dessus d'elle, les traits crispés. Elle l'avait blessé, et pourtant c'était lui qui se faisait du souci pour elle. Il était tellement prévenant, songea-t-elle en pleurant encore plus fort.

— Jetta ?

Il s'assit sur le matelas et la prit dans ses bras.

— Qu'y a-t-il ? Vous ai-je fait mal quand vous m'avez mordu ?

Jetta laissa échapper un petit rire mouillé.

— Bien sûr que non. C'est juste que... Je ne voulais pas vous faire mal, Aulay.

— Je sais.

Il relâcha son souffle, soulagé.

— Je suis vraiment désolée.

— Je sais, répéta-t-il avec douceur en la réconfortant. C'était un accident.

— J'ai tout gâché, gémit-elle.

— Tout gâché ? Qu'essayiez-vous de faire exactement ? demanda-t-il, visiblement décontenancé.

— Je voulais vous faire plaisir, admit-elle, gênée. J'ai cru que peut-être vous ne me touchiez plus parce que vous pensiez que je n'en avais pas envie puisque quand vous avez... fait ce que vous avez fait, je me suis contentée de rester allongée comme un poisson mort. J'espérais vous montrer que...

— Vous n'êtes pas restée allongée comme un poisson mort, l'interrompit Aulay d'une voix amusée. Vous avez répondu de la manière la plus passionnée qu'un homme puisse souhaiter.

— Vraiment ?

Il hocha la tête avec sérieux.

— Alors ai-je fait quelque chose qui vous a déplu ? continua-t-elle.

La question parut le surprendre.

— Jamais de la vie. Qu'est-ce qui vous fait croire ça ?

— Parce que vous ne m'avez pas embrassée depuis lors. J'ai pensé que c'était parce que je ne vous avais pas suffisamment montré que cela m'avait plu ou que vous en aviez assez de moi et ne me trouviez plus séduisante à cause de ma tête rasée.

— Oh ! Jetta.

Il soupira avec douceur en prenant le visage de celle-ci entre ses mains.

— Vous n'avez rien fait pour me déplaire, et je ne suis pas las de vous. Au contraire, chaque minute que je passe à vos côtés, je dois me retenir de ne pas vous toucher.

Il baissa furtivement les yeux sur les lèvres de Jetta.

— C'est vrai ? chuchota-t-elle, incertaine.

— Absolument. Je ne pense qu'à cela toute la journée. Je

m'imagine vous ôter cette robe pour pouvoir me repaître de la vue de votre corps et vous prendre dans ma bouche jusqu'à ce que vous criiez mon nom.

— Oh ! souffla-t-elle d'une voix tremblante.

— J'ai envie de vous, beauté, admit Aulay d'une voix rocailleuse.

Ces paroles ne firent que confirmer ce que Jetta, assise sur les genoux d'Aulay, sentait déjà contre son postérieur.

— Je n'ai jamais autant désiré une femme de toute ma vie. Tous les jours, je rêve de vous allonger sur ce lit et de goûter au fruit de votre passion jusqu'à plus soif avant de...

La fin de sa phrase mourut quand Jetta se jeta brusquement en avant pour l'embrasser.

La tentation était trop forte, elle n'avait pas pu résister. Les paroles d'Aulay, les images qu'il avait décrites et qu'elle avait visualisées dans son esprit, tout cela avait déclenché en elle un désir qu'elle ne se connaissait pas. Elle voulait l'entendre gémir, sentir sa peau nue contre son corps. Elle le désirait tout entier et ce fut cette envie qu'elle transmit dans son baiser, pressant sa bouche contre celle d'Aulay, l'obligeant à entrouvrir les lèvres et laissant ses doigts courir sur son corps, son torse, ses bras puis ses fesses.

Aulay s'était raidi lorsqu'elle l'avait embrassé, mais, quand elle s'empara de son postérieur et se colla à lui, il ne fut plus que passion et désir. Il répondit à ses avances avec la même avidité qu'elle, et ses mains ne furent pas longues à la débarrasser de son fourreau pour venir se saisir de ses seins.

Une petite exclamation de surprise s'échappa des lèvres de Jetta quand elle se retrouva soudain allongée sur le lit, Aulay au-dessus d'elle. Il interrompit leur baiser pour lui embrasser la joue et lui murmurer à l'oreille :

— Écartez les jambes.

Jetta ne se fit pas prier. Elle obtempéra sans hésiter et gémit quand il pressa son sexe contre sa féminité, à peine bloqué par le fin tissu de sa robe. Aulay poussa un grognement et se remit à l'embrasser avec férocité tout en calant ses hanches contre les siennes. Un son semblable à un sanglot incontrôlé remonta du plus profond de la gorge de Jetta, et elle arqua le dos en enroulant les jambes dans le dos d'Aulay. Le mouvement eut pour effet de faire remonter son fourreau contre ses hanches. Elle sentit la chair chaude d'Aulay contre la sienne et ne put s'empêcher de plonger ses ongles dans les épaules de son mari, mais il se figea.

Craignant qu'il n'interrompe leur interlude, elle mit fin à leur baiser.

— S'il vous plaît, le supplia-t-elle dans un souffle.

Plutôt que de l'encourager, ces mots semblèrent le désespérer. Il ferma les yeux et laissa son front retomber contre le sien.

— Vous voulez ma mort, beauté.

À présent immobile, Jetta fronça les sourcils, interdite.

— Je ne comprends pas. Pourquoi ne continuons-nous pas ?

— Très bonne question, marmonna-t-il d'un ton amer.

Il soupira avant de reprendre.

— Nous ne pouvons pas aller plus loin, murmura-t-il d'une voix presque éreintée.

— Mais j'en ai envie, rétorqua-t-elle, éberluée par son refus. Nous sommes mariés, et je...

La porte de la chambre s'ouvrit, et tous deux tournèrent brusquement la tête. Rory pénétra dans la pièce, s'arrêta brutalement sur le seuil et décocha un regard noir à Aulay.

— Aulay, puis-je te parler ? demanda-t-il d'un ton glacial avant de tourner les talons pour ressortir.

— Malédiction ! grommela Aulay en roulant sur le côté.

Jetta hésita un instant, puis s'assit sur le matelas et remonta son fourreau pour se couvrir la poitrine.

— Votre frère semblait...

— Fâché ? suggéra-t-il.

— C'est cela, admit-elle. Savez-vous pourquoi ?

— *Aye,* il est contrarié par ce que nous faisions.

— C'est ridicule, voyons. Je suis votre femme. C'est vous qui devriez être en colère contre lui pour être entré sans frapper.

Aulay resta silencieux un moment, puis se leva et se pencha en avant pour ramasser son plaid sur le plancher.

— Je n'aurais pas dû vous caresser ni vous embrasser.

— Pourquoi ? s'exclama-t-elle, déroutée.

Après tout, Aulay était son époux et elle avait adoré ce qu'ils avaient entamé. Elle était impatiente de poursuivre.

— Nous sommes mariés, déclara-t-elle fermement. Et le lit conjugal fait partie intégrante de la vie d'un couple. Nous pouvons faire ce qui nous chante, si nous le souhaitons. Du moins, moi j'en ai envie...

Elle avait ajouté ces derniers mots d'une voix incertaine.

— Croyez-moi, j'en ai envie aussi, déclara-t-il avec le plus grand sérieux. Vous le savez, n'est-ce pas ?

À ces mots, le regard de Jetta retomba sur son membre encore en érection, et elle hocha la tête en rougissant.

— Mais il y a des choses que vous ignorez, ajouta-t-il d'un air grave.

— De quoi parlez-vous ?

Aulay hésita pendant si longtemps qu'il était rhabillé quand il finit par reprendre la parole.

— Rory m'a ordonné de ne pas vous exciter. Il craint que cela ne ralentisse votre rétablissement.

— Est-ce pour cela que vous ne me touchez plus depuis...

Sa question resta en suspens quand Aulay lui déposa un baiser doux et ferme sur les lèvres.

— Je vais dire à Mavis de monter, dit-il en tournant les talons.

Déçue, Jetta le regarda sortir de la pièce et soupira. L'interlude passionné était terminé.

# 5

— Si tu es incapable de te maîtriser en présence de Jetta, je vais devoir faire en sorte que tu ne te retrouves plus jamais seul en sa compagnie, cracha Rory dès qu'Aulay posa le pied dans le couloir et referma la porte derrière lui. C'est ma patiente, Aulay. Je...

— Je suis parfaitement capable de me contrôler, l'interrompit-il d'un ton sec. De fait, c'est exactement ce que j'ai fait jusqu'à présent. Je ne l'ai pas embrassée depuis la dernière fois que nous avons eu cette discussion, il y a plus d'une semaine, mais ce matin elle...

Aulay cessa de parler, peu disposé à raconter à son frère la manière dont Jetta l'avait réveillé. Cette simple pensée suffit à l'exciter de nouveau. Il avait tellement de mal à y croire. Sa journée avait débuté de la plus merveilleuse des façons... jusqu'à ce qu'elle plante les dents comme s'il était un délicieux morceau de bœuf. Le souvenir le fit grimacer. Il dormait encore à moitié, alors, revenant lentement mais sûrement à lui. Et boum ! L'instant d'après, il était remonté à la surface et le plaisir avait fait place à la douleur.

Il laissa échapper un soupir avant de répondre :

— Elle était chagrinée que je ne la touche plus depuis un moment et a voulu attirer mon attention.

— Apparemment, ce fut un succès, répliqua Rory.

— *Aye*, mais je n'ai fait que l'embrasser. Je ne lui ai pas volé sa vertu. Son honneur reste intact. De plus, je lui ai expliqué qu'il n'était pas recommandé pour sa santé qu'elle soit soumise à quelque sorte d'excitation que ce soit. Donc elle ne recommencera plus, et je continuerai de me contrôler.

Rory le dévisagea une minute, puis opina d'un air résigné.

— Très bien, mais je te préviens, Aulay : si tu la déflores, tu devras l'épouser.

Aulay claqua la langue, agacé.

— Écoute, je sais que tu ne veux que son bien, mais je suis l'aîné de notre fratrie et le seigneur de Buchanan. Tu ne m'obligeras pas à faire quelque chose que je ne souhaite pas, et je ne te laisserai pas la forcer à agir contre son gré.

Aulay laissa à Rory le temps de digérer ces paroles.

— À présent, reprit-il, dis-moi ce que tu es venu faire ici. Quelque chose ne va pas ?

Rory grimaça.

— Non. Enfin, si. J'ai cru t'entendre crier. Ça m'a réveillé.

Aulay sentit le rouge lui monter aux joues. Il ne pouvait pas raconter à Rory ce qui s'était passé. Il opta donc pour la voie du silence.

— J'ai dû rêver, suggéra soudain Rory.

— *Aye*, probablement, répondit Aulay, soulagé.

Rory hocha la tête puis pivota et se dirigea vers l'escalier.

— C'est étrange, ajouta-t-il à la dernière minute. Mavis a fait exactement le même rêve que moi.

Aulay soupira. Il aurait dû exiger des murs plus épais quand il avait fait construire le pavillon. Les bruits résonnaient comme si la maison tout entière était faite de papier. À l'époque, ce n'était pas le genre de paramètre qu'il avait pris en compte. À cette époque, il n'avait pas de femme dans sa vie et n'imaginait pas en retrouver une un jour.

— Je vais demander à Mavis de monter pour les ablutions matinales de Jetta, dit-il en mettant un pied sur la première marche.

Aulay fit demi-tour et retourna dans la chambre. Il referma derrière lui et se figea en voyant le lit vide. Surpris, il balaya la pièce du regard et trouva Jetta près de la fenêtre aux volets ouverts. Penchée vers l'extérieur, elle observait la clairière illuminée par la clarté de l'aube.

— Attention, beauté, dit-il en se hâtant de la rejoindre. Il ne faudrait pas que vous tombiez.

La mise en garde la fit rire.

— Je ne suis pas si maladroite. C'est juste que... L'air est si frais, si pur. Je voulais voir autre chose que cette chambre.

Aulay fronça les sourcils et jeta un coup d'œil aux grands arbres devant lui. La vue était magnifique. Les feuilles bruissaient dans le vent, les oiseaux pépiaient gaiement, et l'herbe était aussi verte que les pupilles de Jetta. Lui-même avait passé la plupart de son temps dans cette pièce, dernièrement. Il était sorti à l'occasion pour aller s'occuper de ses affaires au château, mais ces excursions avaient été courtes et Jetta était encore inconsciente alors. Depuis qu'elle était réveillée, il n'avait pas quitté le pavillon, hormis pour aller chasser de quoi dîner ou piquer une tête dans le lac pendant que Mavis aidait Jetta à faire sa toilette. L'océan était plus près que le loch, mais il préférait se laver à l'eau douce. De plus, après des heures passées à l'intérieur, la chevauchée dans la brise matinale était appréciable.

Jetta, en revanche, n'était jamais sortie de la chambre. Un changement de décor et un grand bol d'air frais lui feraient probablement le plus grand bien.

— Si vous vous en sentez capable, nous pourrions aller faire un tour à cheval et déjeuner face à l'océan.

— Vraiment ? s'exclama-t-elle en se tournant vers lui, les yeux brillant d'excitation.

— *Aye*, s'esclaffa-t-il face à une telle démonstration de joie. Enfin, si Rory n'y voit pas de contre-indication. Je ne voudrais pas compromettre votre convalescence.

— Oh ! fit-elle, soudain inquiète. Pensez-vous qu'il sera d'accord ?

Aulay ouvrit la bouche pour répondre, mais de faibles coups à la porte l'interrompirent et Mavis entra dans la pièce. Il la salua et prit Jetta par le bras pour l'éloigner de la fenêtre.

— Je vais lui poser la question pendant que Mavis s'occupe de vous, déclara-t-il.

Le sourire de Jetta s'était évanoui, et elle se mordillait la lèvre. De toute évidence, l'éventualité d'une réponse négative la tracassait.

— Ne vous inquiétez pas, la rassura-t-il. Je suis certain que cela ne posera aucun problème.

— C'est hors de question !

Aulay leva les yeux au ciel à ces mots. Son frère semblait catégorique.

— Cela fait des semaines qu'elle est enfermée là-haut, contra-t-il. Une petite promenade ne lui fera pas de mal.

— Elle était inconsciente la plupart du temps, fit remarquer Rory. Tu oublies qu'elle a failli y rester et qu'elle est encore souffrante.

— Ce n'est pas vrai, répliqua Aulay. Certes, elle a perdu la mémoire, mais à part cela elle se porte comme un charme. Elle n'a pas de fièvre, pas de blessure ouverte, son crâne est quasiment guéri et, bien qu'elle reste encore faible, ses forces reviennent de jour en jour et elle a déjà repris quelques kilos.

— C'est loin d'être suffisant, rétorqua Rory d'un ton ferme. Elle est encore trop maigre et fragile. Une sortie à l'extérieur est beaucoup trop risquée.

— Elle va difficilement gagner du muscle en restant alitée, commenta Aulay, exaspéré. Il faut qu'elle bouge.

Rory ne répondit pas. Visiblement, l'argument d'Aulay avait fait mouche.

— Très bien, je te propose un compromis, finit-il par lâcher. Un pique-nique au bord de l'océan. Elle ne marchera que pour monter en selle, puis du cheval jusqu'à la plage et inversement. Ainsi, elle pourra prendre l'air, se déplacer un peu et, qui sait, peut-être que la vue de l'océan lui rafraîchira la mémoire.

Rory lui décocha un regard curieux avant d'ajouter :

— Es-tu sûr de vouloir qu'elle se souvienne du fait que vous n'êtes pas mariés ?

Aulay hésita, partagé. Une partie de lui avait envie que Jetta se remette entièrement de son accident. La réaction de cette dernière face à ses caresses avait fait naître l'espoir en son cœur. Il voulait qu'elle sache qu'il ne l'avait pas encore épousée pour pouvoir lui demander sa main, en espérant qu'elle accepte de devenir sa femme et la mère de ses enfants. *Mari et père.* Un rêve auquel il avait dit adieu après sa blessure.

Mais l'autre moitié de son être, celle qui se souvenait encore de la souffrance causée par le rejet de sa première fiancée et des regards horrifiés qu'on lui avait lancés depuis que cette cicatrice le défigurait… Cette partie-là préférait que Jetta n'apprenne jamais la vérité et qu'ils restent indéfiniment dans cet état d'incertitude, celui dans lequel ils étaient mariés, mais pas tout à fait, où elle lui appartenait, même s'il ne pouvait la faire sienne. Au fond de lui, il craignait que Jetta ne soit soulagée en apprenant qu'il n'était pas son époux. En toute honnêteté, il préférait rester dans cette étrange semi-relation, plutôt que de risquer de la perdre entièrement.

Mais pas un seul mot de tout cela ne franchit ses lèvres.

— Plus vite elle se souviendra de qui elle est, plus vite nous pourrons la protéger de cette menace qui la terrifiait avant qu'elle ne perde la mémoire.

Rory le fixa si intensément et si longuement qu'Aulay crut un instant qu'il lisait en lui ses peurs et ses espoirs comme dans un livre ouvert.

— Très bien. Nous l'emmènerons donc déjeuner à la plage, finit-il par déclarer au bout d'un moment.

— Entendu.

Aulay acquiesça en souriant, à peine dérangé par le fait que Rory avait prévu de les accompagner.

À dire vrai, c'était probablement plus sage. La présence de son frère l'obligerait à se tenir, ce qu'il avait de plus en plus de mal à faire ces derniers temps. Les péripéties de la matinée n'avaient rien arrangé. L'image de Jetta penchée sur sa virilité était gravée au fer rouge dans son esprit, et même la douleur qui s'était ensuivie ne réussissait plus à effacer le désir que ce souvenir déclenchait en lui. Décidément, il était préférable qu'ils aient un chaperon à compter de maintenant.

— C'est magnifique, murmura Jetta dans un souffle en balayant l'horizon du regard.

— Cela vous rappelle-t-il quelque chose ? s'enquit Aulay.

Il tira sur les rênes pour faire ralentir sa monture et emprunter le sentier escarpé qui descendait vers la grève.

Il regretta presque instantanément d'avoir ouvert la bouche. Si Jetta avait aperçu le rivage quand elle était ligotée au mât, cela avait été depuis l'océan et non depuis la côte. Qui plus était, elle fronçait désormais les sourcils à la recherche de ses souvenirs.

— Ne forcez pas. Laissez les pensées venir à vous, dit-il.

— *Aye*, soupira-t-elle.

Aulay hésita un instant.

— *Aye*, vous vous souvenez de ce lieu ou *aye*...

— *Aye*, je vais attendre que cela vienne naturellement, l'interrompit-elle en riant. Et *nay*, je ne reconnais rien.

Elle prononça ces mots d'une voix désolée.

— Ce n'est pas grave, la rassura-t-il.

Il lança un coup d'œil par-dessus son épaule en direction de Rory qui les suivait sur son cheval.

— J'ai pensé que ce serait une bonne idée de nous rapprocher de la rive, expliqua-t-il à son frère. Nous pourrons faire quelques pas dans l'eau après avoir mangé. Ce sera plus facile pour Jetta.

— *Aye*, acquiesça Rory en talonnant sa monture.

Ils avaient atteint la plage, et Aulay s'arrêta plusieurs mètres avant la mer. Si fouler le sol mouillé était plus aisé que de se promener sur le sable sec, il n'avait aucunement l'intention de pique-niquer dessus. D'un geste habile, il souleva Jetta de la place qu'elle occupait devant lui et la déposa à terre avant de glisser de sa selle. Une expression gênée sur le visage, elle tirait le bas du kilt qu'elle avait enfilé par-dessus le fourreau de Mavis.

— Il vous va à ravir, affirma-t-il.

Jetta baissa le regard sur son corps décharné et grimaça. Aulay aurait bien aimé pouvoir lui prêter une robe, mais ils n'avaient rien trouvé de mieux et avaient dû se résoudre à l'envelopper dans un tartan pour dissimuler l'indécence de la tenue trop grande que Mavis lui avait prêtée. Jetta nageait dans ses vêtements, mais au moins elle était couverte. Si ses excursions hors du pavillon se faisaient plus courantes, il allait falloir lui trouver des habits dignes de ce nom. Il s'en chargerait lors de sa prochaine visite au château. Bien que persuadé que le fort était en sécurité entre les mains de son oncle et de ses frères, il se sentait coupable de ne pas s'y trouver plus souvent lui-même. Il était le seigneur des lieux, après tout. La responsabilité de son clan lui incombait.

Il eut une pensée pour Alick. Pourquoi diable mettait-il autant de temps à rentrer ? Il aurait dû être revenu depuis longtemps avec les habits de Saidh, voire leur sœur en personne. Geordie et Conran n'allaient plus tarder désormais, et pourtant leur mission nécessitait de longer toute la côte, de l'Angleterre jusqu'à l'Écosse.

— Ici, cela fera l'affaire.

Rory dépliait déjà la couverture sur le sable.

— Parfait, je meurs de faim, déclara Jetta en s'avançant.

— Asseyez-vous dans ce cas, répondit Rory d'un ton léger. Mavis nous a préparé un panier entier rempli de pâtisseries, de fromage, d'œufs durs et de viande froide.

— Seigneur, il y a de quoi nourrir un régiment, s'exclama Jetta en s'installant sur le plaid, les yeux écarquillés devant la montagne de victuailles que Rory sortait de la corbeille.

Elle décocha à Aulay un regard malicieux.

— De quoi nourrir deux Buchanan, plutôt, ajouta-t-elle.

— Ha, ha, railla Aulay d'un rire sans joie.

La boutade le fit malgré tout sourire.

— Elle pense que j'ai un appétit d'ogre, précisa-t-il à l'intention de Rory en voyant l'expression interloquée de ce dernier.

— Oh ! je vois. Ce n'est pas totalement vrai, dit-il en se tournant vers Jetta. Douglas mange davantage que lui, et Alick, notre autre frère, consomme encore plus que Douglas et Aulay réunis.

— Impossible ! lâcha-t-elle, ébahie. Personne ne peut avaler autant de nourriture !

— Les hommes s'alimentent plus que les femmes, commenta Aulay. C'était sûrement le cas de votre père, non ?

— *Nay*, il a toujours été plus porté sur la boisson.

Jetta se figea sous l'effet de la surprise.

— Oh ! Je viens de me souvenir de mon père !

Après un bref coup d'œil à Rory, Aulay tendit le bras pour prendre la main de Jetta dans la sienne.

— *Aye*, dit-il d'une voix rassurante. Vous rappelez-vous autre chose ? Avez-vous une image de lui à l'esprit ? Une idée de son nom ? Surtout ne forcez pas. Laissez les pensées venir.

— Je...

Jetta fronça les sourcils. Aulay lui serra les doigts, et elle se détendit.

— J'ai comme une image d'un homme de petite taille... beaucoup moins musclé que vous ou n'importe lequel de vos frères. Il était mince et pas tellement plus grand que moi. Son crâne était un peu dégarni, dit-elle lentement.

Elle secoua la tête, déçue.

— C'est tout.

— C'est déjà beaucoup, certifia-t-il en lui caressant la main. Le moindre souvenir compte. Cela veut dire que le reste viendra plus tard, n'est-ce pas, Rory ?

Il lança un regard à son frère, qui sourit en opinant du chef, mais Aulay lut le scepticisme dans ses yeux. Réprimant un froncement de sourcils, il reprit d'un ton exagérément gai :

— Mangeons ! N'avez-vous pas dit que vous étiez affamée ?

Tous trois attaquèrent leur repas. Silencieux, Aulay observa Rory et Jetta qui riaient et bavardaient. L'expression qu'il avait lue sur le visage de son frère l'inquiétait. Il aurait voulu l'interroger à ce sujet. Il fut donc soulagé quand Jetta déclara qu'elle n'avait plus faim et se leva pour aller faire quelques pas et se laver les mains dans l'océan.

— N'est-ce pas une bonne nouvelle qu'elle se soit rappelé son père ? demanda-t-il à Rory quand elle fut hors de portée de voix.

— Bien sûr que si. Tout est bon à prendre. Ce qui m'inquiète, en revanche, c'est que ce ne sont que des bribes de souvenirs. Elle aurait déjà dû recouvrer la mémoire.

— C'est toi qui lui as dit de ne pas forcer, fit remarquer Aulay en fronçant les sourcils. J'ai agi conformément à tes instructions et fait en sorte que cela n'arrive pas.

— Je sais, répondit Rory d'un ton solennel, mais j'espérais

qu'en cessant d'essayer son passé lui reviendrait sans effort. Apparemment, ce n'est pas le cas.

— Et tu voudrais qu'elle s'y mette à présent, conclut Aulay en comprenant où son frère voulait en venir.

Rory acquiesça d'un signe de tête.

— Uniquement si cela ne lui fait pas mal. Dès qu'elle ressent la moindre douleur, elle doit arrêter. Sinon…

— Sinon quoi ? fit la voix de Jetta dans son dos.

Aulay tourna brusquement la tête. Jetta se tenait devant lui, le sourire aux lèvres, un air curieux sur le visage. Elle avait dû entendre les dernières paroles de Rory.

— Alors, toute propre ? lança Aulay en se levant.

Elle rit.

— *Aye.* Les pâtisseries de Mavis sont délicieuses, mais mes doigts étaient tout collants.

Le son de sabots approchant au galop les interrompit.

Rory tendit l'oreille.

— Quelqu'un vient par ici.

— *Aye*, murmura Aulay, une main sur la poignée de son épée.

Il se détendit en reconnaissant le cavalier qui descendait le sentier escarpé en direction de la plage.

— C'est Simon.

— Qui ? demanda Jetta.

Aulay se dirigeait déjà vers le jeune homme.

— Un soldat de Buchanan, répondit Rory. Restez ici. Nous allons voir de quoi il retourne.

Aulay jeta un coup d'œil par-dessus son épaule à temps pour voir Jetta hocher la tête et s'asseoir sur la couverture.

— Que se passe-t-il, à ton avis ? s'enquit Rory.

— Je n'en sais rien, admit Aulay. Probablement pas de bonnes nouvelles, mais puisque Simon est seul je dirais que ce n'est pas non plus catastrophique.

— Espérons-le, acquiesça Rory d'un air sombre.

Ils rejoignirent le cavalier en silence.

— Milord.

Simon le salua en tirant sur les rênes.

— J'arrive du pavillon de chasse, dit le jeune homme. Mavis m'a dit que vous seriez ici.

— Quelque chose ne va pas ? s'enquit Aulay.

— Votre oncle m'a envoyé chercher Rory. La jeune Katie a été blessée et a besoin de soins.

— Katie, la bonne ? fit Aulay, surpris.

— *Aye*, affirma Simon tristement.

— Je vais seller mon cheval, déclara Rory en tournant immédiatement les talons.

— Que s'est-il passé ? Un accident dans la carrière d'entraînement ?

Simon secoua la tête.

— Si j'ai bien compris, elle cueillait de la lavande et des joncs à l'extérieur de l'enceinte. Lord Geordie et Lord Conran revenaient de leur mission quand ils l'ont croisée sur le chemin. Lord Geordie lui a offert de monter en selle pour la raccompagner au fort. Elle était assise derrière lui quand elle a reçu une flèche dans le dos.

Aulay fronça les sourcils. Il savait que Geordie batifolait avec la jeune femme depuis quelque temps.

— Qui a tiré ? demanda Aulay. Était-ce un accident ? Une flèche perdue au cours d'une chasse ?

— Je l'ignore, milord, admit Simon, visiblement perturbé, mais je suis certain que votre oncle cherche en ce moment même la réponse à cette question. Il m'a envoyé quérir Rory.

Aulay opina et se tourna vers son frère, au loin, qui avait enfourché sa monture et revenait vers eux au galop.

— Es-tu prêt à partir ? lui demanda-t-il.

— *Aye*. Heureusement, j'ai amené mes remèdes avec moi aujourd'hui, au cas où la sortie se serait avérée trop pénible pour Jetta, répondit Rory en tapotant la sacoche qui pendait de sa selle.

Il jeta un coup d'œil en direction de la plage avant de poursuivre :

— Peut-être que vous devriez rentrer avec moi. Simon pourrait aller retrouver Mavis et nous rejoindre plus tard.

Aulay envisagea sérieusement cette possibilité, puis secoua la tête.

— Nous ne ferions que te retarder. De plus, Jetta n'a rien à se mettre sur le dos.

— Oh ! c'est vrai, admit Rory.

Mais il resta planté là, le visage grave.

— Je te promets qu'elle est en sécurité avec moi, déclara Aulay. Je ne profiterai pas d'elle en ton absence.

Rory soupira, puis acquiesça, et dès que Simon eut fait volte-face, tous deux se dirigèrent vers le sentier escarpé par lequel ils étaient arrivés.

— Envoie quelqu'un me chercher si Jetta se sent mal ou si tu as besoin de moi, lança Rory par-dessus son épaule.

— Promis. Faites bonne route, répondit Aulay en regardant son frère emboîter le pas à Simon.

Quand ils eurent disparu de sa vue, il retourna auprès de Jetta. À sa grande surprise, cette dernière avait déjà rangé les victuailles dans le panier et pliait la couverture de pique-nique que Rory avait étalée sur le sable.

— Nous ne sommes pas obligés de partir tout de suite, dit-il. Nous pouvons nous promener un peu avant de rentrer.

Jetta s'immobilisa et lui jeta un regard surpris.

— J'ai supposé que quelque chose était arrivé à Buchanan et que votre présence était requise là-bas.

Aulay secoua la tête.

— Non, c'est Rory qui est demandé au château. L'une des servantes a reçu une flèche perdue dans le dos pendant qu'elle se promenait aux abords du château.

— Oh ! la pauvre, s'exclama Jetta.

Elle fronça les sourcils tout en terminant de ranger leurs affaires.

— Une fois enfoncées dans la chair, les pointes sont très difficiles à retirer, et s'y essayer risque d'empirer la blessure, dit-elle. Il est souvent préférable de pousser le tout pour faire ressortir la tige de l'autre côté.

Elle lâcha un petit soupir tout en pliant le plaid.

— Mais si c'est dans le dos cela risquerait de la tuer.

Aulay haussa un sourcil étonné.

— Ainsi, vous avez déjà soigné ce genre de blessure.

— Oh ! oui. Ma mère nous a appris à le faire, à ma sœur et moi. Elle s'y connaissait très bien en médecine. La pauvre est décédée depuis et…

Jetta s'interrompit et battit des paupières plusieurs fois, la couverture toujours à la main, pliée en quatre.

— J'ai une sœur, murmura-t-elle, émerveillée.

— Vous souvenez-vous de son prénom ? hasarda Aulay.

— Je…

Elle plissa les paupières pour essayer de trouver la réponse au fond de sa mémoire.

— Surtout ne forcez pas, lui intima Aulay. Si la douleur reprend, arrêtez immédiatement.

Elle soupira.

— D'accord.

Son air triste se changea soudain en un sourire éclatant.

— Mais vous pouvez me le dire.

Aulay se figea un instant, puis se détendit et secoua la tête.

— Vous savez bien que Rory préfère que la mémoire vous revienne naturellement.

— Oh ! c'est vrai, fit-elle, déçue. Mais je me suis rappelé son existence toute seule, ce n'est pas comme si vous me l'aviez apprise.

Aulay détourna le regard, partagé entre l'envie d'être honnête avec elle et celle d'obéir aux instructions de Rory. Non seulement il ne voulait pas perturber Jetta, mais il aurait aussi été obligé, par la même occasion, d'admettre qu'ils n'étaient pas mariés et il craignait qu'elle ne le quitte dès qu'elle apprendrait la vérité. Il ne voulait pas la perdre.

Il lui prit la couverture des mains et se baissa pour ramasser le panier contenant les restes de leur repas.

— Il vaut mieux rentrer, murmura-t-il.

Jetta sembla déçue une fois encore, mais elle hocha la tête avec sérieux.

— Oui, le soleil a disparu derrière les nuages, de toute manière. On dirait qu'une tempête se prépare.

Aulay leva les yeux vers le ciel. Jetta n'avait pas tort. De gros cumulus flottaient au-dessus de leurs têtes et bloquaient la lumière. La température s'était rafraîchie, et d'après ses estimations ils auraient de la chance s'ils atteignaient le pavillon avant qu'il pleuve. Aulay posa la couverture sur le panier, prit ce dernier d'une main et, de l'autre, aida Jetta à marcher aussi vite que possible jusqu'à leur monture. S'il avait pu, il se serait mis à courir, mais Jetta sortait à peine de convalescence et le sable rendait leur avancée ardue.

Il ne fut pas surpris quand de grosses gouttes se mirent à tomber au moment où ils atteignaient leur cheval. En revanche, il ne s'attendait pas à ce que la pluie soit aussi forte. Jurant dans sa barbe, il voulut s'emparer du plaid pour en envelopper Jetta, mais ce dernier avait disparu. Un coup d'œil en arrière lui apprit qu'il était tombé, plusieurs dizaines de mètres avant. Il envisagea un bref instant de retourner le chercher, puis balaya cette idée. D'ici qu'il le récupère, Jetta serait trempée de toute manière. Il abandonna donc le plaid là où il était et tendit la corbeille à Jetta, puis se pencha pour saisir la jeune femme par les aisselles. Il la déposa sur la selle avant de monter derrière elle.

La chevauchée du retour fut beaucoup plus rapide qu'à l'aller. Il aurait probablement dû se montrer plus prudent. Il n'était pas rare qu'un cheval trébuche sous une telle tempête. Mais Jetta se remettait à peine de son accident, et passer trop de temps dehors sous un tel déluge risquait de retarder son rétablissement. Plus vite ils rentreraient au pavillon, plus vite elle pourrait ôter ses vêtements mouillés et se sécher devant la cheminée.

Malgré ses efforts pour la protéger pendant tout le trajet, ils étaient trempés jusqu'aux os quand il stoppa leur monture devant le porche. Prenant Jetta dans ses bras, il se laissa glisser à terre et monta les quelques marches qui conduisaient à la porte d'entrée. Jetta eut la présence d'esprit de tendre la main pour tourner la poignée et lui ouvrir. Une fois à l'intérieur, il balaya la pièce du regard. Ne voyant pas Mavis et ne souhaitant pas que Jetta gravisse l'escalier toute seule, il suggéra à celle-ci de se réchauffer près de la cuisinière pendant qu'il retournait mettre son cheval à l'écurie.

L'animal renâclait en tapant du pied sous la pluie battante, visiblement mécontent d'avoir été abandonné là, et ne se fit pas prier pour emboîter le pas à Aulay quand ce dernier s'empara des rênes et le conduisit au pas de course dans son box. C'est avec soulagement que monture et cavalier trouvèrent refuge dans l'étable. Malgré le souci qu'il se faisait pour Jetta, Aulay ne négligea pas la pauvre bête et prit le temps de lui ôter sa selle et de sécher le cheval avant de repartir.

Quand il sortit de l'écurie, il fut heureux de voir que la tempête s'était éloignée. Le tonnerre grondait encore au-dessus de sa tête et des éclairs illuminaient l'horizon à intervalles irréguliers, mais il avait cessé de pleuvoir. Aulay laissa échapper un petit soupir et sortit dans la cour, referma derrière lui et se dirigea vers le pavillon.

Il était à mi-chemin quand il aperçut Mavis à l'orée de la forêt, un panier à la main, ce qui le fit ralentir. La domestique était un peu mouillée, mais pas trempée. Elle avait dû se réfugier quelque part pendant le déluge. Aulay la salua d'un signe de tête quand elle remarqua sa présence.

— Vous êtes de retour, milord. La pluie vous a surpris.

— *Aye.* Juste au moment où nous quittions la plage.

— Heureusement pour moi, j'étais sur le chemin du retour quand l'averse a commencé. Je me suis abritée sous un gros chêne en attendant que cela passe. J'étais sortie ramasser des œufs pour le déjeuner, dit-elle avant de désigner son panier.

Aulay baissa les yeux sur sa corbeille.

— Je suis tombée sur une nichée de cailles et me suis dit que je pourrais en faire des *papyns* pour notre petite Jetta. Il y en avait toute une volée, de quoi nourrir tout le monde.

Aulay venait juste de manger, mais il sourit à l'idée de déguster ces délicieux œufs pochés en sauce.

— J'en conclus que Simon vous a trouvés, commenta Mavis en interrompant Aulay dans ses pensées.

— Sur la plage, comme tu le lui avais indiqué.

Mavis hocha la tête.

— Il est arrivé au moment où je m'en allais. J'ai refusé de lui dire où vous étiez, au début, mais quand il m'a raconté ce qui s'était passé j'ai su qu'il fallait que vous soyez mis au courant. Rory est-il rentré au château avec lui ?

— Tout à fait, murmura Aulay. Nous venions tout juste de terminer de déjeuner quand Simon est arrivé.

Mavis soupira en poussant l'entrée du pavillon.

— C'est terrible, ce qui est arrivé à Katie.

— *Aye*, acquiesça-t-il en suivant la bonne à l'intérieur.

Il referma derrière eux.

— Jetta est-elle montée dans sa chambre ? demanda Mavis en jetant un coup d'œil alentour.

— Probablement.

Le rez-de-chaussée était calme. Il leva la tête vers l'étage supérieur. La porte de la chambre était fermée.

— Était-elle aussi trempée que vous à son arrivée ?

— Malheureusement, oui, admit Aulay. Je lui ai dit de se réchauffer près du poêle, mais...

— Elle a sûrement voulu ôter ses vêtements mouillés, suggéra Mavis en se plaçant devant Aulay alors qu'il s'apprêtait à mettre un pied sur la première marche.

Aulay s'arrêta, comprenant soudain qu'il risquait de pénétrer dans la pièce pendant que Jetta était à moitié nue, ce qui ne risquait pas de l'aider à tenir la promesse qu'il avait faite à son frère.

— Je vais monter voir si elle a besoin d'aide et m'occuperai des œufs plus tard, déclara Mavis en posant son panier sur la table. Elle voudra peut-être prendre un bain.

Elle secoua la tête d'un air triste.

— Pauvre petite Katie. Une si jolie fille, avec ses longs cheveux noirs. Elle est tellement gentille. Je ne vois pas pourquoi quiconque lui voudrait du mal.

— Je suis sûr que c'était un accident de chasse, dit Aulay, surpris qu'elle puisse soupçonner un acte malveillant. Une flèche perdue.

Mavis se tourna vers lui et le fixa d'un air curieux.

— *Une flèche perdue* ? Elle a été touchée en traversant le pont-levis. Qui irait chasser dans un endroit pareil ?

Aulay se raidit.

— Le pont-levis ?

— *Aye*, c'est ce que Simon a dit, acquiesça-t-elle avec certitude. Celui qui a tiré ne cherchait pas à atteindre Geordie, à moins d'espérer que la pointe ne traverse la poitrine de Katie pour se ficher dans le dos de votre frère. Elle a été touchée pile entre les omoplates, selon Simon.

Mavis entreprit de gravir l'escalier.

— *Nay*, quelqu'un en veut à notre Katie, je vous dis. Une personne qui sait très bien tirer à l'arc. Seigneur Dieu, où va le monde ? Tellement de jeunes femmes comme Katie sont...

Aulay n'entendit pas le reste de la phrase. Mavis continua de marmonner tout en montant à l'étage, sa voix s'amenuisant à mesure qu'elle s'éloignait. Fronçant les sourcils, il s'approcha de la fenêtre. Et si Mavis avait raison ? Si l'on avait tenté d'assassiner Katie ? En tant que seigneur du château, il était de son devoir de faire émerger la vérité, de trouver le coupable et de le punir. La sécurité de son clan était en jeu. Il n'y avait plus une minute à perdre. L'heure n'était plus à s'attarder dans ce pavillon avec l'espoir de réussir à faire l'amour à une femme qui croyait à tort être son épouse.

Les poings serrés, Aulay se détourna de la vitre et grimpa les marches quatre à quatre, l'esprit en ébullition. Il n'emmènerait pas Jetta avec lui - elle n'avait aucun vêtement digne de ce nom pour paraître en public -, mais ne pouvait pas non plus la laisser seule ici. Mavis resterait avec elle pour le moment, et il enverrait son oncle et quelques soldats pour veiller sur les deux femmes jusqu'à son retour. Ou jusqu'à ce qu'il trouve des robes à lui mettre sur le dos. Alors, Jetta pourrait le rejoindre à Buchanan. Trouver le coupable ne devrait pas lui prendre bien longtemps. Autant qu'il se souvienne, Katie était une jeune femme douce et gentille. De fait, la seule raison pour laquelle quelqu'un aurait pu lui vouloir du mal était la jalousie. Peut-être une rivale envieuse de sa beauté ou de l'intérêt que Geordie lui témoignait. Ce dernier s'était montré très attaché à la jeune femme, ces derniers mois. Aulay ne serait d'ailleurs pas surpris s'il annonçait prochainement son désir de l'épouser.

Fronçant les sourcils à cette idée, il posa le pied sur la dernière marche et remonta le couloir. Il n'était d'ailleurs pas certain de ce qu'il ferait si jamais la question se posait. Fils d'un baron, Geordie était issu de la noblesse, tandis que Katie était la fille illégitime d'une cuisinière. Ce genre d'union était généralement vue d'un mauvais œil. Lui n'y voyait pas plus d'inconvénient que cela, mais, en tant que seigneur du château, il était de son devoir de penser à l'avenir de son frère et à la réaction de son clan s'il accordait sa bénédiction aux deux tourtereaux.

Plongé dans ses pensées, Aulay atteignit la chambre, poussa distraitement la porte et entra dans la pièce. Il s'immobilisa immédiatement, se souvenant soudain pourquoi il était censé attendre au rez-de-chaussée. Mavis aidait Jetta à se changer. Debout au pied du lit, cette dernière était entièrement nue. Le fourreau et le kilt qu'elle avait portés un peu plus tôt étaient amassés en un tas informe et mouillé sur le plancher, et Mavis s'approchait, une tenue sèche à la main. Pendant un instant, Aulay laissa son regard glisser sur la peau pâle de ce corps magnifique, notant au passage qu'elle avait repris un peu de poids depuis le jour où elle était revenue à elle, et que les vilains bleus jaunâtres qui étaient encore présents la dernière fois qu'il avait posé les yeux dessus avaient maintenant complètement disparu. Il releva la tête et vit que Jetta le fixait, un mélange de surprise et de gêne sur le visage.

Elle ne tenta pas de se couvrir, mais après tout pourquoi l'aurait-elle fait ? Elle se croyait mariée à lui.

— Je dois y aller, déclara-t-il enfin.

— Oh ! milord, lâcha Mavis, surprise.

Elle le dévisagea, stupéfaite, se tourna vers Jetta, puis haussa les épaules et s'approcha de la jeune femme pour lui passer le vêtement par-dessus la tête.

— Je dois y aller, répéta-t-il, l'image de Jetta dans le plus simple appareil encore ancrée dans son esprit.

— Et où partez-vous donc, milord ? s'enquit Mavis avec impatience.

Aulay détacha enfin ses yeux du corps de Jetta pour reporter son attention sur la bonne. Il s'ébroua légèrement et se racla la gorge avant de répondre.

— Je retourne à Buchanan pour enquêter sur l'accident de Katie. J'enverrai mon oncle Acair pour veiller sur vous.

Risquant un regard en direction de Jetta, il remarqua son expression chagrinée et soupira.

— Je suis désolé, beauté. Je vous emmènerais bien, mais nous n'avons rien à vous mettre sur le dos. Je remédierai à ce problème pendant mon absence.

Plusieurs émotions défilèrent sur le visage de Jetta : la tristesse, l'inquiétude, la déception, et même la peur. Mais elle redressa les épaules et hocha la tête d'un air calme.

— Très bien. Bonne route.

Aulay acquiesça et tourna les talons pour sortir, mais il hésita au dernier moment. L'abandonner ainsi ne semblait pas très courtois. Pivotant de nouveau, il traversa la pièce à grandes enjambées et se pencha pour lui déposer un petit baiser sur le front. Mais Jetta releva la tête subitement et le baiser d'Aulay atterrit sur sa bouche. Dès l'instant où leurs lèvres se joignirent, il abandonna toute retenue et l'embrassa avec avidité.

Jetta répondit à ses avances en laissant échapper un petit soupir. Quand elle enroula les bras derrière son cou, il laissa ses mains glisser le long de la taille de celle-ci pour s'emparer de son postérieur. Il la souleva légèrement, avant de la relâcher et de mettre fin à leur étreinte à contrecœur.

— Je dois y aller, murmura-t-il une nouvelle fois. La sécurité de mon clan est en jeu.

— *Aye*, répondit-elle à voix basse. Faites attention sur la route, mon cher mari.

— Et prenez soin de vous jusqu'à ce que je revienne, ma belle épouse, ordonna-t-il d'une voix rocailleuse.

Puis il tourna les talons, ignorant volontairement le haussement de sourcils étonné de Mavis, et sortit de la chambre sans un regard en arrière. S'il restait ne serait-ce qu'une seconde de plus, il risquait d'oublier toute retenue et de la plaquer sur le lit pour lui faire l'amour. Cette femme avait le don de lui enflammer le sang. Il descendit l'escalier et fit les cent pas au rez-de-chaussée pour tenter de se débarrasser de l'envie qui bouillait en lui. Ces derniers jours, s'efforcer de ne pas la toucher avait été un supplice. Il fallait absolument qu'il découvre qui elle était pour pouvoir rétablir les choses, sans quoi il craignait – malgré la promesse qu'il avait faite à Rory – de lui prendre sa vertu, obligeant ainsi Jetta à l'épouser.

Non pas que l'idée ne soit pas séduisante à ses yeux : passer le restant de sa vie auprès de Jetta, une femme aimante et chaleureuse qui semblait ne pas remarquer sa cicatrice, aurait été un vrai bonheur. Seulement voilà, il suspectait qu'elle s'enfuirait à toutes jambes dès qu'elle apprendrait qu'ils n'étaient pas mariés. Il craignait qu'elle ne soit simplement en train de tirer le meilleur parti d'une situation qui lui déplaisait, mais contre laquelle elle imaginait ne rien pouvoir faire. Prendrait-elle la porte à la première occasion ?

C'était exactement ce qu'avait fait Adaira. Elle avait été fiancée à lui dès la naissance, elle avait grandi à ses côtés en sachant qu'un jour ils deviendraient mari et femme. Tous deux avaient toujours été parfaitement satisfaits de cet arrangement. Ils s'étaient même aimés mutuellement. Du moins, c'était ce qu'Adaira avait affirmé et Aulay l'avait crue. Mais, quand il était rentré du combat défiguré, elle avait poussé un cri d'horreur à la vue de son visage anéanti, déclaré qu'il tenait plus de l'abomination que de l'humain et refusé d'honorer sa part du marché.

Lorsque le père d'Adaira avait voulu lui forcer la main, l'intéressée avait menacé de mettre fin à ses jours ou de prendre le voile. Au grand soulagement d'Aulay, l'homme avait cédé à contrecœur et rompu leur accord. À ce moment-là, Aulay n'éprouvait plus aucun désir d'épouser cette femme. Elle n'était pas la personne qu'il avait cru connaître et il ne souhaitait pas passer le restant de sa vie aux côtés d'une épouse qui le considérait comme un monstre. Cela dit, il aurait respecté son engagement, si la famille de sa promise ne l'avait pas libéré de sa parole. Il en serait allé de son honneur.

Il poussa la porte du pavillon et sortit dans la cour pour rejoindre la petite étable qu'ils avaient construite au bout de la clairière. Une fois son cheval pansé et sellé, il le conduisit devant le porche et l'enfourcha, non sans jeter un coup d'œil vers la fenêtre de la chambre au premier étage. Debout devant la vitre, Jetta l'observait, et il s'arrêta un instant pour lui rendre son regard. Puis il la salua d'un geste de la main, tira sur ses rênes pour faire volte-face et s'éloigna. Jamais il n'aurait cru que la quitter serait aussi douloureux.

Cela faisait maintenant plus de quatre semaines qu'il avait sorti Jetta de l'eau, mais elle n'avait repris connaissance que depuis une douzaine de jours. Pourtant, il avait l'impression qu'elle faisait partie de sa vie depuis des années. Comme le temps où il ne la connaissait pas encore lui semblait loin ! Comment était-ce possible ? Il allait devoir s'endurcir, sans quoi son cœur ne s'en remettrait jamais quand elle finirait par le quitter.

# 6

— Il est parti, maintenant, dit Mavis avec douceur quand Aulay eut disparu entre les arbres. Venez donc vous asseoir près du feu que je vous sèche les cheveux. Ensuite nous descendrons, et je préparerai des *papyns* pour le déjeuner.

— Nous venons à peine de pique-niquer, protesta Jetta.

Elle s'éloigna docilement de la fenêtre quand la domestique la prit par le bras.

— *Aye*, mais quand j'en aurai terminé avec votre coiffure et le repas il sera l'heure de manger, répondit Mavis en la forçant à prendre place sur une chaise devant l'âtre.

Jetta obtempéra et ferma les yeux pendant que la bonne se mettait au travail : elle essora d'abord ses boucles à l'aide de linges propres, puis se mit à les brosser encore humides en effectuant de longs mouvements répétitifs. L'opération était étrangement agréable et Jetta était sur le point de s'endormir sur son siège quand Mavis déclara qu'elle avait fini.

— Et voilà, cela fera l'affaire.

Elle vint se placer devant Jetta et la dévisagea.

— Vous avez l'air fatiguée, jeune fille. Ne préférez-vous pas faire une sieste pendant que je cuisine ?

— Oh ! non ! Surtout pas, lança Jetta en bondissant aussitôt pour se secouer. Je veux descendre.

Ce ne serait que la deuxième fois qu'elle quittait cette chambre depuis qu'elle avait repris connaissance. Elle n'allait pas laisser passer cette opportunité.

— Très bien, vous pourrez vous asseoir à table et me tenir compagnie pendant que je travaille, acquiesça Mavis d'un ton joyeux en la prenant par le coude pour la conduire jusqu'à la porte. Je vous parlerai de Katie.

— La jeune femme qui a reçu une flèche dans le dos ? s'enquit Jetta en se souvenant de ce que la bonne avait mentionné pendant qu'elle l'aidait à se changer.

— *Aye*, pauvre petite, soupira Mavis en secouant la tête tandis qu'elles remontaient le couloir. Vous me faites un peu penser à elle. Elle n'est pas très grande et a de longs cheveux noirs, comme vous. Bien sûr, les siens sont plus fournis, tandis qu'on a dû raser les vôtres pour vous soigner.

Gênée, Jetta se passa une main sur l'arrière du crâne.

Le geste n'échappa pas à la domestique qui claqua la langue en riant.

— Oh ! ne vous inquiétez pas. Ils repousseront bien assez tôt. Qui plus est, j'ai comme l'impression que cela n'a pas l'air de déranger Lord Aulay. Je ne l'ai jamais vu aussi heureux depuis que cette petite salope de Stuart lui a brisé le cœur.

Jetta écarquilla grand les yeux en entendant le juron franchir les lèvres de la servante.

— Cette...

— *Salope*, répéta Mavis en descendant l'escalier.

Elle eut une petite moue de dégoût.

— Je ne dis pas souvent de gros mots et je n'aime pas appeler une femme ainsi, mais celle-ci le mérite. C'était un sacré numéro, voyez-vous. Je n'ai pas été surprise quand elle a refusé d'épouser notre cher Aulay à cause de sa cicatrice.

— Elle a refusé de l'épouser... à cause de sa cicatrice ? s'exclama Jetta, à la fois outrée et incrédule.

— *Aye*, et elle n'y est pas allée avec des pincettes. Elle l'a traité d'abomination et a déclaré qu'elle préférerait mourir plutôt que de passer le restant de sa vie à le regarder en face tous les jours. Il était encore entre la vie et la mort, à ce moment-là.

— Quelle garce, souffla Jetta, horrifiée que l'on puisse nourrir des pensées aussi cruelles à l'égard d'un homme si bon.

— Je vous l'avais bien dit, non ? lança Mavis d'un air satisfait.

Adaira Stuart était une vraie salope. Elle a bien trompé son monde. Tous les nobles l'imaginaient douce et gentille, mais ce n'était pas l'avis des domestiques qui ont eu l'occasion de croiser sa route, croyez-moi. Adaira était aussi douce que le miel envers les gens de bonne famille, mais dès qu'elle se retrouvait entourée de serviteurs sa véritable nature reprenait le dessus.

— Était-elle méchante avec vous ? s'enquit-elle, choquée.

Sa mère lui avait toujours appris à être aimable avec les paysans et le personnel de maison. Leur vie était suffisamment rude et leurs journées souvent longues. Ils méritaient toute la compassion dont pouvaient faire preuve leurs patrons. Bien sûr, son père n'avait jamais...

Jetta se figea brusquement en se rendant compte qu'elle venait de se souvenir de son passé. Mais, dès l'instant où elle en prit conscience, ses idées s'asséchèrent dans son esprit telle une flaque d'eau sous un soleil brûlant.

— Tout va bien, ma petite ? demanda Mavis, inquiète.

— *Aye*, soupira Jetta en s'efforçant de prendre un air joyeux. Vos mots m'ont rappelé les paroles de ma mère.

— Vous avez retrouvé la mémoire ? lança Mavis, radieuse.

— Juste un souvenir, un tout petit. Peut-être que si vous continuiez de parler, le reste viendrait.

— Oh ! dans ce cas, je bavasserai jusqu'à ce que l'air vienne à me manquer, milady. Vous pouvez en être certaine !

Elles finirent par atteindre le rez-de-chaussée, et Mavis conduisit Jetta jusqu'à une grande table en bois.

— Asseyez-vous là que je vous raconte comment cette vilaine pie a brisé le cœur de notre seigneur bien-aimé.

Jetta obtempéra et s'installa sans rechigner pendant que Mavis s'affairait. Quelques secondes plus tard, elle leva la tête et renifla.

— Y a-t-il quelque chose sur le feu ? demanda-t-elle en sentant une odeur de brûlé.

Mavis se figea sur place à cette question, fronça le nez et se tourna brusquement vers le feu qui brûlait dans l'âtre.

— Mon ragoût ! s'écria-t-elle en se précipitant vers la cheminée.

Jetta s'approcha pour jeter un coup d'œil par-dessus l'épaule de la domestique, qui jura tout bas et se mit à remuer le contenu de la marmite avec une cuillère en bois.

— Je me disais bien que Rory avait oublié d'ajouter de l'eau, maugréa-t-elle. Ce garçon est une vraie tête en l'air. Qui aurait cru qu'un homme aussi intelligent que lui serait incapable de se souvenir d'une instruction toute simple ?

Elle laissa échapper un petit rire, et son visage s'adoucit.

— Le pauvre, il a déjà bien trop de soucis en tête, ajouta-t-elle. J'aurais dû vérifier moi-même. J'en avais l'intention, mais avec l'arrivée de Simon, la chasse aux œufs, puis la tempête, j'ai complètement oublié...

Claquant la langue avec agacement, elle reposa sa cuillère et s'empara d'un torchon pour décrocher la marmite brûlante pendue au-dessus des braises.

— Voulez-vous bien pousser la porte pour moi ?

Jetta se précipita devant la bonne pour lui ouvrir.

— Peut-être que c'est récupérable, suggéra-t-elle. En enlevant les parties brûlées, on...

— Non, ma petite. Le goût carbonisé a déjà contaminé tout le plat. Ce n'est pas grave. J'avais prévu de faire des *papyns* pour le déjeuner et j'ai encore le temps de mijoter quelque chose pour le dîner. Allez donc vous asseoir, je vais jeter ça dehors et je reviens dans une minute.

La domestique sortit du pavillon et s'éloigna en direction de l'écurie. Elle s'arrêta devant un gros arbre près de la petite bâtisse et vida le contenu de la marmite à son pied. Déçue par tant de gâchis, Jetta retourna s'asseoir derrière la table et attendit patiemment le retour de Mavis.

Elle se réveilla en sursaut et se redressa sur sa couche, les yeux grands ouverts, recherchant frénétiquement l'origine du bruit qui l'avait tirée de son sommeil. Pendant un instant, son esprit embrouillé ne reconnut pas la pièce. Il ne s'agissait pas de sa chambre à Fitton. Elle était beaucoup plus petite, et le lit n'avait ni baldaquin ni rideaux pour bloquer la lumière.

*Le pavillon de chasse*, comprit-elle soudain quand elle sortit les jambes de sous les fourrures et posa un pied sur la paillasse que l'on avait installée sur le plancher – celle sur laquelle dormait habituellement son mari. Du moins c'était le cas jusqu'à ce qu'il la laisse ici pour se rendre à Buchanan. Il ne serait donc pas là ce soir, et elle aurait la chambre pour elle toute seule. Elle balaya la pièce du regard tandis que ses pensées finissaient de s'éclaircir.

Elle était restée au rez-de-chaussée pour tenir compagnie à Mavis pendant que celle-ci cuisinait des *papyns*, mais, après avoir englouti le dernier œuf en sauce, elle s'était soudain sentie éreintée et n'avait pas résisté quand la domestique lui avait suggéré d'aller s'allonger. La bonne l'avait accompagnée à l'étage et bordée. Elle avait dû sombrer dans le sommeil immédiatement. À en juger par les rayons du soleil qui filtraient à travers les volets entrouverts, elle n'avait pas dormi longtemps.

— Il a été empoisonné, je te dis !

Fronçant les sourcils au son de la voix furieuse qui lui parvint aux oreilles, Jetta se leva du lit et s'avança pour jeter un coup d'œil à l'extérieur. Elle fut surprise d'apercevoir une demi-douzaine de soldats rassemblés autour de l'arbre près de l'écurie. Une masse informe était étendue à l'endroit où Mavis avait jeté le ragoût. Tous se mirent à parler en même temps, et Jetta fut incapable de saisir le moindre mot.

— Qu'est-ce qui se passe, bon Dieu ? lança quelqu'un.

Jetta baissa les yeux vers l'homme qui venait de sortir du pavillon. De prime abord, elle crut que c'était Aulay. Sa taille, sa carrure, son allure et même le timbre de sa voix étaient similaires à ceux de son mari. Puis elle remarqua les mèches grises dans la chevelure de l'inconnu et en déduisit qu'il devait s'agir de l'oncle Acair qu'Aulay avait mentionné. Son intuition fut confirmée quand la bonne se précipita hors de la maison en criant :

— Qu'y a-t-il, Acair ? Quelque chose ne va pas ?

Jetta ne put retenir un hoquet de surprise en apercevant la servante. Cette dernière était différente de d'habitude. Elle était légèrement débraillée, avait les joues en feu, et la manière dont elle regardait et s'adressait à Acair était… En toute honnêteté, elle lui parlait plus comme à un galant qu'à un seigneur. Le regard qu'il posa sur Mavis fut tout aussi explicite. Il semblait évident que ces deux-là étaient amants. Acair s'éloigna de ses hommes pour venir intercepter Mavis. Il la prit par le bras et la reconduisit à l'intérieur en lui murmurant quelque chose à l'oreille qui la fit rougir jusqu'aux oreilles.

Jetta les regarda retourner dans le pavillon, puis reporta son attention sur les hommes debout en demi-cercle autour de l'arbre. Plusieurs s'étaient décalés et l'un d'entre eux, assis par terre, tenait sur les genoux ce qui ressemblait fort à un chien sans vie. Le visage ravagé par le chagrin, il berçait l'animal d'avant en arrière.

Fronçant les sourcils, Jetta s'éloigna de la fenêtre pour descendre au rez-de-chaussée et découvrir de quoi il retournait, mais un éclat coloré parmi les arbres l'interrompit. Immobile, elle scruta l'orée du bois. Elle aurait juré avoir aperçu quelqu'un entre les feuillages. Une personne vêtue d'habits chatoyants se déplaçant avec rapidité et agilité. Après plusieurs secondes d'attente, elle dut se rendre à l'évidence : quiconque était passé là avait désormais disparu.

Probablement l'un des hommes à la recherche d'un endroit discret pour se soulager ou pour enterrer l'animal.

— Oh ! je venais justement voir si vous alliez bien, lança Mavis qui venait à sa rencontre à petits pas précipités. J'avais peur que toute cette agitation ne vous ait réveillée.

Jetta s'arrêta et lui adressa un sourire rassurant.

— Que s'est-il passé ?

— Une chose horrible. Le chien du jeune Robbie a été empoisonné, raconta-t-elle d'un air chagriné en prenant Jetta par le bras pour la reconduire d'où elle venait. C'était une brave bête. Il a mangé le ragoût brûlé que j'ai jeté dehors.

Elle secoua tristement la tête.

— Il devait y avoir des plantes vénéneuses au pied de l'arbre. Je ne vois pas d'autre explication possible.

— Oh non, lâcha Jetta, troublée.

Elle avait vu l'animal sans vie sur les genoux de son maître, mais entendre la bonne annoncer la chose de vive voix n'en était pas moins perturbant. De loin, elle aurait presque pu croire qu'il était endormi. L'incident lui rappela sa chienne, Jezebel.

Elle avait été tellement triste quand cette dernière avait quitté ce monde et…

— J'ai bien peur que si, soupira Mavis. Si vous saviez comme je me sens coupable. Si j'avais jeté le contenu de la marmite un peu plus loin…

La domestique secoua la tête avec désarroi.

— Il était tellement gentil. Tout le monde l'adorait.

Le moment était mal choisi pour évoquer ce souvenir qui venait de refaire surface, Jetta se contenta donc d'opiner et se laissa guider jusqu'à la chambre. Mais elle se souvint alors que la mémoire lui était également revenue juste au moment où elle s'était réveillée. Elle avait revu ses appartements… Mince, où était-ce déjà ? Elle était certaine de s'être remémoré le nom du lieu, mais tout ce qui restait dans son esprit était la vague idée d'un lit à baldaquin. Le reste s'était évaporé tels les ultimes vestiges d'un rêve.

— Pauvre bête, murmura une fois de plus Mavis en refermant la porte derrière elles. Venez, le kilt que vous portiez doit être sec à présent. Il faut vous habiller. Acair est impatient de discuter avec vous.

— Je me doutais que c'était lui que j'ai aperçu dehors.

— *Aye.* Lui et les hommes sont arrivés juste après que vous vous êtes endormie. Lord Aulay les a envoyés pour veiller sur nous jusqu'à son retour, expliqua-t-elle tout en tâtant le vêtement posé sur le dossier de la chaise.

Elle s'empara du tartan et l'étala sur le sol pour le plier. Jetta traversa la pièce pour la rejoindre.

— Montrez-moi les gestes, Mavis. Je veux être en mesure de le faire toute seule.

— Toujours aucune nouvelle d'un navire ayant fait naufrage ? demanda Aulay en fronçant les sourcils.

Il avait posé la question à Conran à la première occasion, jugeant préférable de ne pas tracasser Geordie qui veillait au chevet de Katie. Ce dernier avait paru si pâle et si triste qu'Aulay n'avait pas voulu le déranger et avait ordonné à Conran de descendre avec lui au rez-de-chaussée pour discuter. Ce n'était toutefois pas les nouvelles qu'il avait espéré entendre.

— *Nay*, je n'ai rien appris de plus que ce qu'ont déjà rapporté Geordie et Alick quand ils ont enquêté la première fois, répondit son frère en secouant la tête. Nous sommes rentrés ensemble après avoir croisé Katie sur la route.

Sa mâchoire se serra.

— Je n'aurais jamais dû prendre la tête. Si j'étais resté derrière et avais surveillé leurs arrières...

— Tu ne pouvais pas savoir ce qui arriverait, rétorqua Aulay. Et cela n'aurait rien changé de toute manière.

— Peut-être, admit Conran à contrecœur avant de laisser échapper un soupir. Quoi qu'il en soit, ni Geordie ni moi n'avons entendu parler d'un naufrage ayant eu lieu dans les trois... Non, les cinq dernières semaines.

Il laissa échapper ces derniers mots d'un air sombre.

— Jetta n'est pas sortie de nulle part ! grommela Aulay, frustré.

— *Aye*, dit Conran. Es-tu sûr qu'elle était bien ligotée à un nid-de-pie ?

— Absolument. L'observatoire était quasiment intact et la voile y était encore accrochée. Il n'y a pas d'erreur possible.

— Où diable est passé le bateau, dans ce cas ?

Aulay fronça les sourcils, puis se figea.

— Quoi ? Qu'y a-t-il ? lança Conran.

Aulay ne répondit pas. Il retourna plusieurs fois dans son esprit l'idée qui lui était venue, puis finit par hocher la tête.

— Peut-être que le navire n'a pas coulé, suggéra-t-il.

Conran afficha une moue étonnée.

— Mais tu viens de dire qu'elle était attachée à un mât !

— *Aye*.

— Je ne comprends pas.

— Papa m'a un jour raconté avoir vogué au milieu d'une tempête. Le vent s'est levé si vite qu'ils n'ont pas eu le temps de baisser les voiles et le bois s'est brisé sous la vigie.

Conran envisagea brièvement cette possibilité.

— Es-tu en train de dire que c'est ce qui s'est passé, mais un peu plus bas sur le poteau ?

— C'est cela. La colonne était peut-être déjà endommagée à là-base et une bourrasque l'a emportée.

— Et Jetta avec, par la même occasion, ajouta Conran.

— En laissant le reste du bâtiment intact, conclut Aulay en se renfrognant.

— Nous avons effectivement entendu parler d'un ou deux navires endommagés par le mauvais temps qui avaient jeté l'ancre dans le port le plus proche, le temps des réparations.

— Avaient-ils perdu leur mât ?

Conran secoua la tête.

— Je l'ignore. Nous n'avons pas posé la question. Nous étions à la recherche d'un naufrage, je te rappelle.

Aulay laissa échapper un juron.

— Nous retournerons demander plus de précisions, suggéra Conran.

— Non, impossible, le coupa-t-il brusquement. J'ai besoin de toi ici, auprès de Geordie.

Aulay n'avait pas encore eu l'occasion de discuter avec les soldats qui étaient postés sur la muraille lorsque Katie avait été blessée. À son arrivée à Buchanan, il avait envoyé son oncle Acair au pavillon de chasse avec une poignée de soldats et avait été trouver Geordie. À ce moment-là, les gardes avaient terminé leur service. Et puis s'ils avaient aperçu quelque chose d'une quelconque importance, ils en auraient informé Acair. Aulay nourrissait donc peu d'espoir d'apprendre quoi que ce soit de nouveau de leur bouche. D'après lui, la seule manière d'attraper celui qui avait attaqué Katie était d'attendre que ce dernier retente sa chance.

— Pour réconforter Geordie ou pour protéger Katie ? finit par demander Conran.

Aulay envisagea un instant de lui faire part de ses réflexions, puis se ravisa.

— Les deux, répondit-il simplement.

— Tu penses donc que le malfaiteur va repasser à l'attaque, conclut Conran. Geordie est-il au courant ?

— *Nay.*

Et il ne voyait pas de raison de lui ajouter ce poids sur les épaules. Le pauvre était déjà suffisamment inquiet.

— Je ne veux surtout pas que Geordie ou qui que ce soit sache que nous montons la garde. Ainsi, si notre frère s'absente une minute, l'agresseur pensera avoir le champ libre.

— Comment suis-je censé les surveiller tous les deux sans que Geordie ne s'en aperçoive ? demanda Conran, interloqué.

— Grâce aux passages dans les murs, répondit Aulay. Tu feras le tour du château sous prétexte d'une mission fictive et rentreras par l'arrière en empruntant l'un des couloirs secrets. Tu pourras ainsi garder un œil sur la chambre, ni vu ni connu.

— Oh ! c'est pour cela que tu as exigé que l'on installe Katie dans les anciens appartements de Saidh quand tu es rentré ce matin.

— *Aye.*

— Et si jamais Katie est tuée lors de la deuxième tentative ? lança Conran. Rory nourrit peu d'espoir de la voir remarcher un jour. Celui qui a tenté de l'assassiner est peut-être tapi dans un coin en attendant qu'elle trépasse.

Aulay se renfrogna. L'hypothèse de Conran était plausible. Si la jeune femme mourait, ils ne découvriraient jamais qui avait attenté à sa vie et cette idée le faisait bouillir de rage.

— Je dirai à Rory de prétendre que sa santé s'améliore, dit-il.

Il comptait même ordonner à son frère d'en parler devant le plus de monde possible, en plein milieu du hall. Il lui demanderait des nouvelles de Katie, et Rory répondrait qu'elle guérissait mieux que prévu.

Conran hocha la tête.

— Cela peut marcher, admit-il. Celui qui a tiré cette flèche est certainement prêt à réessayer s'il croit que Katie va s'en sortir.

Conran but une grande gorgée de bière et reposa sa chope.

— Bien, j'y vais dans ce cas.

Aulay l'arrêta d'un geste de la main.

— C'est bientôt l'heure du souper. Cela paraîtrait suspect de sortir à la nuit tombée. Tu partiras à l'aube.

Conran fronça les sourcils.

— Je n'aime pas savoir Geordie et Katie sans surveillance toute la nuit. Je prendrai congé tôt en prétendant devoir me reposer avant demain et je me faufilerai dès ce soir dans le tunnel en empruntant le passage secret qui se trouve dans ma chambre. Puis je ferai semblant de prendre la route au petit matin et passerai par-derrière pour continuer ma garde.

Aulay secoua la tête. Conran avait besoin de repos.

— Je m'occupe de cette nuit. Tu prendras la relève.

— Vraiment ? lança Conran, étonné.

— Nul besoin de prendre cet air surpris. Je ne passe pas mon temps à me tourner les pouces, dans ce château.

— Ce n'est pas faux, admit son frère, mais tu ne pourras pas te reposer demain. La moitié de la population de Buchanan se presse déjà aux portes, prête à te faire part de toutes les doléances qu'elle n'a pu te transmettre pendant ton absence.

— *Aye.*

C'était pour cela qu'il avait eu tant de mal à s'entretenir avec son oncle, puis à rejoindre Geordie à l'étage. À chaque pas qu'il faisait, quelqu'un l'arrêtait pour l'informer de tel ou tel problème qu'il se devait de résoudre. À vrai dire, il était même surpris d'être parvenu à avoir une conversation ininterrompue avec Conran. Au moment où cette pensée lui traversait l'esprit, les portes du donjon s'ouvrirent et le palefrenier en chef entra dans la salle. Il balaya l'assemblée du regard, aperçut Aulay et s'approcha de lui à grands pas.

— Ne t'inquiète pas pour moi. Je viens de passer quatre semaines à roupiller. Je survivrai à une nuit sans fermer l'œil.

Laissant Conran derrière lui, Aulay s'avança à la rencontre de Fergus pour lui demander de quoi il retournait.

# 7

Aulay était plongé dans un sommeil profond quand un léger coup à la porte le réveilla. Il battit des paupières et jeta un regard par la fenêtre à travers laquelle pénétrait la faible clarté de l'aube. Le soleil n'était même pas encore levé, comprit-il, contrarié, en s'asseyant sur son lit, geste qu'il trouva étrange après avoir passé les cinq dernières semaines à dormir sur une paillasse posée à même le sol. Dormir était toutefois un bien grand mot. Il avait l'impression que Conran venait tout juste de prendre la relève pour veiller sur Katie. Combien de temps avait-il fermé l'œil ? Dix minutes ?

À cette pensée, il poussa un petit grognement agacé, descendit non sans mal du lit et traversa la pièce encore vêtu de sa chemise de nuit. Jetta se serait certainement moquée de lui si elle l'avait vu, songea-t-il avant de secouer la tête pour chasser son épouse factice de son esprit.

Il s'était efforcé de ne pas penser à elle après son départ du pavillon de chasse, une tâche qui s'était avérée beaucoup plus ardue que prévu. Depuis qu'il avait enfourché sa monture sans se retourner, tout semblait lui rappeler l'existence de Jetta. La queue de son cheval qui était du même noir de jais que ses cheveux. Le vert de l'herbe qui scintillait à la lumière du soleil, à l'image de ses yeux. Les nuages cotonneux qui s'étaient mis à flotter dans le ciel après le passage de la tempête, aussi doux et blancs que sa peau de porcelaine. Ces similarités soudain évidentes l'avaient harcelé tout au long du chemin qui l'avait ramené à Buchanan et n'avaient cessé de le hanter depuis lors.

Quand Rory l'avait conduit au chevet de Katie, Aulay n'avait pu s'empêcher de comparer la jeune domestique allongée sur le lit à Jetta, inconsciente dans la chambre du pavillon. Tout comme elle, Katie n'était pas bien grande et arborait une chevelure sombre. Son esprit obnubilé par Jetta lui jouait des tours, s'était-il sermonné intérieurement avant de redescendre dans le grand hall pour se restaurer. Et on lui avait apporté des pâtisseries tellement délicieuses qu'il s'était promis d'en garder quelques-unes pour Jetta.

Quoi qu'il fasse, son cerveau semblait toujours tout ramener à Jetta ! Il en avait conclu qu'il n'arriverait jamais à se débarrasser de l'attirance qu'il éprouvait pour elle. Une fois cette idée bien ancrée dans son esprit, son avenir s'était dessiné devant lui, aussi clair que de l'eau de roche. Jetta finirait par apprendre qu'ils n'étaient pas mariés, elle le quitterait et lui laisserait le cœur brisé. C'était aussi simple que cela. Lui qui s'était cru anéanti après le départ d'Adaira soupçonnait désormais que la douleur de voir Jetta sortir de sa vie serait à nulle autre pareille. Ce genre de perte était de celles dont on ne se remettait pas.

Irrité, Aulay ouvrit la porte de sa chambre et lança un regard noir à son visiteur. C'était Alick.

— Où diable étais-tu passé ?

Surpris, son frère eut un mouvement de recul.

— Rory ne t'a-t-il pas prévenu ? Je suis allé chez Saidh.

— *Aye*, il me l'a dit, avoua Aulay. Mais c'était il y a deux semaines. Qu'as-tu fichu pendant tout ce temps ?

— Ils étaient absents quand je suis arrivé à MacDonnell, expliqua Alick. Ils avaient décidé de rendre visite à Niels et Edith dans le Nord. J'ai donc passé la nuit à MacDonnell et leur ai emboîté le pas en direction de Drummond le lendemain. Quand j'ai fini par atteindre Drummond, ils étaient déjà repartis pour Carmichael où vivent Dougall et Murine ! Bien évidemment, Edith a insisté pour que je reste dîner et ne reprenne la route qu'au petit matin et...

Aulay n'écouta que d'une oreille le monologue de son frère

en se demandant ce que Jetta penserait d'Edith, Murine, Jo et Saidh. Cette dernière s'entendait à merveille avec ses amies, ce qui était une bonne chose puisque deux d'entre elles étaient désormais mariées avec deux de leurs frères. Jetta n'aurait probablement aucun mal à s'intégrer dans le petit groupe de femmes. Elle était douce, intelligente et avait un grand sens de l'humour. Comment pourrait-on ne pas l'aimer ?

C'était impossible, conclut Aulay en son for intérieur en reportant son attention sur ce que racontait Alick.

— Nous avons fini par les rattraper alors qu'ils repartaient en direction de MacDonnell. J'avais à peine terminé de lui rapporter l'existence de Jetta que Saidh insistait pour venir ici. Naturellement, elle a souhaité repasser chez elle pour prendre quelques affaires. Nous ne sommes donc pas partis tout de suite, mais nous voilà ! conclut Alick.

— Vous voilà, répéta Aulay un peu sèchement. Mais pourquoi me déranger de si bon matin ?

Alick afficha une petite moue gênée.

— Tu connais Saidh. Elle menaçait de venir te réveiller en personne. J'ai estimé préférable de te prévenir en amont.

— Me prévenir de quoi ?

— Oh… Euh…

Aulay plissa les yeux. Il avait un mauvais pressentiment.

— Tu ne lui as pas dit que nous avions sauvé Jetta des eaux, n'est-ce pas ? Que lui as-tu raconté ?

Alick grimaça.

— Je n'avais pas l'intention de la mettre dans la confidence. Cela m'a échappé.

Reniflant avec dédain, Aulay fit volte-face, retourna dans la chambre pour s'emparer de son tartan et se mit à le plier.

— De quoi est-elle au courant ? lança-t-il d'un ton acerbe en pivotant la tête pour fusiller son frère du regard.

Alick baissa les yeux sur ses chaussures.

— De tout.

— Nom de Dieu, Alick ! grommela Aulay en passant devant lui à grandes enjambées pour sortir de la pièce.

— Tu sais bien comment elle est, s'obstina son frère. Dès

qu'elle a appris l'existence de Jetta, elle ne m'a pas lâché la grappe jusqu'à ce que je lui avoue les moindres détails.

Aulay soupira. Alick n'était pas très difficile à faire parler. Ce garçon bavassait comme une commère.

— Ce n'est pas la fin du monde, le rassura ce dernier. Nous n'avons rien fait de mal ou d'illégal. Tu n'as fait que sauver la vie de cette donzelle et prendre soin d'elle le temps qu'elle recouvre la santé. J'ai expliqué à Saidh que tu l'avais nourrie quand elle était inconsciente, que tu n'avais pas quitté son chevet jusqu'à ce qu'elle se réveille et que tu t'occupes d'elle depuis lors. Je suis sûr que notre sœur est simplement curieuse.

— *Aye*, marmonna-t-il sèchement sans y croire.

C'était beaucoup plus que cela. Saidh était venue pour lui poser des questions auxquelles il n'avait aucunement envie de répondre et ne voulait même pas penser. Pourquoi ne s'était-il pas *vraiment* efforcé de découvrir la véritable identité de Jetta, d'où elle venait et qui était sa famille ? Quand et comment avait-il l'intention d'annoncer à cette dernière qu'ils n'étaient pas mariés ?

Jurant dans sa barbe, Aulay descendit l'escalier. Saidh pouvait se montrer aussi têtue qu'une teigne quand elle l'avait décidé, et Aulay était persuadé que cette fois-ci ne ferait pas exception. Elle était très protectrice et défendait son prochain lorsqu'elle l'estimait nécessaire. Il n'y avait aucun doute qu'elle déclarerait que la meilleure chose à faire était d'annoncer la vérité à Jetta et d'entreprendre tout ce qui était en son pouvoir pour retrouver son passé. Le problème, c'était qu'Aulay n'était pas pressé de découvrir ces informations. Au fond de ses tripes, il sentait qu'il aurait dû l'être, mais ce n'était pas le cas. De plus, ce n'était pas sans danger pour Jetta. Ils devaient d'abord appréhender la situation dans son entièreté avant ne serait-ce qu'envisager de révéler aux proches de Jetta qu'elle était en vie.

Cela signifiait donc qu'il fallait trouver qui elle était et d'où elle venait, mission à laquelle il avait jusqu'à présent échoué. Cette pensée fit naître une pointe de culpabilité dans son cœur. Il ne s'était pas donné tant de mal que cela. Même en l'absence de naufrage, ce qui certes était un obstacle majeur à leurs recherches, il existait d'autres manières de découvrir le véritable nom de Jetta. Seulement Aulay ne s'en était pas soucié jusqu'à présent.

Pourquoi ? Parce qu'il adorait Jetta. Il aimait lui parler et la façon dont elle le regardait, sans peur ni révulsion, comme si elle n'avait pas seulement perdu la mémoire, mais la vue également. Aulay avait même eu un doute sur ce dernier point, de prime abord, jusqu'à ce que Rory teste sa vision. Jetta n'était pas aveugle. Elle n'était tout simplement pas horrifiée par sa balafre, ce qui était un véritable miracle.

Jetta était magnifique, elle reprenait du poids au fil des jours et semblait véritablement apprécier sa compagnie.

— Que fais-tu en vue de retrouver la famille de Jetta et de découvrir sa véritable identité ?

La question arracha Aulay de ses pensées, et il fusilla Saidh du regard. Il n'avait même pas atteint la table qu'elle était déjà debout et venait à sa rencontre, le sermonnant comme si elle était face à un môme capricieux. Décidément, il la connaissait par cœur.

— Bien le bonjour à toi aussi, ma chère sœur. J'espère que tu as fait bon voyage, dit-il d'une voix mielleuse en se penchant vers elle pour lui déposer un baiser sur la joue.

Il adressa ensuite un signe de tête à Greer MacDonnell, l'époux de Saidh, qui avait pris place sur un banc et dévorait une pâtisserie. La vue du gâteau fit gargouiller l'estomac d'Aulay.

— Aulay, lança Saidh en le forçant à reporter son attention sur elle. Alick dit que cette jeune femme ne se souvient de rien, qu'elle vous croit mariés et qu'elle dort dans ton lit ! Comment oses-tu profiter d'elle de la sorte ? Tu...

— Je te suggère de te taire avant de prononcer des paroles que nous regretterions tous les deux, l'interrompit-il froidement en mettant ainsi fin à sa diatribe.

Saidh cessa de parler mais lui décocha un regard noir de colère. Ignorant sa sœur, Aulay se tourna vers Alick.

— Pourquoi ne lui as-tu pas précisé que je dors sur une paillasse pendant que Jetta occupe mon lit ?

— Comment l'aurais-je pu ? s'exclama Alick, étonné. Je l'ignorais.

Aulay écarquilla les yeux, surpris, puis il se rendit compte qu'il n'avait discuté des modalités de couchage avec personne d'autre que Rory. En fait, il avait à peine parlé avec qui que ce soit depuis l'arrivée de Jetta. Il s'était contenté de veiller à son chevet et, depuis qu'elle était revenue à elle, il passait ses journées en sa compagnie pendant qu'elle s'efforçait de retrouver au fond de sa mémoire les souvenirs fantômes de son passé auprès de lui.

— Tu n'as donc pas profité d'elle ? poursuivit Saidh.

— Bien sûr que non, lâcha Aulay.

Une expression de soulagement éclaira le visage de sa sœur. Plutôt que de se réjouir que celle-ci le croie sur parole, Aulay fut d'autant plus agacé qu'elle l'ait pensé capable d'une telle chose. Avait-elle une si piètre opinion de lui ? Jamais il n'aurait fait une chose pareille !

— Tu me connais, Saidh, ajouta-t-il d'un air pincé. Comment peux-tu croire un seul instant que je profiterais d'une fille empêtrée dans une situation aussi dramatique ?

— Ce n'est pas ce que j'ai pensé au début, lui assura-t-elle d'un air navré, mais Alick a dit que…

Aulay balaya sa phrase d'un geste de la main, s'assit à table et se servit un verre de cidre. Il venait à peine de terminer son geste quand un plateau de petits gâteaux encore chauds fut déposé devant lui. Il en saisit un et croqua dedans.

— Je suis désolée, Aulay, soupira Saidh en prenant place à côté de lui. J'aurais dû me rendre compte qu'Alick s'était trompé. C'est dans ses habitudes…

— Hé ! protesta l'intéressé. Je n'avais pas tout à fait tort. J'ai dit qu'elle dormait dans le lit d'Aulay. J'ignorais que lui était par terre sur une paillasse. Et elle se croit bel et bien mariée à lui.

— *Aye*, en parlant de ça…, murmura Saidh.

— Elle est arrivée à cette conclusion toute seule à son réveil, expliqua Aulay. Selon elle, seul son époux aurait été autorisé à se trouver dans sa chambre. Elle était même perturbée que Rory pénètre dans la pièce, malgré sa qualité de soigneur. D'ailleurs c'est Rory qui a suggéré de ne pas la contredire, pour éviter de retarder sa guérison.

— Mais elle a dû récupérer depuis, non ? Est-elle toujours aussi fragile au point qu'il faille continuer de la ménager ? Tu pourrais lui dire la vérité, maintenant.

— Rory n'est pas de cet avis. Tu devrais lui en toucher deux mots.

— Très bien, répliqua Saidh en lui tapotant l'avant-bras.

Elle se racla la gorge avant de poursuivre :

— Qu'en est-il de sa famille ?

Aulay se raidit et jeta un regard à Greer, le mari de Saidh, comme s'il était responsable des mots de sa femme.

— Ne me fixe pas avec ces yeux-là, déclara ce dernier sèchement. C'est ta sœur. Elle était déjà adulte quand je l'ai rencontrée, je te rappelle. Ce n'est pas moi qui l'ai éduquée ainsi.

D'un claquement de langue irrité, Aulay s'empara de son verre de cidre et but une grande lampée.

— Aulay ? poursuivit Saidh. Qu'as-tu fait pour tenter de découvrir qui elle est et d'où elle vient ?

— Je lui ai expliqué que tu nous avais envoyés à la recherche d'informations au sujet d'un éventuel bateau ayant coulé pendant la tempête, intervint soudain Alick avant de se tourner vers Saidh. Et je t'ai dit que nous n'avions rien trouvé.

— C'était peut-être le cas alors, mais as-tu posé la question récemment ? Quelqu'un a certainement dû se rendre compte que Jetta n'est pas arrivée à bon port.

— J'ai déjà répondu à cette question, Saidh, soupira Alick, agacé. Avant même que je ne quitte Buchanan, Geordie et Conran étaient déjà repartis pour enquêter.

— Et ? lança Saidh. Que s'est-il passé ?

— Toujours aucun signe d'un navire ayant fait naufrage, grommela Aulay.

— Alors peut-être qu'il n'a pas coulé, suggéra-t-elle. Alick a bien mentionné le fait qu'il n'y avait pas de débris autour du mât. Il se peut que le nid-de-pie se soit brisé en laissant le reste du bâtiment intact.

Elle avait l'air tellement fière de son hypothèse qu'Aulay se sentit coupable du plaisir qu'il eut à lui couper l'herbe sous le pied.

— Cette idée m'a traversé l'esprit, Saidh, et j'ai prévu de renvoyer Conran et Geordie en mission, un peu plus tard. Mais Geordie n'est pas près de quitter le chevet de Katie, et Conran est… absent pour le moment.

— Alors demande à quelqu'un d'autre, rétorqua-t-elle. Un quelconque soldat peut poser des questions tout aussi bien que Conran.

— *Nay*, lâcha Aulay d'un ton abrupt.

Il aperçut Rory qui s'approchaient d'eux.

— Pourquoi pas ? voulut-elle savoir.

— La situation est beaucoup trop complexe pour la placer entre les mains de n'importe qui, Saidh, répondit Rory à la place d'Aulay. Alick ne t'a-t-il pas informée que nous étions inquiets pour la sûreté de Jetta ?

— *Aye*, il m'a dit qu'elle avait mentionné quelque chose au sujet d'un chat, d'une dame en blanc et d'un fiancé qui n'était pas le sien mais voulait attenter à sa vie, admit Saidh. Tout cela n'a aucun sens. Peut-être était-elle simplement en train de délirer à cause du choc à la tête ?

Aulay se raidit. Il n'avait pas songé à cela. Ce n'était pas impossible, mais, après réflexion, il secoua la tête.

— Peu importe. Elle était terrifiée à la simple mention de sa famille, et je ne prendrai pas le risque de la renvoyer auprès de gens qui pourraient essayer de la tuer.

Il plissa les yeux et lança un regard glacial à sa sœur.

— Tu es bien placée pour comprendre mon choix, non ? Tu ne voulais pas non plus rapatrier Murine chez son frère, ni laisser Edith entre les mains de sa famille d'assassins.

— C'était différent, répliqua Saidh.

— Vraiment ? commenta son mari avec douceur.

Saidh se mordilla la lèvre, puis se tourna vers Greer.

— Crois-tu vraiment que ses proches puissent être aussi dangereux que ceux de Murine ou d'Edith ?

Greer réfléchit un instant avant de répondre.

— Je pense qu'Aulay a raison d'agir avec prudence dans ce

cas, du moins jusqu'à ce que nous en sachions plus sur cette jeune femme. Ce serait vraiment un comble qu'Alick et Aulay l'aient tirée de l'eau, et que Rory ait passé tellement de temps à la remettre sur pied, si c'est pour la renvoyer chez des gens qui souhaitent sa mort.

Les épaules de Saidh s'affaissèrent légèrement.

— Très bien, déclara-t-elle, résignée. Nous trouverons un moyen de découvrir son identité sans ébruiter sa présence ici, tant que nous ne serons pas certains qu'elle ne craint rien.

Aulay se contenta de grommeler et s'empara d'un autre gâteau. Il mordit dedans avec plaisir.

— J'aimerais la rencontrer, annonça Saidh en se levant. Je suppose qu'elle est dans ta chambre à l'étage.

Aulay secoua la tête et finit sa bouchée avant de lui répondre, mais Rory le devança.

— Elle est au pavillon de chasse.

— Tu l'as laissée toute seule alors qu'elle a peut-être des meurtriers à ses trousses ? lâcha-t-elle, surprise.

— Elle n'est pas seule, corrigea Aulay. Notre oncle Acair et une poignée de soldats veillent sur elle et sur Mavis. Qui plus est, sa famille ne sait pas qu'elle est là-bas. Comment le pourraient-ils ? Nous-mêmes ignorons qui ils sont.

Il laissa échapper un soupir exaspéré.

— Et puis elle ne peut pas paraître en public. Elle n'a rien à se mettre sur le dos.

— Oh ! c'est vrai, s'exclama Saidh en retrouvant le sourire. Alick a mentionné ce fait.

Aulay était sur le point de se détendre quand sa sœur se leva brusquement et se dirigea vers les portes du donjon.

— Ce problème devrait être réglé d'ici peu. Nous avons ramené plusieurs robes. J'irai au pavillon pour les lui donner et la rencontrer par la même occasion.

— Messieurs ! aboya Greer en se levant, non sans s'emparer de plusieurs pâtisseries au passage.

Immédiatement, une douzaine de soldats des MacDonnell qui étaient jusqu'à présent assis au bout de la longue table se dressèrent sur leurs pieds, prêts à suivre leur dame. Aulay haussa un sourcil interrogateur en direction de son beau-frère.

— Me cacherais-tu quelque chose ?

— Que veux-tu dire ? demanda Greer.

— Le voyage n'est pas si long que cela. Demander à tes hommes de faire l'aller-retour pour escorter ma sœur jusqu'ici puis au pavillon me semble disproportionné. Quelqu'un en a-t-il après elle ? *Encore ?*

Greer sourit.

— *Nay*, j'avais besoin d'eux pour transporter et garder les malles pleines de vêtements que nous avons amenées.

Les hommes s'étaient déjà rassemblés devant la sortie.

— Ils ont ramené toute la garde-robe de Saidh ou quoi ? marmonna Aulay dans sa barbe.

— Six malles sur trois chariots, précisa Alick derrière lui.

— *Six ?* s'exclama Aulay, stupéfait.

Son jeune frère claqua la langue en signe de désapprobation.

— N'as-tu donc rien écouté de ce que je t'ai raconté un peu plus tôt ?

— Six, *vraiment* ? répéta Aulay.

— Je te l'ai dit quand nous étions en haut devant ta chambre, soupira Alick en affichant une moue exaspérée. Je suis arrivé à MacDonnell après le départ de Saidh et Greer. Ils étaient partis à Drummond pour rendre visite à Niels et Edith. Quand je suis arrivé à Drummond, ils avaient déjà repris la route en direction de Carmichael pour aller voir Dougall et Murine. J'ai passé la nuit à Drummond, et quand Edith a entendu parler de la pauvre Jetta, elle a décidé d'envoyer quelques habits et m'a donné un coffre plein de robes. Elle m'a même laissé une charrette et un harnais pour l'atteler à mon cheval, ce qui m'a ralenti. Quand j'ai enfin atteint Carmichael, Saidh et Greer étaient absents. Ils étaient en route pour Sinclair. Je suis resté à Carmichael jusqu'au petit matin, et Murine n'a pas manqué de me laisser un autre coffre rempli de vêtements à l'intention de Jetta. Et après...

— Laisse-moi deviner, l'interrompit-il sèchement. Saidh et Greer ne se trouvaient déjà plus à Sinclair quand tu as poussé la porte, mais Jo et Campbell Sinclair ont insisté pour que tu restes dormir et, quand tu leur as raconté ton histoire, ils ont décidé de te confier une autre malle.

— Trois, corrigea Alick, imperturbable.

— *Trois ?* lâcha Aulay, stupéfait.

— *Aye* : une pleine de jupes et deux remplies d'étoffes que Jetta pourra coudre selon ses goûts, expliqua-t-il. J'ai dû trouver un chariot plus grand et emprunter un deuxième cheval. À ce moment-là, j'avançais à la vitesse d'un escargot.

— J'imagine.

— La prochaine étape sur ma route était de nouveau MacDonnell, où j'ai retrouvé Saidh et Greer qui m'ont laissé un autre coffre. Nous avons opté pour trois charrettes de taille moyenne afin de voyager plus vite.

— Ainsi tu es monté jusqu'à Sinclair, marmonna Aulay en secouant la tête, incrédule. C'est un sacré bout de chemin.

— Je ne fais que cela depuis la semaine dernière ! répliqua Alick d'un ton accusateur. N'as-tu donc rien écouté de ce que je t'ai dit plus tôt ?

Aulay le fixa sans répondre.

— Et tu as parlé de Jetta à tout le monde ? reprit-il enfin.

— Euh..., commença Alick en baissant la tête. Je...

Aulay ferma les yeux.

— J'imagine que nous aurons de la compagnie d'ici la fin de la semaine, déclara Rory d'un ton joyeux.

— Plutôt dans l'heure, corrigea Alick. Ils étaient tous tellement pressés de faire la connaissance de Jetta qu'ils ont envoyé des messagers à MacDonnell hier soir annonçant qu'ils arriveraient à Buchanan ce matin. C'est pour cela que nous sommes partis si tôt. Saidh voulait être ici pour les accueillir.

Seigneur Dieu, maugréa Aulay.

Sa demeure était sur le point d'être prise d'assaut par trois autres gentilles enquiquineuses qui joindraient leurs forces à celles de sa sœur pour s'immiscer dans sa vie.

— Si Edith t'a laissé une malle pleine de robes, pourquoi n'es-tu pas retourné à Buchanan ? gronda-t-il à l'intention d'Alick en le fusillant du regard. Pourquoi avoir continué à courir après Saidh ? Nous n'avions besoin de rien d'autre que de quelques vêtements.

— C'est vrai, mais je me doutais que tu voudrais que Saidh et les autres soient là pour la noce, expliqua-t-il comme si cela coulait de source. Les ramener dès maintenant m'évite d'avoir à reprendre la route plus tard.

— La noce ? *Quelle* noce ? s'exclama Aulay, éberlué.

— La tienne... Celle de toi et Jetta. Je me suis dit que tu voudrais l'épouser, maintenant qu'elle a partagé ta couche.

— Elle n'a pas partagé... Elle dort dans mon lit *sans moi*, grogna Aulay, furieux. Son honneur est intact.

— Certes, mais personne n'est au courant de ce fait et elle est de toute évidence issue d'une famille noble. Tu ne peux pas prétendre être son mari, laisser les gens croire que tu l'as déflorée et ne pas l'épouser. Que tu sois passé à l'acte ou non, sa réputation est ruinée.

C'est alors qu'Aulay comprit. Alick avait parcouru tout le pays sur les traces de Saidh pour qu'elle lui serve de renfort. Toute sa famille était dans le coup. Ils voulaient l'obliger à prendre Jetta pour femme, qu'il le veuille ou non. Grand Dieu, si personne ne les arrêtait, ils iraient même jusqu'à forcer celle-ci à lui accorder sa main contre son gré.

Aulay lança un regard en direction des portes du donjon et se leva brusquement. S'il se dépêchait, il pouvait encore devancer Saidh, récupérer Jetta au pavillon de chasse et s'enfuir. Mais où ? Il n'en avait aucune idée. Malgré tout, la fuite semblait la seule solution pour éviter que Jetta ne scelle son destin au sien sans même le désirer.

— N'as-tu pas dit hier soir que tu devais interroger les soldats en poste près du pont-levis au moment de l'attaque de Katie ? s'enquit Rory, soudain sérieux.

Aulay interrompit le flot de ses pensées et lui décocha un regard noir. Son frère avait le don de lui rappeler ses responsabilités ! Cela faisait maintenant cinq semaines que ce dernier s'immisçait dans tout ce qu'il faisait, y compris dans ses relations avec Jetta, et il commençait à en avoir par-dessus la tête. Certes, il avait bien eu l'intention de s'entretenir avec les gardes, mais alors il ignorait que les Quatre Cavaliers de l'Apocalypse en personne se dirigeaient droit sur lui. Ou plutôt les trois. Le premier était déjà arrivé.

— Saidh t'aime de tout son cœur, déclara Rory d'un air solennel. Tout comme Murine, Edith et Jo. Ce sont des femmes très gentilles et elles ne feraient jamais rien pour vous causer du tort, à toi ou à Jetta.

Il laissa à Aulay le temps de digérer ces paroles avant de reprendre :

— De plus, Geordie et Katie ont besoin de toi ici.

Aulay hésita, puis se rassit lourdement sur son siège en soupirant. Cavaliers de l'Apocalypse ou non, il ne pouvait échapper à ses responsabilités.

# 8

— Aulay était d'un naturel enjoué avant sa balafre au visage, assura Acair Buchanan à Jetta. Toujours prêt à faire les quatre cents coups. Il est devenu sérieux et taciturne depuis ce jour. La faute à cette salo... satanée fille à laquelle il était fiancé. Elle l'a lâché comme une vieille chaussette après sa blessure.

Jetta hocha la tête d'un air sombre.

— Mavis m'a parlé d'Adaira.

— C'est cela. Adaira.

Il acquiesça avec une moue de dégoût avant de secouer la tête.

— Elle s'était toujours montrée douce et gentille, mais dès qu'elle a vu sa cicatrice...

Les lèvres d'Acair se pincèrent.

— Qu'est-il advenu d'elle ? demanda Jetta avec curiosité. S'est-elle mariée ?

Mavis n'était pas entrée dans les détails.

— *Aye*, répondit Acair, la bouche tordue par un rictus de colère. La noce venait à peine d'être annulée quand nous avons appris qu'elle était partie à l'étranger pour épouser un noble, l'héritier d'un marquis il me semble. Elle vit en France désormais. Cela lui va à merveille, si vous voulez mon avis. Tout comme elle, les Français se croient toujours supérieurs aux autres. Mais sa mère était française, après tout. J'imagine que c'est dans sa nature.

Jetta fronça les sourcils à ces mots. Quelque chose s'était réveillé au fond de sa mémoire. Un souvenir flou. Datait-il d'avant son accident ? Elle réfléchit un moment en espérant que cette pensée furtive referait surface, mais en vain.

Dépitée, elle soupira et abandonna son introspection. Elle avait encore des questions à poser à Acair.

— Comment Aulay et moi nous sommes-nous rencontrés ? Mes parents ne m'avaient-ils pas fiancée dès ma naissance, comme il est de coutume ? Je n'étais pas destinée à devenir son épouse, si on lui avait déjà choisi Adaira. Mon promis est-il décédé en bas âge ?

— Oh… Euh…

Acair jeta un coup d'œil alentour, comme s'il cherchait quelqu'un, mais il n'y avait personne dans la pièce hormis Mavis, Jetta et lui. Ses hommes étaient postés à l'extérieur et gardaient le pavillon par roulement, la moitié veillant sur la maison pendant que les autres se reposaient dans une tente plantée près de l'étable. Acair avait pris ses quartiers dans la deuxième chambre à l'étage, et Mavis s'était installée sur la paillasse qu'Aulay avait occupée jusqu'à présent. Jetta lui avait bien proposé de partager son lit, ne voyant pas l'utilité de laisser la domestique dormir sur le sol dur et froid, mais cette dernière avait refusé en affirmant qu'elle ne trouverait jamais le sommeil sur un matelas doux et chaud.

— Que se passe-t-il, Mavis ? demanda soudain Acair en oubliant la question qui venait de lui être posée.

Curieuse, Jetta suivit son regard jusqu'à la bonne, qui fixait quelque chose par la fenêtre.

— J'ai cru entendre un rire, répondit Mavis sans quitter des yeux la scène qui se déroulait de l'autre côté de la vitre.

— Les hommes rient, parfois. Ce sont des choses qui arrivent, la taquina-t-il avec un petit sourire en coin.

— *Nay*, c'était une voix de femme, rétorqua Mavis, les oreilles à l'affût. Oh ! c'est Lady Saidh !

Jetta sursauta et baissa un regard affolé sur la tenue qu'elle portait. Elle s'était levée un peu avant Mavis, ce matin-là, et avait plié elle-même le tartan qu'elle avait enfilé par-dessus sa robe fourreau. Son manque de pratique sautait aux yeux. L'ensemble était asymétrique, un côté long, l'autre court et de travers. Elle avait l'impression d'avoir revêtu un sac à patates. Si elle ne s'en était pas formalisée jusqu'à présent, maintenant que sa belle-sœur était à la porte du pavillon elle regrettait son choix.

— Seigneur, murmura Jetta, inquiète à l'idée d'embarrasser son mari en se présentant en public de la sorte. Il faut que je...

— Asseyez-vous, jeune fille, ordonna Acair d'un ton ferme alors qu'elle se dressait sur ses pieds. Saidh n'a jamais porté une grande attention à la mode vestimentaire.

— Oh ! regardez ! Lady Murine et Lady Edith sont avec elle ! s'exclama Mavis tout excitée.

— Les épouses de Niels et de Douglas ? lança Jetta en reconnaissant les personnes dont Aulay lui avait parlé.

Obéissant aux ordres de Rory, Aulay avait très peu mentionné leur vie commune, mais il lui avait raconté son enfance, évoquant ses jeunes frères et la façon dont deux d'entre eux avaient rencontré leurs femmes respectives.

— Ne vous inquiétez pas, elles font partie de la famille, dit Acair en posant une main sur la sienne.

Était-ce pour la rassurer ou pour l'empêcher de s'enfuir ?

— Elles ne se formaliseront pas de votre tenue, affirma-t-il.

— Lady Jo Sinclair les accompagne, s'écria Mavis, rayonnante. Et Dougall, Niels, Greer et Cam Sinclair sont là aussi.

Elle tourna la tête en direction de la cuisinière.

— Heureusement que j'ai préparé des friands à la viande. Je ferais mieux d'ajouter du lapin dans le ragoût.

Jetta ferma les yeux en gémissant pendant que la domestique se précipitait vers la marmite. Elle imaginait déjà l'humiliation qu'elle allait subir quand les invités passeraient la porte, mais Acair finit par lui lâcher la main.

— Bon, très bien. Vous pouvez y aller, déclara-t-il.

Un soupir franchit les lèvres de Jetta. Elle se leva à la hâte, mais dut s'agripper au bord de la table pour ne pas tomber.

Acair bondit et la rattrapa.

— Est-ce que ça va ?

— Ce n'est rien. Juste le tournis. Je suis allée trop vite, lui assura-t-elle d'une voix faible.

Acair maugréa, peu convaincu.

— Je vais vous emmener dans votre chambre, dit-il en la soulevant. Mais, je vous préviens, les dames vont monter vous voir dès leur arrivée. Nous ne faisons que retarder l'inévitable.

— Du moment que leurs époux ne les suivent pas, murmura-t-elle en enroulant les mains autour des épaules d'Acair sans parvenir à dissimuler un demi-sourire.

— À quoi pensez-vous ?

— Je me disais que j'ai devant moi le portrait craché de mon cher Aulay dans vingt ans. Vous vous ressemblez tellement. Tout comme Rory.

— Ah, c'est le sang Buchanan. Tous les hommes de la famille Buchanan ont la même tête.

— Saidh aussi ? demanda Jetta.

— Dieu merci, non, répondit-il d'un ton pince-sans-rire. Les traits Buchanan ne siéent guère aux femmes, comme l'a prouvé ma pauvre sœur Maighread. Je l'aime du fond du cœur, mais je n'ai jamais vu de fille aussi laide. Son fiancé a refusé de l'épouser dès qu'il a posé les yeux sur elle.

Jetta haussa les sourcils, surprise.

— Qu'est-il arrivé à Maighread ?

— Elle a pris le voile après cette injure. C'est bien dommage, d'ailleurs. Elle ressemblait peut-être comme deux gouttes d'eau à mes neveux, mais elle était douce et aimante. Elle aurait fait une merveilleuse épouse et une bonne mère.

Acair soupira, puis reprit d'un ton plus joyeux :

— Heureusement, notre chère Saidh est tout l'opposé. Elle a hérité les longs cheveux noirs de sa mère et ses traits féminins, ainsi que la personnalité de mon frère. Une jolie fille qui se comporte comme un garçon.

— Oh ! fit Jetta sans savoir que répondre à cela.

Elle imaginait Saidh comme une version féminine d'Aulay avec une paire de seins, une épée à la main et de l'énergie à revendre.

— Nous y voilà ! annonça Acair.

Il venait à peine de mettre le pied dans la chambre que le bruit de la porte du pavillon qui s'ouvrait leur parvint aux oreilles, suivi de près par celui de rires et de bavardages qui résonnèrent dans toute la maisonnette.

Esquissant un sourire en coin, Acair déposa Jetta au pied du lit.

— Ils sont arrivés. Vous avez à peine deux minutes devant vous.

Il s'interrompit et tendit l'oreille. Des pas résonnaient déjà dans l'escalier.

— Peut-être un peu moins.

Il se décala de justesse pour laisser passer plusieurs femmes qui pénétrèrent dans la pièce en tirant une Mavis rayonnante de bonheur derrière elles.

De toute évidence, elles avaient attrapé celle-ci en passant devant la cuisinière et n'avaient pas encore terminé de lui dire bonjour. Les politesses échangées, le silence retomba et leurs invitées se tournèrent vers Jetta pour la dévisager.

Jetta leur rendit leur regard, probablement aussi confiante qu'un faon apeuré, puis chercha de l'aide auprès de Mavis et se détendit à la vue de l'expression affectueuse de la domestique. Ces personnes faisaient partie de sa famille. Du moins trois d'entre elles. La quatrième devait être une amie.

Affichant un sourire de bienvenue, Jetta se redressa et détailla les nouvelles venues. Deux blondes, une rousse, et une dernière à la longue chevelure d'un noir de jais. Un peu comme les siens, songea Jetta en se souvenant de la description que son époux avait fait de sa sœur.

— Saidh, dit-elle en hochant la tête en direction de l'intéressée, avant de se tourner vers la femme rousse. Edith.

Elle porta finalement son attention sur les deux dernières.

— Murine et Jo.

— Vous... Tu sais qui nous sommes ? demanda Edith, surprise.

Jetta se mordit la lèvre, puis soupira avant de répondre :

— *Nay*, je ne me souviens pas de vous, admit-elle, navrée. Mais mon cher Aulay m'a beaucoup parlé de chacune d'entre vous. Je sais que Saidh a des cheveux de la même couleur que les miens et qu'Edith tend plutôt vers le blond vénitien. Il m'a également dit que Murine et Lady Sinclair arboraient une chevelure aussi dorée que les blés, mais j'ai bien peur d'être incapable de vous différencier.

— Oh ! murmura Edith en esquissant un léger sourire. Elle l'a appelé son « cher Aulay ».

— N'est-ce pas merveilleux ? ajouta l'une des deux blondes.

Jetta rougit, gênée, puis redressa la tête en direction de Saidh qui s'approchait d'elle. Cette dernière la prit par les épaules et la fixa d'un air soudain si sérieux que Jetta ne put réprimer un mouvement de recul.

— Sa balafre ne te dérange-t-elle pas ? demanda Saidh.

Jetta écarquilla les yeux, surprise.

— Non, répondit-elle promptement et fermement.

— *Vraiment ?* insista Saidh.

Le souvenir de ses inquiétudes initiales à ce sujet refit surface, et Jetta fronça les sourcils.

— Est-ce qu'elle me posait un problème avant mon accident ? Me suis-je montrée cruelle envers lui par le passé à cause de sa blessure ? Parce que si c'est le cas...

Elle laissa sa phrase en suspens.

— Oui ? l'encouragea Saidh face à ce silence.

— Je me suis comportée comme une imbécile, conclut-elle tristement. Mon époux est le plus gentil et le plus attentionné des hommes, indépendamment de cette marque sur son visage. Il est très beau, et sa cicatrice ne fait qu'ajouter un petit air canaille à son charme. Si j'ai été trop idiote pour le voir avant de perdre la mémoire, alors je me suis montrée immature et superficielle.

Sans que Jetta ne comprenne pourquoi, le visage de Saidh s'éclaira soudain et elle la serra dans ses bras.

— Bienvenue parmi nous, frangine, annonça-t-elle.

Elles furent rapidement assaillies par les trois autres femmes qui se précipitèrent autour d'elles et se joignirent à leur accolade. Bien que désorientée, Jetta fut émue d'une telle marque d'affection et les larmes lui montèrent aux yeux. Elle se serait probablement transformée en fontaine si l'épisode n'avait pas pris fin aussi rapidement qu'il était venu quand les quatre invitées se reculèrent.

— Je vais dire aux hommes de monter les malles que nous avons apportées ! déclara l'une des deux blondes.

— Je descends chercher ma brosse à cheveux. Il faut la coiffer avant de la ramener au château, annonça la deuxième.

— Et je fais couler un bain, lança Edith en se tournant vers Mavis. Y a-t-il une baignoire, ici ?

— *Aye*, acquiesça la domestique en s'avançant vers la porte. Je demanderai à ces messieurs de la porter dans la chambre pendant que je fais chauffer de l'eau.

— Ne te tracasse pas, Mavis, répliqua Edith en se précipitant sur les talons de la bonne. Je m'en charge. Qu'est-ce que tu as sur le feu ? Cela sent rudement bon.

— C'est du ragoût pour ce midi, répondit Mavis fièrement. D'ailleurs, je dois ajouter de la viande dans la marmite à présent que le nombre de convives a augmenté.

— Va donc t'occuper du repas, je me débrouillerai pour le bain, ordonna Edith d'un ton ferme.

— Il va me falloir plus de lapins, s'inquiéta Mavis.

— J'imagine que cela veut dire que je vais devoir sortir chasser, conclut Acair en riant, rappelant ainsi à Jetta qu'il était présent dans la pièce. Je tâcherai d'en attraper suffisamment pour le déjeuner et pour le souper.

— Ne t'inquiète pas pour cela, annonça Saidh. Nous serons de retour à Buchanan avant l'heure du dîner.

— Vraiment ? demanda-t-il avec une pointe d'intérêt dans la voix. Aulay aurait-il un plan ?

Saidh haussa les épaules.

— Je suis sûre qu'il sait déjà que je compte ramener Jetta au château. Après tout, la seule raison pour laquelle elle n'est pas rentrée plus tôt, c'est parce qu'elle n'avait rien à se mettre sur le dos. Ce problème est désormais réglé, ajouta-t-elle avec un petit sourire en coin.

Acair lui rendit son sourire et hocha la tête en guise d'approbation, puis se tourna vers Jetta.

— Ces dames vont s'occuper de vous, jeune fille, et mes hommes monteront la garde pendant que je chasse. Si vous avez besoin de moi, n'hésitez pas à m'envoyer l'un des soldats.

— Merci, murmura Jetta.

Acair lui adressa un clin d'œil et fit volte-face. Jetta attendit qu'il soit sorti pour se tourner vers Saidh.

— Allons-nous vraiment rentrer à Buchanan dès aujourd'hui ?

— *Aye*, acquiesça Saidh d'un ton ferme.

Jetta opina avec sérieux, mais une étincelle dans le regard de la sœur d'Aulay l'incita à mettre celle-ci en garde.

— Je serai ravie de revoir Aulay, mais j'espère que tu ne comptes pas me ramener à Buchanan dans l'espoir que cela ravivera mes souvenirs.

Saidh inclina la tête et la dévisagea d'un air curieux.

— Ne crois-tu pas que cela pourrait t'aider ?

Jetta secoua la tête et soupira.

— Si la présence de l'homme que j'aime à mes côtés ne m'a pas rafraîchi la mémoire, je ne vois pas comment un château pourrait faire mieux.

Jetta crut apercevoir une lueur humide dans les yeux de la jeune femme.

— Tu l'aimes vraiment ? finit par demander Saidh.

— Comment ne le pourrais-je pas ? Il est merveilleux, répondit Jetta en souriant jusqu'aux oreilles. Il s'est occupé de moi avec une patience d'ange et s'est fait tellement de souci tout au long de ma convalescence. Et chaque fois qu'il me touche ou m'embrasse...

Jetta s'interrompit et sentit ses joues s'empourprer.

— Quand il te touche et t'embrasse ? murmura Saidh. Tu veux dire quand vous...

Jetta secoua la tête avec ferveur, certaine que son visage était désormais aussi rouge qu'une tomate. Dieu merci, la sœur d'Aulay n'avait pas terminé sa question.

— Rory a été très clair sur le sujet. Toute forme d'agitation risquerait de retarder ma guérison, donc hormis la fois où il a...

Jetta n'acheva pas sa phrase. Elle déglutit avec peine et frissonna au souvenir de ce qui s'était passé sur la table.

— Ce que je veux dire, reprit-elle après un instant de silence, c'est que nous n'avons pas fait l'amour à proprement parler, mais j'étais très... exaltée, et Aulay n'a pas recommencé depuis que Rory lui a ordonné d'éviter de m'exciter.

— Oh ! je vois, fit Saidh en souriant d'un air qui laissait entendre qu'elle comprenait parfaitement de quoi Jetta voulait parler quand elle affirmait ne pas avoir « fait l'amour à proprement parler ».

Elle s'efforça visiblement de retrouver une certaine contenance avant de poursuivre :

— Mais tu aimes ses baisers et ses caresses, n'est-ce pas ?

— Oh ! oui, admit Jetta en soupirant. Aulay est merveilleux à bien des égards. J'ai du mal à comprendre comment j'ai eu la chance de devenir son épouse.

— Et pourtant tu l'es, annonça Saidh d'un ton ferme. Et je ferai en sorte que les choses restent ainsi.

Jetta lui décocha un coup d'œil incertain.

— Que veux-tu dire par là ?

— La baignoire est là ! s'exclama Edith en faisant irruption dans la chambre, une kyrielle de soldats sur ses talons, les bras chargés de seaux. L'eau est en train de bouillir sur le feu. Plus que quelques minutes et ce sera prêt !

— Je vais prévenir Greer de notre intention de retourner à Buchanan avant ce soir, déclara Saidh en se dirigeant précipitamment vers la sortie. Il voudra certainement envoyer l'un de ses hommes en éclaireur pour annoncer à Cook qu'il aura quelques bouches de plus à nourrir à l'heure du souper.

Déçue, Jetta la regarda sortir de la pièce. Elle savait que Greer était le mari de Saidh et comprenait parfaitement que la jeune femme ait besoin de le prévenir afin qu'il prépare ses soldats au voyage. Néanmoins, elle aurait aimé que la sœur d'Aulay reste pour répondre à sa question. Qu'avait-elle voulu dire par « que les choses restent ainsi » ? Cela n'avait aucun sens. Pourquoi Saidh aurait-elle besoin de s'assurer que rien ne change ? Leur mariage était-il en danger ? Aulay envisageait-il de la quitter à cause de sa perte de mémoire ? Était-il contrarié qu'elle ne se souvienne pas de lui ? Craignait-il que son handicap soit transmis à leurs futurs enfants ?

— Et voilà !

Jetta tourna la tête vers la grande blonde qui venait d'entrer dans la chambre et ouvrit des yeux ronds comme des soucoupes à la vue des hommes qui pénétrèrent à sa suite, deux par deux, chaque paire portant une énorme malle. Ce furent six caisses au total que l'on déposa au pied de son lit.

— Qu'est-ce que...

— Ce sont des robes, annonça Edith tout excitée.

— Enfin, pour la plupart, corrigea la jeune femme blonde. Deux d'entre elles contiennent du tissu pour te confectionner des tenues à ton goût.

— Jo avait plein d'étoffes envoyées par son oncle, expliqua Edith en riant. Elle t'en a fait parvenir deux malles.

— Merci, Jo, murmura Jetta en souriant à l'intéressée, reconnaissante de l'énorme faveur que cette dernière lui faisait mais également heureuse de pouvoir enfin mettre un nom sur un visage. J'étais si triste quand Aulay m'a dit que toutes mes affaires avaient disparu dans le naufrage.

Un silence étrange s'installa dans la chambre.

— Vers où voguions-nous ? demanda-t-elle quand personne ne daigna commenter.

— Oh ! euh...

Edith hésita en se tournant vers ses amies.

— J'ai bien peur que nous ne connaissions pas la réponse à cette question, finit par dire Murine. Je crois savoir qu'Aulay voulait prendre un peu de vacances, mais je ne me souviens pas de la destination qu'il avait en tête.

— Moi non plus, ajoutèrent Edith et Jo à l'unisson.

Jetta fronça les sourcils, déçue, puis reporta son attention sur les caisses.

— Cela devait être un sacré long voyage, si j'ai empaqueté l'ensemble de ma garde-robe.

Elle tourna la tête vers les deux coffres qui étaient déjà dans la pièce à son réveil.

— Comment se fait-il que les habits d'Aulay n'aient pas été embarqués à bord eux aussi ?

— Oh ! ceux-ci sont ici depuis qu'Aulay a fait rebâtir le pavillon, expliqua Murine sans la moindre hésitation.

— Rebâtir ? Oh ! c'est vrai. Le premier est parti en flammes à l'époque où Dougall te courtisait, commenta Jetta.

— *Aye*, courtoisie de mon cousin et de mon demi-frère, ajouta sèchement Murine en fronçant les sourcils.

Elle secoua la tête comme pour chasser des pensées désagréables de son esprit et reprit :

— Dougall et moi avons proposé de participer aux frais de construction, mais Aulay n'a rien voulu entendre, continua-t-elle en claquant la langue, visiblement agacée. Aulay garde toujours quelques vêtements supplémentaires pour éviter d'avoir à transporter toutes ses affaires quand il vient ici.

Jetta hocha la tête avec lenteur.

— Pourquoi ne faisais-je pas de même ?

Les trois femmes échangèrent un regard que Jetta aurait qualifié de légèrement paniqué, puis se tournèrent vers la porte en entendant Saidh pénétrer dans la pièce.

— L'eau est presque chaude. Pourquoi ne pas jeter un coup d'œil à ces robes en attendant ?

Les trois autres sautèrent sur cette diversion comme une bande d'assoiffées sur une goutte d'eau au milieu d'un désert. Jetta remit sa question à plus tard et les regarda déballer les tenues les unes après les autres.

# 9

— À voir ta tête, j'en conclus que les soldats postés sur la muraille n'ont pas été d'une grande aide, commenta Rory.

— *Nay*, aucun d'entre eux n'a aperçu quoi que ce soit d'utile, admit Aulay, dépité, en se laissant choir sur le banc à côté de son frère.

— Rien du tout ? demanda Rory en fronçant les sourcils.

Aulay haussa les épaules.

— L'archer devait se trouver à couvert sous le bois. Personne ne s'est rendu compte que quelque chose clochait jusqu'à ce que Geordie se retourne pour rattraper Katie avant qu'elle tombe de cheval. Ce n'est qu'alors qu'ils ont remarqué la flèche plantée dans son dos.

— Bon sang, murmura Rory.

— *Aye*, acquiesça Aulay d'un air renfrogné.

C'était pourtant ce à quoi il s'était attendu en allant interroger les hommes. Toutefois, bien qu'il ait soupçonné que sa démarche ne porterait aucun fruit, un faible espoir l'avait tenu en haleine jusqu'à présent. Il soupira et fit signe à une domestique qui passait par là de leur resservir une bière chacun, à lui et à Rory, en désignant leurs chopes vides. La jeune femme opina et s'éloigna à la hâte.

— J'ai renvoyé les gars fouiller les environs du château en leur demandant d'élargir leurs recherches, mais ils sont rentrés bredouilles. Qui que soit l'attaquant de Katie, il n'a laissé aucun indice derrière lui.

Le visage de Rory s'assombrit.

— En somme, nous n'avons pas la moindre idée de qui a tiré.

— Absolument aucune, reconnut Aulay. Et aucun moyen de le découvrir à moins que l'assassin présumé ne fasse une deuxième tentative.

— J'imagine que c'est la raison pour laquelle Conran est en ce moment même posté dans le passage secret qui donne sur la chambre de Katie, hasarda Rory.

Aulay lui lança un regard perçant.

— Comment le sais-tu ?

— Je l'ai entendu en parler hier soir. Tout comme celui qui l'accompagnait et que je soupçonne être toi, répondit Rory d'un ton de reproche. Vous vous déplacez avec la légèreté d'un troupeau de bétail.

Aulay grimaça à ces mots et hocha la tête.

— C'est bon à savoir. Je lui dirai d'être plus silencieux à l'avenir et tâcherai de faire de même.

— Excellente idée.

— Je te prierai de bien vouloir ne pas ébruiter cette information, murmura Aulay. Officiellement, j'ai envoyé Conran en mission à l'extérieur.

— Tu n'espères pas sincèrement que notre inconnu repassera à l'attaque, si ?

— C'est la seule manière de l'attraper la main dans le sac et de rendre justice à Katie et Geordie. Dans le cas contraire, je ne saurais par où commencer les recherches.

Rory opina.

— Je m'arrangerai pour que personne ne rentre dans la chambre, pas même les domestiques. Ainsi, nous saurons que quiconque s'y essaiera aura de mauvaises intentions.

— Entendu, grommela Aulay. Comment se porte Katie ?

Rory secoua la tête en silence.

Apparemment, la jeune femme était toujours en vie, mais Rory nourrissait peu d'espoir que son état reste stable encore longtemps, conclut Aulay en se frottant la nuque avec lassitude. Il avait eu l'intention de poser la question à Rory à table la veille, pour que ce dernier réponde à voix haute que Katie était sur la voie de la guérison, comme il l’avait expliqué à Conran. Malheureusement, cela lui était complètement sorti de la tête et il ne s’était souvenu de son plan qu’une fois posté dans le passage secret donnant sur la chambre de la jeune femme.

— La prochaine fois que je te demanderai des nouvelles de Katie, ce sera devant une foule de gens. Et cette fois, je veux que tu mentes. Tu affirmeras qu’elle récupère étonnamment bien et qu’elle sera bientôt de nouveau sur pied, compris ?

Rory ne demanda pas d’explication. De toute évidence, il avait saisi le but de la démarche d’Aulay car il se contenta de hocher la tête en signe d’assentiment.

— Comment va Geordie ? s’enquit ensuite Aulay.

— Il ne quitte plus le chevet de Katie et passe son temps à prier pour elle, déclara Rory d’un air sombre. Il ne va pas bien le prendre quand elle finira par nous quitter.

— Il faudra que je trouve un moyen de lui occuper l’esprit quand l’heure sera venue, annonça calmement Aulay.

— Peut-être que nous aurons de la chance dans notre malheur et qu’il s’avérera que Jetta est l’aînée d’une fratrie de trois donzelles en détresse, lança Rory d’un ton pince-sans-rire.

Aulay haussa un sourcil interrogateur dans sa direction et son frère haussa les épaules.

— Saidh est arrivée à court de personnes à secourir, et nous avons encore trois frères à marier, expliqua-t-il.

— Jetta a au moins une sœur ; elle s’est souvenue d’elle peu après notre départ du pavillon. Et nous sommes encore quatre célibataires, pas trois, corrigea Aulay.

— Je considérais ton cas comme réglé depuis l’arrivée de Jetta, rétorqua Rory avec une moue amusée.

— Moi aussi, mais tu as oublié de te compter dans le lot.

— Oh ! je... Je n’ai jamais... Je n’ai pas besoin de...

Rory s’interrompit, visiblement gêné, puis décida de changer de sujet.

— En parlant de Jetta, Saidh, Edith, Jo et Murine sont passées au pavillon un peu plus tôt. Elles seront toutes ici pour le souper.

— Pardon ?

Rory confirma d’un signe de tête.

— Oncle Acair a envoyé un de ses hommes en éclaireur pour nous en informer afin que Cook puisse cuisiner en conséquence. Le cavalier est arrivé quand tu t'entretenais avec les soldats au sujet de l'attaque de Katie. Comme tu étais occupé, il m'a transmis le message et m'a dit que dès que les dames auraient terminé de préparer Jetta elles l'amèneraient au château.

— Il ne manquait plus que cela, maugréa Aulay.

Il avait beau se réjouir à l'idée de revoir Jetta et s'être douté que Saidh finirait par la ramener à Buchanan tôt ou tard, à présent que son arrivée était imminente, une foule de problèmes lui vint à l'esprit à cette idée. À commencer par le risque que quelqu'un laisse entendre à Jetta qu'elle et lui n'étaient pas mariés.

— Pourquoi diable a-t-elle pris cette décision ? s'exclama Aulay, agacé. Elle sait parfaitement que Jetta pense que je suis son époux.

— C'est peut-être bien cela l'idée, répondit Rory sans se défaire de son calme. Si Jetta se présente au château en présence de témoins et te salue au vu et au su de tous comme son mari, et que tu l'appelles ta femme en retour ou te contentes simplement de ne pas la contredire, tu seras uni à elle « de fait et de réputation », selon les termes consacrés. Aux yeux de la loi, vous serez mariés.

Aulay cligna des paupières plusieurs fois, éberlué, alors que les mots de son frère se frayaient un chemin dans son cerveau.

— Bon sang ! souffla-t-il.

Il n'avait pas pensé à cela. Le simple fait que Jetta lui dise bonjour pouvait sceller leur destin à tous les deux, et il pourrait alors la garder auprès de lui. Ils seraient considérés comme époux par consentement mutuel, tant du point de vue de l'Église que de celui de l'État, même sans être passés devant le prêtre.

L'idée était alléchante : s'unir à Jetta, vivre le restant de sa vie à ses côtés, être en mesure de lui faire l'amour…

Et si elle découvrait qu'ils n'avaient jamais été mariés et qu'il lui avait tendu un piège pour la prendre pour épouse ?

Il fronça les sourcils à cette pensée et secoua la tête.

— Pourquoi pas ? demanda Rory. De toute évidence, tu l'apprécies.

— *Aye*, affirma Aulay d'un ton solennel.

— Et ai-je raison en supposant que tu accueillerais à bras ouverts la possibilité de la prendre pour femme ?

Aulay balaya des yeux le grand hall presque désert. Seules quelques personnes étaient présentes çà et là ; une poignée d'hommes assis au bout d'une table, quelques domestiques qui terminaient de nettoyer et la bonne qui revenait avec sa bière à la main. Il croisa brièvement le regard de cette dernière, et elle lui rappela Jetta sans qu'il pût véritablement comprendre pourquoi. La jeune femme avait le visage maculé de poussière et ses cheveux recouverts d'un fichu étaient remontés en un chignon sur son crâne. Elle ne marchait même pas de la même façon que Jetta. Son pas était rapide et confiant, celui de Jetta lent et précautionneux – les rares fois où elle avait eu l'occasion de sortir de son lit.

Décidément, il voyait Jetta partout où il posait les yeux. Repoussant cette pensée dans un coin de son esprit, il reporta son attention sur son frère et acquiesça en silence. Oui, il accueillerait Jetta dans sa vie à bras ouverts. Elle était... À vrai dire, il n'avait jamais imaginé avoir un jour la chance de trouver une fille qui accepterait volontiers de lui donner sa main. L'idée d'une jeune femme désireuse de se marier avec lui était tellement dure à croire qu'il se serait probablement contenté de la première demoiselle consentante, mais Jetta... Avec elle, ce serait bien plus que cela. Jetta était intelligente, douce, gentille, passionnée, jolie, drôle... Elle semblait réellement l'apprécier et avoir envie de lui, et ne paraissait pas révulsée par sa cicatrice. Elle était tout simplement parfaite, et la prendre pour femme était son désir le plus cher. Néanmoins...

— Cela lui permettrait d'échapper définitivement à ce fiancé inconnu qui la terrorisait avant qu'elle perde la mémoire, fit remarquer Rory. De plus, elle a l'air de bien t'aimer, frangin. Visiblement, elle est ravie de se croire mariée à toi.

— Certes, mais ce n'est pas le cas, rétorqua Aulay. Je ne ferais que lui tendre un piège si je laissais les choses se dérouler ainsi. Je ne peux pas lui faire cela. Elle mérite mille fois mieux.

Rory hocha la tête avec sérieux.

— Alors tu ferais bien de trouver un moyen de la saluer en l'absence de témoins, sinon elle risquerait après coup d'exiger que tu l'épouses.

Aulay esquissa un léger sourire à cette idée.

— Je n'ai pas dit que je ne désirais pas me marier avec elle. Simplement que je ne souhaitais pas l'obliger à accepter cette union contre son gré. Je serais en revanche parfaitement d'accord pour que les rôles soient inversés, ajouta-t-il d'un ton ironique.

— Ah ! s'exclama Rory, le visage rayonnant. Si je comprends bien, tu veux en faire ta femme, mais tu préfères lui laisser le choix plutôt que de le lui imposer.

— *Aye*, admit Aulay.

Il sentit une présence dans son dos et pivota la tête. La bonne était revenue.

— Votre bière, milord, dit-elle en posant la chope devant lui.

— Merci, répondit-il.

La jeune femme esquissa une brève grimace quand ses yeux tombèrent sur sa cicatrice, puis elle tourna les talons. Aulay se raidit et ses lèvres se pincèrent. Cela faisait plus d'un mois qu'il n'avait pas eu à faire face à ce genre de réaction. Il était vrai qu'avec le temps les mines dégoûtées étaient devenues de plus en plus rares, principalement parce que Mavis congédiait ou expédiait bien loin du domaine quiconque osait faire part de sa révulsion ouvertement. Aulay n'avait jamais ordonné, ni même suggéré à Mavis d'agir de la sorte, mais il savait qu'il en était ainsi. En conséquence, le personnel du château changeait tellement régulièrement qu'il avait parfois du mal à reconnaître les visages qu'il croisait dans le grand hall. La jeune femme qui venait de le servir lui semblait vaguement familière, mais il n'avait jamais vu les trois autres domestiques occupées à balayer la pièce.

— Cette fille a de la chance que Mavis ne soit pas dans le coin, fit remarquer Rory à voix basse.

— *Aye*, murmura Aulay en baissant les yeux sur sa boisson. Crois-tu vraiment que Jetta ne me trouve pas repoussant ? Ou bien est-elle simplement plus douée que les autres pour le cacher ?

— Je suis certain que si ton apparence déplaisait le moins du monde à Jetta, Mavis l'aurait senti à des kilomètres à la ronde et aurait trouvé un moyen de se débarrasser d'elle, répondit Rory en toute honnêteté.

— Peut-être, marmonna Aulay, peu convaincu.

Jetta dissimulait-elle ses véritables sentiments à son égard ? Ou bien les coups répétés sur son crâne lui avaient-ils fait perdre la raison ?

— Conran m'a parlé de ta théorie au sujet du bateau qui aurait perdu son mât pendant la tempête, dit subitement Rory.

— *Aye.*

Aulay soupira avec lassitude en ressentant soudain les effets du manque de sommeil.

— Ce n'est pas impossible, déclara Rory. Je pense que tu devrais envoyer quelques hommes enquêter sur le sujet. Cela pourrait nous éclairer quant aux origines de Jetta.

— Très bien, accepta Aulay sans grand enthousiasme.

Découvrir qui était Jetta, c'était prendre le risque de la perdre. À l'inverse, elle pouvait également décider de l'épouser pour sauver sa peau et échapper à ce fiancé qui la terrorisait. Le problème, c'était qu'Aulay ne voulait pas qu'elle le choisisse par défaut. Ce qu'il désirait par-dessus tout, c'était de l'avoir pour femme, sur le papier comme dans le cœur. Mais, après la réaction de la domestique face à sa balafre juste avant, cette possibilité lui semblait de plus en plus improbable. Au cours de ces deux dernières semaines passées auprès de Jetta, il était parvenu à oublier à quel point les gens le prenaient pour un monstre. La réalité lui était revenue en pleine face.

Il s'éclaircit la gorge et releva le menton.

— Alick peut s'en charger, maintenant qu'il est rentré, mais je n'enverrai pas Geordie. Ni Conran. J'ai besoin de lui pour garder un œil sur Katie dans l'espoir d'attraper celui qui a tenté de l'assassiner.

— Pourquoi pas oncle Acair ? suggéra Rory.

Aulay fronça les sourcils.

— Il est trop vieux pour un si long voyage et n'a plus son agilité d'antan.

— Mais il pourrait surveiller Katie et Geordie à la place de Conran, répliqua Rory.

Aulay envisagea un instant cette possibilité, puis secoua la tête et se passa une main dans les cheveux avec lassitude.

— Il n'est plus tout jeune, Rory. S'il s'assoupit à son poste au milieu de la nuit et que le tueur frappe à nouveau, Katie et Geordie risquent d'y laisser leur peau.

Rory fronça les sourcils mais ne le contredit pas.

— Donc tu n'as pas l'intention de te pencher sur la question ?

Aulay réfléchit un instant avant de répondre. Certes, connaître l'identité de Jetta signifiait prendre le risque de la perdre. Mais n'était-il pas préférable de l'apprendre une bonne fois pour toutes et d'être débarrassé de toutes ces questions ? Après tout, ils finiraient bien par découvrir la vérité tôt ou tard. Plus il repoussait l'échéance, plus il aurait du mal à s'en remettre quand elle finirait par le quitter.

Il carra les épaules et fixa son frère dans les yeux.

— Si, je vais m'en charger. J'ai juste besoin de savoir à qui je peux confier cette mission. Il me faut un homme de confiance qui saura faire preuve de tact et garder le secret.

— Avons-nous quelqu'un qui réponde à ces critères parmi nos gars ? demanda Rory d'un air peu convaincu.

— C'est bien là le problème. Je n'en ai aucune idée. Probablement, mais je me repose généralement sur Acair ou sur l'un de nos frères pour ce genre de chose.

— En somme, tu ignores à qui déléguer cette tâche, conclut très justement Rory en esquissant un petit sourire taquin. Disposer d'une famille nombreuse sur laquelle on peut compter a toujours été très utile, mais maintenant que ce chiffre est réduit…

Aulay laissa échapper un petit rire silencieux et secoua la tête.

— À t'entendre, on croirait que Dougall et Niels sont morts et enterrés. Autant que je sache, ils sont encore de ce monde.

— Certes, mais ils ne sont pas là en ce moment, fit remarquer Rory. Ils ont une épouse et un foyer sur lequel il leur faut veiller.

— C'est vrai, concéda Aulay. Et ils s'en sortent parfaitement sans nous. Je me dois de prendre exemple sur eux. Il faut juste que je trouve la personne adéquate pour cette mission, et pour cela j'ai besoin de réfléchir. Cela me permettra de trouver un bras droit de confiance pour l'avenir, quand vous serez tous partis fonder une famille.

Rory haussa un sourcil taquin.

— Serais-tu en train de nous pousser hors du nid, Aulay ?

— *Nay*, le rassura-t-il. Tu seras toujours le bienvenu ici, frangin. Cette demeure est la tienne. Mais le fait de voir Dougall et Niels si heureux en ménage me fait espérer que chacun d'entre vous se mariera dans un futur plus ou moins proche. Vous le méritez, tous autant que vous êtes.

— Tout comme toi, déclara Rory d'un ton solennel. Et accueillir Jetta en tant que ton épouse à son arrivée au château te permettrait de réaliser ce souhait.

— Je sais.

Aulay baissa les yeux sur son verre un instant, puis releva la tête.

— J'espère simplement que je parviendrai à la convaincre sans avoir à lui forcer la main, une fois que je lui aurais annoncé que nous ne sommes pas réellement mariés. Quand crois-tu que cela sera possible ?

Rory grimaça.

— Honnêtement, je n'en sais rien. À choisir, je préférerais qu'elle retrouve la mémoire et s'en rende compte par elle-même.

— Et si cela n'arrivait jamais ?

Le visage de Rory s'assombrit.

— Pourquoi ne la laisses-tu pas sceller votre union aux yeux de tous ? Alors tu pourras ouvertement te mettre à la recherche de sa famille. Je ne pense pas que cela lui posera de problème. Cette fille t'apprécie, Aulay. Et ta cicatrice ne semble pas la déranger.

Plutôt que de l'encourager, la dernière remarque de Rory lui fit l'effet d'un couteau que l'on remue dans la plaie. Son frère ne s'en rendait peut-être pas compte, mais ces mots étaient la preuve que, tout comme les domestiques dont Mavis s'était débarrassée, il trouvait son visage répugnant et qu'il était surprenant que Jetta ne partage pas cet avis.

— *Nay*, je ne l'obligerai pas à m'épouser. J'irai à la rencontre de Saidh et des autres avant qu'ils atteignent Buchanan.

Rory poussa un soupir d'exaspération.

— Cela ne changera pas le fait qu'elle s'adressera à toi comme à son époux une fois sur place.

— *Aye*, mais ce sera devant les amis et la famille, fit remarquer Aulay, en sachant pertinemment qu'aucun de ses proches n'iraient ébruiter cette affaire s'il leur ordonnait de garder le silence.

— Tu oublies les hommes de Greer, rétorqua son frère.

— C'est vrai, murmura Aulay en fronçant les sourcils.

Le silence retomba un moment, puis Rory reprit la parole :

— Comment comptes-tu t'organiser pour la nuit ? Elle voudra probablement partager ta couche.

Aulay réfléchit à cet inconvénient un bref instant.

— La suite parentale est adjacente à une autre chambre. Une porte intérieure permet de passer de la première à la seconde à loisir.

Rory esquissa un sourire.

— Notre père disait souvent que c'était la seule solution qu'ils avaient dénichée pour éviter de se retrouver avec un nourrisson dans son lit – voire deux. L'idée lui est venue après trois mois passés à partager son espace conjugal avec toi et Ewan. Rappelle-toi, notre mère disait qu'elle refusait catégoriquement de vous laisser seuls le soir, quand vous êtes nés. Elle voulait que vous soyez à proximité pour garder un œil sur vous. Ils ont donc connecté les deux pièces en guise de compromis. Ewan et toi dormiez à côté, et elle pouvait se précipiter à votre chevet si elle vous entendait pleurer.

— J'imagine que le stratagème s'est avéré d'autant plus utile à mesure des naissances, commenta Aulay. Très bien, j'installerai Jetta dans la grande chambre. Quant à moi, officiellement je dormirai dans la petite.

— *Officiellement ?*

— *Aye*, je mettrai une paillasse sur le sol comme je faisais au pavillon. Personne n'en saura rien.

— Cela devrait fonctionner, approuva Rory d'un hochement de tête.

Aulay haussa les sourcils.

— Aucune objection ? Ne vas-tu pas me sermonner une fois de plus sur l'importance de ne pas lui voler sa vertu ?

— Nul besoin, répondit Rory d'un air légèrement agacé. Si tu refuses de prendre sa main contre son gré, il y a peu de chances que tu la forces à t'épouser en ruinant son innocence. Elle est probablement plus en sécurité auprès de toi qu'avec n'importe quel autre homme sous ce toit.

Aulay ne put retenir un rire sans joie. Cruelle ironie : il avait envie d'elle plus que jamais, tout en étant résolu à ne pas profiter de la situation. Il la voulait pour la vie, pas le temps d'une nuit de plaisir.

— Décidément, le vent tourne vite, murmura-t-il.

Rory le dévisagea d'un air curieux.

— Que veux-tu dire ?

— Quand nous étions au pavillon, tu t'acharnais sur moi pour t'assurer que je me comporterais en parfait gentleman et ne ferais rien qui puisse la déshonorer. À présent, tu sembles déterminé à ce que je lui tende un piège pour l'attirer dans mon lit et c'est moi qui résiste.

— Exact, admit Rory en souriant légèrement.

Il s'interrompit un instant, et son expression se fit soudain très sérieuse.

— Je ne t'avais jamais connu aussi joyeux avant l'arrivée de Jetta, Aulay. Du moins, depuis ta blessure au visage. Tu as même ri quand nous pique-niquions avec elle sur la plage. Et la manière dont tu la regardes…

Rory baissa la tête sur ses mains jointes sur la table.

— Je crois que tu serais en mesure de trouver le bonheur à ses côtés, poursuivit-il. Et cela me plairait énormément. À nous tous, d'ailleurs.

Aulay plongea les yeux dans sa chope de bière. Que pouvait-il répondre à cela ? Lui aussi pensait pouvoir être heureux avec Jetta, et inversement. C'était son désir le plus cher.

— Bon, je te laisse songer à tout cela. Et il y a matière à réflexion. Je vais jeter un coup d'œil sur Katie, déclara Rory en se levant. Je te tiendrai informé dès qu'elle…

— Entendu, murmura Aulay sans le laisser terminer sa phrase.

Il n'en avait pas besoin. Rory était convaincu que Katie ne survivrait pas. Mais après tout il avait dit la même chose au sujet de Jetta. Comme quoi, la vie était pleine de surprises. Si Katie s'accrochait suffisamment fort, peut-être qu'elle s'en sortirait et laisserait tout le monde pantois.

Aulay attendit que son frère ait disparu à l'étage, puis se tourna vers son verre en soupirant. Rory avait raison. Il avait de quoi réfléchir. En qui pouvait-il avoir confiance autant qu'en ses propres frères ? Comment allait-il annoncer à Jetta qu'ils n'étaient pas vraiment mariés, quand il finirait par trouver le courage de le lui avouer ? Et, surtout, comment allait-il la convaincre de l'épouser ?

Malheureusement, dès l'instant où Jetta se fraya un chemin dans ses pensées, son esprit se mit à vagabonder. Qu'avait dit Rory, déjà ? Saidh et les autres femmes étaient en train de préparer Jetta. Elles étaient probablement occupées à faire sa toilette et à l'habiller en ce moment même. Où pouvaient-elles bien en être ? Jetta était-elle en train de mettre un pied dans un bain fumant, entièrement nue ? Ou bien était-elle fraîchement lavée, debout au milieu de la chambre, les bras en l'air tandis qu'on lui passait une robe par-dessus la tête ? Quel que soit le scénario qu'il imaginait, Jetta était toujours dans le plus simple appareil, comme la dernière fois où il l'avait vue. Cette image bien ancrée dans son cerveau, toute tentative de réflexion sensée s'avéra plus ou moins inutile.

Ce n'était pas faute d'essayer, pourtant. Aulay passa en revue l'ensemble des problèmes qu'il se devait de résoudre – comment il pouvait rendre justice à Katie et Geordie, qui il allait envoyer enquêter au sujet du navire sur lequel Jetta était arrivée, et tant d'autres choses encore.

Il y pensa longuement, jusqu'à ce qu'il soit l'heure de prendre la route s'il voulait intercepter Jetta et le reste du groupe avant qu'ils atteignent Buchanan.

Ses calculs s'avérèrent justes, et il parvint à leur rencontre alors qu'ils n'étaient plus qu'à une dizaine de minutes du château. Il les aperçut au détour d'un virage et tira sur les rênes de son cheval pour les attendre. Instinctivement, il chercha Jetta des yeux. Ne la voyant pas, il se renfrogna. Où pouvait-elle bien être ? Hormis sa sœur, le mari de cette dernière et leurs soldats, il reconnut ses deux frères, Dougall et Niels, et leurs épouses respectives. Mavis faisait également partie du voyage, tout comme son oncle et les hommes qu'il avait envoyés de Buchanan pour veiller sur le pavillon, ainsi que plusieurs charrettes surmontées de malles qu'il devina pleines de vêtements. Ils n'avaient tout même pas laissé Jetta derrière eux, si ? Mavis et Acair n'auraient jamais fait une chose pareille. Et pourtant Jetta restait introuvable.

— Bon sang, où est-elle ? aboya-t-il à l'intention de la petite troupe.

Tous les yeux se tournèrent vers lui. Puis Acair souleva le tartan enroulé devant lui et dévoila une Jetta profondément endormie, blottie contre son torse.

— Je crains que nous n'ayons oublié qu'elle n'est pas encore totalement guérie et se fatigue très vite, s'excusa Saidh. Nous l'avons éreintée avec nos sottises. Elle s'est assoupie sur les genoux d'Acair dès l'instant où nous avons quitté le pavillon.

Aulay se détendit instantanément et talonna sa monture pour se rapprocher de son oncle. Il observa Jetta en silence, partagé entre le désir de la prendre dans ses bras et celui de ne pas déranger son sommeil paisible jusqu'à leur arrivée au château.

— Tu peux la porter, si tu veux, murmura Acair en baissant un regard affectueux sur la jeune femme endormie. Je doute qu'elle se réveille. Elle n'a pas bronché de tout le trajet malgré le bruit et les secousses. Une vraie marmotte.

Quand Aulay opina et tendit les bras en guise d'assentiment, Acair la lui passa avec précaution. Il avait raison : Jetta remua à peine lors du transfert. Elle marmonna quelques mots inintelligibles et se blottit contre son torse en inspirant profondément. Il crut l'entendre murmurer « Mon cher mari », avant de soupirer de bonheur sans même ouvrir les paupières.

Le sourire aux lèvres, Aulay attrapa la couverture en tartan et l'enroula autour de son corps.

— Tout va bien, beauté. Reposez-vous. Nous serons bientôt à la maison.

Jetta balbutia d'autres paroles incompréhensibles et retomba dans un sommeil profond. Il la serra un peu plus fort contre lui et releva la tête, puis se figea. Son oncle, ses frères, sa sœur et les conjoints de celles-ci s'étaient tous rapprochés de lui et l'entouraient en le fixant d'un air attendri. Aulay se renfrogna.

— Elle n'a pas encore récupéré. Vous n'auriez pas dû la fatiguer ainsi, maugréa-t-il pour se donner une contenance.

Sans attendre de réponse, il talonna son cheval et fit volte-face pour retourner à Buchanan, sa famille sur ses talons. Il pénétra dans l'enceinte de la forteresse par le pont-levis et mit pied à terre en prenant soin de ne pas réveiller Jetta, remerciant au passage le jeune palefrenier qui se précipita pour s'emparer des rênes de sa monture. Laissant au garçon le soin d'emmener la bête à l'écurie, il gravit les marches conduisant au donjon et s'arrêta devant les portes.

— Permettez-moi, milord.

Aulay tourna la tête et avisa Cullen, l'un de ses soldats, qui se précipitait vers lui pour lui porter assistance.

— Merci, murmura-t-il quand ce dernier le précéda.

Cullen hocha la tête et poussa la porte. Aulay pénétra dans la demeure et entendit le battant claquer derrière lui. Cullen avait dû rester dehors. Sans attendre, il monta au premier étage et se dirigea vers la suite parentale. Il s'avéra que Cullen ne l'avait pas quitté, puisque ce dernier passa de nouveau devant lui pour lui ouvrir.

— C'est gentil, dit Aulay, surpris.

— Je me suis dit que vous auriez besoin d'aide une fois devant la chambre, expliqua Cullen avec un petit sourire en coin.

— Tu avais raison, admit Aulay à voix basse.

Le geste du soldat n'était pas passé inaperçu. Aulay tenterait de s'en souvenir à l'avenir.

— Je referme après vous et retourne à mon poste, milord, déclara Cullen d'un ton solennel.

— Merci, répondit Aulay en franchissant le seuil.

Cullen le laissa passer puis rabattit le battant de bois aussi silencieusement que possible avant de s'éloigner.

Jetta remua à peine quand Aulay la déposa avec précaution sur le matelas. Il tira les couvertures sur son corps assoupi et se redressa. Elle semblait si calme, si paisible. Du bout des doigts, il lui caressa la joue.

La caresse la réveilla, et elle cligna des paupières.

— Est-ce vous, mon cher mari ? demanda-t-elle d'une voix endormie.

— *Aye.* Reposez-vous, beauté, dit-il à voix basse.

Quand elle eut clos les paupières, il tourna les talons, sortit de la pièce et descendit au rez-de-chaussée. Hormis quelques hommes installés au bout d'une des longues tables, le grand hall était quasiment désert et Aulay le traversa d'une traite pour aller s'asseoir.

# 10

— Un verre, milord ? demanda la voix de Maggie dans le dos d'Aulay.

— Une bière. Merci, Maggie, répondit-il en lui adressant un sourire.

La domestique sembla surprise, mais elle se contenta de hocher la tête et s'éloigna à petits pas précipités pendant qu'Aulay s'asseyait à l'extrémité de l'une des tables. Il venait à peine de prendre place quand les portes du donjon s'ouvrirent sur sa famille. Sans cesser de bavarder, le petit groupe traversa le grand hall en direction de l'escalier. Aulay fut tout d'abord surpris de voir les hommes monter à l'étage, mais si les femmes se dirigèrent droit vers leurs chambres respectives, probablement pour s'installer et déballer leurs affaires, leurs époux quant à eux se rendirent immédiatement dans la chambre de Katie, où Geordie et Rory se trouvaient déjà.

Aulay envisagea un instant de les rejoindre, puis balaya cette idée de son esprit aussi vite qu'elle était apparue. Il avait passé la nuit debout et était éreinté. Il n'avait ni le courage ni l'énergie de courir après ses invités. Ces derniers trouveraient bien leur chemin jusqu'au grand hall en quête de quelques rafraîchissements quand ils auraient fini de discuter avec ses deux frères.

— Et voilà, milord.

Aulay releva les yeux et se recula pour laisser Maggie poser la chope devant lui.

— Parfait, merci.

— Il n'y a pas de quoi, répondit-elle, radieuse, avant de repartir.

Aulay la regarda s'éloigner puis jeta un coup d'œil vers le premier étage. Combien de temps Jetta dormirait-elle ? Elle n'avait plus besoin d'autant de sommeil qu'au début de son rétablissement. Toutefois, l'arrivée de Saidh, Jo et les belles-sœurs d'Aulay l'avaient probablement épuisée plus que d'ordinaire. Pourvu qu'elle se réveille avant le souper. Elle avait repris un peu de poids, mais elle était encore beaucoup trop mince et ne pouvait se permettre de sauter un repas. D'un autre côté, dormir lui ferait probablement du bien et Cook pouvait toujours lui préparer un plateau-repas, un peu plus tard dans la soirée.

— Rory dit que tu veux envoyer des hommes enquêter sur le navire qui transportait Jetta, mais que tu ne sais pas à qui confier cette tâche.

Aulay sursauta et releva les yeux au moment où Dougall s'asseyait à côté de lui. Niels, son oncle Acair, Greer MacDonnell et Campbell Sinclair l'imitèrent quelques secondes plus tard. Apparemment, ils avaient terminé de discuter avec Rory et Geordie.

— Rory parle trop, rétorqua Aulay sèchement en faisant signe à la bonne la plus proche de leur apporter plus de bière.

— *Aye*. Il est incorrigible, répondit Dougall en gloussant. Cela dit, je comprends la difficulté.

Aulay se tourna vers lui en haussant un sourcil interrogateur.

— Je me suis retrouvé dans la même situation à Carmichael, admit Dougall en haussant les épaules. Je ne connaissais aucun des hommes sur place et j'ignorais en qui je pouvais avoir confiance en cas de situation délicate.

— Tout comme moi quand je suis arrivé à Drummond, intervint Niels. Tu mettras le temps qu'il faudra pour faire le tri parmi tes gars, mais je suis convaincu que tu finiras par trouver la perle rare.

— Je n'ai pas toute la vie devant moi, répliqua Aulay en remuant sur son banc avec impatience. J'ai besoin de savoir à qui je peux me fier dans l'immédiat si je veux découvrir qui est Jetta et comprendre le danger qui la guette.

— Ou bien nous pourrions tous monter la garde à l'étage

à tour de rôle à la place de Conran pendant qu'Alick et lui se chargent de l'enquête, proposa Cam Sinclair. À nous quatre, le temps de veille de chacun serait considérablement réduit.

— À nous *cinq*, corrigea Aulay. Je participerai également.

— Six, contra son oncle d'un ton ferme. Je ne suis pas si vieux que cela, je peux encore rester debout pendant une heure ou deux.

Il grimaça, gêné.

— Pas plus que cela, je l'admets, ou je risquerais de m'endormir, ajouta-t-il.

Aulay réfléchit un instant puis hocha la tête.

— Cela risque de prendre un moment. Deux ou trois semaines, peut-être. Êtes-vous prêts à rester à Buchanan pendant tout ce temps ?

Cam haussa les épaules.

— Nous n'avons pas fait toute cette route simplement pour faire demi-tour et rentrer chez nous. Nous avions l'intention de rester quelques jours, et je ne vois pas d'inconvénient à prolonger notre séjour.

— *Aye*, affirma Greer. Qui plus est, Saidh refusera de partir tant que la situation entre toi et Jetta ne sera pas résolue. Elle l'aime beaucoup, d'ailleurs, et fera tout ce qui est en son pouvoir pour voir votre mariage se concrétiser.

— Si tu t'attendais à ce que cette nouvelle me dérange, tu vas être déçu, car je lui souhaite toute la chance du monde dans sa quête, admit Aulay.

— Nul besoin de chance. Jetta t'aime, dit une voix féminine.

Aulay tourna brusquement la tête à ces mots et écarquilla les yeux de surprise en voyant Saidh s'approcher. Elle s'arrêta à quelques pas de la table, entre lui et Greer assis à sa gauche. Ce dernier eut une petite moue amusée et se tourna vers Campbell Sinclair, qui se décala immédiatement sur le banc pour permettre à Saidh de s'asseoir.

— Le penses-tu vraiment ? l'interrogea Aulay avec intérêt quand elle eut pris place.

— Je le sais, lui assura-t-elle très sérieusement. C'est elle qui me l'a dit.

Aulay la fixa un instant sans répondre, tandis que les mots

de sa sœur se frayaient un chemin jusqu'à son esprit. Avait-il mal entendu ?

— En es-tu certaine ? demanda-t-il, incrédule.

— *Aye*, répondit-elle avec douceur. Elle te trouve merveilleux, gentil, intelligent et attentionné. Tes baisers et tes caresses l'emplissent de désir. Jetta t'aime, Aulay. Elle l'affirme elle-même, et je n'ai aucun doute sur la véracité de ses dires.

Pantois, Aulay dévisagea sa sœur sans parvenir à croire ce qu'elle disait. Autour de lui, tout le monde poussa des exclamations de joie et se leva pour venir le féliciter et lui taper sur l'épaule.

— Tu as trouvé une fiancée, mon cher neveu.

— Félicitations, frangin. Je suis content pour toi.

— Bien joué. C'est une femme bien.

— Sacré veinard. Je te souhaite plein de bonheur, mon frère.

Aulay déglutit avec peine et parvint même à afficher un sourire de remerciement, mais son esprit était en ébullition. Jetta était amoureuse de lui. Elle l'avait confié à Saidh. Peut-être ne le quitterait-elle pas, après tout, quand elle finirait par découvrir qu'ils n'étaient pas mariés.

— Qu'est-ce qu'on célèbre ?

Les effusions prirent fin, et tous se tournèrent vers Edith, Murine et Jo, qui avaient terminé de s'installer dans leurs chambres respectives et venaient à leur rencontre.

— Je viens d'annoncer à Aulay que Jetta l'aime.

— C'est vrai, assura Edith. Elle l'a appelé « mon cher Aulay ».

Murine hocha la tête.

— Elle a dit qu'il était le plus gentil et le plus attentionné des hommes.

— Et elle a déclaré qu'il était très beau, ajouta Jo, et que sa cicatrice ne faisait qu'ajouter un petit air canaille à son charme.

— Oh ! oh ! s'esclaffa Dougall en lui donnant une petite tape sur l'épaule. Entends-tu cela ? Un petit air canaille !

— Elle te veut pour époux, Aulay, dit Niels en souriant jusqu'aux oreilles. Ce ne peut être que de l'amour. Tu n'as aucun souci à te faire, à présent. Tu peux faire venir le prêtre dès aujourd'hui.

— *Aye*, renchérit Saidh. Et le plus tôt sera le mieux, si tu veux éviter de la perdre.

Aulay se raidit.

— La perdre ?

— La confiance est un ingrédient indispensable dans toute relation amoureuse, frangin, expliqua-t-elle avec sérieux. Tu dois lui avouer la vérité avant qu'elle la découvre par un autre moyen. Sinon, tu prends le risque qu'elle s'en souvienne par elle-même ou s'en aille en apprenant la nouvelle de la bouche de quelqu'un d'autre.

— Qu'elle s'en aille ?

— C'est ce que je ferais à sa place, répondit Saidh d'un air sombre.

— Tu t'enfuirais ? demanda-t-il, terrifié.

— Si j'en étais informée par un autre biais que par l'homme que j'aime, oui. Non seulement cela voudrait dire que tu m'as menti, mais que tout le monde, toutes les personnes que je connais dans ma vie, étaient au courant et m'ont menée en bateau depuis le début.

Elle secoua la tête avec tristesse avant de poursuivre d'un ton ferme :

— Souviens-toi de mes paroles, Aulay. Si elle devine ou découvre par elle-même qu'elle n'est pas ta femme, elle se méfiera de chacun de nous et risque même de se sentir en danger parmi nous.

Bouche bée, Aulay fixa sa sœur sans un mot. Au bout d'un moment, Saidh finit par lancer :

— Que ferais-tu si tu te réveillais quelque part sans aucun souvenir et qu'après plusieurs semaines passées auprès de gens que tu croyais être ta famille, tu découvrais que ces personnes en qui tu avais entièrement confiance n'étaient pas celles qu'elles prétendaient être ?

Aulay serra la mâchoire. La situation était inextricable. Rory lui disait de ne rien avouer à Jetta, pour de bonnes raisons, et Saidh lui donnait tout autant d'arguments rationnels en faveur du contraire. Il avait l'impression d'être déchiré, ne souhaitant pas compromettre la guérison de Jetta d'une part et ne voulant pas non plus la rendre méfiante à son égard. Saidh avait raison.

S'il n'avouait pas la vérité à Jetta, il prenait le risque qu'elle découvre le pot aux roses toute seule et qu'elle s'enfuie.

Le pire, c'était que dans toute cette histoire il n'avait pas vraiment menti. Jamais il n'avait affirmé être son époux. C'était elle qui l'avait supposé ; il s'était contenté de ne pas la contredire, tout d'abord parce qu'il n'en avait pas eu l'occasion, puis parce que Rory lui avait enjoint de ne pas le faire, et Aulay avait été un peu trop content de la laisser dans l'ignorance. Mais à présent il voulait que leur union devienne réalité, ce qui n'arriverait certainement jamais si elle apprenait la vérité de la bouche d'un autre que lui.

— Tu le mets dans une situation délicate, Saidh, la sermonna Acair face au silence d'Aulay. Rory lui conseille de se taire s'il ne souhaite pas retarder sa convalescence, et tu lui dis de faire tout l'inverse s'il ne veut pas voir tout espoir d'une vie future auprès d'elle s'envoler en fumée. Tu lui demandes de choisir entre la santé de Jetta et leur avenir commun. Comment pourrait-il faire un tel choix alors qu'il est amoureux de cette femme ?

Aulay se raidit. Quand avait-il affirmé être amoureux de Jetta ? Jamais. Il avait admis qu'il l'appréciait et qu'il désirait la prendre pour femme, mais à aucun moment il n'avait été question d'amour.

— Tu as raison, concéda Saidh en soupirant. C'est un dilemme impossible.

— Pourquoi ne pas le lui dire sans lui avouer toute la vérité d'un coup ? suggéra Edith en se tournant vers Aulay. Tu pourrais lui annoncer que tu l'aimes et qu'il existe certains faits dont Rory ne souhaite pas que tu lui parles, mais que tu crains qu'elle ne l'apprenne par un autre biais, et que si cela devait arriver elle doit se souvenir que tu la portes dans ton cœur.

— Cela ne ferait que la rendre malade de curiosité, contra Dougall. Elle risquerait de se mettre en colère s'il refuse de cracher le morceau.

— Ce n'est pas faux, répondit Murine d'un air pensif. Dans ce cas, il suffirait de lui déclarer ta flamme et de lui expliquer que tu voudrais la redemander en mariage car tu veux passer le restant de ta vie à ses côtés, en lui laissant le choix de la date.

— Ce n'est pas une mauvaise idée, commenta Jo. Si elle apprend par la suite que vous n'étiez pas officiellement unis, elle saura que tu veux réellement la prendre pour épouse si elle y consent.

— *Aye*, acquiescèrent les autres femmes à l'unisson.

Aulay les fixa toutes les unes après les autres sans un mot, puis secoua la tête. Depuis le début, il se doutait bien qu'il serait incapable de les empêcher d'interférer dans sa vie. Tout ceci était leur faute, après tout. C'étaient elles qui avaient ramené Jetta à Buchanan, prenant ainsi le risque que cette dernière découvre la supercherie.

— Oh ! la voilà, les avertit Edith à voix basse.

Aulay releva la tête vers cette dernière d'un air distrait et suivit son regard jusqu'en haut de l'escalier. Rory descendait dans leur direction et parut surpris en voyant tous les yeux fixés sur lui. Derrière Rory, Jetta s'apprêtait à poser le pied sur la première marche. Aulay retint son souffle à sa vue. Elle était absolument magnifique.

Sa robe était splendide. D'un vert profond, celle-ci aurait été taillée à la perfection pour Jetta le jour où Alick et lui l'avaient repêchée dans la mer, mais était encore légèrement trop grande pour elle pour le moment. Certes, elle avait repris quelques kilos, mais elle ne remplissait pas encore entièrement ses tenues. Elle n'en était pas moins belle à couper le souffle. Une crépine redressait ses boucles sur l'arrière de sa tête, et quelques mèches cascadaient sur sa nuque, partiellement dissimulées sous un voile aussi noir que l'ébène.

Les dames lui avaient probablement offert cette coiffe afin de dissimuler la partie rasée de son crâne, et Aulay les en remercia intérieurement. Si lui ne s'en trouvait pas dérangé le moins du monde, Jetta était de toute évidence grandement gênée par sa coiffure inégale. Ou peut-être la timidité et le manque d'assurance qu'elle avait affichés au pavillon étaient-ils dus à l'absence de tenue digne de ce nom, car elle avançait désormais d'un air beaucoup plus confiant et esquissa un grand sourire quand elle croisa son regard. Il lui rendit la pareille et se leva immédiatement pour aller à sa rencontre.

Jetta n'avait pas encore recouvré toutes ses forces, et il n'était pas certain qu'elle soit capable de descendre les marches toute seule. Il s'apprêtait à lui intimer de l'attendre en haut pour qu'il vienne lui porter assistance quand soudain une silhouette sombre apparut sur le palier derrière elle.

*Et la poussa.*

Tout se passa si vite qu'Aulay n'en crut pas ses yeux. Un grognement de rage s'échappa de ses lèvres, et il bondit en avant.

Rory, qui devançait Jetta et était déjà presque arrivé au rez-de-chaussée, se figea subitement en entendant ce beuglement et pivota pour comprendre la cause de la colère de son frère. Voyant que Jetta dégringolait dans sa direction, il remonta les marches deux par deux pour la rattraper, mais même lui était trop loin et il ne put lui éviter de se cogner la tête deux ou trois fois sur les arêtes tranchantes de l'escalier avant de stopper sa chute.

Quand Aulay arriva à leur hauteur, Rory avait redressé Jetta en position assise et était accroupi à côté d'elle.

— Jetta ? demanda Aulay avec inquiétude en se penchant vers elle.

— Je vais bien, murmura-t-elle en relevant les yeux avec un faible sourire. J'étais justement en train de dire à Rory que ma cheville me faisait mal, mais ma coiffe a amorti le choc sur mon crâne.

— Il faudrait quand même que je jette un coup d'œil, déclara Rory en fronçant les sourcils. Vous vous remettez à peine de vos blessures et…

— Très bien, soupira Jetta, légèrement agacée.

— Remontons dans votre chambre, proposa Rory en l'aidant à se mettre debout.

— Attends une minute, Rory. Je dois aller vérifier quelque chose là-haut, l'interrompit Aulay d'un air grave.

— Pourquoi ?

— Parce qu'on l'a poussée, indiqua Cam Sinclair dans le dos d'Aulay.

Il emboîta le pas de ce dernier qui se dirigeait déjà vers l'étage supérieur.

— Quoi ? s'exclama Rory, choqué.

— *Aye*, affirma Jetta. J'ai senti une présence dans mon dos, mais je n'ai pas vu qui c'était.

— Jetta dit vrai, Rory. Il y avait quelqu'un derrière elle, maugréa Saidh d'une voix pleine de colère.

— Qui ?

Saidh ne répondit pas tout de suite.

— Je l'ignore, admit-elle. Tout s'est passé si vite. Ce n'était qu'une vague silhouette habillée de noir. Je n'avais même pas compris qu'il s'agissait d'un individu avant que Jetta le confirme.

— Moi non plus, annonça Edith. Il fait sombre là-haut.

— Les torches sont éteintes, nota Acair.

Murine acquiesça.

— C'est vrai. Je m'en suis rendu compte en descendant. Comment se fait-il qu'elles ne soient pas allumées ?

Aulay posa le pied sur le palier et balaya les alentours du regard en plissant les yeux. Murine avait raison. L'étage était plongé dans la pénombre. Quelques flambeaux brûlaient à l'extrémité du couloir, mais ceux qui étaient près de l'escalier étaient tous froids.

— Il n'y a personne ici, déclara Cam derrière lui.

Aulay se retourna et vit que son ami n'était pas le seul à l'avoir suivi. Dougall, Niels et Greer l'accompagnaient également. Acair, quant à lui, était resté avec Jetta et Rory.

— *Nay*, finit par lâcher Aulay en jetant un dernier regard le long du couloir. Pourtant le seul moyen de redescendre est de passer par l'escalier. Celui qui a poussé Jetta se trouve donc encore à l'étage. Forcément. C'est pour cela que je me suis arrêté pour vérifier qu'elle allait bien, plutôt que de me hâter de monter.

— Veux-tu fouiller les chambres ? demanda Greer.

Dougall enchérit :

— Nous t'aiderons.

Aulay hocha la tête.

— Très bien, mais l'un d'entre nous reste en haut des marches et monte la garde pour éviter que l'agresseur s'échappe.

— Je m'en charge, proposa Niels. J'en profiterai pour jeter un coup d'œil dans les malles que les hommes ont entreposées dans le hall.

— Merci, murmura Aulay. Dans ce cas, Dougall et Cam peuvent commencer par les pièces à droite de l'escalier. Greer et moi nous occuperons de celles de gauche.

Aulay attendit que tous soient bien d'accord sur la marche à suivre, puis tourna les talons et s'éloigna. Greer lui emboîta le pas et le dépassa quand il s'arrêta pour ouvrir la première porte, derrière laquelle Geordie veillait sur une Katie inconsciente. Le regard d'Aulay glissa sur le corps inanimé de la jeune femme allongée sur le lit, ses longs cheveux noirs étalés en éventail sur l'oreiller et son visage pâle comme la neige. L'espace d'un instant, il eut l'impression de se retrouver devant Jetta quand elle était encore plongée dans le coma.

Repoussant cette idée de son esprit, il jeta un coup d'œil à son frère et esquissa un faible sourire à la vue de ce dernier affalé sur sa chaise. Les paupières closes, la tête penchée sur le côté, il ronflait légèrement. Rory avait sans doute dû surprendre une scène similaire en entrant dans la chambre où reposait Jetta, quand Aulay lui-même se tenait à son chevet.

Détachant les yeux de Geordie, il examina le reste de la pièce pour s'assurer que l'inconnu qui avait poussé Jetta du haut de l'escalier ne s'y était pas caché, puis referma la porte en silence et passa devant la chambre suivante au moment où Greer en sortait. Son beau-frère croisa son regard et secoua la tête sans un mot, un air dépité sur le visage. Lui non plus n'avait rien trouvé. Ils poursuivirent leur exploration le long du couloir et, quelques minutes plus tard, ils avaient passé la quasi-totalité de leur côté de l'étage au peigne fin, sans succès. Cam et Dougall, qui avaient accompli leur tâche encore plus rapidement qu'eux, les rejoignirent au moment où ils atteignaient la dernière pièce au bout du couloir.

— Rien ? demanda Aulay quand Greer franchit le seuil de la chambre d'amis qui leur avait été attribuée, à lui et à Saidh.

Ils dormaient habituellement dans les anciens appartements de Saidh lors de leurs visites, mais c'était là que l'on avait installé Katie.

— Non, répondit Cam Sinclair d'un air sombre.

Emboîtant le pas de Greer, Aulay pénétra à l'intérieur de

cette dernière pièce sur leur liste et plissa les yeux pour balayer les lieux du regard, mais à première vue il n'y avait aucune cachette possible.

— Je vois que Saidh a toujours le même sens du rangement, lança Dougall d'un ton ironique.

Aulay ne fit pas de commentaire, mais constata avec consternation les robes étalées un peu partout au sol et sur les meubles.

— La femme de chambre de Saidh passe généralement après elle, mais Joyce est restée au manoir pour s'occuper de Rhona, Sorcha et Ailsa, expliqua Greer en faisant le tour de la couche pour s'agenouiller et jeter un coup d'œil sous le lit. Saidh rechignait à laisser les enfants chez nous, mais mon écuyer, Alpin, a été catégorique : les triplées sont encore trop jeunes pour voyager à six mois.

Il se redressa et sourit.

— Nous lui avons donc ordonné d'aider Joyce avec les filles pendant notre absence.

— Cette nouvelle a dû le réjouir, répliqua Dougall d'un ton ironique.

— Je ne crois pas que cela l'ait dérangé, dit Greer, amusé, en soulevant les robes éparpillées çà et là pour s'assurer que personne ne se cachait en dessous. J'aurais cru qu'il serait déçu de ne pas nous accompagner, mais il s'est pris d'affection pour les petites. Il se montre très protecteur envers elles et se porte souvent volontaire pour les faire jouer. Il semblait heureux de cet arrangement.

— Alpin est un bon gars, murmura Cam en déplaçant une pile de vêtements. Et il a raison : voyager avec trois bébés est un véritable défi. C'est pourquoi nous avons également laissé Bearnard avec mes parents. Il fait ses dents et pleure beaucoup. Le voyage aurait été trop éprouvant pour lui. Heureusement pour nous, ma mère adore son petit-fils, même lorsqu'il se fait plaindre.

Il jeta un coup d'œil à Greer avant de poursuivre :

— Je n'imagine même pas ce que c'est de vivre avec trois gamines qui font leurs dents en même temps. Tu vas t'amuser, mon ami.

— Chaque jour passé en compagnie de mes filles est un don du ciel, déclara Greer avec sérieux.

Et personne ne doutait de la sincérité de ses mots. Greer adorait chacune des quatre femmes de sa vie.

— Il n'y a personne ici, annonça Dougall quand ils eurent terminé de fouiller la pièce de fond en comble.

— Alors nous avons dû manquer quelque chose, dit Aulay d'un air sombre.

— Pensez-vous que nous devrions repasser dans les chambres ? suggéra Cam.

— *Aye*, répondirent-ils tous à l'unisson.

— Je propose que nous échangions les rôles, cette fois, dit Aulay alors que le groupe sortait de la pièce. Greer et moi jetterons un coup d'œil dans la suite parentale pendant que Dougall et Cam fouilleront ce côté-ci du couloir.

— Bonne idée, dit ce dernier. L'un d'entre nous a peut-être oublié un recoin.

Greer et Dougall murmurèrent en guise d'assentiment, et la petite troupe se sépara de nouveau pour reprendre les recherches.

Quand ils eurent terminé, ils revinrent tous bredouilles dans le hall, au milieu duquel Niels montait la garde. Debout en demi-cercle autour de ce dernier, ils échangèrent des regards perplexes.

— Je suis pourtant persuadé que quelqu'un a poussé Jetta dans l'escalier, dit Aulay. J'ai aperçu une ombre derrière elle.

— Moi aussi, ajouta Cam.

— Pareil, conclut Greer.

Niels et Dougall acquiescèrent d'un hochement de tête.

— Si nous n'avons pas trouvé le coupable dans l'une des chambres, tu sais pertinemment ce que cela signifie, annonça calmement Dougall.

— Les passages secrets, grommela Aulay.

— Mais... seuls les membres de notre famille connaissent leur existence, protesta Niels en fronçant les sourcils. Hormis Cam et Greer, bien sûr.

Ils avaient dû mettre les deux hommes dans la confidence pour qu'ils puissent les aider à monter la garde devant la chambre de

Katie. Ils ne savaient toutefois pas y accéder depuis l'extérieur et ignoraient comment ouvrir le tunnel qui reliait le haut de l'escalier aux grottes. Tout ce dont ils étaient au courant, c'était comment rejoindre la pièce où reposait Katie depuis leurs appartements respectifs.

— *Aye*, mais nous étions tous au rez-de-chaussée quand Jetta a dégringolé la tête la première, fit remarquer Dougall. Ce n'était donc pas l'un d'entre nous, et pourtant le malfaiteur a réussi à quitter cet étage sans emprunter l'escalier. Si tu vois un autre moyen d'y parvenir sans passer par les passages secrets, je serais curieux de l'entendre.

— Geordie n'était pas là, nota Niels. Tout comme Alick et Conran.

— Alick est sorti chasser pour Cook, répondit Aulay calmement. Nous nous attendions à ce que vous restiez encore quelques jours de plus et avions besoin de davantage de viande pour les repas. Et Conran est en ce moment même en train de surveiller Geordie et Katie.

— Dans la galerie ? demanda Cam avec intérêt. Si c'est le cas, il a peut-être vu la personne qui a poussé Jetta.

Cam n'avait même pas terminé sa phrase qu'Aulay avait déjà tourné les talons et se précipitait vers la chambre de Katie.

# 11

Geordie était affalé sur sa chaise et dormait profondément quand Aulay fit irruption dans la chambre où Katie reposait. Ignorant son frère et les hommes qui le talonnaient, il se dirigea droit vers le mur à gauche de l'âtre et poussa trois briques en même temps à l'aide de ses deux mains et de son pied droit. Un cliquetis retentit, suivi d'un raclement de pierres quand la façade se déplaça vers l'avant. Il attendit que le mouvement ait pris fin, puis tira la porte de l'ouverture et contempla l'espace sombre devant lui.

— Qu'y a-t-il ? demanda Dougall en s'approchant de lui.

Il écarquilla les yeux avec surprise en voyant que le passage était vide.

— Où est-il ? s'exclama-t-il.

Aulay secoua la tête. Conran n'était pas le genre d'homme à négliger sa mission. Il aurait dû être en train de surveiller la pièce… À moins que quelqu'un ne l'ait forcé à quitter son poste. Aulay tendit un bras pour s'emparer d'une bougie qui brûlait sur le manteau de la cheminée.

— Je vais inspecter la galerie, l'interrompit Dougall. On aura peut-être besoin de toi ici.

— Je l'accompagne, ajouta Niels.

Aulay hocha la tête et tendit sa torche improvisée à Dougall, qui pénétra dans le tunnel, Niels sur ses talons.

Quand les deux hommes eurent disparu de sa vue, il reporta son attention sur Geordie. Le fait que son frère ne se soit pas réveillé à leur arrivée lui sembla soudain suspect, et il s'avança vers lui pour poser une oreille contre son torse.

— Respire-t-il ? s'enquit Greer d'une voix inquiète.

— *Aye.*

Aulay se tourna ensuite vers Katie. Après une brève hésitation, il vint se placer au-dessus de sa couche et écouta également les battements de son cœur. Il ne les entendit pas tout de suite, puis un faible bruit sourd résonna dans sa poitrine, suivi d'un deuxième. Aulay se redressa, soulagé.

— Elle vit, mais il vaut mieux que Rory les examine.

— Je vais le chercher, déclara Greer en sortant de la pièce.

— Pourquoi Geordie dort-il encore ? demanda Cam en fronçant les sourcils.

Peut-être était-il simplement éreinté par le manque de sommeil. Le pauvre n'avait pas quitté le chevet de Katie depuis qu'elle avait été blessée. Mais il se pouvait également qu'il ait été drogué. Aulay s'approcha de son frère et lui administra une petite tape sur l'épaule. Geordie grogna et leva un bras pour repousser sa main. Aulay répéta l'opération, et son frère ouvrit enfin les yeux.

— Aulay ? Que se passe-t-il ? lança-t-il, agacé.

Il se redressa brusquement en position assise et se tourna vers Katie.

— Elle va bien, grommela Aulay.

Geordie retomba mollement sur le dossier de sa chaise en soupirant et se frotta le visage d'un geste las.

— Pourquoi m'as-tu réveillé dans ce cas ?

— Pour m'assurer que tu étais en vie, répondit Aulay.

— Je vais bien. Ce n'est pas moi qui ai pris une flèche dans le dos, rétorqua Geordie d'un ton amer avant de froncer les sourcils en fixant Aulay, Cam, puis le passage secret ouvert. Que s'est-il passé ?

— Quelqu'un a poussé Jetta du haut de l'escalier, et Conran reste introuvable, annonça Aulay de but en blanc.

— Quoi ? s'exclama Geordie. Jetta est-elle blessée ? Qui a fait cela ?

— Nous l'ignorons, mais Jetta n'a rien. Rory est avec elle.

Aulay jeta un coup d'œil dans la galerie. N'était-il pas préférable qu'il se joigne à ses frères dans leur exploration ? Si jamais il leur arrivait quelque chose…

— Et tu dis que Conran a disparu ? s'enquit Geordie en interrompant Aulay dans ses pensées.

Aulay se contenta d'acquiescer d'un hochement de tête, mais ce fut Cam qui lui fournit une explication.

— Conran était posté derrière l'entrée pour veiller sur toi et Katie au cas où la personne qui lui a tiré dessus aurait essayé de nouveau de lui faire du mal. Nous ne savons pas où il est. Nous n'avons constaté son absence que lorsque nous nous sommes mis à la recherche de l'inconnu qui a attaqué Jetta.

— L'agresseur est ici ? À l'étage ? s'inquiéta Geordie.

— Oui. Ou du moins il l'était, grommela Aulay.

Il venait de se rappeler que Niels ne montait plus la garde devant l'escalier. L'inconnu avait très bien pu s'échapper, à présent.

— Crois-tu qu'il a kidnappé Conran ? poursuivit Geordie.

Aulay secoua la tête, tant pour répondre à la question de son frère que pour revenir à la réalité.

— Je ne sais pas, admit-il en se dirigeant vers la porte. Il…

Des bruits de pas l'interrompirent. Conran se précipitait vers lui, suivi de près par Dougall et Niels. D'abord soulagé de voir son frère sain et sauf, il sentit une vague de colère le submerger. Ils s'étaient tous fait un sang d'encre !

— Où diable étais-tu passé ? gronda-t-il.

— J'ai dû m'absenter pour me rendre aux lieux d'aisance, expliqua Conran en jetant un coup d'œil à la ronde. Rory et Geordie étaient ici avec Katie quand je suis parti. J'en avais juste pour une minute. J'ai pensé que cela ne poserait pas de problème. Et tout à coup Dougall et Niels ont surgi de nulle part alors que je rebroussais chemin. Ils m'ont fichu une peur bleue.

Aulay soupira. Il ne pouvait pas en vouloir à son frère de s'être éclipsé un instant pour répondre à l'appel de la nature.

— Désolé, Aulay. J'ai mal choisi mon moment, apparemment. Est-ce vrai ce que Dougall et Niels m'ont raconté ? Quelqu'un a poussé Jetta du haut de l'escalier ?

— *Aye*, marmonna Aulay. Nul besoin de t'excuser. J'aurais

dû penser qu'il te faudrait une pause. J'ai moi-même dû aller me soulager pendant ma garde, la nuit dernière.

Il haussa un sourcil interrogateur.

— Tu n'aurais pas aperçu ou entendu quelque chose avant ou après ton absence, par hasard ?

— *Nay*. Enfin si. Jetta était dans le hall en train de chercher quelque chose dans l'une des malles quand je suis sorti du passage pour me rendre aux cabinets, mais elle ne m'a pas vu.

— Ce devait être avant qu'elle descende l'escalier, marmonna Cam.

Aulay acquiesça d'un signe de tête.

— Probablement, approuva Conran. Elle avait disparu quand je suis repassé dans l'autre sens. À part cela, je n'ai rien remarqué qui sorte de l'ordinaire.

Les mâchoires d'Aulay se contractèrent. Était-ce trop demander que d'espérer que Conran leur apporte quelque information utile ? Un bruit de porte l'interrompit dans ses pensées et il tourna la tête au moment où Rory entrait dans la pièce, un air renfrogné sur le visage, Greer sur ses talons.

— Je venais de finir de bander le pied de Jetta quand Greer a débarqué. Que s'est-il passé encore ? lança-t-il, agacé, avant de se rendre compte de la présence de Conran et de l'ouverture béante du passage. Je croyais que tu étais censé monter la garde *discrètement*.

— Ce n'est plus un secret désormais, rétorqua Aulay en lui décochant un regard de reproche. Est-ce que Jetta va bien ?

— Elle s'est tordu la cheville, répondit Rory en faisant la moue. Elle boitera pendant quelques jours, mais elle sera à même de marcher.

Il haussa les sourcils.

— Que s'est-il passé, ici ? poursuivit-il. Qui d'autre est blessé ?

— Personne à première vue, répondit Aulay. Greer est allé te chercher pour que tu examines Katie et Geordie. Nous avons aussi craint pour Conran, mais il semblerait qu'il se porte à merveille.

— Quand nous sommes arrivés ici, Conran manquait à l'appel et Geordie était profondément endormi. Nous avons imaginé le pire, expliqua Cam. Mais Conran s'était simplement absenté pour se rendre aux cabinets et Geordie a fini par se réveiller. Et Katie… Son état n'a pas l'air d'avoir changé.

— Examine-la, Rory. Juste pour être sûr, ordonna Aulay.

Rory hocha la tête et vint se placer au chevet de la jeune femme.

— Pourquoi ne pas m'avoir informé de la présence de Conran dans le passage ? s'enquit Geordie en fronçant les sourcils pendant que leur frère auscultait Katie.

— Je ne voulais pas t'inquiéter plus que tu ne le faisais déjà, confessa Aulay.

— Pourquoi ne pas poster deux hommes en même temps et leur permettre ainsi d'aller se soulager si besoin ? suggéra Greer d'un air sombre.

Aulay secoua la tête.

— Ce ne sera pas nécessaire. Maintenant que Geordie sait que la pièce est surveillée, la personne peut rester avec lui dans la chambre et ne s'absenter que si Geordie ou Rory est avec Katie.

Il se tourna vers Geordie.

— Rory a déjà eu l'occasion de faire une pause, mais ce n'est pas ton cas, ajouta-t-il. Tu devrais sortir prendre l'air, frangin. Je sais que tu veux rester, mais notre stratagème ne fonctionnera pas si tu ne quittes jamais son chevet. Personne ne va tenter de l'attaquer si toi ou Rory en êtes témoins.

— Tu comptes te servir d'elle comme *appât* ? s'exclama Geordie, furieux.

— Il y aura toujours quelqu'un dans le passage pour monter la garde, le rassura Aulay. As-tu une meilleure idée pour capturer celui qui a essayé de la tuer ?

Geordie fronça brièvement les sourcils, puis se passa les mains sur le visage et secoua la tête.

— *Nay*, je ne comprends pas comment quiconque pourrait attenter à la vie de Katie. Elle est douce comme un agneau.

— Aucun changement, annonça Rory en se redressant. Elle ne semble pas avoir été attaquée ni blessée. De fait, son état s'est même légèrement amélioré.

— Vraiment ? lança Geordie avec espoir.

— *Aye*, répondit Rory en souriant. De toute évidence, mes prédictions sont erronées, ces derniers temps.

Ces paroles firent réfléchir Aulay, et il reporta son attention sur Katie. La ressemblance avec Jetta le frappa de nouveau. Les cheveux noirs, le teint pâle, la silhouette menue aux seins généreux... Certes, leurs traits étaient différents : les yeux de Jetta étaient plus grands, ses lèvres plus charnues, et elle avait un visage ovale tandis que le menton de Katie était plus marqué. Hormis ces quelques différences, les deux femmes auraient pu être sœurs.

— Nous ferions mieux de laisser Geordie et Katie se reposer, suggéra soudain Rory.

Aulay devina à l'expression de son frère qu'il voulait lui toucher deux mots loin des oreilles de Geordie. Il acquiesça d'un signe de tête et se dirigea vers la sortie, mais s'arrêta sur le seuil de la porte et se retourna vers Conran.

— Les gars ont proposé de se relayer pour monter la garde. Je reviendrai vers toi quand nous aurons décidé d'un ordre de passage.

Visiblement soulagé à cette nouvelle, Conran hocha la tête, et Aulay guida tout le monde hors de la chambre. Une fois arrivé en haut de l'escalier, il pivota pour faire face à Rory.

— J'ai l'impression qu'il y a quelque chose dont tu voudrais me faire part.

— Très juste, répondit Rory avec calme.

Il balaya les autres hommes du regard pour les inclure dans la conversation.

— J'ai remarqué quelque chose, Aulay. Chaque fois que je pénètre dans cette chambre, j'ai l'impression de me retrouver au pavillon face à toi et Jetta. Katie et Jetta se ressemblent énormément, tout comme l'ensemble des frères Buchanan. Je dirais même que Geordie n'est qu'une version de toi en plus jeune.

— Et sans cicatrice, marmonna Aulay.

— Certes, mais de loin et à dos de cheval, on a pu prendre Geordie et Katie pour toi et Jetta, expliqua-t-il.

— Si je comprends bien, tu penses que Jetta était en fait

la véritable cible quand Katie a été blessée, conclut Cam sans surprise.

Rory hésita un instant.

— Peut-être bien. Le problème, c'est que Jetta n'était même pas encore au château et je ne vois pas qui en voudrait à sa vie.

— Le coupable n'est pas forcément de la région, fit remarquer Cam. Et puis il y a cette histoire de fiancé qui voulait la tuer.

— *Aye*, mais sa famille ignore qu'elle est ici. D'ailleurs personne ne le sait, ajouta Rory comme s'il voulait contredire sa propre hypothèse.

Aulay hocha la tête.

— Autant que je sache, aucun de ses proches n'est au courant que Jetta est avec nous, en effet.

Il considéra un instant la possibilité du contraire, puis secoua la tête.

— Les seuls faits dont nous sommes certains, c'est que Katie a reçu une flèche dans le dos et que quelqu'un a poussé Jetta dans l'escalier.

— C'est vrai, mais Katie ressemble beaucoup à Jetta et de loin on a très bien pu les confondre, insista Dougall. Rory a raison : quiconque a tiré cette flèche a pu croire que c'était toi sur ce cheval. Nous aurions tous pu nous y tromper.

— C'est d'ailleurs cette attaque qui vous a fait revenir au château, toi, Jetta et Rory. Ce n'est qu'après cela que Jetta a été poussée, nota Niels.

Aulay les regarda tous l'un après l'autre avec surprise.

— Pensez-vous vraiment que les deux incidents soient liés ?

— Ils ne font que considérer la situation sous tous ses angles, rappela Rory.

— Cela dit, reprit Cam, la possibilité que nous ayons affaire à deux meurtriers différents est minime. Il est donc plus que probable que l'on ait pris Katie pour Jetta. Après tout, nous savons qu'elle craignait pour sa vie quand vous l'avez trouvée.

— Je le conçois, admit Dougall, mais comment le coupable a-t-il pu découvrir qu'elle était ici ? Et comment connaissait-il l'existence des passages secrets, si c'est bien ainsi qu'il s'est enfui ?

— Impossible, affirma Aulay. Personne n'est au courant

hormis nous. De plus, d'après ce que j'ai compris, Jetta avait peur de son promis, pas de sa famille à proprement parler.

— Que savons-nous de ce type ? s'enquit Cam avec curiosité.

Aulay secoua la tête.

— Pas grand-chose. Apparemment il n'était pas son fiancé, mais elle était forcée de l'épouser et craignait qu'il ne la tue.

Il fit une pause avant de poursuivre :

— Ce qui m'amène à penser que l'agresseur n'est pas un proche de Jetta. Même s'ils avaient réussi d'une manière ou d'une autre à retrouver sa trace jusqu'à Buchanan, ils ne pourraient pas la forcer à se marier si elle est morte !

— Tu as raison, admit Rory. Il semblerait donc que nous ayons deux malfaiteurs sur les bras, un qui en veut à Katie et l'autre à Jetta.

— À moins que ce ne soit l'inverse, suggéra Dougall. On a peut-être attaqué Jetta parce qu'elle ressemble à Katie.

Aulay eut un mouvement de recul. Il était sur le point de rétorquer quand Niels le devança.

— Et le ragoût empoisonné ?

— Quoi ? s'exclama Aulay, éberlué. Qu'est-ce que tu racontes ?

— Oh ! j'ai oublié de t'en parler, s'excusa Dougall, consterné, avant de lui expliquer rapidement comment le chien de Robbie avait rendu l'âme après avoir avalé le plat carbonisé que Mavis avait jeté au pied de l'arbre.

— Mavis a supposé qu'elle avait déversé le contenu de la marmite sur une plante vénéneuse et que la pauvre bête avait tout englouti d'un coup, mais à présent...

— Tu te demandes si Robbie n'avait pas raison et si la nourriture était effectivement empoisonnée, conclut Aulay calmement.

Dougall se balança d'un pied sur l'autre, gêné.

— Je réfléchis simplement à toutes les possibilités.

Aulay se frotta les tempes, l'esprit en ébullition.

— Donc si je résume, voilà ce dont nous sommes absolument sûrs : Katie a reçu une flèche dans le dos, un animal est mort après avoir ingéré un repas qui était destiné à Jetta et Mavis, repas qui a peut-être été contaminé à dessein, et enfin quelqu'un a poussé Jetta dans l'escalier.

— *Aye*, mais nous ne sommes pas certains de qui était la cible de cette flèche. Il se peut que ce soit Katie ou que cette dernière ait été prise pour Jetta.

— Et l'histoire du ragoût est encore plus discutable. Il y avait peut-être effectivement une plante vénéneuse au pied de l'arbre sous lequel Mavis a jeté son plat. Dans le cas contraire, la marmite a été empoisonnée avant cela, et Mavis et Jetta ont échappé à la mort simplement parce que Rory a oublié d'ajouter de l'eau dans le bouillon comme on le lui avait demandé.

— Je ne crois pas que celui qui a poussé Jetta du haut de l'escalier ait pu la prendre pour Katie, déclara Cam. L'agresseur était trop proche d'elle. Il n'a pas pu se tromper.

Aulay laissa échapper un soupir et s'approcha de la rambarde pour jeter un coup d'œil en bas. Le grand hall fourmillait de gens venus dîner, mais son regard détecta immédiatement les femmes assises à la table d'honneur. Rassemblées autour de Jetta qui avait pris place sur le banc, elles semblaient occupées à lui arranger les cheveux.

— Rory a ôté la coiffe de Jetta pour lui examiner le crâne, murmura Niels en le rejoignant. Les dames sont en train de la remettre en place.

— N'a-t-elle pas affirmé que la crépine avait amorti le choc, lui évitant ainsi de se cogner la tête ? s'enquit Aulay, soudain inquiet.

S'il avait su que Jetta était peut-être blessée, il serait resté auprès d'elle.

— Si, et c'est bien le cas, le rassura Niels. Mais Rory a jugé préférable de s'en assurer.

— Oh ! fit Aulay, un peu plus détendu.

— Elle ne s'en est pas sortie totalement indemne, ajouta Niels, ce qui eut pour effet de faire de nouveau bondir le cœur d'Aulay dans sa poitrine. Elle s'est tordu la cheville dans sa chute. Rory a d'abord cru que l'os était cassé, mais il semblerait que non. Elle a toutefois du mal à marcher, et notre oncle a dû la porter jusqu'à la table.

Bien qu'il soit déjà au courant de ce fait, Aulay ne put

s'empêcher de se renfrogner en entendant ces mots. Il se dirigea vers l'escalier pour rejoindre Jetta, mais Niels l'arrêta.

— Qu'allons-nous faire au sujet de cette attaque ?

— Et comment allons-nous déterminer si la cible de la flèche était Jetta ou Katie ? ajouta Dougall. Et si le ragoût a été empoisonné ou non ?

— Rien de tout cela n'a d'importance, déclara Aulay d'un ton ferme.

Tous le dévisagèrent, les yeux ronds comme des soucoupes, et Aulay se retint de jurer dans sa barbe.

— Quelqu'un a tiré sur Katie et poussé Jetta. Ce sont là deux certitudes. Toutes deux doivent donc être surveillées jour et nuit. Je veux également que l'on condamne les passages et le tunnel.

— Est-ce possible ? demanda Cam, curieux.

— Oui, répondit simplement Aulay sans prendre la peine de préciser que l'entrée de la grotte pouvait être verrouillée, tout comme celle qui débouchait à l'intérieur de la demeure. Leur ancêtre à l'origine de la construction du château et de son dédale de galeries n'était pas idiot. Il savait pertinemment que les secrets s'ébruitaient et qu'il était préférable de clore les accès si quelqu'un venait à apprendre l'existence de ces tunnels.

— Nous pourrions nous séparer, suggéra Cam. La moitié d'entre nous veillerait sur Katie, l'autre sur Jetta.

Aulay secoua la tête.

— Je posterai quatre soldats pour garder ma femme et me joindrai à eux. Vous continuerez de surveiller Katie comme prévu.

Tous lui renvoyèrent un regard ébahi.

— Quoi ? lâcha Aulay sans comprendre.

— Tu l'as appelée « ma femme », Aulay, expliqua Dougall.

Aulay se raidit et tenta de se rappeler ses propres paroles, puis abandonna.

— Peut-être bien, mais peu importe. Elle le deviendra d'ici demain si je parviens à la convaincre de m'accepter. Je compte lui dire la vérité et lui demander sa main dès ce soir.

— Aulay…, commença Rory d'un air sombre.

— Je sais que tu as peur que cela retarde sa guérison,

rétorqua-t-il, mais se retrouver sur son lit de mort serait sacrément plus désastreux pour sa santé.

Les lèvres pincées, Rory ne répondit pas tout de suite.

— Et crois-tu que la prendre pour épouse suffira à assurer sa sécurité ?

— Cela ne lui nuira pas, en tout cas, répliqua Aulay sèchement. Et, si sa famille est derrière toute cette histoire, il se peut que cela les décourage.

Rory haussa les sourcils.

— Je croyais que tu ne souhaitais pas la forcer à se marier avec toi simplement pour sauver sa peau ?

— J'espérais que nous n'en viendrions pas à ce point, admit Aulay très sérieusement, mais s'il le faut...

Il poussa un petit soupir et haussa les épaules.

— Je préfère la voir en vie plutôt que de laisser ma fierté avoir raison de moi et la retrouver morte.

— Qui dit que votre union suffira à la protéger ? continua Rory. Ces attaques ne sont peut-être pas l'œuvre de ses proches. Comment pourraient-ils savoir qu'elle est ici ?

— En entendant Alick et Geordie poser des questions au sujet d'un éventuel navire ayant fait naufrage, il y a quelques semaines, expliqua-t-il.

— C'est possible, fit Dougall d'un air pensif. Et ils n'auraient eu qu'à les traquer jusqu'à Buchanan pour retrouver Jetta.

Cam laissa échapper un petit rire sans joie.

— Nul besoin de suivre qui que ce soit. Vous vous ressemblez tous comme deux gouttes d'eau. Et vos professions respectives ont fait de vous des hommes connus dans la région : Dougall et ses chevaux, Niels et ses moutons, Rory et ses potions, et j'en passe. Tout Écossais reconnaît un Buchanan quand il en croise un.

— Tu vois ? dit Aulay calmement. Il est fort possible que la famille de Jetta soit derrière ces attaques, bien que je ne comprenne pas pourquoi ils la voudraient morte si leur but initial était de la marier.

Il laissa échapper un petit soupir frustré, puis secoua la tête.

— Et je l'ignorerai tant que Jetta n'aura pas retrouvé la mémoire. Peut-être qu'en lui disant que son véritable nom n'est pas Jetta se souviendra-t-elle de ce qu'elle m'a dit quand je l'ai sauvée des eaux.

— Je suggère que tu attendes la fin du souper avant de lui parler, lança son oncle depuis l'escalier.

Aulay lui décocha un regard surpris. Que savait donc Acair que lui-même ignorait ?

— Alick et les gars sont revenus de la chasse, les domestiques sont en train de servir le repas au moment où je vous parle, et notre petite Jetta est tellement affamée qu'elle m'a demandé de venir vous chercher, annonça-t-il. Vous savez comme moi qu'elle a besoin de reprendre des forces, surtout en vue d'une telle conversation.

Aulay baissa les yeux vers la table au rez-de-chaussée et remarqua que les femmes avaient pris place. Jetta levait la tête vers lui en souriant comme pour l'inviter à la rejoindre.

— Très bien, je patienterai.

— Préviens-moi avant, demanda Rory. Et appelle-moi si besoin.

Aulay opina, et Rory retourna à l'intérieur de la chambre où se trouvaient Katie, Geordie et Conran.

Dès que la porte claqua, Aulay se tourna vers les autres.

— Y a-t-il autre chose que nous devrions aborder avant de descendre manger ?

Comme tous secouèrent la tête, Aulay mit un pied sur la première marche et descendit l'escalier. Il aperçut Jetta en pleine conversation avec Murine, le visage rayonnant de bonheur. Que n'aurait-il donné pour pouvoir se délecter de ce sourire jusqu'à la fin de ses jours ? Ce ne serait possible que si Jetta l'acceptait comme époux, et malheureusement il n'était pas certain qu'elle dise oui. L'éventualité qu'elle puisse refuser lui donnait des nœuds à l'estomac. Il en avait perdu l'appétit et aurait préféré la traîner à l'étage sans tarder pour tout lui avouer et se débarrasser de ce poids, mais il fallait attendre qu'elle ait dîné. Elle en avait grand besoin.

# 12

— Ainsi, Joyce, ta bonne, est restée chez toi pour s'occuper des filles ?

Curieuse, Jetta releva les yeux de son plat et dévisagea Saidh, à qui Edith venait de poser la question.

— *Aye*, répondit l'intéressée. Je voulais les amener avec moi, mais Alpin a fait tout un foin sur les éventuels dangers d'entreprendre un tel voyage à leur âge. J'ai donc cédé et accepté de les laisser chez nous.

Elle fit la moue et soupira.

— Cela fait seulement vingt-quatre heures et elles me manquent déjà.

Murine sourit.

— Il fut un temps où j'imaginais qu'il serait préférable que tu aies des garçons. Puis tu as eu des trip...

— Pardon ? l'interrompit Saidh. Qu'entends-tu par là ?

Murine haussa les sourcils, surprise.

— Ne te souviens tu pas de comment tu m'as expliqué la nuit de noces, le jour où j'ai épousé Dougall ?

— Bien sûr que si. Quel est le problème ? C'était une idée de génie.

— *De génie ?* lâcha Murine en riant.

— Qu'a-t-elle dit ? demanda Edith avec curiosité, assise en face de Jetta et Aulay.

— Elle a... Attends.

Murine se leva subitement. Jetta la regarda s'éloigner sans

comprendre. Que pouvait-elle bien avoir derrière la tête ? Autour de la table, tous les hommes avaient cessé de parler. Dougall, le mari de Murine, semblait trouver la situation très cocasse. Jetta en conclut qu'il avait probablement déjà entendu cette histoire.

— Et voilà !

Jetta releva les yeux à ces mots. Murine était de retour, mais plutôt que de se rasseoir elle se posta en bout de table. Elle avait entre les mains un pain ovale de taille moyenne et la plus grosse carotte que Jetta ait jamais vue. De la terre était encore visible sur le tubercule tordu et bosselé, comme si elle venait tout juste de le tirer du sol.

— Laissez-moi offrir à Jetta la même explication que m'a donnée Saidh quand je me suis mariée, annonça Murine en souriant jusqu'aux oreilles.

De toute évidence, l'anecdote promettait d'être amusante. Murine posa ses trouvailles à côté des plats et s'empara de son verre, puis tendit le sien à Jetta et porta un toast.

— Saidh était terriblement assoiffée ce jour-là. Elle a descendu son vin d'une traite, comme ça.

Elle joignit le geste à la parole puis reposa son gobelet en grimaçant.

Jetta se contenta de tenir le sien entre ses mains tout en fixant Murine sans trop savoir quoi faire, tandis que cette dernière récupérait ses accessoires. Elle brandit le pain en l'air pour que tous puissent l'observer, puis se tourna vers Jetta.

— Ça, c'est toi, annonça-t-elle.

— Ah bon ? lâcha Jetta, interdite.

— C'est exactement ce que j'ai répondu à Saidh, déclara Murine, amusée. Saidh a ensuite froncé les sourcils et fait ceci.

Elle reposa la miche sur la table en bois et s'empara du *sgian dubh*[1] que Dougall lui tendait pour la couper en deux. Posant une moitié de côté, elle creusa un trou dans la mie de la seconde.

Sa tâche apparemment menée à bien, Murine se redressa et tendit le pain à bout de bras pour montrer son ouvrage à son public.

1. Petit couteau qui fait partie intégrante de la tenue traditionnelle écossaise.

— Ça, c'est toi, répéta-t-elle à l'intention de Jetta.

De son autre main, elle s'empara de la grosse carotte terreuse.

— Et ça, c'est Aulay.

— Aulay aurait bien besoin d'un bain, lança Cam en riant.

— Il a passé un peu trop de temps sous les jupes de ces dames, ajouta Greer. Qu'est-ce que c'est, toutes ces bosses ? De l'herpès ?

Murine eut une moue gênée et jeta un regard désolé en direction d'Aulay.

— Celle que Saidh avait utilisée à l'époque n'était pas aussi volumineuse, mais elle était encore plus sale et tordue.

— C'était sans doute de circonstance, répondit Aulay sans se défaire de son sérieux.

Cam manqua de s'étouffer de rire.

— Comment Saidh savait-elle quelle taille de tubercule adopter pour sa démonstration ? s'enquit-il.

— Elle nous espionnait souvent quand nous nous baignions dans le lac nus comme des vers, étant petits, expliqua Niels, amusé.

— Je ne l'ai pas choisie, soupira Saidh exaspérée. J'ai simplement demandé à une domestique de m'en apporter une.

— Silence, ordonna Murine en levant une main pour arrêter les rires. Cessez de m'interrompre. Saidh a raison, ce n'est pas facile.

Quand le calme retomba, Murine hocha la tête et sembla réfléchir à la suite de son histoire.

— Ah oui, lâcha-t-elle quand la mémoire lui revint.

Elle coinça le tubercule dans son décolleté.

— Juste ciel ! s'exclama Niels, surpris. Saidh t'a donné des instructions de niveau avancé.

Murine lui lança un regard perplexe que Jetta partagea entièrement. Elle-même ne saisissait pas le sens de la phrase de Niels. Murine, en revanche, baissa les yeux sur la carotte dans son corsage et sembla comprendre quelque chose car ses joues s'empourprèrent et elle tendit la main pour retirer l'objet incriminé.

— Ne t'en fais pas, intervint Dougall. Ignore mon imbécile de frère et continue ta démonstration.

Décochant un sourire de gratitude à son mari, Murine opina.

— Comme je le disais, continua-t-elle d'une voix ferme, Saidh était assoiffée ce jour-là et elle a calé son accessoire comme ceci pour se servir une autre rasade de vin.

Murine s'empara de son gobelet vide et fit semblant de le remplir, puis de l'avaler d'une traite, avant de se tourner de nouveau vers Jetta, le verre dans une main, le tubercule dans l'autre.

— Bon. Ça, c'est toi et ça... Oh flûte !

Murine afficha une moue exagérément exaspérée semblant indiquer qu'elle n'avait pas quitté son personnage de Saidh et reposa le gobelet sur la table pour s'emparer de la carotte entre ses seins avant de poursuivre.

— Ça, c'est toi. Et ça, c'est Aulay. Et voici ce qu'il va se passer ce soir, annonça-t-elle en poussant l'extrémité la plus large du légume dans la fente creusée dans la miche.

Seulement voilà, la première était bien plus épaisse que la seconde, et elle ne réussit qu'à écraser la mie au fil des mouvements de va-et-vient dans l'entaille.

— Seigneur Dieu, ayez pitié de moi, souffla Aulay à côté de Jetta qui observait, bouche bée, ce que Murine faisait subir à ce pauvre morceau de pain.

— C'est beaucoup plus agréable que cela en a l'air, annonça celle-ci. Il t'embrassera et te caressera. Tu seras très excitée et tu voudras lui envoyer ton poing dans la figure.

— Quoi ? lâcha Jetta, effarée.

— C'est exactement ce que Saidh m'a dit, assura joyeusement Murine tout en enfonçant la carotte dans le pain comme si le légume était à présent sa main, et la miche, le visage d'Aulay.

Jetta se tourna vers Saidh en quête d'une explication.

— Lui envoyer mon poing dans la figure ?

— C'est ce que je ressens pendant l'acte, déclara Saidh en haussant les épaules. S'il ne met pas fin à cette douce torture, je n'ai qu'une envie, c'est de lui cogner dessus pour l'obliger à me soulager.

Les réactions des hommes autour d'eux furent aussi diverses que variées : les frères de Saidh éclatèrent de rire, l'oncle Acair leva les yeux au ciel en secouant la tête d'un air consterné, Cam afficha un air étonné et Greer se contenta de sourire.

— Après cela, continua Murine, Saidh a affirmé que je ressentirais l'équivalent d'une explosion à l'intérieur de mon corps et que ce serait enivrant.

Murine leva la tête vers le plafond, pensive, et poussa un long soupir, les pupilles brillantes, comme si elle imaginait ce qu'elle venait de décrire. Revenant à son imitation de Saidh, elle se tourna vers Jetta et son expression se fit inquisitrice.

— Comprends-tu ?

Incapable de prononcer le moindre mot, Jetta se contenta d'opiner en silence.

— Dieu merci, marmonna Murine en jetant ses accessoires par-dessus son épaule avant de poser les yeux sur le vin de Jetta. As-tu l'intention de boire ça ?

Jetta secoua la tête.

Murine sourit.

— C'est exactement ce que j'ai répondu. À la suite de quoi, Saidh s'est emparée de mon verre et l'a descendu d'une traite. Ce jour-là, je me suis dit qu'il était préférable que Saidh ait des fils, car aucune fille ne devrait avoir à entendre le lit conjugal décrit de la sorte.

— Bravo ! s'exclama Niels en applaudissant.

— *Aye*, pendant un instant, je t'ai vraiment prise pour Saidh, déclara Cam en souriant avant de se joindre à l'ovation de Niels.

— C'est la deuxième fois que j'entends cette histoire et elle m'amuse toujours autant, gloussa Jo.

Le visage rayonnant de bonheur, Murine offrit une petite révérence à son public puis fit le tour de la table pour venir reprendre sa place.

Troublée, Jetta dévisagea Saidh. Comment allait-elle prendre cette imitation de son caractère ? Visiblement, l'intéressée n'était pas perturbée le moins du monde. Quand elle croisa le regard inquiet de Jetta, elle haussa simplement les épaules.

— C'est exactement ce qui s'est passé.

Ces mots tirèrent un grognement désapprobateur des lèvres

d'Aulay, et Jetta lut le désarroi sur son visage. Perplexe, elle reporta ensuite son attention sur Dougall.

Son beau-frère lui rendit un sourire qui se voulait rassurant et donna une tape sur l'épaule d'Aulay.

— Détends-toi, frangin. Tout va bien.

— Je ne vois pas ce que tout le monde trouve si amusant, répliqua Saidh. Mes instructions étaient parfaitement réalistes.

Jetta se mordit la lèvre pour ne pas rire.

— Tu peux parler, répondit Aulay à la remarque de Dougall. Tu avais déjà partagé ta couche avec Murine quand elle a reçu ces explications, mais Jetta est encore intacte et je doute qu'elle souhaite que cela change après une telle démonstration.

Il avait prononcé ces mots à voix basse, et personne d'autre ne s'en rendit compte. Jetta elle-même les discerna à peine dans le brouhaha. Pourtant, pendant une longue seconde, toute la pièce fut plongée dans le silence. Jetta mit un moment avant de comprendre que personne ne s'était tu. Les lèvres et les corps des gens autour d'elle bougeaient encore, mais elle n'entendait rien. Le bruit des couverts, les bavardages joyeux, les rires, plus rien ne semblait pénétrer ses oreilles. À l'intérieur de son crâne, son esprit en ébullition courait frénétiquement de part et d'autre, telle une souris lâchée au milieu d'un placard rempli de nourriture.

Elle était encore intacte ! Aulay et elle n'avaient pas consommé leur mariage. Pourquoi ? Son mari ne la trouvait-il pas attirante ? L'avait-il épousée contre son gré ? Ou bien était-ce l'inverse ? Avait-elle refusé de coucher avec lui ? Peut-être avait-elle été révulsée à la vue de son visage, par le passé.

Cela semblait peu probable. Aulay était un homme séduisant, même avec sa cicatrice. S'était-elle montrée hésitante ou timide le soir de leurs noces, alors ? Aulay avait-il pris sa réticence pour du rejet ? Dans ce cas, le naufrage et sa perte de mémoire étaient probablement l'opportunité dont ils avaient besoin pour remettre leur couple sur pied et effacer les malentendus. *Aye*, c'était peut-être cela, le problème. Si tel était le cas, elle saisirait cette chance à pleines mains et réparerait les dommages causés.

Aulay était un homme bien et elle était persuadée que leur union pouvait être heureuse, si elle en prenait soin.

Cette décision sembla réactiver son ouïe, et le brouhaha ambiant réapparut.

— Je t'adore, Saidh, et tu le sais, disait Murine. Si j'ai initialement pensé qu'il était préférable que tu aies des garçons, je suis aujourd'hui très heureuse que tu sois mère de triplées. Les petites ont de la chance de t'avoir.

— *Des triplées ?* répéta Jetta, surprise, en oubliant temporairement ses inquiétudes.

— *Aye*, affirma Murine en se penchant en avant pour répondre à Jetta malgré la présence de Saidh et de Greer entre elles deux. Saidh a donné naissance à trois fillettes magnifiques, il y a six mois de cela.

— Seigneur Dieu ! J'ai trois nièces ! s'exclama Jetta.

Elle se renfrogna la seconde d'après. Était-elle vraiment tante si son union avec Aulay n'avait pas été consommée ? Aulay et elle étaient-ils même légalement considérés comme unis l'un à l'autre ?

— Tout comme nous tous, répliqua gaiement Edith. Enfin, sauf Jo qui est leur marraine.

Jo opina.

— Et nous avons l'intention de fiancer mon Bearnard à l'aînée des MacDonnell, la jolie Rhona.

— Alors, tu feras officiellement partie de la famille, déclara Edith, le visage rayonnant de bonheur. Nous serons tous liés par le mariage.

Jetta esquissa un petit sourire.

— C'est très joli, Rhona. Comment s'appellent les deux autres ?

— Sorcha et Ailsa, répondit Saidh.

Jetta ouvrit grand les yeux.

— Vous l'avez appelée comme moi ?

Aulay se figea à ces mots. Un silence aussi brutal qu'étouffant s'abattit sur la table d'honneur, et personne ne dit mot ni ne bougea pendant plusieurs secondes. Tous dévisageaient Jetta, bouche bée. Immobile, Aulay vit une myriade d'émotions défiler dans les pupilles écarquillées de celle-ci. La prise de conscience, la confusion, le chagrin, la peur, la peine, et enfin la douleur. Les sourcils froncés, elle fixa Aulay un instant, puis se leva, comme pour échapper à la vague d'informations qui venait de la submerger. Mais, dès qu'elle posa le pied à terre, elle laissa échapper un cri de souffrance, chancela et chuta la tête la première.

— Jetta ! cria Aulay en bondissant à sa rescousse.

Mais il ne parvint pas à la rattraper à temps, et elle se cogna le crâne contre le sol du grand hall. Jurant intérieurement, il s'agenouilla à côté d'elle.

— Elle est encore tombée, se lamenta Alick en s'accroupissant près du corps inconscient de Jetta.

— Sa coiffe a dû amortir le choc comme lorsqu'elle a dévalé l'escalier, ajouta Saidh en se joignant à eux.

— Alors pourquoi a-t-elle perdu connaissance ? demanda Aulay d'une voix étranglée.

— Je ne sais pas, admit Saidh.

Alick se leva.

— Je vais chercher Rory.

— Dis-lui de venir dans ma chambre, ordonna Aulay en se redressant, Jetta dans les bras.

Il emboîta le pas à son frère en direction des marches sans quitter Jetta des yeux. Le visage de celle-ci était pâle et ses traits tirés par la douleur. « Vous l'avez appelée comme moi. » Quelque chose dans son expression au moment où elle avait prononcé ces mots l'amenait à penser que Jetta avait retrouvé la mémoire, du moins en partie. Elle s'était probablement souvenue de son identité, mais surtout de ce qu'Aulay n'était pas, à savoir son époux. Et il était terrifié de ce qui allait s'ensuivre. Il n'avait pas eu l'occasion de lui avouer la vérité. Si Saidh avait raison, Jetta risquait de le quitter.

— Tirez le drap et les fourrures pour qu'il puisse l'allonger sur le lit.

Aulay releva la tête en entendant cet ordre sortir de la bouche de Saidh. Plongé dans ses pensées, il ne s'était pas aperçu qu'il avait atteint la chambre et se rendit soudain compte que toute sa famille l'avait suivi, depuis l'oncle Acair jusqu'à sa sœur, en passant par Jo et Cam Sinclair. Seuls manquaient à l'appel Rory, Alick, Conran et Geordie.

Aulay venait à peine de se faire cette réflexion quand Rory fit irruption dans la pièce, suivi par Alick et Conran.

— Alick dit que Jetta s'est encore cogné la tête, maugréa Rory en se dirigeant droit vers le lit. Que s'est-il passé ?

— Elle s'est souvenue que son nom n'est pas Jetta, mais Sorcha… Ailsa…, annonça Cam d'un air sombre.

Rory eut une moue de surprise.

— Lequel des deux ? Sorcha ou Ailsa ?

— Nous l'ignorons, admit Saidh en jetant un coup d'œil inquiet sur Jetta. Nous parlions du futur mariage de Rhona et Bearnard quand Jetta m'a demandé comment s'appelaient mes deux autres filles. Je lui ai répondu, et elle s'est exclamée : « Vous l'avez appelée comme moi ? »

— Puis elle est tombée dans les pommes, ajouta Edith.

— Je ne crois pas, contra Murine. Elle a voulu se lever et, quand elle a appuyé sur sa cheville, elle a poussé un cri et a basculé la tête la première.

— Quoi qu'il en soit, il semblerait donc qu'elle s'appelle soit Sorcha ou Ailsa, nota Jo.

Au grand soulagement d'Aulay, Rory ignora leurs commentaires et s'approcha de lui sans attendre pour examiner Jetta.

— Je vais tirer les fourrures pour que tu puisses l'installer sur le lit, déclara Dougall.

— Laisse-moi lui ôter sa coiffe d'abord, marmonna Rory en dénouant les rubans. J'aurai du mal à l'enlever quand elle sera allongée.

Aulay poussa un petit grognement en guise d'acquiescement et abaissa légèrement sa prise dans le dos de Jetta pour laisser le champ libre à son frère.

— Veux-tu que je m'en charge ? proposa Murine en venant se placer derrière eux.

Rory ne répondit pas tout de suite, mais, après quelques instants à se battre avec la crépine, il abandonna et fit un pas en arrière.

— S'il te plaît.

Murine prit sa place et se débarrassa du couvre-chef en moins de temps qu'il n'en fallait pour le dire, puis recula pour que Rory puisse examiner le crâne de Jetta, d'abord de visu, puis en le palpant.

— Ainsi, elle s'appelle Sorcha ou Ailsa..., murmura Edith. Quelle coïncidence ! Comme l'une de tes filles, Saidh. C'est un signe du destin.

— *Aye*, acquiesça Jo. Ce qui me paraît étrange, c'est qu'elle parle avec un accent anglais, mais Sorcha et Ailsa sont des prénoms écossais.

— Peut-être que sa mère était écossaise et son père anglais, suggéra Murine.

— Aucune bosse ni plaie, annonça Rory. Mets-la sur le lit et raconte-moi ce qui s'est passé. Elle s'est souvenue de son nom. Est-ce tout ?

— Je ne crois pas, admit Aulay en la déposant avec douceur sur le matelas. Je pense qu'elle s'est rappelée beaucoup plus que cela.

— Qu'est-ce qui te fait dire cela ? demanda Alick, surpris, en regardant Rory soulever les paupières de Jetta.

— Son expression quand elle s'est tournée vers moi. Elle avait l'air...

Aulay s'interrompit et fronça les sourcils au souvenir de la myriade d'émotions qui s'étaient succédé sur le visage de Jetta.

— Contrariée, lâcha-t-il enfin un peu maladroitement.

Il réfléchit un instant avant de poursuivre :

— Toutefois, elle avait les traits tirés par la douleur, comme lorsqu'elle essaye de se remémorer quelque chose. Je suppose donc qu'elle ne s'est pas souvenue de tout.

— En somme, nous ignorons ce qu'elle sait, conclut Rory en se redressant. Peut-être qu'il ne s'agit que de son vrai prénom et qu'elle était agacée que nous l'ayons appelée Jetta pendant tout ce temps.

— Si c'est le cas, elle a dû en déduire que nous lui mentons depuis le début, fit remarquer Saidh en fusillant Aulay du regard. Je t'avais prévenu qu'elle ne nous ferait plus confiance.

— J'étais sur le point de tout lui avouer, se défendit-il.

— C'est vrai, déclara Rory. Et ce, en dépit du fait que je le lui déconseillais fortement. Je pense en effet qu'elle a besoin de se sentir en sécurité au sein d'une famille aimante pour guérir. Toutefois, Aulay avait décidé d'ignorer mon avis et de lui parler après le souper.

— J'allais aussi lui demander sa main, ajouta Aulay. Cela aurait dû suffire pour qu'elle se sente aimée et protégée.

— Protégée de quoi ?

Aulay se figea et baissa les yeux sur une Jetta désormais parfaitement réveillée.

# 13

— Jetta ! Vous êtes réveillée, souffla Aulay avec soulagement. Il s'assit sur le matelas et lui prit la main.

— *Sorcha*, rétorqua-t-elle, les lèvres pincées, en retirant ses doigts de ceux d'Aulay. Protégée de quoi ?

— De l'homme que votre famille voulait vous forcer à épouser et de l'inconnu qui vous a poussée dans l'escalier, répondit-il en sentant son cœur se serrer face au geste de recul de Jetta.

Elle le fixa sans ciller.

— Je suis censée m'unir à un autre, et vous m'avez fait croire que nous étions mari et femme ? Vous m'avez laissée trahir mon promis ?

— *Nay*. Vous n'êtes pas fiancée.

La confusion serra les traits de Jetta.

— Mais je croyais que…

— Vous étiez consciente quand nous vous avons trouvée. À ce moment-là, vous n'aviez pas encore perdu la mémoire, interrompit Aulay pour se justifier. Quand j'ai essayé de vous calmer en vous disant que nous allions retrouver votre famille, vous avez pris peur.

— *Aye*, intervint Alick en s'avançant vers eux. Retourner auprès de vos proches vous terrifiait. Vous avez laissé entendre quelque chose au sujet d'un chat, d'une dame en blanc et d'un prétendant qui n'était pas le vôtre mais que vous étiez obligée de prendre pour époux. Vous craigniez qu'il ne vous tue comme sa première femme. Aulay a dû vous promettre de ne pas chercher à les contacter jusqu'à ce que vous soyez de nouveau sur pied.

Jetta fronça les sourcils en les dévisageant.

— À votre réveil, vous aviez perdu la mémoire, ajouta Aulay. Vous m'avez demandé si j'étais votre frère et quand j'ai répondu par la négative vous en avez conclu que nous étions mariés et…

— Et vous n'avez pas pris la peine de me contredire, termina-t-elle d'une voix tranchante.

— Je n'en ai pas eu l'occasion, rétorqua-t-il. Mavis est arrivée, puis Rory et…

— Quand il m'a annoncé que vous l'aviez pris pour votre époux, interrompit ce dernier, je lui ai ordonné de vous laisser dans l'ignorance pour le moment.

— Pourquoi ? s'enquit-elle, surprise.

— Parce que j'ai pensé que vous savoir auprès de proches qui vous aimaient vous aiderait à guérir. Vous étiez très mal en point alors, lui rappela-t-il. Vous n'aviez rien avalé depuis trois semaines hormis quelques bols de bouillon. Vous étiez maigre comme un clou et tellement faible que j'avais peu d'espoir que vous vous en sortiez. En vous croyant chez vous plutôt qu'au milieu d'inconnus, vous aviez de meilleures chances de survie.

Jetta ferma les yeux avec lassitude.

— Jetta… Je veux dire, Sorcha, commença Rory.

— Jetta, le contredit-elle avec douceur, tout en sachant pertinemment que cette remarque ne parviendrait qu'à perturber tout le monde.

Après tout, elle avait admonesté Aulay quelques minutes auparavant pour l'avoir appelée Jetta et exigeait maintenant tout l'inverse. Elle-même avait du mal à se comprendre. Au fond de son esprit, elle savait que son véritable nom était Sorcha, mais elle avait pris l'habitude d'entendre Jetta. De plus, elle ignorait qui était cette Sorcha. Intérieurement, elle se considérait comme Jetta Buchanan, même si c'était faux.

— D'accord, accepta Rory. Je suis désolé si ma décision de vous garder dans l'ignorance vous a contrariée, mais je maintiens ma position. En dépit des inconvénients que cela a causés dans la famille, je suis persuadé que cela vous a aidée à récupérer.

— *Des inconvénients ?* répéta-t-elle, surprise.

Rory hésita un instant avant de répondre :

— Je vous expliquerai plus tard, mais d'abord j'aimerais que vous nous disiez si vous vous êtes souvenue d'autre chose que de votre prénom. Vous rappelez-vous votre nom de famille ? L'endroit où vous avez grandi ? N'importe quoi.

L'expression de Jetta changea, et Aulay sut ce qu'elle allait dire avant même qu'elle n'ouvre la bouche.

— *Nay*, admit-elle tristement. Simplement que ma mère m'a appelée Sorcha car elle a su, au moment où je suis venue au monde, que je serais une vraie lumière dans sa vie[1].

Le chagrin qu'il avait aperçu sur son visage refit surface.

— J'ai essayé de creuser davantage, mais la douleur était si intense que je n'ai pu la supporter et quand j'ai posé le pied par terre je suis tombée.

Un long silence s'installa, puis Aulay lui tapota la main.

— Ne vous inquiétez pas, le reste viendra, la rassura-t-il.

À son grand soulagement, elle n'eut aucun mouvement de recul cette fois-ci.

Jetta leva les yeux vers Rory d'un air interrogateur.

— Quels sont ces inconvénients dont vous parliez ?

— Ah oui, dit-il.

Il se racla la gorge avant de répondre.

— Premièrement, Aulay et moi nous sommes disputés au sujet de son comportement en votre présence. Il semblait avoir des difficultés à se souvenir que vous n'étiez pas mariés.

Jetta se transforma immédiatement en pivoine, probablement au souvenir de ces moments. Aulay lui-même ne put s'empêcher de se remémorer ces scènes et, l'espace d'un instant, il se rappela avec délectation le goût de Jetta sur ses lèvres, le bruit de ses cris passionnés, la manière dont elle avait répondu à ses caresses… et cette matinée où elle l'avait réveillé de la plus délicieuse des façons. L'image était si claire dans son esprit qu'il laissa échapper un petit grognement de surprise quand quelqu'un lui administra un coup de poing sur le bras. Debout

1. En gaélique écossais, « sorcha » signifie « lumière ».

à côté de lui, Saidh le fusillait du regard et, quand il haussa les sourcils sans comprendre, elle désigna Jetta du menton.

Assise sur le lit, celle-ci était rouge comme une tomate et se tortillait sur place.

Retrouvant son sérieux, il lui tapota la main.

— Il n'y a pas de honte à avoir, beauté. Vous croyiez que nous étions mariés. Qui plus est, votre vertu est intacte.

Plutôt que de la rassurer, les mots semblèrent accentuer son embarras, et c'est avec soulagement qu'Aulay entendit Rory reprendre la parole.

— L'autre problème que cela a entraîné concerne Saidh. Elle nous a fermement reproché de ne pas vous avoir dit la vérité et a tenté de nous convaincre de tout vous avouer.

— C'est vrai, acquiesça celle-ci. Malheureusement, les hommes n'ont pas une once de jugeote, du moins en ce qui concerne mes frères, car ils ont refusé de m'écouter.

Jetta esquissa un faible sourire.

— Le fait qu'Aulay soit en train de vous raconter tout cela en ce moment plutôt que d'en venir à ce qui importe vraiment en est la preuve, ajouta Saidh en lui lançant un regard noir.

Que voulait-elle dire par là ?

Saidh dut lire son incompréhension sur son visage car elle poussa un soupir exaspéré.

— Greer m'a dit que tu avais l'intention de dire la vérité à Jetta après le souper et de la demander en mariage.

— Oh ! fit-il en se tournant vers cette dernière. C'est vrai, j'avais prévu de vous parler ce soir.

— Pourquoi ?

Aulay la fixa, perplexe.

— Pourquoi quoi ?

Elle hésita avant de répondre.

— Pourquoi m'éclairer subitement, après m'avoir laissée si longtemps dans l'ignorance ?

Aulay réfléchit un instant. Il marchait sur des œufs.

— Je vous l'aurais dit plus tôt, mais je craignais que cela n'affecte votre santé. Toutefois, après l'incident dans l'escalier, nous avions peur que votre famille ou votre supposé fiancé soient derrière tout cela et il nous a semblé que vous seriez plus en sécurité si vous étiez mariée. Pour cela, il fallait d'abord que je vous avoue que ce n'était pas le cas.

— Donc vous vouliez vous confesser pour pouvoir me demander ma main et me protéger ? lança-t-elle.

— *Aye*, dit Aulay.

Une voix féminine dans son dos poussa une petite exclamation outrée, et Aulay se retourna. Les hommes opinaient en silence comme pour approuver ses dires. Edith, Murine et Jo, en revanche, arboraient toutes un air horrifié. Mais ce furent les réactions d'Acair, de Rory et de Saidh qui le perturbèrent le plus. Rory affichait une grimace de dégoût. Les yeux au ciel, Acair secouait la tête comme pour demander à son défunt frère comment il avait pu élever un fils aussi bête. Saidh, quant à elle, avait retroussé les lèvres en une moue déconcertée, comme si elle comprenait la réponse d'Aulay tout en pensant qu'il aurait pu mieux faire. Voilà ce qui le troublait le plus. Même si ce n'était pas son genre, il savait que les dames aimaient les mots doux et les gestes romantiques. Et si sa sœur, qui était pourtant tout sauf sentimentale, considérait son explication comme insuffisante, ce n'était pas une bonne nouvelle.

Perplexe, il se gratta le crâne et reporta son attention sur Jetta. Les yeux baissés sur ses mains jointes, cette dernière semblait chagrinée, déçue, blessée même.

— Dis à cette fille ce que tu éprouves pour elle, idiot.

Aulay décocha un regard noir à son oncle qui venait de prononcer ces mots, puis se tourna vers Jetta. Elle avait relevé la tête et le fixait avec espoir. Aulay se rendit compte qu'il n'avait jamais confessé avoir le moindre sentiment pour elle. Quelle injustice de sa part ! Après tout, Jetta avait partagé ses émotions à son égard à plusieurs reprises. Elle avait avoué le désirer, s'était déclarée chanceuse de l'avoir pour époux et avait confié qu'elle l'aimait. Bien sûr, toutes ces démonstrations d'affection avaient été influencées par le fait qu'elle se croyait mariée à lui, mais cela ne les rendait pas moins véridiques. Aulay, quant à lui, ne lui avait même pas dit qu'il l'appréciait. Il se souvenait vaguement l'avoir comparée à une petite chose dont il fallait s'occuper, mais à part cela il n'avait jamais évoqué ses sentiments. Et il était temps que cela change.

Glissant à bas du lit, il posa un genou à terre et lui prit les mains d'un air solennel.

— Jetta, je vous ai trouvée magnifique dès l'instant où j'ai posé les yeux sur vous. Je vous ai voulue depuis le jour où je vous ai sortie de l'eau. Et j'ai décidé de vous garder auprès de moi à la seconde où vous avez vu ma cicatrice sans grimacer, crier ni fondre en larmes, et que vous m'avez appelé « mon ange ».

— Elle a dit cela ? murmura Edith avec excitation.

— *Aye*, dit Alick. Elle a affirmé que Dieu l'avait envoyé sur Terre pour la sauver et lui a caressé la joue comme s'il était le plus précieux des trésors.

— Oh ! soupirèrent les quatre dames à l'unisson.

Ignorant les remarques dans son dos, Aulay poursuivit :

— Pendant trois semaines, j'ai veillé à votre chevet, rongé par l'inquiétude. L'idée que vous puissiez ne pas survivre me rendait malade. Mais vous avez fini par vous réveiller, vous m'avez pris pour votre époux et...

Il secoua la tête et prit une grande inspiration.

— J'ignore si ce que je ressens est de l'amour, mais je pense tout le temps à vous, même lorsque nous sommes séparés. Je n'ai jamais été aussi heureux de toute ma vie.

Un grand sourire naquit sur le visage de Jetta.

— Et ce n'est pas tout, certifia-t-il. Je vous vois partout où je pose les yeux. Chaque domestique à la chevelure sombre me rappelle vos boucles, même celles qui n'ont pas beaucoup de cheveux ou qui les cachent sous un fichu. Je me soucie de vous à chaque instant. Je détestais être loin de vous quand je devais me rendre à Buchanan et vous laisser au pavillon. J'adore passer du temps en votre compagnie. J'aime jouer aux échecs et au jeu du moulin avec vous. Je meurs d'envie de vous embrasser, de vous toucher et de vous faire l'amour. Je vous veux pour femme, Jetta. Me réveiller chaque jour auprès de vous, vous faire des enfants et les élever, vieillir à vos côtés et mourir dans vos bras serait le paradis sur Terre.

Quelqu'un remua derrière lui. Aulay se retourna et remarqua

avec consternation que les dames pleurnichaient toutes dans leur mouchoir tels des enfants. Même Alick sanglotait comme une fille ! Saidh était l'exception à la règle. Les yeux embués, elle relevait le menton avec fierté pour refouler ses larmes. Aulay avait toujours pu compter sur elle.

Reportant son attention sur Jetta, il laissa échapper un soupir et prit un air solennel.

— Mais je ne veux pas vous prendre pour femme simplement pour vous mettre en sécurité. Je vous protégerai, que nous soyons mariés ou non. Si vous acceptez ma demande, je préférerais que ce soit parce que vous éprouvez des sentiments tendres à mon égard et que, tout comme moi, vous souhaitez que nous passions le reste de notre vie ensemble.

— Oui, répondit-elle d'une voix douce.

Aulay hésita, incertain.

— Oui quoi ?

— Oui, je désire vous épouser pour l'homme que vous êtes, dit-elle en riant.

Elle leva les mains pour venir lui encadrer le visage.

— Ne vous ai-je pas déjà dit que je vous aimais ? Au début, peut-être était-ce parce que je nous croyais unis. J'ai initialement supposé que mon affection datait d'avant ma perte de mémoire, mais vous êtes tout ce que l'on peut désirer chez un homme. À vrai dire, vous êtes même plus que ce que je n'aurais jamais imaginé trouver dans un mariage. Je me considérerai chanceuse de devenir votre femme, de porter vos enfants, de vieillir à vos côtés et de mourir dans vos bras. Mon avenir auprès de vous sera rempli de joie et de bonheur.

Aulay sourit jusqu'aux oreilles, mais un reniflement dans son dos lui rappela qu'ils n'étaient pas seuls.

— Même si vous unir à moi signifie que vous serez coincée avec une grande famille qui se mêle de ce qui ne la regarde pas ?

Jetta jeta un coup d'œil bienveillant par-dessus l'épaule d'Aulay.

— *Aye*, mon cher mari. Je veux dire, Aulay. Désolée, ajouta-t-elle en grimaçant. J'ai tellement l'habitude de…

— Ne vous tracassez pas, vous avez parfaitement le droit de l'appeler ainsi, l'interrompit Acair. Vous n'êtes peut-être pas passés devant le prêtre, mais vous êtes désormais unis « de fait et de réputation ».

L'air étonné de Jetta l'invita à poursuivre.

— Vous avez vécu comme un couple, vous vous êtes adressée à lui comme s'il était votre époux et il a également parlé de vous comme de sa compagne une ou deux fois. Vous vous êtes présentés en société comme mari et femme. Vous êtes donc officiellement liés, ce qui, en Écosse, est tout aussi valide qu'un mariage en bonne et due forme.

— Oh ! murmura-t-elle en fronçant légèrement les sourcils.

Aulay comprit ce qui la tracassait.

— Ne vous inquiétez pas, nous ferons venir un curé pour organiser une cérémonie dans les règles de l'art. D'ailleurs...

Il se tourna vers Alick dont les yeux étaient encore tout embués.

— Alick, va chercher...

— Mince ! Le prêtre ! s'exclama soudain Niels.

Aulay lui décocha un regard interrogateur.

— Qu'y a-t-il ? Est-il arrivé quelque chose au père Archibald ?

— Pas exactement, le rassura Niels, mais Edith voulait s'entretenir avec lui à notre arrivée et Alick a dit...

— Le père Archibald était parti ce matin, juste avant que je n'arrive avec Saidh, Greer et les malles, interrompit Alick. C'est le palefrenier en chef qui m'en a informé.

— Flûte, lâcha Aulay, agacé.

— C'est comme cela que nous avons perdu le père MacKenna, leur rappela Dougall d'une voix sombre.

— Pardon ? s'exclama Cam, surpris.

— Notre ancien prêtre a pris la poudre d'escampette quand Dougall a annoncé vouloir épouser Murine.

— Nous soupçonnons le frère et le cousin de Murine d'avoir quelque chose à voir avec cette disparition, expliqua Dougall. Ce mariage était sur le point de ruiner leurs plans.

— Je suis sûr que le cas de MacKenna est différent, contra Greer d'une voix qui se voulait rassurante. Le père Archibald reviendra probablement ce soir ou demain matin, sain et sauf.

— Et si jamais nous ne le revoyons pas, Drummond n'est pas très loin d'ici, fit remarquer Edith.

— *Aye*, affirma Niels en souriant. Notre curé se fera un plaisir de diriger la cérémonie.

— MacDonnell aussi est proche d'ici, ajouta Saidh. Si vous vous mariez là-bas, vous pourrez rencontrer Alpin et voir vos nièces.

— Sans oublier Carmichael, lança Dougall.

— Ou Sinclair, conclut Cam. Nous serions ravis d'accueillir vos noces.

Aulay leur rendit un regard reconnaissant, le cœur gonflé de bonheur face à toutes ces propositions, puis la panique prit le dessus quand il se rendit compte qu'il allait devoir faire un choix.

— Laissons d'abord le temps au père Archibald de revenir, suggéra l'oncle Acair avant même qu'Aulay ait pu se prononcer. S'il n'est pas de retour ce soir, nous enverrons des hommes à sa recherche à l'aube. Et, s'ils ne parviennent pas à mettre la main sur lui, alors nous réfléchirons à une alternative. Mais l'avantage de vous marier ici, c'est que tout le monde pourra assister à la cérémonie, y compris le peuple de Buchanan. Je suis certain qu'ils seront ravis d'apprendre que leur seigneur a trouvé sa dame.

— *Aye*, acquiesça Dougall en opinant. C'est ce qu'il y a de mieux à faire.

— Espérons que le père Archibald montrera le bout de son nez, dans ce cas, murmura Niels.

— Bien, déclara Acair. À présent, laissons les deux tourtereaux se reposer. La journée a été longue et celle de demain le sera encore plus, à supposer que le père Archibald revienne.

Personne ne le contredit. Tous tournèrent les talons et sortirent de la chambre en leur souhaitant une bonne nuit.

Jetta regarda Aulay les reconduire à la porte, légèrement perturbée.

Elle avait du mal à se faire à l'idée qu'Aulay n'était pas réellement son époux. Après tout, elle s'était crue mariée à lui depuis... aussi loin qu'elle se souvienne. Mais il le deviendrait dans moins d'une journée, se rassura-t-elle, du moins ils parvenaient à trouver un curé.

Elle secoua la tête en soupirant. À en croire l'oncle Acair...

Jetta interrompit sa pensée en réalisant qu'il n'était pas encore son oncle au sens strict du terme. À moins que si ? Selon lui, elle et Aulay étaient mariés de réputation et… Elle ne se souvenait pas des mots exacts qu'il avait employés. Ce qu'elle avait compris, en revanche, c'était qu'ils étaient considérés comme unis aux yeux de la loi. Aulay était donc son époux, après tout, et ces gens qui l'avaient accueillie à bras ouverts étaient bien ses proches. Néanmoins, elle se sentirait mieux s'ils recevaient la bénédiction d'un homme d'Église.

La porte de la chambre claqua doucement, et Jetta releva la tête vers Aulay.

— Croyez-vous que le père Archibald sera de retour demain ? demanda-t-elle, inquiète.

— Avec un peu de chance, répondit-il en traversant la pièce pour venir la rejoindre. Je ne voudrais pas froisser l'un ou l'autre de mes proches en ayant à choisir un autre lieu pour la cérémonie.

— Oh ! ce serait délicat, en effet, dit-elle en baissant les yeux sur ses mains pour réfléchir au problème.

S'ils acceptaient la proposition des MacDonnell – ce que Jetta préférait puisque cela lui permettrait de rencontrer ses nièces –, Niels, Dougall et même les Sinclair risquaient de s'offenser.

— Et comment ! acquiesça Aulay. Je n'ai aucunement l'intention de blesser qui que ce soit. Espérons que la fortune œuvrera en notre faveur pour une fois.

Jetta opina en silence puis reporta son attention sur la chambre… et fronça les sourcils quand elle n'aperçut pas Aulay.

— Malheureusement, et même si je crains que ces mots ne vous fassent changer d'avis concernant ce mariage, d'habitude je ne suis pas le plus chanceux des hommes, mon amour.

Suivant le son de sa voix, Jetta se pencha sur le côté du lit où il s'était installé, allongé sur la paillasse, un bras sur le visage. Ce ne fut qu'alors que les mots se frayèrent un chemin dans l'esprit de Jetta. *Mon amour.* C'était la première fois qu'il s'adressait à elle en termes si tendres, et elle sentit son cœur gonfler au creux de sa poitrine. Elle se délecta un instant de ce sentiment, puis se sermonna.

— Comment pouvez-vous dire cela ? Il me semble au contraire que la fortune ne fait que vous sourire.

Aulay ôta le bras qui lui cachait les yeux et cligna des paupières avec surprise. Était-ce parce qu'il ne s'attendait pas à la voir là, penchée au-dessus de lui, ou bien parce que ses paroles l'avaient déconcerté ? Probablement un peu des deux.

— Qu'est-ce qui vous fait croire que je suis chanceux ?

— Qu'est-ce qui vous fait croire que vous ne l'êtes pas ? contra-t-elle.

— Avez-vous vu mon visage ? répliqua-t-il sèchement.

— Balivernes ! lâcha Jetta, agacée, en se rallongeant sur le matelas.

— Que voulez-vous dire par là ? demanda Aulay en s'asseyant sur la paillasse.

Jetta se contenta de hausser les épaules sans répondre.

— Aimeriez-vous vous promener avec une tête si hideuse que les enfants s'enfuient en pleurant et les femmes poussent des cris d'horreur en vous voyant ?

— Voyons, personne n'a jamais agi de la sorte, rétorqua-t-elle. Comment quiconque aurait-il pu se montrer aussi cruel ?

— Croyez-moi, c'est exactement ce qui s'est passé, lui assura-t-il d'un ton amer.

Perturbée par cette affirmation, Jetta plissa les yeux pour examiner la balafre d'Aulay.

— Je suppose qu'au début, quand la cicatrice était encore fraîche et rouge, elle a dû provoquer des réactions désagréables, admit-elle.

— Et comment ! maugréa-t-il avec rancœur. J'avais tellement peur de terroriser les habitants que je suis à peine sorti de ce château pendant les douze premiers mois.

— Qu'en est-il des suivants ?

— C'était un peu mieux, avoua-t-il à contrecœur.

— Et j'imagine que c'est allé en s'améliorant au fil des ans.

Aulay haussa les épaules en faisant la moue.

Voyant qu'il ne répondait pas, Jetta poursuivit :

— Auriez-vous été mieux loti avec un visage lisse et Adaira Stuart à votre bras ?

— Qui vous a parlé d'Adaira ? lâcha-t-il, étonné.

— Deux ou trois personnes ont mentionné son existence en ma présence, expliqua-t-elle d'un ton évasif. Maintenant répondez à ma question. Auriez-vous préféré ne jamais avoir été blessé et épouser Adaira ?

— Grand Dieu, jamais de la vie ! s'exclama-t-il. Elle n'était pas la femme que je pensais connaître. Après l'annulation de nos fiançailles, j'ai découvert des choses à son sujet qui…

Il secoua la tête en soupirant.

— Je l'ai échappé belle. J'ai vraiment eu de la chance.

— *De la chance ?* répéta-t-elle d'une voix innocente.

— *Aye*. Savez-vous qu'elle a tenté de séduire Sinclair ? lâcha-t-il, outré, sans relever le sous-entendu de Jetta. Et c'était avant que je sois balafré. Nous ne nous connaissions pas à l'époque, Sinclair et moi, mais il savait qu'elle était promise à un autre et a donc refusé ses avances. Je pensais être proche d'elle, mais je suis persuadé qu'elle s'est offerte à d'autres hommes qui n'avaient pas un sens de l'honneur aussi pur que celui de Sinclair.

Il pinça les lèvres.

— J'ai aussi appris qu'elle frappait sa bonne. C'est Mavis qui me l'a dit quand nos fiançailles ont été rompues. Elle aurait cogné sur la pauvre fille un jour, simplement parce qu'elle avait fait tomber une brosse. Et elle n'y est pas allée de main morte, paraît-il. Si je l'avais épousée, elle se serait peut-être mise à maltraiter les domestiques sous ce toit. *Nay,* cette donzelle n'avait rien de la grande dame que je croyais connaître.

— Vous avez eu de la chance que votre accident ait permis d'annuler ce mariage, murmura Jetta.

— *Aye*, acquiesça-t-il.

Il se figea soudain et plissa les paupières.

— Êtes-vous en train de sous-entendre que si je n'avais pas été blessé, je serais uni à cette vipère ?

— Pour le restant de vos jours, assura Jetta d'un ton solennel. Je pense que deux ou trois années de malheur en attendant que votre blessure cicatrise ne sont rien à côté de toute une vie de misère au bras de Lady Adaira Stuart.

— Il est vrai que vu sous cet angle, le destin a œuvré en ma faveur, marmonna-t-il.

Son regard se fit plus doux.

— D'autant plus que maintenant c'est vous que je vais prendre pour épouse à la place.

— Votre chance est la mienne, milord, car je vais me retrouver avec le meilleur des maris, répondit-elle en souriant. Sans oublier une grande famille aimante et attentionnée.

Aulay eut un petit rire.

— Je sais qu'ils ont tendance à se montrer trop curieux et à se mêler de ce qui ne les regarde pas, mais c'est pour notre bien.

— Voilà qui prouve une fois de plus votre bonne fortune.

— Dans l'ensemble, ajouta-t-il avec sérieux, et Jetta sut qu'il pensait au défunt Ewan.

— Non, insista-t-elle avec douceur. Vous avez six frères et une sœur qui vous aiment de tout leur cœur et qui se sont précipités ici pour vous porter assistance quand le besoin s'est fait sentir. Le fait que tous soient encore en vie par les temps qui courent est une chance énorme. Sur neuf enfants, un seul n'est plus de ce monde. Savez-vous à quel point c'est rare ? La plupart des parents en perdent deux ou trois avant que leurs rejetons n'atteignent l'âge de raison. Mais les vôtres ont vu grandir huit adultes qui non seulement sont tous en bonne santé, mais qui en plus se soucient de votre bien-être et sont là quand vous avez besoin d'eux, déclara-t-elle en sentant les larmes lui monter aux yeux.

Elle-même n'avait probablement pas eu cette chance. Sinon pourquoi ses proches auraient-ils tenté de la marier à un homme qui n'était même pas son fiancé et qui la terrorisait au point qu'elle craigne pour sa vie ? Si sa sœur s'était retrouvée dans une situation similaire, Jetta aurait fait tout ce qui était en son pouvoir pour empêcher que ce terrible destin n'advienne. Remisant cette pensée dans un coin de son esprit, elle conclut :

— Cette cicatrice est une chance.

— *Aye*, elle m'a évité d'épouser Adaira. J'en conviens.

— Je ne parle pas que de cela, corrigea-t-elle avec sérieux. Avez-vous conscience que si votre adversaire s'était trouvé deux ou trois centimètres plus près, vous n'auriez jamais survécu à une telle attaque ? Et s'il avait eu une masse à la main au lieu d'une épée ? Vous auriez été tué sur le coup. Le simple fait que vous respiriez encore est la preuve que la fortune est de votre côté.

Il hocha la tête.

— Ce n'est pas faux.

— Et que dire de l'aubaine que vous avez eue d'être né avec un visage si beau qu'une balafre en plein milieu n'est pas parvenue à vous défigurer ? Et de l'intelligence, de la gentillesse et de la galanterie dont Dieu vous a fait don et qui font de moi la plus heureuse des femmes ? Non, mon cher mari, vous êtes loin d'être infortuné. Et, si vous l'êtes, alors votre malheur a fait mon bonheur, car sans votre blessure votre promise n'aurait pas annulé vos noces et je ne serais pas sur le point de vous épouser. Je sais la chance que j'ai de bientôt pouvoir vous considérer comme mien.

Voyant le doute qui rongeait encore Aulay, Jetta poursuivit :

— Vous êtes un homme bien, Aulay Buchanan, et...

Jetta ferma les yeux et se mordit la lèvre inférieure.

En aucun cas elle ne voulait qu'il croie qu'elle avait accepté sa demande pour se sentir en sécurité. Et il n'y avait qu'une seule manière de le lui faire comprendre. Redressant le menton, elle ouvrit les paupières et prononça les mots qu'il avait besoin d'entendre.

— Je suis impatiente de partager ma couche avec vous, mon cher mari. À vrai dire, je suis terriblement déçue que le prêtre ne soit pas présent au château ce soir et que nous ne soyons pas encore officiellement unis. Vos baisers me font bouillir le sang et vos caresses me font frissonner de plaisir. Je n'ai qu'une envie, c'est que vous me preniez dans vos bras et...

La fin de sa phrase mourut quand Aulay se redressa brusquement de la paillasse et lui couvrit la bouche de ses lèvres.

# 14

Jetta enroula les bras autour du cou d'Aulay dès que leurs lèvres se joignirent. Quand il la souleva et alla s'asseoir sur le lit, elle pivota sur ses genoux pour l'embrasser en retour.

Aulay se contenta tout d'abord de longs et langoureux baisers qui la firent gémir de désir. Puis il glissa une main jusqu'à son sein. Elle remarqua à peine lorsqu'il ôta la deuxième de sa joue pour défaire les liens de sa robe dans son dos, mais, quand le vêtement retomba sur ses hanches, elle poussa un petit soupir impatient qu'elle-même ne comprit pas.

L'instant d'après, il rompait leur échange pour descendre le long de son cou. Quand la bouche d'Aulay atteignit son téton, elle arqua le dos et ne put retenir un grognement primitif.

— Aulay !

Elle avait crié en lui agrippant la tête. Une chaleur sourde s'était mise à brûler dans son bas-ventre.

— *Aye*, mon amour ? grommela-t-il au creux de son oreille en l'allongeant sur le lit.

Il vint se placer à côté d'elle, et elle écarta instinctivement les jambes quand il remonta un genou contre sa féminité.

— Je refuse de vous faire l'amour, beauté.

Jetta ouvrit les yeux et le dévisagea, ébahie. Son corps tout entier brûlait de désir et l'empêchait de réfléchir.

— Dieu que vous êtes belle, murmura-t-il avec un petit sourire en coin.

Jetta baissa le regard sur sa robe retroussée sur ses hanches.

Elle entraperçut le bras d'Aulay qui abandonna son sein pour se faufiler entre ses jambes. Le contact la fit se recroqueviller sur elle-même et elle ne put retenir un petit cri, mais la main d'Aulay lui obstrua la bouche pour la faire taire pendant que ses doigts se mettaient à danser sur sa chair tendre, titillant et réveillant le centre de son désir. Alors que la torture s'apprêtait à devenir insupportable, elle sentit quelque chose s'introduire en elle.

— Aulay ! Je vous en prie !

Aulay poussa un petit grognement, comme si ces mots lui avaient enflammé le sang, et il accéléra.

Elle poussa un cri instinctif et arqua le dos pour se coller contre ce qu'il avait à lui offrir.

— Mon amour, s'il vous plaît, supplia-t-elle à plusieurs reprises, à peine consciente des mots qui se déversaient de ses lèvres.

Puis un coup à la porte les immobilisa tous les deux.

Jetta retint un gémissement de protestation et pria pour que leur visiteur reparte d'où il était venu.

— Qu'y a-t-il ? aboya Aulay.

— Le père Archibald est de retour, lança Alick à travers le pan de bois. Dougall est descendu à l'église pour lui annoncer que vous aviez l'intention de vous marier à l'aube.

Aulay tourna brusquement la tête vers elle et laissa son regard glisser le long de son corps.

— Ce soir.

— Quoi ? demandèrent Alick et Jetta à l'unisson.

— Nous nous marions ce soir, répondit-il en se redressant.

Il se releva pour de bon et prit Jetta par le bras pour la mettre debout.

— *Ce soir ?* répéta Alick.

— *Aye*, grommela Aulay en tirant sur la robe de Jetta pour lui redonner une apparence décente. Va annoncer au père Archibald de préparer l'autel. Et demande à Saidh de prévenir tout le monde. Le peuple de Buchanan voudra assister au mariage de leur seigneur. Oh ! et dis à Conran de prévoir de la bière, du cidre et du *uisge beatha* en quantité.

Alick marmonna quelques mots, puis s'éloigna.

— Êtes-vous sûr de vouloir célébrer la noce ce soir ? s'enquit Jetta, le corps brûlant de désir.

Que n'aurait-elle donné pour qu'il lui arrache sa robe et termine ce qu'il avait commencé !

— Nous pourrions remettre cela à demain. Cela nous laisserait un peu plus de temps pour nous organiser, ajouta-t-elle.

Aulay acheva de la rhabiller et lui prit le visage entre les mains pour l'embrasser avec passion et avidité.

Elle sentit ses genoux flancher sous son poids et se laissa aller contre le torse d'Aulay. Il la fit reculer contre la colonne de lit et lui pressa le dos contre le bois tout en lui soulevant une jambe, l'obligeant à trouver un équilibre instable sur un pied pendant qu'il venait se coller contre son bas-ventre.

— Voyez-vous à quel point je vous désire ? susurra-t-il.

— *Aye*, s'exclama-t-elle, haletante, en se frottant contre lui.

— J'ai tellement envie de vous que c'en est douloureux. Je donnerais tout ce que j'ai pour pouvoir vous allonger sur ce lit et vous faire l'amour jusqu'à ce que vous criiez si fort que les murs s'en souviendront.

— Oh ! mon amour, lâcha-t-elle dans un sanglot.

— Mais je veux que ceux qui vous entendront sachent que vous êtes ma femme quand vous pousserez de tels cris, ajouta-t-il en se reculant légèrement.

— Oh ! souffla-t-elle, déçue, en se rendant compte qu'il n'avait pas l'intention de la faire sienne sur-le-champ.

Il lui prit de nouveau le visage entre les mains et murmura :

— J'attendrai que nous soyons passés devant le curé pour un mariage en bonne et due forme.

— *Aye*, acquiesça-t-elle d'une voix faible.

Le sourire d'Aulay se fit malicieux, et il glissa une main entre les cuisses de Jetta pour titiller son bouton de plaisir.

— Et quand vous me direz oui devant l'autel, je saurai que vous êtes prête à m'accueillir en votre sein.

— Aulay ! protesta-t-elle d'un ton qui se voulait de reproche mais qui ressemblait plutôt à un grognement de désir.

— Je vous promets que dans les minutes qui suivront nos

vœux, je vous ferai l'amour avec toute l'énergie dont je suis capable et ne m'arrêterai que lorsque vous serez satisfaite.

— Seigneur, gémit-elle quand il ôta ses doigts et laissa retomber sa jambe au sol.

Il lui prit la main et la guida jusqu'à la porte. Jetta le suivit docilement, mais la tête lui tournait. Elle avait été si près de cette douce libération qu'il lui avait octroyée sur la table, dans la chambre du pavillon. Pourquoi n'avait-il pas continué ? Ce soir, elle serait une femme mariée et elle ne doutait aucunement de la capacité d'Aulay à lui faire connaître le plaisir conjugal. Seulement voilà, viendrait d'abord le premier épisode de la « miche de pain », et elle n'était pas certaine que cela lui plaise.

Mais après tout elle n'avait ressenti aucune douleur quand il avait introduit son doigt en elle. Peut-être en serait-il de même avec sa… carotte.

L'idée était séduisante, mais peu réaliste. Jetta avait peut-être perdu la mémoire, mais elle savait, au fond de son esprit, que l'Église décrivait l'acte sexuel comme quelque chose de douloureux que les femmes devaient endurer pour expier le péché originel. C'était ce que son curé lui avait enseigné – un fait dont elle aurait préféré ne pas se souvenir. Elle en était aussi certaine qu'elle se rappelait comment marcher, parler et jouer aux échecs. La nuit promettait donc d'être à la fois emplie d'un doux plaisir et d'une agonie certaine.

— Alick dit que vous voulez vous marier ce soir.

Jetta releva la tête à ces mots et aperçut Saidh, suivie d'Edith, Murine et Jo, qui traversaient le hall pour les rejoindre.

— *Aye*, affirma immédiatement Aulay.

Saidh se tourna vers elle.

— Alors nous devons préparer Jetta.

Aulay leva les yeux au ciel.

— Elle n'a pas besoin de préparatifs. Elle est parfaite comme elle est, grommela-t-il d'un air renfrogné.

— Pas pour son propre mariage, Aulay ! contra Murine en faisant la moue.

— Murine a raison, insista Edith. Elle n'a plus sa crépine,

elle a les cheveux en bataille, et sa robe est toute froissée. Elle ne peut pas se présenter devant son futur clan ainsi vêtue !

Devant l'hésitation d'Aulay, Jo se voulut rassurante :

— À nous quatre, elle sera prête en quelques minutes. Et un petit tour dans votre garde-robe ne vous ferait pas de mal à vous non plus, milord. Ce kilt a bien besoin d'être défroissé.

— Et tu as une tache de vin sur la manche, ajouta Saidh.

Aulay baissa les yeux sur son tartan et poussa un juron.

— Très bien. Je m'en vais de ce pas, soupira-t-il, résigné.

— Tu peux te changer ici, proposa Murine. Nous irons dans la suite qui nous a été attribuée, à Dougall et à moi. Toutes les tenues sont entreposées dans le hall. Nous n'aurons pas besoin d'entrer dans ta chambre.

Après un bref hochement de tête, Aulay serra brièvement les doigts de Jetta, puis tourna les talons et retourna à l'intérieur de la pièce qu'il venait de quitter.

— Je pense qu'elle serait magnifique dans la robe vert pâle, annonça Murine dès qu'Aulay eut refermé la porte.

— Tu as raison, acquiesça Edith en s'approchant de la demi-douzaine de coffres alignés contre le mur.

Jetta dévisagea Edith, puis Murine.

— Mais si elle est encore dans la malle, ne va-t-elle pas être froissée ? lança-t-elle, inquiète.

— *Nay*, lui assura Murine d'un air malicieux. Je l'ai sortie dès que l'on a monté les malles à l'étage. Je me doutais bien que nous nous retrouverions dans une situation de ce genre.

— Cela explique pourquoi elle n'est pas là-dedans, annonça Edith en jetant un coup d'œil dans la caisse qu'elle venait d'ouvrir. Oh !

Son visage se renfrogna.

— Qu'y a-t-il ? s'enquit Saidh en venant se placer à côté d'elle.

— Les robes sont complètement écrasées, révéla Edith alors que Jetta, Murine et Jo la rejoignaient également. On dirait que quelque chose de lourd a été posé dessus.

— *Aye*, murmura Saidh en se penchant pour s'emparer d'un objet qui dépassait sous la montagne de tissus.

Elle se redressa en tenant du bout des doigts un poignard à la poignée en ébène ornée de gravures élégantes.

— Quelque chose de lourd comme la personne qui a perdu cela, par exemple ?

Jo plissa les yeux d'un air suspicieux.

— Se pourrait-il qu'il s'agisse d'un certain agresseur qui aime pousser les dames dans l'escalier ?

— C'est une dague ballock, fit remarquer Jetta en fixant les deux formes ovales caractéristiques à l'extrémité du manche. J'ai l'impression de l'avoir déjà vue quelque part...

— Où ? questionna Saidh.

Jetta s'efforça de creuser dans sa mémoire, mais Saidh s'empressa de glisser la lame à l'intérieur de sa manche.

— Peu importe. La dernière chose dont tu as besoin, c'est bien d'une migraine le soir de ta nuit de noces.

— Mais...

— Saidh a raison, interrompit Jo en prenant Jetta par les épaules pour la faire pivoter en direction de la chambre de Dougall et Murine. Tu réessaieras demain. Pour l'instant, il faut... Saidh ? Qu'est-ce que tu fabriques ?

Bouche bée, Jo fixait Saidh qui avait mis le pied dans la malle et se recroquevillait à l'intérieur.

— Regardez comme c'est grand. Est-ce qu'il reste beaucoup de place ? Assez pour qu'un homme puisse se cacher dedans ? demanda-t-elle d'une voix étouffée par les couches de tissu.

— *Aye*, répondit Edith. Il y a au moins trente centimètres sur le dessus, sans compter le couvercle.

— Et l'espace libre sur les côtés, ajouta Murine. Même l'un de nos maris aurait pu rentrer là-dedans.

— C'est bien ce que je pensais, déclara Saidh en se redressant, visiblement satisfaite.

Elle sortit de sa cachette improvisée.

— Je me doutais bien que le malfaiteur n'avait pas utilisé les passages secrets. Seuls les membres de notre famille sont au courant de leur existence.

— Les hommes n'ont-ils pas vérifié à l'intérieur des coffres ? maugréa Jo en fronçant les sourcils.

— Probablement, répondit Saidh en haussant les épaules. Mais la dague était cachée *sous* les vêtements. Je ne serais pas étonnée que notre inconnu ait grimpé à l'intérieur et tiré l'une des robes sur lui pour ne pas être découvert. Et quand nos époux ont ouvert la malle…

— Ils n'ont vu qu'une montagne de vêtements, finit Murine.

— Ils n'ont pas pensé à fouiller le contenu des caisses pour s'assurer qu'elles ne contenaient rien d'autre.

— Dans ce cas, où sont les autres tenues ? marmonna Edith d'un air sombre.

— La vert pâle est dans ma chambre. La vert foncé est sur le dos de Jetta…

Elle s'interrompit brusquement et grimaça.

— Pardon. Préfères-tu Sorcha ou Jetta ?

— Pour tout dire, je crois que j'ai plus l'habitude de Jetta.

— Tant mieux, cela évitera les confusions quand nous viendrons à Buchanan avec notre Sorcha, plaisanta Saidh.

Tout le monde approuva, puis Murine se racla la gorge.

— Revenons-en à nos moutons. Même en comptant la tenue que Jetta porte et celle que j'ai sortie de la malle, il en manque encore un certain nombre.

— *Aye*, admit Jo. Quand nous avons fait les bagages au pavillon, nous avions rassemblé toutes celles qui allaient bien avec le teint de Jetta.

— Or, il n'en reste plus que deux là-dedans, nota Saidh.

— L'agresseur a dû planifier son coup à l'avance et faire de la place dans sa cachette, supposa Edith d'un air pensif.

— Peut-être, mais dans ce cas, où sont les autres ? répéta Murine, agacée.

Pendant un instant, personne ne répondit, puis Saidh referma le couvercle de la malle.

— Elles ne doivent pas être bien loin. Il n'a pas pu se débarrasser d'une demi-douzaine de tenues sans que personne ne s'aperçoive de rien. Nous les chercherons demain. Ce soir, nous avons d'autres choses à faire.

— Bien dit, affirma Jo en se tournant vers Jetta.

— Ne devrions-nous pas informer les messieurs de notre

découverte ? proposa Edith pendant que toutes les cinq se dirigeaient vers la chambre de Murine.

— Nous leur en parlerons après la cérémonie, déclara Saidh. Sauf à Aulay. Nul besoin de le tracasser avec cette histoire le jour de son mariage. Nous ne voudrions pas ruiner la nuit de noces de Jetta.

— *Aye*, acquiesça Murine en donnant un petit coup de coude malicieux à Jetta. Ce soir, Aulay ne doit penser qu'au plaisir.

— Oh oui, gloussa Edith.

— Arrêtez, ordonna Jetta en riant à moitié alors que le rouge lui montait aux joues.

Elle ne parvenait pas à se défaire du nœud qui lui serrait l'estomac à la pensée de ce qui allait se passer dans le lit conjugal. Son inquiétude dut se lire sur son visage, car Jo lui adressa un sourire rassurant.

— Tout va bien se passer. Cela fera peut-être un peu mal au début, mais Aulay est un homme attentionné et il a des sentiments pour toi. Il se montrera doux.

— Crois-tu ? demanda Jetta avec espoir.

— Bien sûr que oui. Aulay est un véritable amour, lui assura-t-elle. Ce bandage que Rory a mis sur ta cheville semble faire des merveilles. Tu ne boites presque plus.

— Oh oui, marmonna Jetta d'un air distrait. Mais ma question ne concernait pas le comportement d'Aulay ce soir. Je sais déjà qu'il sera parfait. Je parlais de ton commentaire sur ses sentiments. Penses-tu vraiment qu'il me porte dans son cœur ? Il a dit qu'il n'était pas certain de m'aimer. Peut-être ressent-il du désir et de la gratitude simplement parce que je ne suis pas révulsée par sa cicatrice.

— Et que tu es amoureuse de lui, ajouta Saidh.

— C'est vrai. Je l'aime.

— En es-tu certaine ? demanda Saidh avec douceur. Serait-il possible qu'il s'agisse simplement de désir et de gratitude parce qu'il t'a sauvé la vie ?

— Je...

Jetta s'interrompit et réfléchit. Éprouvait-elle une réelle

affection ou bien était-elle simplement sexuellement attirée et reconnaissante de tout ce qu'il avait fait pour elle ?

— Juste ciel !

Sursautant à ce cri, Jetta se tourna. Aulay venait à sa rencontre. Il s'était changé, s'était brossé les cheveux, qui étaient désormais lisses et brillants, et avait eu le temps de faire un brin de toilette dans la vasque de la chambre. Il était fin prêt, tandis que Jetta et ses compagnes n'avaient même pas encore atteint les appartements de Murine.

— Vous n'avez pas commencé ? gronda Aulay comme s'il avait lu dans les pensées de Jetta.

— Nous en avons pour une minute à peine, déclara Saidh d'un ton ferme en la tirant par le bras.

Saidh ouvrit la porte, poussa Jetta à l'intérieur et s'adressa à son frère par-dessus son épaule.

— Rendez-vous à l'église.

Les autres femmes pénétrèrent dans la chambre à petits pas précipités, et Saidh ferma derrière elles.

— Peu importe si vous éprouvez de l'affection l'un pour l'autre, dit Saidh en se tournant vers elle. Vous vous désirez et vous vous appréciez mutuellement, c'est un bon début et c'est déjà beaucoup plus que la plupart des couples.

— Est-ce plus important que l'amour ? demanda Jetta avec intérêt.

— Oh oui, lui assura Jo alors que les quatre femmes se mettaient au travail en commençant par ôter la tenue que Jetta avait sur le dos. La passion, c'est comme la marée. Elle peut monter et descendre en moins d'une heure et n'est jamais constante selon les jours et les saisons. L'affection, en revanche, est beaucoup plus stable. C'est elle qui vous aidera à surmonter les difficultés.

— Quand tu auras un bébé qui pleure sur ton épaule et deux autres pendus à tes tétons, que tu seras tellement fatiguée que ta vue se troublera, et que tout ce qu'il trouvera pour te remonter le moral sera de te proposer une partie de jambes en l'air, tu auras envie de lui planter une hache dans le crâne, dit Saidh.

— Mais l'affection retiendra ta main, continua Jo en passant la robe vert pâle par-dessus la tête de Jetta. Quelques heures, jours ou semaines plus tard, quand tu seras reposée, c'est toi qui lui proposeras les galipettes qu'il avait suggérées.

— Et l'inverse est tout aussi vrai, ajouta Murine en nouant le corset de Jetta. Il y aura des moments où tout ira de travers et où il sera tellement éreinté que faire l'amour sera bien la dernière chose qu'il aura à l'esprit.

La tenue enfilée, les quatre compagnes de Jetta s'intéressèrent à ses cheveux.

— Toutefois, garde bien en tête que ces jours-là sont bien moins fréquents chez les hommes que chez les femmes.

— Mais votre affection mutuelle vous permettra de passer outre, lui assura Edith.

— Cela dit, vous n'en êtes pas encore à ce point, indiqua Saidh. Pendant les semaines qui suivront votre union, vous passerez la plupart de votre temps dans votre chambre.

— Heureusement que nous sommes là pour attraper ton agresseur pendant que vous batifolerez, murmura Murine. Je suis impatiente d'annoncer aux hommes que nous avons découvert comment le malfaiteur leur a échappé.

Jo acquiesça.

— *Aye*, ils vont être verts de rage.

— C'est certain, affirma gaiement Saidh en se reculant pour observer son œuvre.

— Merveilleux, laissa échapper Edith.

— Absolument parfait, déclara Murine avant de faire pivoter Jetta pour qu'elle puisse s'observer dans le miroir.

Jetta dévisagea son reflet dans la glace, incrédule. Elle se reconnaissait à peine. Ses amies avaient fait du beau travail.

— Merci, parvint-elle à murmurer.

— Il n'y a pas de quoi, répliqua Saidh. Tu es des nôtres désormais. Du moins, dès que tu seras passée devant l'autel.

— En parlant d'église, il est temps d'y aller, mesdames, annonça Jo en se dirigeant vers la porte.

Jetta se laissa entraîner hors de la pièce par ses quatre charmantes amies qui gloussaient à tout va et étaient sur le point de devenir partie intégrante de sa famille.

# 15

— Félicitations, milord ! Nous nous réjouissons pour vous et sommes impatients de trinquer à votre bonheur.

— Merci, Fergus, répondit Aulay en toute sincérité.

Jetta adressa un sourire à l'homme qu'elle devinait être l'un des soldats de son nouvel époux. Plusieurs personnes s'étaient arrêtées pour les féliciter depuis que la cérémonie avait pris fin.

— Allons porter un toast à votre union, lança Dougall en donnant une grande tape dans le dos de son frère quand les habitants de Buchanan eurent pris congé.

Jetta vit les sourcils de son mari se froncer légèrement, puis il hocha la tête.

— *Aye*, mais d'abord Jetta et moi devons aller remercier le père Archibald d'avoir accepté de nous marier si tard le soir et après un si long voyage.

— Oh ! d'accord.

Dougall jeta un coup d'œil en direction du prêtre qui discutait avec des gens près de la porte de l'église.

— Commencez sans nous, suggéra Aulay d'un ton léger. Nous vous rejoindrons.

Dougall opina et, après une dernière accolade, tourna les talons pour rejoindre les autres et les conduire au donjon.

— Viens.

Passant au tutoiement, Aulay prit Jetta dans ses bras et se dirigea à grands pas, non pas vers la chapelle, mais droit vers l'étable plongée dans l'obscurité.

— Que faisons-nous ici ? demanda Jetta interloquée quand Aulay ralentit et qu'ils pénétrèrent dans la bâtisse.

— Avant de quitter notre chambre, je t'ai fait une promesse : celle de terminer ce que j'avais commencé dans les minutes qui suivraient notre passage devant l'autel, lui rappela-t-il très sérieusement en passant devant les stalles pour se diriger vers les petites bottes de foin rectangulaires entreposées au fond de l'étable. Si nous retournons au donjon, je ne serai pas en mesure de respecter mon serment. Les gens insisteront pour porter un toast et trinquer à notre santé, et nous ne pourrons pas nous retirer dans nos appartements avant plusieurs heures.

— *Aye*, acquiesça-t-elle en rougissant.

— Mais si nous faisons une halte ici, je serai à même de tenir parole, ajouta-t-il en baissant la tête pour lui caresser l'oreille du bout du nez.

— Oh ! murmura-t-elle.

Aulay la dévisagea un instant en silence, comme pour graver ce souvenir dans sa mémoire, puis se pencha pour l'embrasser.

Il lui lâcha les jambes, et elle ne put retenir une petite exclamation de surprise quand il la reposa au sol sans prévenir. La langue d'Aulay s'introduisit entre ses lèvres, et ses mains se mirent à courir sur son corps, lui malaxant le dos, la serrant contre son torse et descendant dans le creux de ses reins pour venir s'emparer de son postérieur et coller sa virilité érigée contre son bas-ventre. Elle commençait à peine à répondre à son baiser quand il se recula.

— J'ai encore envie de toi, mon amour.

— Je…

Les mots lui échappèrent quand Aulay lui souleva la cuisse droite pour venir la caler contre sa hanche, comme il l'avait fait un peu plus tôt dans la chambre. Puis il glissa une main sous sa jupe.

— Je vois que c'est également ton cas, murmura-t-il à son oreille avec malice.

Ses lèvres se firent plus entreprenantes, plus passionnées. Jetta s'accrocha désespérément à ses épaules tandis qu'il la caressait avec avidité. Elle laissa échapper un cri quand il introduisit un doigt en elle. Il enfouit la tête dans le creux de son cou et se mit à lui mordiller le lobe de l'oreille tout en la caressant.

— Aulay, s'il te plaît, gémit-elle, certaine que ses genoux étaient sur le point de flancher.

— S'il te plaît quoi ? exigea-t-il de savoir sans cesser de jouer à l'intérieur d'elle. Tu es ma femme. Je te veux !

— Je... Oh !

Aulay lui couvrit la bouche de ses lèvres quand elle cria tandis qu'une vague de bonheur déferlait sur elle. Elle trembla et convulsa dans ses bras, laissant le plaisir l'emporter, et s'attendait à redescendre sur terre avec douceur comme cela avait été le cas au pavillon, mais Aulay continua son exploration et son corps se tendit de nouveau.

— Laisse-moi goûter le fruit de ton plaisir, murmura-t-il en rompant leur baiser.

Étonnée, Jetta rouvrit les yeux à ces mots et ne put retenir une exclamation de surprise quand elle le vit s'agenouiller devant elle.

— Aulay ! lança-t-elle, effarée, en tournant la tête vers l'entrée de l'étable au moment où il soulevait l'ourlet de sa robe. Qu'est-ce que tu... Seigneur Dieu !

Elle tenta tant bien que mal de tirer vers elle les nombreuses couches de tissu pour le faire sortir de là.

— On pourrait nous surprendre, souffla-t-elle à voix basse.

Aulay sortit brièvement la tête pour lui répondre :

— Les portes sont fermées et le pont-levis est relevé. Personne n'aura besoin de l'écurie ce soir. De plus, Fergus est le palefrenier en chef.

— Fergus ? répéta-t-elle d'une voix distraite en se souvenant de l'homme qui les avait félicités au sortir de l'église.

Le souvenir lui échappa quand Aulay retourna sous ses jupons. Elle tomba en arrière sur la paille, et il en profita pour l'embrasser au plus profond de sa féminité.

Une main sur la bouche pour s'empêcher de crier, elle chercha, de l'autre, quelque chose à quoi se raccrocher, mais ne trouva rien d'autre que du foin et des brindilles. Aulay titilla son bouton de plaisir, amenant Jetta plusieurs fois au bord de la délivrance avant de la faire redescendre, jusqu'à ce qu'elle n'ait plus qu'une seule envie : lui envoyer son poing dans la figure pour l'obliger à achever ce qu'il avait commencé.

Cette pensée manqua de la faire s'esclaffer quand elle se souvint des paroles de Saidh, mais Aulay inséra un index en elle et toute pensée rationnelle quitta son esprit. La combinaison de ses lèvres, sa langue et ses doigts fut plus qu'elle ne pouvait supporter et elle arqua le dos quand la vague de libération déferla sur elle de nouveau.

Combien de temps s'écoula jusqu'à ce qu'elle reprenne conscience de ce qui l'entourait ? Elle n'en avait aucune idée. Quand elle revint à elle, les doigts d'Aulay étaient toujours en elle et son mouvement s'était fait circulaire. Elle cessa d'essayer de comprendre ce qui était en train de se passer et laissa le plaisir l'envahir.

Obnubilée par les sensations, elle se rendit à peine compte quand il ôta les doigts et s'empara de ses hanches. Ce qui se passa ensuite, en revanche, ne lui échappa pas. Étonnamment, ce ne fut pas aussi douloureux qu'elle l'avait imaginé. Elle aurait plutôt décrit la sensation comme désagréable, un peu comme lorsqu'elle essayait de rentrer dans une robe trop petite. Mais il était déjà à l'intérieur, tout entier.

— Est-ce que ça va, beauté ?

Jetta ouvrit les paupières et releva la tête. L'épée d'Aulay était posée sur la botte de foin à côté d'eux, son kilt avait disparu et sa chemise, le seul vêtement qu'il avait encore sur le dos, avait été remonté par-dessus ses épaules, laissant son torse et tout le reste délicieusement dévoilé. Hormis l'endroit où leurs deux corps se rejoignaient, bien sûr...

— Mon amour ? Es-tu sûre que ça va ? répéta-t-il d'une voix presque étranglée.

— Et toi ? répondit-elle.

Prenant sa réplique pour un oui, il s'inséra un peu plus profondément en elle.

Jetta se mordit la lèvre et se raidit, mais rien ne vint. Ni douleur, ni plaisir, seulement cette sensation inconfortable.

— Est-ce que ça fait mal ? demanda-t-il une fois de plus.

— Non, lui affirma-t-elle.

Rassuré, il s'enfonça un peu plus profondément en elle, puis recula. Cette fois, il ne la quitta pas des yeux. Incertaine de la réaction à laquelle il s'attendait, elle esquissa un sourire. Ce n'était probablement pas ce qu'il espérait, car un petit rire s'échappa de ses lèvres. Puis il glissa une main entre leurs deux corps joints et se mit à caresser son bouton de plaisir.

Jetta écarquilla les yeux, incrédule, quand l'excitation qu'elle avait connue un peu plus tôt refit surface. Lorsqu'il reprit le mouvement de va-et-vient, l'inconfort était à peine notable. La fois d'après, elle ne put s'empêcher d'arquer le dos. Après cela, une force inconnue l'obligea à participer et elle colla ses hanches contre celles d'Aulay pendant qu'il allait et venait en son sein avec force et détermination.

Cette fois-ci, quand Jetta jouit, Aulay se joignit à elle en un rugissement qu'elle n'avait encore jamais entendu. Ses jambes flanchèrent, et il s'écroula sur elle. Leurs deux corps s'effondrèrent contre la botte de foin, et il roula immédiatement sur le côté pour ne pas l'écraser.

Le cœur de Jetta battait encore à tout rompre au creux de sa poitrine quand elle se pelotonna contre son flanc, éreintée. Il prononça quelques mots qui résonnèrent en elle, mais elle ne les comprit pas. Ses paupières étaient lourdes de sommeil.

— Nous ferions mieux de rejoindre les autres à table, dit-il à contrecœur quand il eut repris son souffle.

S'il ne le lui disait pas immédiatement, elle risquait d'en exiger davantage et il n'était pas certain de pouvoir continuer. La passion de Jetta semblait infinie.

— Beauté ? demanda-t-il, inquiet, quand elle ne répondit pas.

Il se rendit alors compte qu'elle était endormie contre son torse et sourit, puis fronça les sourcils en se rappelant qu'elle sortait à peine de sa convalescence et était encore faible. Sans parler de sa blessure à la cheville, se remémora-t-il en se maudissant intérieurement. Il aurait dû cesser après la première libération. Voilà qu'il l'avait éreintée.

Aulay s'allongea sur la botte de foin en soupirant. Il laisserait Jetta dormir un instant, puis la réveillerait et la reconduirait au donjon. Il devrait probablement la porter dans ses bras, songea-t-il en étouffant un bâillement. Elle s'était mise à boiter quand les femmes l'avaient conduite à l'église. Le trajet avait probablement été trop ardu pour elle. Parviendrait-il à la convaincre de se laisser porter ? Probablement. S'il faisait en sorte de la distraire, cela l'empêcherait de se creuser la mémoire. Ils étaient mariés désormais. C'était une mission qu'il se ferait un plaisir de remplir, se dit-il tandis que ses paupières s'alourdissaient.

Ce fut la douleur qui sortit Jetta du sommeil. Relevant la tête à demi endormie, elle se couvrit la bouche pour étouffer un toussotement et baissa les yeux sur sa cheville. La lueur des flammes lui permit de distinguer d'où venait le problème. Elle avait glissé des bras d'Aulay et s'était recroquevillée contre son flanc. Ce faisant, son pied blessé s'était retrouvé coincé sous la jambe de son mari. Le poids que ce dernier exerçait dessus lui causait une atroce souffrance.

Elle était en train d'essayer de se libérer sans réveiller Aulay quand son esprit acheva de recouvrer l'intégralité de ses capacités. Ils étaient dans l'étable ; hormis une torche allumée près de la porte, l'endroit aurait dû être plongé dans la pénombre.

Tournant la tête vers la lumière, Jetta mit un moment avant de comprendre ce qu'elle avait sous les yeux. Horrifiée, elle s'assit brusquement et gifla Aulay de toutes ses forces.

— Aulay ? Aulay ! Réveille-toi ! Il y a le feu !

— Quoi ?

Il se redressa d'un coup comme si elle l'avait piqué avec un *sgian dubh* et fixa, bouche bée, les flammes qui léchaient les portes closes de la bâtisse.

— Nom de Dieu ! lâcha-t-il dans un souffle. Que se passe-t il ?

Jetta ne prit pas la peine de répondre. Aulay n'était pas aveugle, il voyait parfaitement de quoi il retournait. Elle s'occupa plutôt de remettre le haut de sa robe en place tout en tirant sur ses jupes.

— Les chevaux !

Relevant les yeux à ces mots qu'Aulay avait prononcés d'une voix rauque, Jetta regarda, éberluée, son époux descendre maladroitement de la botte de foin pour se précipiter vers la stalle la plus proche sans prendre le temps de se rhabiller. Sa chemise tire-bouchonnée au niveau de ses épaules dévoilait l'intégralité de son dos, et il ne portait rien en dessous de la ceinture. Levant les yeux au ciel, Jetta toussa une nouvelle fois et glissa du ballot. Ignorant la douleur qu'elle ressentit en posant le pied à terre, elle se baissa pour ramasser le kilt d'Aulay et se mit à lui courir après. Il avait ouvert le premier box et se dirigeait déjà vers le deuxième.

— Aulay, enfile tes vêtements, ordonna-t-elle en agitant le tartan dans les airs.

Il balaya son offre d'un geste de la main sans prendre la peine de répondre et se précipita vers le troisième portillon. Il l'ouvrit puis fit un pas en arrière et fronça les sourcils. Terrifiées, les bêtes hennissaient et piétinaient dans leurs compartiments respectifs, mais refusaient d'en sortir.

Aulay laissa échapper un juron et tourna les talons pour se diriger vers les stalles du fond.

— Fais sortir les chevaux de derrière, mais tiens-toi éloignée des flammes et du premier rang.

Entre deux quintes de toux, Jetta balaya l'étable du regard. Les animaux et eux risquaient tous d'y passer s'ils ne sortaient pas de la bâtisse, mais les montures les plus proches de l'entrée faisaient face au danger le plus immédiat. Désormais étendu sur plus de trois mètres à partir des portes, le feu n'avait pas encore atteint les stalles mais se rapprochait dangereusement vite.

Relevant le menton, Jetta fit exactement l'inverse de ce qu'Aulay lui avait ordonné et se précipita vers les deux compartiments les plus critiques. La chaleur y était à la limite du supportable et une épaisse fumée noire avait envahi l'espace, mais elle retint son souffle et avança jusqu'au premier portillon dont elle tira le loquet. Contrairement à ses congénères de l'autre côté de l'écurie, le cheval ne se fit pas prier pour sortir de son box. Jetta réussit à éviter ses sabots de justesse mais fut projetée sur le côté et se cogna contre la paroi du compartiment voisin avec une telle force qu'elle aurait juré avoir vu des étoiles danser devant ses yeux. Heureusement, elle n'eut pas besoin de guider l'animal qui galopa vers le fond de l'étable comme s'il avait le diable aux trousses.

Secouant la tête pour recouvrer ses esprits, Jetta lâcha le portillon auquel elle s'était raccrochée.

— Attention ! cria-t-elle à l'intention d'Aulay pour éviter qu'il se fasse piétiner.

Elle poursuivit son avancée vers la stalle d'en face, celle d'à côté et la suivante, libérant les chevaux les uns après les autres, en prenant garde cette fois à ne pas se faire bousculer.

Elle en était à cinq quand des coups répétitifs lui parvinrent aux oreilles. Jetant un regard par-dessus son épaule, elle vit qu'Aulay avait récupéré son épée sur la botte de foin et attaquait le mur arrière de l'écurie. Les craquements du bois en combustion avaient dû étouffer le bruit jusqu'à présent, car il avait déjà creusé un trou de taille respectable dans la paroi. En forçant un peu, elle pouvait probablement se faufiler au travers.

Cette pensée venait à peine de lui traverser l'esprit qu'Aulay baissa sa lame et se tourna vers elle en criant. Elle n'arrivait pas à distinguer ses paroles, mais devina ce qu'il voulait. Elle lui répondit d'un geste de la main et ouvrit le compartiment suivant. Non, elle ne ramperait pas hors de ce bâtiment en feu en le laissant seul derrière. Il désirait probablement la mettre hors d'atteinte de la chaleur torride, de la fumée étouffante et des flammes brûlantes, pendant qu'il combattrait seul l'incendie au milieu des chevaux terrorisés. C'était absolument hors de question. Elle n'était pas une petite fleur fragile dont il fallait…

Ses pieds quittèrent subitement le sol, interrompant le flot de ses pensées, quand Aulay la saisit dans ses bras sans prévenir.

— Aulay ! protesta-t-elle en donnant des coups de pied dans le vide. Repose-moi par terre.

— Je veux que tu sortes d'ici. Je m'occupe du reste, gronda-t-il en se dirigeant vers le trou qu'il avait taillé dans les planches.

— Je ne partirai pas sans toi ! s'exclama-t-elle.

— Oh que si ! rugit-il.

— Oh que non ! rétorqua-t-elle, bien décidée à ne pas céder.

Des coups de l'autre côté du mur les interrompirent, et ils tournèrent brusquement la tête. Épées, haches et poignards étaient en train d'attaquer l'ouverture créée par Aulay comme s'il s'agissait d'une vulgaire feuille de papier.

— Dieu merci, les renforts sont arrivés, marmonna-t-il en s'avançant vers leur sortie de secours.

— *Aye*, soupira Jetta en se détendant dans ses bras maintenant qu'elle savait qu'ils survivraient tous les deux.

Quand ils finirent par atteindre l'arrière de l'écurie, le trou était suffisamment grand pour laisser passer les chevaux qui les dépassèrent au galop. Si Aulay ne s'était pas reculé, ils auraient probablement été bousculés. Jetta eut une pensée pour les gens de l'autre côté du mur. Avaient-ils eu le temps de s'écarter ? Le dernier animal dehors, un flot de soldats se déversa à l'intérieur.

Leur laissant la tâche de secourir les dernières montures, Aulay se hâta vers la sortie, Jetta dans les bras, et ne s'arrêta que lorsqu'ils furent en sécurité à l'air libre.

— Aulay ! Jetta ! Bon sang, que s'est-il passé ?

Prise d'une quinte de toux, Jetta mit un moment avant de se redresser. Quand elle finit par relever les yeux, elle vit que tous les membres de sa nouvelle famille se précipitaient vers eux en courant telle une flopée de tonneaux dévalant la pente reliant le donjon à l'étable. Ils s'arrêtèrent comme un seul homme à quelques mètres d'eux, la bouche ouverte comme autant de poissons hors de l'eau.

Ce ne fut qu'alors que Jetta se souvint des vêtements d'Aulay – ou plutôt de leur absence. Hormis sa chemise qui ne cachait même pas son dos, son seul habit n'était autre que Jetta elle-même. Et il la tenait si haut dans ses bras qu'elle ne devait pas couvrir grand-chose hormis son torse... Cette pensée venait de lui traverser l'esprit quand Aulay abaissa sa prise de sorte que le postérieur de Jetta cache désormais ses attributs virils à la vue des spectateurs.

— Je t'avais dit d'enfiler ton kilt, soupira-t-elle.

À sa grande surprise, plutôt que de s'énerver face à cette remontrance, ce fut un éclat de rire qui franchit les lèvres d'Aulay.

— *Aye*, tu as raison, mon amour. La prochaine fois, je promets de t'écouter.

— Est-ce que ça va ? demanda Rory en s'avançant vers eux.

— Je me porte à merveille, mais Jetta a inhalé beaucoup de fumée, répondit calmement Aulay.

— Ce n'est rien, le rassura-t-elle d'une voix rauque. Vraiment, nous avons eu de la chance.

— C'est bien vrai, affirma Aulay en croisant son regard d'un air entendu.

— Regardez-vous, déclara Acair en les dévisageant l'un après l'autre. Vous êtes couverts de foin et de suie, et l'on dirait que vous venez d'échapper à une tempête. Je ne pense pas me tromper en disant que vous avez passé une sacrée première nuit de noces.

Jetta geignit et tourna la tête pour enfouir son visage dans le cou d'Aulay, mais ce dernier se contenta d'avancer et de dépasser son oncle sans se laisser décontenancer.

— Et comment ! Du moins jusqu'à ce que l'étable prenne feu.

L'éclat de rire qui s'échappa des lèvres de Jetta à ces mots fut plus du soulagement que de la joie véritable. Aulay se mit à remonter la pente vers les portes du donjon. Curieuse, elle jeta un coup d'œil en arrière par-dessus son épaule et remarqua les visages graves du groupe et les gestes d'incompréhension qu'ils faisaient en direction de l'étable. La conversation ne dura que quelques instants, puis Rory, Conran et Alick firent volte-face pour retourner à l'écurie pendant que les autres hâtaient le pas pour rattraper Aulay.

Bien évidemment, leur position donnait à la petite troupe une vue imprenable sur le postérieur de ce dernier. L'appréciation qu'elle lut sur le visage de Jo, Murine et Edith attisa la curiosité de Jetta, et elle baissa le regard. Il était son mari, après tout, et elle ne l'avait encore jamais vu les fesses à l'air. Malheureusement, la vue n'était pas très bonne depuis les bras d'Aulay. Elle décelait la courbe supérieure de son derrière, mais rien de plus.

— Rory, Conran et Alick vont-ils aider à éteindre le feu ? demanda-t-elle aux femmes qui les suivaient.

— *Aye*, répondit Saidh. Enfin, juste Conran et Alick. Rory, quant à lui, est resté au cas où l'on aurait besoin de ses soins.

Jetta releva la tête pour voir s'ils étaient bientôt arrivés au donjon. Elle se sentait coupable de laisser son époux la porter comme une enfant et envisagea un instant de lui demander de la poser à terre, mais sa cheville la faisait atrocement souffrir. Ce n'était pas surprenant : son pied était déjà douloureux à son réveil et elle avait couru dans tous les sens pour libérer les chevaux.

Des rires étouffés attirèrent son attention sur les dames. Curieuse, elle haussa les sourcils d'un air interrogateur.

Notant son expression, Murine sourit d'un air gêné.

— Nous étions en train de débattre de ce qui a pu causer le feu.

— *Aye*, dit Edith avec un petit sourire malicieux. Est-ce votre passion qui a déclenché les flammes ?

— *Nay*, chérie, intervint Niels en prenant son épouse par la taille. Aulay a probablement fait tomber une lanterne dans son ardeur.

Jetta sentit le rouge lui monter aux joues et elle secoua la tête.

— Ni l'un ni l'autre. Nous étions endormis quand tout a commencé.

— *Endormis ?* répéta Cam, incrédule. Aulay, est-ce vrai ce qu'elle dit ?

— Tout à fait, répondit celui-ci en s'arrêtant un instant pour se retourner et jeter un coup d'œil sur l'écurie en contrebas. Si Jetta ne s'était pas réveillée...

Il ne termina pas sa phrase. Ce n'était pas nécessaire. Ce qui avait autrefois été une étable flambait désormais dans la nuit. Les soldats avaient formé une ligne de la bâtisse jusqu'au puits et faisaient passer des seaux d'eau pour tenter d'atténuer le feu. Près du mur délimitant l'enceinte du château, les chevaux erraient sans but. Avaient-ils tous réussi à s'échapper ? Pourvu que personne n'ait été blessé en tentant de les sauver, songea Jetta.

— Qu'est-ce qui t'a réveillée ? demanda Aulay.

Jetta détacha son regard du chaos enflammé et vit que son mari la dévisageait avec sérieux.

— Ta jambe sur la mienne m'écrasait la cheville, admit-elle.

— As-tu vu ou entendu quelque chose ?

Jetta secoua la tête.

— Rien, hormis le bois qui craquait. Il n'y avait personne.

— Crois-tu que quelqu'un a intentionnellement déclenché l'incendie ? s'enquit Dougall en se tournant vers eux.

Aulay haussa les épaules.

— C'est probable. Après tout, il n'a pas démarré tout seul.

— Bon sang, murmura Niels. Ainsi le mariage n'a servi à rien.

Le regard qu'Aulay décocha à son frère n'échappa pas à Jetta.

— Cela n'a peut-être pas découragé ceux qui en ont après la vie de Jetta, dit-il avec un sourire forcé, mais pour moi la différence est de taille. Jetta est mienne, désormais. Au diable les archers, les agresseurs et les flammes. Je suis un homme heureux.

Sur ces mots, il pivota et reprit son avancée vers le donjon. Jetta ne put réprimer un froncement de sourcils. Elle savait que son mari tentait simplement de ne pas la contrarier et qu'il ne voulait pas qu'elle se sente coupable de cette récente attaque. Et elle lui en était reconnaissante. Mais elle avait également parfaitement conscience que tous ces problèmes n'étaient survenus qu'après son arrivée dans l'existence d'Aulay. Que pouvait-elle bien y faire ? Elle n'avait aucune idée de pourquoi tous ces événements avaient eu lieu, et les choses en resteraient ainsi tant qu'elle ne se souviendrait de rien. Il fallait absolument qu'elle recouvre la mémoire.

# 16

— Seigneur Dieu ! Que vous est-il encore arrivé ? Est-ce que ça va ? Êtes-vous blessés ?

Jetta releva la tête de l'épaule d'Aulay et jeta un coup d'œil alentour en entendant ces cris désespérés. Leur petite troupe avait passé les portes du donjon, et Mavis se précipitait vers eux d'un air effaré.

— Tout va bien, Mavis. Ce n'est rien, lui répondit Aulay.

— Cela n'en a pas l'air. Vous êtes couverts de suie, vous avez de la paille dans les cheveux et... Oh ! mon Dieu, vous étiez dans l'étable ! Étiez-vous à l'intérieur quand le feu s'est déclenché ? Qu'est-il arrivé à vos habits, milord ? Vous êtes nu comme un ver. Venez avec moi. Vous avez tous les deux besoin d'un bon bain et de vêtements propres.

Elle ralentit et se tourna vers une domestique.

— Flora ! Fais chauffer de l'eau et trouve-moi deux hommes pour monter la baignoire. Puis demande à Cook de préparer un plateau pour ton seigneur et sa dame. Et cesse de fixer les fesses de milord, nom d'un chien. Quel manque de respect !

Sur ces mots, elle vint immédiatement se placer derrière Aulay et le talonna aussi près qu'elle put sans avoir à lui marcher sur les pieds pour cacher son postérieur à la vue indiscrète des bonnes.

— Les filles vont glousser toute la nuit après un tel spectacle, râla-t-elle en secouant la tête. Vous auriez dû envoyer quelqu'un vous chercher une tenue avant d'entrer dans le hall. Oh ! mais je vois que vous portez une chemise. Pourquoi est-elle dans cet état ? Qu'avez-vous donc traficoté, milord ?

Jetta se mordit la lèvre pour ne pas éclater de rire. Un spectateur extérieur aurait pu être surpris de la manière dont Mavis s'adressait à son seigneur, mais Jetta avait appris qu'elle n'était pas vraiment une domestique à proprement parler. Après sa chute dans l'escalier, Jetta avait discuté avec ses belles-sœurs et savait désormais que Mavis était plus ou moins la gouvernante des Buchanan. Elle supervisait le personnel de maison et veillait au bien-être d'Aulay.

D'après Saidh, Mavis faisait quasiment partie de la famille. Elle avait été la nourrice des petits Buchanan et avait tendance à les réprimander comme s'ils étaient encore des enfants. Visiblement, les hommes ne s'en trouvaient pas dérangés. Au contraire, ils semblaient apprécier que Mavis les materne, et Jetta soupçonnait même qu'elle leur avait permis de faire plus facilement le deuil de leur mère.

— Nous y voilà. Attendez, je vais vous ouvrir.

Mavis cessa de couvrir le postérieur d'Aulay et le contourna pour venir pousser la porte.

— Merci, Mavis, dit-il d'un ton plein d'affection en pénétrant dans la pièce.

— Il n'y a pas de quoi, milord. Si jamais... Oh ! non ! s'exclama-t-elle soudain d'une voix outrée. Que faites-vous ici ? Allez-vous-en ! Ouste !

Un coup d'œil par-dessus l'épaule d'Aulay apprit à Jetta que le reste du groupe leur avait emboîté le pas. Mavis tentait de les chasser tant bien que mal.

— Il faut que nous parlions à Aulay, grommela Dougall. Quelqu'un a mis le feu à l'étable. Nous ne savons pas quoi faire.

— Éteignez les flammes, pardi ! Vous n'avez pas besoin d'Aulay pour vous dire cela, répliqua Mavis d'un ton exaspéré en faisant de grands gestes pour les faire partir.

— Conran et Alick s'en chargent en ce moment. Nous resterons ici pour veiller à la sécurité d'Aulay et de Jetta.

— Sans oublier Geordie et Katie, ajouta Niels.

L'inquiétude se lut sur le visage de Mavis, mais elle ne flancha pas.

— D'accord, mais vous restez dans le hall. Je ne veux personne dans la chambre. Maintenant, laissez-nous. Ils ont besoin d'un bain, et Aulay ne pourra recevoir personne tant qu'il n'aura pas enfilé des vêtements.

— Ce n'est pas comme si nous ne l'avions jamais vu tout nu, rétorqua Niels, agacé. Et je ne laisserai pas Aulay et Jetta sans compagnie. Quelqu'un vient d'essayer de les tuer. Nous devons les protéger.

— Quoi ? glapit Mavis en se tournant vers Aulay d'un air effaré.

— Nous sommes sains et saufs, Mavis, lui rappela-t-il d'un air grave. Mais c'est vrai, quelqu'un a mis le feu à l'étable pendant que nous étions à l'intérieur, probablement pour nous régler notre compte.

Le visage de Mavis devint blanc comme un linge, et Aulay s'empressa de poursuivre :

— Cela dit, nous avons eu beaucoup de chance. Nous nous en sommes sortis indemnes et je suis quasiment certain que personne n'a été blessé, pas même les chevaux. Donc, hormis le fait qu'il va nous falloir construire une nouvelle écurie, tout va pour le mieux dans le meilleur des mondes.

Mavis secoua la tête d'un air triste.

— Que se passe-t-il donc ces derniers temps ? L'incendie, Katie qui reçoit une flèche dans le dos, Jetta que l'on pousse dans l'escalier. Pardon, *Sorcha*. Euh, ajouta-t-elle en tapotant le bras de celle-ci. Pardon, milady. J'ai pris l'habitude de vous appeler Jetta. Il va falloir que je m'y fasse.

— Jetta fera l'affaire, la rassura-t-elle avec douceur.

— Vraiment ? Parce que je peux m'efforcer de vous appeler Sorcha, si vous le souhaitez.

— *Nay*, je préfère Jetta. Je n'ai aucun souvenir de cette Sorcha. J'ignore qui elle est. Désormais, je suis Jetta.

— Très bien. Si jamais vos souvenirs vous reviennent et que vous changez d'avis, dites-le-moi, déclara Mavis avant de se tourner vers Aulay. Posez-la par terre, milord, et couvrez-vous. Les gens font la queue pour s'entretenir avec vous. Qui plus est, les filles vont bientôt remonter avec de quoi vous sustenter et je ne veux pas qu'elles se repaissent de la vue une fois de plus.

Aulay opina en guise d'acquiescement et se tourna vers la couche. Il s'apprêtait à déposer Jetta dessus quand Mavis se mit à glapir :

— Non ! Pas sur le lit, voyons ! Qu'avez-vous donc dans la cervelle ? Vous êtes tous les deux crasseux comme des poux, et les draps ont été changés ce matin. Installez-la plutôt sur l'une des chaises près du feu.

Réprimant un soupir, Aulay pivota et porta Jetta jusqu'à l'âtre. Quand il l'eut assise confortablement, Mavis revenait déjà avec un tartan à la main. Aulay eut à peine le temps de se redresser qu'elle lui enroulait le vêtement autour de la taille et l'attachait sur sa hanche à l'aide d'une épingle.

— Ça me rappelle quand je changeais vos couches.

Une fois Aulay convenablement vêtu en dessous de la ceinture, Mavis reporta son attention sur son dos. Un froncement de sourcils désapprobateur lui assombrit le visage, et elle s'empara de l'ourlet de sa chemise pour tenter de la tirer vers le bas.

— Comment avez-vous fait pour vous mettre dans cet état ? Qui vous a appris à vous habiller de la sorte ?

— C'est toi, répondit Aulay, amusé.

Sans se laisser perturber par les remontrances de Mavis, il leva les bras et fit glisser son haut sur son torse.

— Est-ce mieux ainsi ? plaisanta-t-il.

— Cela fera l'affaire, dit-elle sèchement avant de se tourner vers le groupe qui piétinait sur le seuil. Qu'attendez-vous ? Entrez donc vous entretenir avec votre seigneur, si vous le souhaitez. Mais je vous préviens, dès que le bain sera prêt, je vous veux hors de cette chambre pour qu'ils puissent faire leur toilette. Ils sont horriblement sales et empestent comme ce n'est pas permis.

Surprise, Jetta porta son avant-bras à son nez et grimaça. Elle sentait le cochon grillé, un plat dont son père raffolait par-dessus tout et… Cette pensée l'immobilisa. Elle envisagea un instant de la partager avec Aulay mais se ravisa. Ce n'était pas un souvenir très utile.

Réprimant un soupir, elle releva les yeux vers sa nouvelle famille qui s'était approchée de l'âtre.

Greer fut le premier à prendre la parole, le visage grave.

— Aulay, il te faut désormais décider qui va garder un œil sur Jetta. Je sais que tu avais prévu d'attendre jusqu'à demain matin pour que vous puissiez profiter de votre nuit de noces, mais…

— Entendu, l'interrompit Aulay. Dès que le feu aura été éteint.

— Sais-tu à qui tu vas confier cette mission ? s'enquit Dougall, inquiet.

— Je comptais demander à Cullen de choisir trois hommes de confiance pour surveiller Jetta.

— *Aye*, Cullen est quelqu'un de bien, murmura Dougall.

— Et toi ? demanda Jetta quand le silence retomba.

Tous les yeux se tournèrent vers elle.

— Tu étais dans l'étable avec moi. Tu as besoin d'un garde, toi aussi, dit-elle.

Aulay secoua la tête.

— *Nay*, je n'étais pas la cible. Je me suis simplement trouvé au mauvais endroit au mauvais moment.

— Comment peux-tu en être sûr ? rétorqua-t-elle. D'abord Katie a reçu une flèche dans le dos, puis j'ai été poussée dans l'escalier et maintenant nous venons tous deux d'échapper à un incendie. À première vue, il n'y a pas de véritable proie. C'est juste un maniaque qui essaye de tuer n'importe qui.

Aulay lui sourit.

— Tu as remarqué, n'est-ce pas, que les portes de l'étable étaient bloquées ?

— Elles étaient ouvertes quand nous sommes entrés et tu n'es pas retourné les fermer. Voilà pourquoi j'étais si réticente au début. J'ai songé à te demander d'aller les pousser, mais je me suis laissé… distraire, admit-elle en sentant le rouge lui monter aux joues. Je suis persuadée qu'elles n'étaient pas verrouillées quand nous nous sommes endormis après… Euh…

Elle avait le visage en feu. Incapable de mettre en mots ce qu'ils avaient fait, elle poursuivit :

— Pourtant, l'entrée était bel et bien verrouillée quand je me suis rendu compte que l'écurie était en proie aux flammes.

Quand nous sommes revenus au donjon j'ai jeté un coup d'œil en arrière, et non seulement l'entrée était fermée, mais des bûches avaient été placées contre les planches pour nous empêcher de sortir.

— Les portes étaient bloquées ? s'exclama Dougall, surpris. Comment avez-vous réussi à vous échapper ?

— Aulay a taillé un trou dans le mur arrière, annonça Jetta avec fierté.

— Il était tout juste assez grand pour laisser passer Jetta, et j'étais en train d'essayer de la convaincre de se faufiler à l'extérieur quand les renforts sont arrivés, dit Aulay en haussant les épaules. Ils ont dû m'entendre m'escrimer ou voir mon épée transpercer le bois et ont volé à notre secours.

— Vous avez eu de la chance, déclara Dougall.

Il secoua la tête avant d'ajouter d'un air navré :

— Désolé de ne pas être venu plus tôt, Aulay. Nous vous attendions à table en plaisantant sur la raison de votre retard. Quand nous nous sommes finalement rendu compte que quelque chose clochait, la moitié des hommes était déjà dehors et les autres se précipitaient vers la sortie, nous bloquant le passage.

Jetta imaginait aisément la scène. Le grand hall grouillait de vie à l'heure du dîner. Les gens allaient et venaient, criant d'un bout à l'autre de la salle pour se faire entendre. La table d'honneur étant la plus éloignée de la porte, ceux qui y étaient assis étaient généralement les derniers informés quand quelqu'un faisait irruption dans le donjon avec des nouvelles fraîches.

— Ah, enfin ! s'exclama Mavis quand deux soldats pénétrèrent dans la chambre à coucher en portant une baignoire.

Plusieurs bonnes les suivaient avec des seaux d'eau. Jetta se demanda un instant pourquoi l'on n'avait pas fait appel à des hommes pour se charger de cette lourde tâche, puis comprit qu'ils étaient tous occupés à éteindre le feu.

Mavis poussa tout le monde dehors sous l'œil amusé de Jetta. Elle se montrait ferme avec eux comme si elle était encore leur nourrice, et les Buchanan obtempéraient de bonne grâce. Même Greer, Cam, Edith et Murine quittèrent la pièce sans rechigner. Mavis ne les avait pourtant pas élevés ! Mais après tout Jetta elle-même réagissait de la sorte sous les ordres de la gouvernante. Son attitude maternelle et directive vous donnait instinctivement envie de lui faire plaisir et de lui obéir.

— Bien, à présent, commença Mavis en se tournant vers eux, avez-vous l'intention de vous laver en même temps ou bien dois-je m'occuper de Jetta d'abord et après...

— En même temps, répondit immédiatement Aulay, un grand sourire sur le visage.

Jetta sentit ses joues s'enflammer de nouveau.

— Dans ce cas, je vais voir où en est ce plateau-repas, annonça Mavis en se dirigeant vers la porte.

Elle s'arrêta sur le seuil et tordit la bouche en une petite moue gênée.

— Si j'ai bien compris ce que notre Jetta a dit, et surtout ce qu'elle a tu, votre mariage a été consommé dans l'étable, n'est-ce pas ?

Jetta gémit et baissa la tête, honteuse.

— Loin de moi l'idée de vous sermonner pour avoir choisi l'écurie, milord, car si c'est là que Marie a donné naissance à Jésus, alors c'est bien assez pour sceller une union. Mais pour l'amour du ciel, jeune homme, n'auriez-vous pas pu emporter un drap avec vous pour avoir une preuve à présenter le lendemain de votre nuit de noces ?

Jetta releva les yeux, inquiète à l'idée qu'ils n'auraient pas de linge souillé à montrer au prêtre au petit matin.

Mavis laissa échapper un petit soupir.

— Je vais voir si je peux trouver du sang quelque part sans avoir à demander à Cook. Il risquerait d'avoir des soupçons. Dans le pire des cas, je pourrai toujours tuer un poulet discrètement.

— Nul besoin, Mavis, l'interrompit Aulay avec douceur. Je m'en charge.

La gouvernante haussa les sourcils, étonnée.

— Vraiment ?

— *Aye*, dit-il en remarquant le soulagement sur le visage de celle-ci.

Apparemment, mettre fin aux jours d'un volatile ne l'attirait guère.

Jetta attendit qu'elle ait refermé la porte derrière elle et sourit à Aulay.

— Mavis est…

Elle hésita sur le bon adjectif.

— Spéciale.

— Oui, acquiesça Aulay d'un air grave en se mettant à dénouer les liens du corset de Jetta. Notre mère était merveilleuse, mais avec neuf rejetons et un château à superviser, elle était souvent très affairée. Mavis est entrée en scène et s'est assurée que nous ne manquions de rien.

— Elle a été comme une deuxième maman, dit Jetta en libérant ses bras des manches de sa tenue.

— Après le décès de notre mère, elle l'a remplacée comme elle a pu et nous materne encore à ce jour, ajouta-t-il en laissant la robe et le fourreau de Jetta tomber sur le plancher.

Il se pencha ensuite vers elle, passa un bras sous ses jambes pour la soulever de terre et la porta jusqu'à la baignoire et l'y déposa. Puis il se déshabilla rapidement et fit signe à Jetta de se décaler pour qu'il puisse grimper à côté d'elle.

— Comment te sens-tu ? demanda-t-il en la prenant par la taille pour l'attirer contre lui.

— Bien. Ma gorge ne me fait presque plus mal.

Il laissa échapper un petit rire amusé et repoussa les cheveux de Jetta pour l'embrasser dans le cou.

— J'ai honte de l'admettre, mais je ne pensais pas aux conséquences d'avoir inhalé de la fumée quand j'ai posé cette question, chuchota-t-il à son oreille.

— Ah bon ? Alors que voulais-tu… Oh !

Elle laissa échapper un gémissement quand la main d'Aulay s'empara de son entrejambe.

— Je me demandais si tu étais réveillée à cet endroit, lui murmura-t-il au creux de l'oreille en la caressant.

— Un peu, répondit-elle en toute honnêteté.

Aulay s'interrompit. Elle se colla contre lui, fit passer un bras entre leurs deux corps et referma les doigts autour de son érection, puis releva les yeux d'un air malicieux.

— Je t'en prie, continue, mon cher. J'aime ce que tu me fais.

— Oh ! chérie, souffla Aulay en fermant les yeux. Moi aussi, j'adore ce que tu me fais.

Les mots venaient à peine de franchir ses lèvres qu'il rouvrit les paupières, lui pencha la tête en arrière et l'embrassa avec fougue.

— Chérie ? Tu dors ?

Jetta ouvrit les paupières et fixa Aulay, confuse et à demi endormie.

— Qu'y a-t-il ?

— Es-tu réveillée ? s'enquit-il en souriant avant de pencher la tête pour prendre son téton entre ses lèvres.

Jetta arqua le dos et son corps s'attisa sous cette caresse.

— Maintenant, oui, gémit-elle.

Ils n'étaient mariés que depuis deux jours. Ou bien était-ce trois ? Peu importait. Rien ne comptait hormis les sensations qu'Aulay lui faisait ressentir. Ils n'avaient pas quitté la chambre depuis leur retour de l'étable après l'incendie. De nombreuses personnes s'étaient présentées à la porte le lendemain de leur nuit de noces pour emporter le drap taché de sang qui devait prouver l'innocence de Jetta, mais qui était en réalité issu de l'entaille qu'Aulay s'était infligée à la main. Jetta avait été horrifiée de le voir s'inciser la peau de la sorte, mais il lui avait assuré que ce qu'ils avaient vécu dans l'écurie en valait la peine. Hormis cela, ils n'étaient pas sortis de la pièce. Du moins, en ce qui la concernait. Elle soupçonnait Aulay de s'être faufilé deux ou trois fois à l'extérieur pour s'occuper des affaires du château, mais elle s'en était à peine aperçue. Chaque fois qu'elle s'était réveillée, cela avait été entre les mains ou les lèvres de son nouvel époux. Ils avaient fait l'amour à de maintes reprises depuis la noce, et pas seulement sur le lit – sur le sol, sur la table, sur la chaise, sur le bureau, contre le mur…

Jetta ignorait jusqu'alors qu'il était possible de consommer un mariage de si nombreuses manières. Sa réaction aux caresses d'Aulay était devenue presque automatique désormais. Il l'effleurait à peine que son corps réagissait déjà et son entrejambe s'enflammait. Elle enroula une main autour de la virilité dure qui pouvait faire cesser cette douce torture.

Aulay lui agrippa le poignet pour l'interrompre et lui suça le téton avant de relever la tête pour l'embrasser avec fougue. Jetta répondit à son baiser avec avidité et enroula les bras autour de son cou.

Une petite exclamation de surprise s'échappa de ses lèvres quand Aulay se redressa en position assise puis se mit debout en la serrant contre lui. D'abord suspendue au-dessus du sol, Jetta finit par poser le pied par terre quand il la fit redescendre.

Elle rouvrit les paupières quand il interrompit leur baiser et le regarda s'éloigner, étonnée. Les sourcils froncés, elle le vit ouvrir l'une des malles alignées le long du mur et en sortir une robe. Il referma le couvercle et lui tendit la tenue.

— Habille-toi, lui intima-t-il. Je veux t'emmener quelque part.

Jetta accepta la tenue et l'enfila. Aulay l'aida à nouer les liens dans son dos, puis s'empara de sa brosse et la coiffa rapidement. Malgré ses gestes doux et prévenants, après trois jours sans shampoing, les mèches de Jetta étaient très emmêlées.

— J'ai bien besoin d'un bain, marmonna-t-elle en grimaçant quand il tira sur un nœud.

— Tu pourras te laver, là où nous allons, promit-il en la prenant par la main.

Il la guida jusqu'à la porte.

— Ne t'inquiète pas, nous nous occuperons de tes cheveux au retour.

— Où m'emmènes-tu ? demanda-t-elle, curieuse.

— Tu verras. C'est une surprise, répondit-il en ouvrant la porte de la chambre à coucher pour l'escorter à l'extérieur.

Jetta haussa les sourcils à ces mots et jeta un coup d'œil en direction des hommes postés dans le couloir. L'un d'entre eux portait un panier au bras, et tous les quatre s'avancèrent quand Aulay et elle sortirent de la pièce, avant de les encadrer, deux devant et deux derrière, quand ils se mirent en marche.

Sans un mot, Jetta leur lança un regard en coin. Elle avait oublié les intentions d'Aulay au sujet de la surveillance et n'était pas certaine que cet arrangement lui plaise. Se déplacer avec une telle escorte lui donnait l'impression d'être le centre de l'attention. Quand ils arrivèrent en haut de l'escalier, elle aperçut de nombreuses personnes assoupies dans le hall.

— Quelle heure est-il ? chuchota-t-elle à l'intention d'Aulay.

— Tôt, indiqua-t-il à voix basse, ce qui ne répondait pas vraiment à la question.

Ne voulant réveiller personne, Jetta n'insista pas et avança le plus silencieusement possible jusqu'au rez-de-chaussée puis à travers la grande salle. Une allée étroite avait été laissée libre au milieu des dormeurs, et ils progressèrent en file indienne en prenant soin de ne pas faire de bruit. Sur les talons d'Aulay, Jetta s'efforça de ne croiser aucun regard et de ne marcher sur aucune main. Elle ne put retenir un petit soupir de soulagement quand ils finirent par atteindre les portes du donjon.

*Tôt ?* Les dires d'Aulay étaient un sacré euphémisme. Le soleil n'était même pas encore levé, et tout était plongé dans la pénombre à l'extérieur. Le petit groupe se dirigea en silence vers l'enclos où l'on avait parqué les bêtes. Les ruines carbonisées de l'ancienne écurie avaient été déblayées et une nouvelle bâtisse était en construction.

— Elle devrait être finie d'ici une semaine, précisa Aulay en suivant la ligne de mire de Jetta.

Elle hocha la tête mais ne commenta pas. Quand ils parvinrent à la carrière, elle vit que cinq montures avaient été sellées et les attendaient de pied ferme. Aulay avait dû se réveiller bien avant elle, du moins suffisamment pour avoir le temps d'ordonner aux soldats de préparer les chevaux.

Il enfourcha le sien puis se baissa pour aider Jetta à grimper devant lui. Quand tout le monde fut prêt, Aulay adressa un signe de tête à ses hommes. Deux d'entre eux ouvrirent la voie et il leur emboîta le pas, les deux autres gardes sur ses talons. Ils atteignirent rapidement le pont-levis du château qui s'abaissa sur la forêt plongée dans l'obscurité.

Le trajet s'avéra plutôt court, et Jetta fut légèrement surprise quand le bois dans lequel ils avaient pénétré depuis peu céda soudain la place à un espace dégagé au milieu duquel ils s'arrêtèrent. Étonnée, elle se redressa sur sa selle et balaya les alentours du regard. Ils étaient arrivés au bord d'un lac flanqué de part et d'autre de terres vallonnées. Le sol qu'ils foulaient était relativement plat et descendait en une légère pente jusqu'à une plage donnant sur le rivage.

— C'est magnifique, dit-elle dans un souffle en s'adossant contre le torse d'Aulay.

— *Aye*, c'est mon lieu préféré à Buchanan. J'ai pensé que c'était l'endroit idéal pour déjeuner et nous baigner.

— *Nous baigner* ? demanda-t-elle en lançant un coup d'œil inquiet aux gardes qui les escortaient.

— Ne t'inquiète pas, la rassura-t-il avec douceur avant de la soulever pour la faire descendre.

Il glissa au sol à son tour et attacha sa monture à la branche d'un arbre.

— Attends-moi ici.

Jetta acquiesça d'un hochement de tête et le regarda s'éloigner en direction des soldats qui avaient mis pied à terre. Il leur parla brièvement puis s'empara du panier, celui que Jetta avait remarqué un peu plus tôt, et du tartan que l'un d'eux lui tendait. Puis il tourna les talons et revint vers elle tandis que les hommes se postaient à l'orée du bois, dos au lac.

La corbeille dans une main, il prit Jetta par le bras et la conduisit jusqu'au rivage.

Cette plage était beaucoup plus petite que celle où Aulay l'avait emmenée pique-niquer quelques semaines plus tôt. Des affleurements rocheux de part et d'autre du plan d'eau délimitaient la baie. Jetta s'en réjouit. Ils n'auraient pas à marcher très longtemps avant de trouver un endroit où s'installer. Certes, elle avait repris des forces après ce qui lui était arrivé, mais elle était encore tellement faible que c'en était presque pathétique. Perdait-elle si facilement son souffle avant son accident ? Probablement pas. Elle se fatiguait si vite qu'elle dormait pendant de longues heures après avoir fait l'amour avec Aulay – ce qui était arrivé plusieurs fois ces derniers jours depuis leur mariage. Et pourtant son mari avait toujours de l'énergie à revendre, même après !

— Viens-tu souvent ici ? demanda-t-elle, haletante, quand ils s'arrêtèrent au bord du rivage.

— *Aye*. J'aime me restaurer et me baigner ici au petit matin, confessa-t-il en posant le panier à terre.

Il déplia la couverture en tartan et l'étala sur l'herbe.

— Sauf quand j'étais au pavillon de chasse, bien sûr, ajouta-t-il. C'est beaucoup trop loin pour faire le trajet tous les jours, et je ne voulais pas te laisser seule aussi longtemps.

— Oh ! fit-elle doucement, émue par cet aveu.

— Préfères-tu manger d'abord ou bien nager ?

Jetta hésita, ses yeux allant et venant de leurs victuailles à la surface lisse du lac. Le soleil pointait son nez à l'horizon. Le ciel s'était éclairci, mais il faisait encore un peu frais. Le jour se lèverait bientôt, des nuages cotonneux flotteraient au-dessus de leur tête et l'air se réchaufferait. Jetta savait par expérience – même si elle n'en avait aucun souvenir – que l'eau semblait plus chaude quand l'atmosphère était fraîche. Et puis elle n'avait pas vraiment faim.

— Nager, répondit-elle en scrutant par-dessus son épaule les gardes postés près du bois.

— Ils ne regarderont pas, lui assura Aulay en faisant un pas vers elle pour dénouer les liens de sa robe.

Contre toute attente, il n'en profita pas pour l'embrasser ni la toucher et se contenta de l'aider à se dévêtir, puis ôta ses propres habits et la conduisit jusqu'au bord de l'eau. Comme prévu, celle-ci était froide, mais les températures matinales donnaient l'impression qu'elle était bien meilleure malgré tout qu'en réalité. Une fois dedans, Jetta prit soin de garder la quasi-totalité de son corps immergé. Ils barbotaient depuis quelques minutes quand Aulay s'approcha d'elle et lui glissa un bras autour de la taille.

Elle jeta un coup d'œil anxieux en direction des gardes, mais Aulay la rassura :

— Ne t'inquiète pas, mon amour. Ce n'est pas l'envie qui me manque, mais je ne tenterai rien en présence de mes hommes. Ce sera pour une prochaine fois.

Elle hocha la tête et enroula les bras autour du cou d'Aulay pendant qu'il glissait dans l'eau le long de l'affleurement rocheux, juste à côté du banc de sable sur lequel ils avaient étalé leur couverture.

Elle se mordit la lèvre. Ses seins ne cessaient de frotter contre le torse d'Aulay à chacune de ses brasses, et le contact de leurs peaux était si excitant qu'elle en avait les tétons durs et douloureux. Que n'aurait-elle donné pour qu'il revienne sur sa décision de ne rien entreprendre en présence des soldats !

— Où allons-nous ? lança-t-elle en guise de diversion.

— Là-bas, murmura-t-il en désignant une plage encore plus petite de l'autre côté du lac.

Jetta suivit son regard jusqu'à la minuscule bande de sable formant une petite baie qui semblait avoir été creusée dans la colline.

— Vois-tu ces gros buissons à gauche du rocher ? demanda Aulay à voix basse comme s'il ne voulait pas qu'on l'entende.

— *Aye*, dit Jetta en se concentrant sur la végétation plutôt que sur les sensations de la peau d'Aulay contre la sienne.

— Derrière se trouve une caverne dans laquelle a été creusé un tunnel qui débouche sur les passages secrets du château.

— Vraiment ? fit-elle, surprise.

Elle tourna la tête vers lui, et son regard fut irrésistiblement attiré par les lèvres d'Aulay.

— Absolument. Je t'y conduirai un jour, quand nous serons seuls. Pour le moment, je voulais juste que tu saches où se trouve l'entrée.

Jetta opina en silence sans parvenir à détacher les yeux de la bouche d'Aulay. Maintenant qu'ils étaient immobiles dans l'eau, leurs deux corps étaient collés l'un à l'autre, et elle sentait la virilité dure de son époux contre son ventre.

— Arrête de m'observer ainsi, grommela-t-il.

— Comment ? demanda-t-elle, surprise par sa voix haletante.

— Comme si tu voulais me faire l'amour.

— Je suis navrée, mon cher, mais... c'est le cas, s'excusa-t-elle.

Aulay laissa échapper un petit rire.

— Ne sois jamais désolée pour cela, beauté.

— Nous ne pouvons pas, n'est-ce pas ? soupira-t-elle, déçue, quand il l'éloigna légèrement de son torse.

— *Nay*, dit-il, chagriné. Pas avec les gardes postés si près de nous. Tu n'es pas des plus silencieuses, vois-tu. Ils risqueraient de nous entendre.

— Je pourrais faire un effort et me taire, proposa-t-elle.

— Chérie, si tu étais muette comme une carpe, j'aurais peur que tu n'apprécies pas ce que je te fais. Qui plus est, tes cris m'excitent. Je ne prendrais pas autant de plaisir sans eux. Et toi non plus.

— Oh ! fit-elle.

Aulay l'attira contre lui et lui déposa un baiser sur le bout du nez.

— Je te promets que nous reviendrons ici plus tard et que je te ferai l'amour jusqu'à ce que tes éclats de voix fassent s'envoler tous les oiseaux de leur perchoir à des kilomètres à la ronde.

Jetta laissa échapper un petit rire amusé, puis secoua la tête.

— Dans ce cas, je suggère que nous fassions le chemin du retour à pied car je crains de ne pas pouvoir résister à la tentation si tu me transportes de nouveau jusqu'à la plage sur ton dos.

Aulay hésita un instant, puis acquiesça. Il ne la lâcha pas tout de suite, néanmoins, et nagea vers la rive jusqu'à ce qu'elle ait pied.

— Merci, murmura-t-elle en jetant un coup d'œil par-dessus son épaule à la petite plage où ils retourneraient un jour.

Elle se mit en route en barbotant dans l'eau qui lui arrivait jusqu'aux genoux.

— Saidh et les autres ont mentionné les passages secrets quand nous étions au château, raconta-t-elle.

— Vraiment ? demanda Aulay, visiblement surpris.

— *Aye*. Elles ont dit que tu pensais que celui qui m'a poussée dans l'escalier devait connaître leur existence et que c'était ainsi qu'il vous avait filé entre les doigts.

— C'est exact, répondit-il d'un air sombre. Le problème, c'est que normalement personne n'est au courant, hormis les membres de notre famille.

Notant son inquiétude, Jetta poursuivit :

— Saidh n'est pas de cet avis.

Aulay haussa les sourcils, étonné.

— Et pourquoi ?

— Il manquait plusieurs robes dans l'une des malles entreposées dans le hall, et celles qui restaient étaient toutes froissées, comme si quelqu'un s'était couché dessus. Saidh croit que mon agresseur s'est caché dedans pour vous échapper.

Aulay secoua la tête.

— Niels a vérifié le contenu des coffres.

— A-t-il simplement ouvert chacun d'eux et jeté un coup d'œil ? Ou bien a-t-il *fouillé* à l'intérieur ? Parce que Saidh a trouvé un poignard ballock sous l'une des robes et elle pense que la personne s'est cachée sous les habits, puis a perdu son arme en ressortant de là.

— Un poignard ballock ? répéta-t-il, surpris.

— C'est cela. Il est très joli, avec des gravures sur le manche et sur la garde.

— Qu'en a-t-elle fait ?

— Elle l'a conservé. Je ne sais plus qui a suggéré que nous n'en informions les hommes qu'après la cérémonie, mais qu'il était préférable que tu ne saches rien avant le lendemain pour que nous puissions profiter de…

Jetta s'interrompit et rougit.

— Malgré tout, j'avais l'intention de t'en parler quand nous serions de retour dans notre chambre à coucher après la noce, poursuivit-elle en haussant les épaules. Mais nous ne sommes pas rentrés tout de suite, puis il y a eu l'incendie et cela m'est complètement sorti de la tête jusqu'à maintenant.

Aulay opina.

— Allons manger un morceau, puis nous rentrerons à Buchanan. J'aimerais voir ce poignard.

— Nous pouvons nous mettre en route sans attendre, si tu préfères. Cela ne me dérange pas. Et je promets de ne pas t'importuner pendant que tu t'entretiendras avec tes frères à ce sujet.

Voyant l'hésitation sur le visage d'Aulay, Jetta insista :

— Si nous déjeunons au donjon avec les autres, tu pourras en discuter avec eux à table.

Aulay accepta et la prit dans ses bras pour la sortir de l'eau.

# 17

Le trajet du retour fut beaucoup plus rapide que l'aller et ne sembla pas durer plus de quelques minutes. Il était encore tôt, et si les gens auparavant endormis dans le hall étaient réveillés, les Buchanan et leurs conjoints respectifs restaient introuvables, probablement encore bien au chaud au fond de leurs lits.

Aulay escortait Jetta vers la table d'honneur quand elle le stoppa.

— Peut-être devrais-je monter arranger mes cheveux avant de manger, suggéra-t-elle en passant une main sur son crâne à moitié rasé.

Les longues mèches de part et d'autre de son visage étaient encore humides, mais le petit duvet qui avait commencé à pousser derrière sa tête était entièrement sec. L'ensemble était sans nul doute hideux à voir, et elle était impatiente d'enfiler l'une des coiffes que ses nouvelles belles-sœurs lui avaient offertes.

Sans hésiter, Aulay tendit le panier et la couverture qu'il avait sur le bras à l'un des gardes, puis se pencha pour la prendre dans ses bras.

— Je peux marcher, protesta-t-elle en faisant mine de se débattre.

Elle ne voulait pas l'admettre, mais elle était fatiguée.

— J'aime bien te porter, répondit-il. Et tu commences à traîner des pieds, mon amour. J'ai tendance à oublier que tu n'es pas encore entièrement remise. J'aurais dû m'arrêter devant les portes du donjon et demander à mes hommes de ramener les chevaux dans l'enclos, plutôt que de te faire traverser toute l'enceinte du château.

Jetta n'insista pas.

— Merci, dit-elle simplement.

Après tout cet exercice physique en pleine nature, elle était éreintée et accepta volontiers d'être dorlotée.

Au moment où ils atteignirent le palier, Alick sortait de sa chambre en bâillant, une main distraite grattant ses cheveux en bataille. Jetta croisa les yeux du jeune homme, qui les observa, bouche bée, en s'attardant particulièrement sur elle, puis laissa mollement retomber son bras en marmonnant.

— J'ai dû rêver.

— De quoi ? demanda Aulay, amusé, en s'approchant de lui.

Alick eut un petit sourire en coin.

— Hier soir, avant de m'endormir, je me disais qu'il faudrait que tu montres à Jetta les...

— Les quoi ? s'enquit Aulay quand son frère interrompit brusquement sa phrase.

Plutôt que de répondre, Alick grimaça et laissa son regard glisser par-dessus l'épaule d'Aulay vers les gardes qui les talonnaient.

Comprenant qu'Alick ne souhaitait pas parler devant eux, Aulay lui proposa de les accompagner jusqu'à leurs appartements et son frère leur emboîta le pas.

— Cullen. Demande à l'un des gars d'aller chercher Mavis, je te prie.

— À vos ordres, milord, répondit calmement Cullen avant de hocher la tête en direction d'un des soldats, un jeune homme roux bien charpenté qui fit demi-tour sans attendre et repartit d'où ils étaient venus.

— Je reviens dans une minute, murmura Aulay en pénétrant dans la pièce, Jetta dans ses bras et Alick sur ses talons.

Laissant à son frère le soin de fermer la porte, il déposa Jetta sur le lit et alla se poster à côté de la table près de l'âtre, puis se tourna vers Alick d'un air interrogateur.

— Alors ? Que devrais-je montrer à Jetta ? lança-t-il en s'asseyant sur une chaise.

— Les passages secrets, lâcha Alick d'une voix si basse qu'elle l'entendit à peine.

— Cela t'a-t-il contrarié au point d'en rêver ?

Alick fit la moue.

— *Aye*. L'incendie m'a perturbé. Je me suis dit qu'il fallait qu'elle connaisse leur existence au cas où elle aurait besoin de s'échapper du donjon. Après tout, il n'est pas difficile de faire démarrer un feu à la porte de la chambre de quelqu'un. Personne ne pourrait entrer pour la sauver, et cela l'empêcherait de sortir.

— Bien vu, déclara Aulay d'un air grave.

Alick hocha la tête.

— Dans mon rêve, je lui expliquais comment passer de vos appartements aux miens, comment ouvrir, fermer et verrouiller les entrées. Je lui révélais la localisation de celle qui se trouve en haut de l'escalier et de celle qui conduit dans le tunnel en bas des marches. Je lui parlais aussi de celles qui sont situées dans les chambres à coucher, mais comme ces dernières étaient occupées je ne pouvais pas l'y conduire.

Il s'arrêta un instant et sourit.

— Cela semblait si réel, même que j'avais un mal de tête carabiné et la nausée. Qui plus est, Jetta avait encore tous ses cheveux. Tu n'imagines pas à quel point j'ai été heureux de me réveiller ce matin et de voir que le monde n'avait pas cessé de tourner et que mon estomac ne me tourmentait plus ! J'étais tellement mal en point que c'en était presque cauchemardesque.

— Cesse de te tracasser. Je vais montrer tout cela à Jetta dès maintenant, et nous passerons aux chambres à coucher quand tout le monde sera réveillé, annonça Aulay en se levant pour raccompagner son frère vers la sortie. Pourquoi ne vas-tu pas déjeuner dans le grand hall ? Nous descendrons dès que Mavis... Ah, la voilà !

Il venait d'ouvrir la porte sur la bonne qui, une main levée, s'apprêtait à toquer. Aulay fit un pas en arrière pour l'inviter à entrer, puis poussa Alick dehors.

— Nous te rejoindrons dans quelques minutes.

— Tu n'as pas besoin de m'attendre, mon chéri, dit Jetta en souriant à Mavis qui s'était déjà emparée d'une brosse à cheveux et venait se placer à côté d'elle. Deux de tes hommes peuvent veiller sur moi pendant que tu vas déjeuner, escorté des deux autres.

— Ce sont tes gardes, mon amour. Pas les miens, rétorqua-t-il en venant s'asseoir au bord du lit pendant que la domestique se mettait au travail. De plus, je veux voir comment Mavis attache ta crépine. Ainsi, la prochaine fois que nous sortirons à l'aube, je pourrai m'en charger moi-même.

Jetta ne put cacher sa surprise. Était-il prêt à l'aider à se coiffer ? Décidément, elle avait déniché la perle rare.

— Ne faites pas cette tête étonnée, s'esclaffa Mavis. Évidemment qu'il veut apprendre à poser votre coiffe. Aulay a toujours été un garçon intelligent. Il sait que vous serez plus réticente à le suivre pour une partie de jambes en l'air au bord du lac si vous revenez toujours avec des cheveux dans cet état.

Soudain alarmée, Jetta échappa aux soins de Mavis et se précipita devant le miroir. Sa mâchoire tomba sous le coup de la surprise quand elle aperçut son reflet dans la glace. Le vent qui avait soufflé sur le chemin du retour n'avait séché que la moitié de ses mèches, et le tout était un véritable champ de bataille rempli de frisottis.

Gloussant face à sa mine effarée, Mavis s'approcha d'elle et reprit son travail.

— Ce n'est rien. Je vais tout arranger. Cela ne prendra pas plus d'une minute.

— Je suis désolé, Aulay. Je n'ai pas pensé à soulever les robes qui étaient rangées dans les malles, répéta Niels pour la sixième fois au moins depuis que Jetta et son mari étaient descendus dans le hall, quinze minutes plus tôt.

Niels et Edith avaient été les derniers à les rejoindre à table. Quand le couple était arrivé, tout le monde avait déjà terminé de déjeuner et Jetta était remontée à l'étage pour faire un somme. La facilité avec laquelle elle avait accepté d'aller se reposer prouvait à quel point elle était fatiguée. Il n'aurait peut-être pas dû la réveiller si tôt, songea Aulay. Mais il savait qu'une baignade matinale lui plairait et il voulait lui montrer le lac. En l'amenant avec lui ce matin, il avait espéré faire d'une pierre deux coups.

— Je regrette de ne pas avoir planté mon épée dans la pile de tissu, maugréa Niels, énervé. Je suis vraiment navré, Aulay.

— Je sais. Je ne t'en veux pas, répondit-il pour la énième fois sans perdre patience.

— Si j'y avais pensé à ce moment-là, nous aurions déjà mis la main sur le coupable, l'étable ne serait jamais partie en fumée et...

— *Niels*, l'interrompit Aulay, à bout de nerfs. Ce n'est pas ta faute. Je n'y aurais pas songé moi-même et me serais probablement contenté, comme toi, d'ouvrir les coffres les uns après les autres sans fouiller à l'intérieur. Cesse de te confondre en excuses. On ne peut pas changer le passé.

— J'imagine que cela aurait pu être pire, grommela Alick. L'agresseur aurait pu se cacher dans les pass... Autre part.

Il parut se souvenir in extremis qu'ils se trouvaient au beau milieu du grand hall, entourés de gens qui ne connaissaient pas l'existence des passages secrets.

Aulay lui décocha un regard noir, et le visage d'Alick prit une teinte cireuse. Décidément, ce garçon ne savait pas tenir sa langue.

— Regarde-toi, lança Aulay en reportant son attention sur Niels. Tu as presque l'air plus mal en point qu'Alick ce matin. Qu'avez-vous donc traficoté hier soir ?

Niels grimaça.

— Alick m'a lancé un défi... alcoolisé. J'ai gagné.

Aulay sourit, amusé par l'expression morose de son frère.

— La soirée était-elle si ennuyeuse que cela ?

— C'était plus de la frustration qu'autre chose, précisa Niels en haussant les épaules. Quand nous sommes revenus au donjon après l'incendie, les femmes nous ont appris qu'elles avaient trouvé une dague dans l'une des malles et elles nous ont fait part de leurs soupçons. Nous en avons discuté, mais avons jugé préférable de ne pas agir tout de suite et d'attendre que tu sois mis au courant pour avoir ton avis sur le sujet. Malheureusement, tu n'es pas descendu dans le hall ce soir-là, ni le suivant, ni...

— *Aye*, le coupa Aulay.

Il avait rarement quitté sa chambre dernièrement, ne sortant qu'une fois ou deux pour s'entretenir avec Cullen, qui lui avait transmis les doléances des habitants de Buchanan et l'avait informé des habituels problèmes liés à la gestion quotidienne du château. Évidemment, personne n'avait parlé à Cullen du poignard ni des inquiétudes que la famille Buchanan entretenait à ce sujet. Aulay s'était donc contenté de donner des instructions précises à Cullen sur l'attitude à adopter face aux problèmes mineurs que le jeune soldat lui avait rapportés, avant de retourner auprès de Jetta. Ces derniers jours, il n'avait pas une seule fois mentionné la santé de Katie ni demandé comment elle se portait, par choix. Il avait simplement voulu passer autant de temps que possible avec Jetta et profiter du fait qu'elle était désormais son épouse aux yeux de la loi, avant d'être obligé de retourner à la réalité et d'affronter cette histoire de tentatives de meurtre à répétition.

L'interlude oisif venait de toucher à sa fin, et Aulay était désormais enfoncé jusqu'au cou dans les problèmes. S'il n'avait pas été le seigneur de ce château, il serait remonté à l'étage, se serait glissé entre les draps et aurait oublié tous ces soucis dans les bras de Jetta. L'idée était alléchante, et il la considéra brièvement avant de la mettre de côté. Ses responsabilités l'appelaient.

— Combien de temps crois-tu qu'il faudra à Alick et Conran pour découvrir le nom du navire qui a perdu son mât ?

Aulay releva les yeux et grimaça à cette question que Cam venait de poser. Après avoir discuté une première fois du poignard ballock avec ses frères, Aulay avait envoyé Alick et Conran en mission dans les différents ports côtiers pour tenter de répondre à cette interrogation. Seulement cette fois, plutôt que d'enquêter sur un éventuel naufrage, ils s'intéresseraient simplement aux bateaux ayant souffert de dommages matériels, en espérant qu'ils reviendraient avec le nom de leurs passagers, voire celui de la femme qui avait été ligotée sur le pont.

Ils étaient partis un quart d'heure plus tôt, quand Niels était descendu dans le hall. Aulay espérait qu'ils apprendraient quelque chose d'utile, même s'il ignorait encore ce qu'il ferait de cette information. Annoncer à Jetta quel était son vrai nom, celui du navire qui la transportait et vers où elle voguait, dans l'espoir que cela l'aiderait à recouvrer la mémoire et permettrait de faire la lumière sur l'identité de son agresseur ? Ou bien aller confronter la famille de celle-ci et ce promis qu'elle était censée épouser pour les informer qu'elle était désormais sous la protection du seigneur de Buchanan, en escomptant ainsi mettre un terme aux attaques ?

Aulay ne se sentait pas entièrement satisfait de ces options éventuelles. Si Jetta et lui avaient survécu à l'incendie, Katie quant à elle était encore entre la vie et la mort. Elle méritait qu'on lui rende justice.

— Avec un peu de chance, finit-il par répondre, si le navire est parti d'un des ports de la région ou qu'il a jeté l'ancre dans l'un d'eux après la tempête, Alick et Conran seront peut-être de retour d'ici deux ou trois jours. Sinon, cela leur prendra peut-être une semaine ou plus.

— Étant donné que vous avez trouvé Jetta près du pavillon de chasse, j'imagine que le bateau n'a pas pu naviguer bien loin sans son mât, dit Greer d'un air grave.

— *Aye*, acquiesça Aulay. À moins que la tempête ne les ait fait dériver un bon moment le long de la côte avant qu'ils puissent faire escale.

— C'est possible, dit Greer en fronçant les sourcils.

— Il nous faut être patients, déclara Dougall d'un air grave. Il n'y a rien d'autre à faire que d'attendre le retour d'Alick et Conran.

— À condition que nous ne soyons pas de nouveau attaqués d'ici là, ajouta Aulay avec pessimisme.

— Aucun risque, lui assura Dougall. Jetta et Katie sont sous surveillance nuit et jour. Seul un fou tenterait de les agresser en présence des gardes.

— Tu as raison, affirma Aulay.

Il avait décidé de poster des soldats devant la chambre de Katie dès le lendemain du mariage. Après tout, il était injuste d'utiliser cette pauvre jeune fille comme appât, même avec la présence d'un de ses frères dans le passage. Aulay se trouvait avec Jetta quand le feu s'était déclenché dans l'étable, et elle avait failli mourir. Ils avaient manqué de périr tous les deux.

Il ne se le pardonnerait jamais si la même chose arrivait à la femme que Geordie portait dans son cœur.

Un soupir de Niels le tira de ses pensées, et Aulay fronça les sourcils. Son frère était étrangement calme aujourd'hui. Lui qui d'ordinaire possédait un avis sur tout n'avait pas fait le moindre commentaire après sa litanie d'excuses. Ce silence était inquiétant, et le malaise d'Aulay se fit grandissant quand il remarqua que Niels avait enfoui son visage entre ses mains. Edith observait également son époux d'un œil soucieux. C'était compréhensible. Jamais Aulay n'avait vu Niels souffrir autant d'une soirée arrosée. Même Alick n'était pas aussi mal en point quand il était sorti de sa chambre, un peu plus tôt. Cela dit, si Niels avait gagné leur pari, cela voulait dire qu'Alick avait accepté sa défaite ou fini par s'endormir, assommé par l'alcool – ce qui était généralement le cas puisque leurs parents leur avaient appris à ne jamais abandonner. Par conséquent, Niels avait dû terminer les pichets restants.

— Pourquoi ne montes-tu pas te reposer un peu ? suggéra Aulay.

— *Aye*, ce n'est pas une mauvaise idée, dit Niels, soulagé, en se levant maladroitement.

Il chancela et Edith bondit aussitôt, mais Niels lui intima de se rasseoir d'un geste de la main.

— Nul besoin de m'accompagner, chérie. Je vais juste faire une sieste. Je ne voudrais pas que tu passes ta journée cloîtrée dans la chambre à cause de moi. De plus, c'est ma faute. J'ai trop bu. Je jure de ne plus jamais me laisser aller de la sorte.

— Nous pourrions nous installer près du feu et terminer ces robes que nous avons commencé à confectionner pour Jetta, proposa soudain Jo.

Aulay regarda Niels s'éloigner et ne put s'empêcher de remarquer l'inquiétude qui rongeait le visage d'Edith.

La suggestion de Jo était probablement destinée à distraire Edith, songea-t-il. Fort heureusement, Murine et Saidh durent arriver à la même conclusion car elles se levèrent immédiatement.

— Excellente idée, s'exclama Murine d'un ton exagérément

joyeux. Viens, Edith. Niels va s'en sortir. Un peu de repos et il sera bientôt frais comme un gardon.

— *Aye*, murmura celle-ci sans conviction en se levant pour suivre les autres femmes jusqu'aux chaises placées devant la cheminée.

— Les dames sont en train de coudre des tenues pour ma Jetta ? s'étonna Aulay en les voyant s'installer.

— Tout à fait, répondit Greer. Elles n'ont pas réussi à retrouver celles qui ont disparu de la malle dans laquelle s'était caché l'agresseur. Comme c'étaient les seules qui étaient vraiment à la taille de Jetta, elles ont décidé d'utiliser les tissus ramenés par Jo pour lui en créer de nouvelles.

Aulay hocha la tête puis reporta son attention sur Niels qui montait l'escalier en traînant les pieds.

— Peut-être que Rory devrait l'examiner, suggéra Dougall en remarquant la ligne de mire d'Aulay. L'alcool ne le met pas dans cet état en général. Je pense que...

Il s'interrompit, et Aulay lui lança un regard interrogateur.

— Oui ? dit-il pour l'inviter à poursuivre.

Dougall hésita, puis secoua la tête.

— Je ne sais pas trop. C'est juste que je n'ai jamais vu Niels comme cela et avec tout ce qui se passe dans le coin en ce moment...

— Avez-vous remarqué ses yeux ? demanda soudain Greer.

— Ses yeux ? répéta Aulay, inquiet.

Rory examinait toujours les pupilles de ses patients afin de déterminer le mal dont ils souffraient.

— Le rond noir en leur centre était minuscule, pas plus grand qu'une tête d'épingle, expliqua Greer. J'ignore ce que cela signifie, mais il n'avait pas l'air dans son état normal.

Aulay ne le savait pas non plus, mais une simple vérification lui apprit que les pupilles des trois hommes assis autour de lui étaient bien plus grand que la description que Greer avait faite de celles de Niels.

— Je vais prévenir Rory.

Sur ces mots, il se leva de table et monta rapidement à l'étage. Il venait de poser le pied sur la dernière marche quand un mouvement dans sa périphérie attira son attention et lui fit tourner la tête à temps pour apercevoir Jetta se faufiler dans la chambre de Niels et Edith. Aulay se figea et regarda avec étonnement la porte de la pièce se refermer derrière elle. Balayant le couloir du regard, il fut surpris de le trouver entièrement vide. Où étaient passés les gardes ?

Quelle que soit la raison de leur absence, ils allaient le regretter quand il finirait par mettre la main sur eux ! Remettant ce désagrément à plus tard, il s'approcha de la porte de Niels et Edith. Il voulait raccompagner Jetta dans leur suite avant d'aller chercher Rory pour lui demander d'ausculter Niels. Il se trouvait à deux pas du seuil et levait la main pour toquer quand la voix agacée de Niels lui parvint aux oreilles.

— Grand Dieu, femme, laisse-moi tranquille. Je suis malade.

Le poil d'Aulay se hérissa en entendant le ton dépréciatif et le vocabulaire tranchant qu'employait son frère. La réponse étouffée de Jetta ne fut rien de plus qu'un murmure, mais la réplique cinglante de Niels ne lui échappa pas.

— As-tu perdu la tête, Jetta ? s'exclamait ce dernier. Aulay est mon frère et tu es son épouse.

Aulay poussa doucement la porte pour l'entrebâiller et, cette fois, les mots amers de Jetta furent aussi clairs que de l'eau de roche.

— Ouvre les yeux et regarde-moi en face. Ne suis-je pas jolie ? Je mérite un homme aussi séduisant que moi. Et c'est ton cas. Tous les frères Buchanan sont beaux… hormis Aulay.

— Mais il t'aime et c'est réciproque, protesta Niels, confus.

— *L'aimer ?* cracha-t-elle avec révulsion. C'est un monstre défiguré. J'en ai la nausée chaque fois que je pose les yeux sur lui. Je ne supporte pas qu'il me touche. N'importe quelle femme réagirait ainsi. Je prie Dieu tous les jours pour que quelqu'un le tue dans son sommeil.

Le cœur d'Aulay se dessécha dans sa poitrine.

— Avec toi, poursuivit-elle, je suis certaine que ce sera différent.

— Tout ce que je veux, c'est dormir jusqu'à ce que l'envie de rendre mon petit déjeuner disparaisse, gémit Niels.

Des froissements de tissu parvinrent aux oreilles d'Aulay,

et il se pencha en avant pour jeter un coup d'œil à l'intérieur. Allongé sur le lit, Niels fermait les yeux, un bras sur le visage. De là où il se tenait, Aulay vit qu'il avait le teint verdâtre, mais cela ne sembla pas dissuader Jetta car elle grimpa sur la couche et l'embrassa à pleine bouche. Les lèvres pincées, Aulay regarda son frère tourner la tête et la saisir par les cheveux pour la repousser.

— Va au diable ! gronda Niels. Fiche le camp. Laisse-moi tranquille !

— *Nay*, je veux connaître le plaisir dans tes bras, insista Jetta.

Aulay envisagea un instant de les interrompre et fit un pas en avant, puis se ravisa. S'il intervenait dans un tel état de colère, il risquait d'avoir la main lourde et de battre cette traînée infidèle qu'il avait prise pour femme.

Un bruit dans son dos attira son attention, et il vit avec horreur Edith mettre le pied sur la dernière marche de l'escalier et s'approcher de la chambre à petits pas légers. Il ne fallait surtout pas qu'elle voie ce qui était en train de se dérouler. Niels ne faisait rien de mal, mais Edith serait certainement blessée si elle entrait dans la pièce et découvrait Jetta sur le lit de son époux. La souffrance que lui-même ressentait était largement suffisante. Nul besoin d'être deux à en faire l'expérience. Il referma la porte sans bruit et tourna les talons pour aller à la rencontre d'Edith.

— Aulay ? dit-elle, surprise, en l'apercevant. Je viens jeter un coup d'œil sur Niels pour m'assurer que tout va bien. Est-ce que...

— Rory est avec lui, prétendit Aulay en la prenant par le bras pour l'obliger à faire demi-tour. Laissons-le l'ausculter avant d'aller lui demander ce qu'il en pense.

— Mais... Je voulais juste le voir, protesta-t-elle en tournant la tête par-dessus son épaule.

Elle le suivit à contrecœur.

— Rory nous rejoindra en bas après l'avoir examiné, dit Aulay en la pressant. Il vaut mieux ne pas le distraire pendant qu'il travaille ou il risquerait de manquer quelque chose.

— Oh ! tu as raison, soupira Edith en cessant de résister.

— Bien, marmonna-t-il en l'escortant jusqu'aux tables. Assieds-toi ici avec Dougall, Cam et Greer. Je vais...

Il ne prit pas la peine de terminer sa phrase. Il fallait à tout prix qu'il se retrouve seul un moment. La scène dont il avait été témoin à l'étage repassait en boucle dans son esprit. *C'est un monstre défiguré. J'en ai la nausée chaque fois que je pose les yeux sur lui. Je ne supporte pas qu'il me touche. N'importe quelle femme réagirait ainsi. Je prie Dieu tous les jours pour que quelqu'un le tue dans son sommeil.*

Les mots tranchants lui lacéraient l'âme chaque fois qu'il se les remémorait. Et dire que Jetta, *sa* Jetta, la femme qu'il avait aimée en croyant que c'était réciproque, pensait une telle chose de lui ! Il avait l'impression de revivre l'époque d'Adaira, mais en pire, car il n'avait jamais eu de véritables sentiments pour Adaira. Il avait cru que c'était le cas, il fut un temps, mais la douleur qu'il avait ressentie quand elle l'avait rejeté n'était rien à côté de l'agonie qui le déchirait à présent.

Comment était-ce possible ? Jetta n'avait jamais laissé entrevoir le moindre dégoût en voyant sa cicatrice. Mais après tout, se souvint-il, il était endormi la première fois qu'elle s'était réveillée et n'avait aucune idée du laps de temps qui s'était écoulé avant qu'il n'ouvre les yeux. Peut-être avait-elle montré sa révulsion au début, sans qu'il s'en aperçoive, et était ensuite parvenue à la dissimuler.

Si tel était le cas, que lui avait-elle caché d'autre ? Avait-elle réellement perdu la mémoire ? Ou bien était-ce un autre mensonge ? Craignait-elle réellement qu'un hypothétique fiancé en veuille à sa vie ? Plus rien n'était certain. Il se pouvait que rien de ce qu'elle leur avait raconté ne soit vrai et qu'elle ait fait semblant de l'aimer pour se cacher à Buchanan et échapper à quelque chose qu'il ignorait.

Et nom de Dieu, qu'elle mentait bien ! Aulay entendait encore ses douces déclarations d'amour dans sa tête. Le souvenir de ses gémissements de plaisir le torturait. Elle avait prétendu le désirer et feint de réagir à ses baisers et ses caresses. Rien que des mensonges. Quelle sale…

— Milord ?

Aulay se tourna brusquement vers Cullen qui s'approchait de lui à grands pas. Cullen. Cet homme était censé surveiller Jetta !

S'il avait fait son travail, songea Aulay avec colère, il n'aurait jamais été témoin de la scène dans la chambre de Niels et serait encore heureux, au bras d'une épouse qu'il pensait fidèle et aimante. Sa vie n'aurait pas été réduite en cendre.

— Où diable étais-tu passé ? Tu devais garder ma femme ! rugit-il, furieux, en déversant toute sa hargne et sa douleur sur le jeune soldat.

Si Cullen avait obéi à ses ordres, Aulay aurait ignoré la véritable nature de Jetta et, si elle l'avait tué dans son sommeil, au moins il serait mort heureux et se croyant aimé. À présent qu'il savait que cela n'avait jamais été le cas, son bonheur était détruit à jamais. À cause de Cullen, il terminerait ses jours dans la solitude, rongé par l'amertume.

— C'est ce que je fais ! Ou plutôt faisait, répondit Cullen, confus. Les gars sont encore avec elle. Enfin, devant sa porte, pas dans la chambre à coucher. Comme promis, nous n'avons pas quitté notre poste depuis que nous l'avons escortée dans vos appartements, il y a maintenant plus d'une heure. Je serais encore là-haut si elle ne m'avait pas envoyé vous chercher.

Aulay fixa Cullen, incrédule, en tentant de démêler ce qu'il venait d'entendre.

— Pardon ?

— Peu après s'être retirée dans votre suite, elle a passé la tête par l'entrebâillement de la porte et nous a demandé de l'aider à déplacer le lit, expliqua Cullen. Évidemment, nous avons accepté, puis elle a voulu modifier toute la disposition de la pièce et de celle d'à côté. Maintenant que c'est en place, elle voudrait vous les montrer.

Il tordit la bouche en un petit rictus.

— Et, pour tout vous dire, j'espère que cela vous plaira car je n'ai pas vraiment envie de tout remettre en place.

Aulay le dévisagea un instant, ahuri, puis se dirigea à grands pas vers l'escalier. L'esprit en ébullition, il ne parvenait pas à trouver d'explication logique à ce que Cullen venait de lui rapporter. Cela n'avait aucun sens. Il avait vu Jetta dans la chambre de Niels de ses propres yeux. Ses oreilles se souvenaient encore des mots qu'elle avait prononcés. Pourtant, Cullen prétendait que les soldats n'avaient pas quitté leur poste depuis que Jetta était montée. Peut-être s'était-elle échappée discrètement pendant que les gardes étaient occupés à bouger les meubles, songea Aulay un instant. Mais au fond, c'était peu probable. S'il n'y avait eu que deux hommes, elle aurait pu se faufiler à l'extérieur sans qu'ils la voient, mais quatre ?

Ignorant les membres de sa famille autour de la table, Aulay monta à grandes enjambées les marches conduisant au premier étage. Il trouva les trois soldats postés devant la porte de sa chambre. Sans prendre la peine de les saluer, il fit irruption dans la pièce et s'arrêta brusquement en voyant Jetta debout sur une chaise bancale en train d'attacher les tentures du baldaquin. Le lit avait été rapproché de la fenêtre et, conformément à ce que Cullen avait laissé entendre, toute la disposition de la pièce avait été modifiée.

Pendant un instant, Aulay fixa Jetta sans parvenir à comprendre ce qui s'était réellement passé... puis il se rendit compte d'une chose. *Elle portait une robe différente de lorsqu'il l'avait aperçue un peu plus tôt*. Il avait sous les yeux la tenue verte qu'il l'avait aidée à enfiler ce matin-là pour aller se baigner, alors que celle qu'elle avait sur le dos dans la chambre de Niels était gris argenté.

De plus, Jetta flottait un peu dans sa robe, tandis que l'autre Jetta, celle qui avait embrassé son frère, remplissait parfaitement la sienne.

Quand elle poussa un juron et pencha la tête sur le côté pour essayer d'apercevoir son ouvrage, Aulay remarqua une autre chose : la crépine dont Mavis l'avait affublée à leur retour du lac était encore là. Il avait observé avec attention les gestes de la gouvernante afin de pouvoir les répéter à l'avenir, mais, si la tâche n'était pas si compliquée que cela à réaliser sur une femme à la chevelure normale, elle s'avérait beaucoup plus ardue quand il était question de Jetta et de son crâne à moitié rasé. Une telle prouesse était hors de portée d'une femme seule. Pourtant, elle avait la coiffe sur la tête quand elle avait quitté la table, ne la portait pas dans la chambre de Niels et l'arborait en ce moment même.

Et ce n'était pas tout, comprit-il soudain en se souvenant de l'image de Niels tirant Jetta par les cheveux pour la repousser. Cette Jetta-là avait une jolie chevelure noire… *entièrement intacte.* C'étaient d'ailleurs les longues mèches à l'arrière de sa tête que Niels avait saisies à pleine main quand elle avait voulu l'embrasser.

Une vague de soulagement submergea Aulay quand il se rendit compte que ce n'était pas Jetta qu'il avait aperçue en compagnie de son frère. Mais le réconfort fit bientôt place à l'inquiétude. S'il ne s'agissait pas de Jetta, alors qui était cette femme ?

# 18

— Oh ! mon chéri. Cullen t'a trouvé. Parfait. Que penses-tu de la chambre ?

La voix de Jetta força Aulay à sortir de ses pensées, et il concentra toute son attention sur elle – sa femme, dont le sosie se promenait librement dans le château, tentait de séduire ses frères et de lui briser le cœur en mille morceaux en…

Aulay interrompit subitement le flot de ses réflexions. Un sosie. *Ou une jumelle.* Jetta s'était rappelé avoir une sœur. Se pouvait-il que ce soit elle ? Était-ce elle qu'Aulay avait aperçue dans la chambre de Niels ? Hormis ses cheveux intacts et ses quelques kilos en plus, elle et Jetta étaient identiques.

Non, conclut-il finalement. En supposant que Jetta ait bien une jumelle, il était impossible que cette dernière ait eu vent de la présence de sa sœur à Buchanan. Personne n'était au courant. Aulay avait fait tout ce qui était en son pouvoir pour éviter que l'information s'ébruite.

Mais alors, comment expliquer ce qu'il avait vu ?

Fronçant les sourcils, Aulay ouvrit la bouche pour demander à Jetta si elle se souvenait d'un membre de sa famille lui ressemblant comme deux gouttes d'eau, mais il se ravisa. La mémoire de Jetta ne lui revenait jamais sur commande. Les seules bribes du passé qu'elle avait retrouvées avaient surgi par hasard, dans le fil de la conversation. Il allait devoir lui extirper la réponse en évitant de lui poser la question de but en blanc.

— Chéri ? La pièce ne te plaît-elle pas ?

Aulay lança un regard distrait à Jetta, puis remarqua son expression incertaine, voire déçue, et il se força à sourire.

— C'est très joli, la rassura-t-il immédiatement.

— Oh ! tant mieux.

Elle soupira, visiblement soulagée, avant de s'en retourner à son ouvrage.

Dès qu'elle eut le dos tourné, Aulay reprit le cours de ses réflexions. Comment allait-il parvenir à faire resurgir les souvenirs de Jetta ? Il décida de la distraire.

— Que fais-tu ? s'enquit-il.

— J'essaye de comprendre comment ces tentures sont attachées au baldaquin. Avec tout le tissu que Jo nous a offert, j'ai pensé que ce serait une bonne idée d'en coudre de nouvelles. Celles-ci sont vieilles et tout effilochées.

— Je comprends, murmura-t-il.

Ne voyant pas comment aborder le sujet délicatement, il alla droit au but.

— Tu ne m'avais pas dit que ta sœur était aussi ta jumelle. Elle semble très différente de toi.

— *Aye*, affirma-t-elle d'un ton absent. Nous nous ressemblons en apparence, mais peu en caractère.

— Alors, elle n'est pas comme toi ? poursuivit-il avec prudence.

— Oh ! *nay*, gloussa-t-elle en reculant la tête pour observer le rideau. C'est le jour et la nuit entre Cha et moi. Elle a toujours été bavarde et elle aime séduire ; j'étais plutôt calme et réservée. Notre mère disait souvent que Cha était un aigle et que j'étais une... Oh !

Jetta s'immobilisa, les bras en l'air. Malheureusement, Aulay ne put apercevoir son expression. Ce ne fut que lorsqu'elle porta les doigts à son visage pour se frotter le front qu'il comprit que les souvenirs avaient cessé de lui venir naturellement et qu'elle essayait de les forcer à refaire surface.

Il fit un pas en avant pour lui changer les idées, mais s'arrêta à quelques centimètres d'elle en se rappelant les mots de l'autre Jetta. *C'est un monstre défiguré. J'en ai la nausée chaque fois que je pose les yeux sur lui. Je ne supporte pas qu'il me touche. N'importe quelle femme réagirait ainsi. Je prie Dieu tous les jours pour que quelqu'un le tue dans son sommeil.*

— Jetta ? dit-il sans oser la toucher.

— *Aye*, murmura-t-elle en baissant la tête sans cesser de se malaxer le front, le visage partagé entre la concentration et la douleur.

— *Jetta*, répéta Aulay, les poings serrés pour s'empêcher de la prendre dans ses bras. Arrête.

— Je veux juste... J'ai quelque chose sur le bout de la...

— *Nay*, ne cherche pas, lui ordonna Aulay en lançant un coup d'œil inquiet vers la porte, puis vers sa femme.

Il avait laissé la fausse Jetta en compagnie de Niels, qui n'était pas au meilleur de sa forme. Il n'aurait jamais dû. Et maintenant il était coincé auprès de la vraie Jetta jusqu'à ce que cette dernière cesse de se torturer les méninges.

— S'il te plaît. Jetta ? Jetta ! s'écria-t-il en bondissant en avant pour la rattraper quand sa tête chancela et qu'elle tomba de sa chaise.

Aulay la serra contre son torse, puis fit le tour de la couche pour la déposer sur le lit et fronça les sourcils à la vue de ses yeux clos. Même évanouie, elle avait le visage crispé.

Il la dévisagea un instant, impuissant, puis se dirigea vers la sortie pour aller chercher Rory.

Grommelant dans sa barbe, il sortit sur le palier et s'adressa à Cullen qui n'avait pas bougé de son poste :

— Ne quitte pas cette porte des yeux. Personne n'entre ni ne sort à part moi et Rory.

— Bien, milord, répondit Cullen d'un air grave.

Aulay lui adressa un petit hochement de tête et se hâta de traverser le hall en direction de la chambre de Katie. Il fit signe aux soldats qui la gardaient de le laisser passer et ces derniers s'écartèrent. Aulay passa la tête dans l'entrebâillement de la porte et son désarroi s'accrut quand il se rendit compte que seuls Geordie et Katie étaient présents.

— Où est Rory ? s'enquit-il.

— Il est sorti cueillir des herbes médicinales. Avec tout ce qui s'est passé dernièrement, il est arrivé à court de remèdes.

Pourquoi cette question ? demanda Geordie en haussant les sourcils d'un air interrogateur.

Aulay poussa un juron et tourna les talons, puis se ravisa et s'arrêta sur le seuil.

— Si quelqu'un ressemblant à Jetta vient frapper, ne la laisse pas entrer. Et en aucun cas tu ne dois laisser Katie seule en sa compagnie. Il ne s'agit pas de Jetta et nous ne pouvons pas lui faire confiance.

— Quoi ? s'exclama Geordie, effaré.

— Je t'expliquerai plus tard, grommela Aulay avant de refermer derrière lui et de continuer en direction de la chambre de Niels et Edith.

Sans Rory, il ne pouvait pas grand-chose pour Jetta pour le moment. Et il fallait qu'il vérifie si Niels se portait bien. Quel imbécile il avait été de le laisser seul avec cette femme ! Elle avait déjà blessé Katie, probablement empoisonné le ragoût de Mavis, poussé Jetta dans l'escalier et mis le feu à l'étable. Dieu seul savait ce dont elle était capable. Il n'avait aucune idée des raisons qui l'avaient poussée à accomplir de tels actes. De toute évidence, l'accident de Katie s'avérait être une erreur sur la personne. La jumelle de Jetta – une certaine Cha, lui avait-elle dit – l'avait probablement prise pour sa sœur en raison de leur ressemblance physique. Mais pourquoi en voulait-elle à la vie de Jetta ? Et comment avait-elle su que celle-ci était encore en vie et se trouvait à Buchanan ?

L'esprit en ébullition, Aulay s'arrêta brusquement à quelques pas de la chambre de Niels et Edith en voyant la poignée tourner. Il se raidit, prêt à bondir en avant pour sauter sur cette Cha, mais ce fut Edith qui sortit de la pièce. Dès qu'elle eut refermé derrière elle, il s'empressa de la rejoindre, la prit par le bras et la conduisit dans le hall.

— Aulay ? lâcha Edith surprise. Que se...

Arrivé devant l'escalier, Aulay la relâcha.

— Je t'avais dit d'attendre en bas, siffla-t-il.

— *Aye*, mais Rory est descendu et il est sorti juste après. J'ai décidé de venir voir comment se portait Niels. Rory ne l'avait même pas encore examiné, expliqua-t-elle en fronçant les sourcils.

— Je ne l'ai pas croisé, mais il a décidé d'aller cueillir ses plantes, d'après ce qu'on m'a dit, marmonna Aulay.

Il lança un regard par-dessus son épaule en direction de la porte par laquelle Edith venait de sortir.

— Que s'est-il passé quand tu es entrée ?

— Ce qu'il s'est passé ? répéta-t-elle, perplexe.

— Que faisaient Jetta et Niels ? précisa-t-il.

— Jetta ? fit-elle, surprise. Elle n'était pas là. Niels était allongé sur le lit et se tenait la tête. Il souffre atrocement.

— Niels est-il seul ? insista Aulay en ignorant tout le reste.

— *Aye*, affirma-t-elle. Sais-tu dans combien de temps Rory sera de retour ? Niels a vraiment besoin d'une de ses potions. Il est très mal en point.

— *Nay*, grogna Aulay en guise de réponse. Suis-moi.

Il la prit par le bras et la ramena devant la chambre, mais eut un moment d'hésitation avant d'y pénétrer.

— Je ferais mieux de m'assurer qu'il n'y a personne à l'intérieur avant d'entrer. Attends-moi ici.

— Pardon ?

Mais Aulay avait déjà poussé la porte. Conformément aux dires d'Edith, Niels était allongé sur le lit, apparemment endormi. Il balaya la pièce du regard. À première vue, elle était vide, et le seul moyen d'échapper à un observateur extérieur était de se cacher sous le lit ou dans l'une des malles. Se souvenant du poignard et de la théorie de Saidh, il se dirigea vers le premier coffre, ouvrit le couvercle et se mit à sortir toutes les robes qu'il contenait.

— Aulay ! Qu'est-ce que tu fais ?

Tournant la tête à cette exclamation prononcée à voix basse, il décocha un regard noir à Edith.

— Je t'ai dit d'attendre dehors !

— Je sais, mais... Arrête, voyons ! chuchota-t-elle en lançant un coup d'œil inquiet en direction de Niels.

Elle s'avança et lui arracha les vêtements des mains.

— Pardon, s'excusa Aulay en appuyant sur les tenues restantes pour s'assurer qu'il n'y avait personne dessous.

Une fois certain que ce n'était pas le cas, il referma la caisse et passa à la suivante, qui était remplie de tartans, de chemises en lin et d'armes diverses. Probablement les affaires de Niels, déduisit-il en fouillant parmi les objets un instant avant de rabattre le couvercle de la malle.

— Mon Dieu, lâcha Edith, soudain blanche comme un linge. L'agresseur est-il ici ?

Sans prendre le temps de répondre, Aulay se rapprocha du lit et s'agenouilla pour regarder en dessous. Rien. La dénommée Cha avait dû quitter la pièce avant l'arrivée d'Edith. Réprimant un juron, il se redressa sur ses pieds.

— Aulay ? insista Edith.

Quand il se dirigea à grands pas vers la porte sans un mot, elle lâcha les robes qu'elle tenait à la main et le saisit par le poignet.

— Aulay ! Que se passe-t-il, bon sang ?

Il libéra son bras d'un geste brusque et s'apprêtait à quitter la pièce quand une idée lui vint à l'esprit.

— As-tu croisé Jetta dans le hall en venant voir Niels ?

— Jetta ? *Nay*, il n'y avait que les soldats.

— Les soldats…, lâcha-t-il dans un murmure avant de se tourner vers la sortie.

— Aulay, merde à la fin ! lança Edith en lui reprenant le poignet.

Ce fut le juron d'Edith, plus que son geste, qui arrêta Aulay cette fois-ci. Edith n'était pas le genre de femme à se laisser facilement aller aux grossièretés. Elle devait être passablement énervée. Il pivota vers elle.

— Je suis presque sûr que la personne responsable des récentes attaques est la sœur de Jetta, une certaine Cha.

— Quoi ? s'exclama-t-elle dans un souffle. Comment est-ce possible ?

— Je l'ignore, admit-il en grimaçant, mais Jetta a une jumelle et elle était ici il y a peu. J'ai cru qu'il s'agissait de Jetta, mais il s'avère que ma femme se trouvait dans notre chambre en compagnie des gardes pendant tout ce temps et…

Il prit une grande inspiration pour se calmer.

— Jetta est dans notre suite. Elle ignore que Cha est ici. J'ai ordonné aux hommes de l'empêcher de sortir pour éviter toute confusion. Donc si tu vois quelqu'un qui lui ressemble, ce n'est pas elle. Reste sur tes gardes.

Il jeta un regard vers son frère endormi.

— Tu ferais mieux de rester ici avec Niels, au cas où elle reviendrait. Je dirai aux soldats de garder un œil sur la porte de ta chambre également.

— Que vas-tu faire ? demanda-t-elle, inquiète. Comment comptes-tu retrouver cette femme ?

Aulay hésita un instant avant de répondre :

— Je vais organiser une battue.

Sur ces mots, il tourna les talons et quitta la pièce avant qu'Edith ait eu le temps d'ouvrir la bouche.

La première chose que Jetta remarqua à son réveil fut l'atroce migraine qui tambourinait dans son crâne. Grimaçant de douleur, elle voulut porter une main à son front mais n'y parvint pas. Perplexe, elle ouvrit les yeux et balaya les environs du regard. Elle était allongée sur le flanc, les mains attachées dans le dos, à côté d'un gros objet en cuivre...

La baignoire ! Celle que les hommes avaient installée dans la pièce attenante à la suite parentale. D'après les explications de Mavis, le père d'Aulay avait fait mettre une porte entre les deux chambres et décidé que la plus petite des deux servirait de nursery où dormirait le dernier nouveau-né en date, pour que son épouse puisse garder un œil sur le bébé sans que les parents soient obligés de partager leur espace conjugal.

L'idée était audacieuse pour l'époque, mais, puisque Aulay et elle n'avaient pas encore d'enfant, Jetta avait décidé que l'endroit ferait une salle de toilette idéale. Du moins jusqu'à ce que leur famille s'agrandisse. Cela éviterait aux domestiques d'avoir à monter et descendre le lourd bassin chaque fois qu'elle ou Aulay souhaitait se laver.

Fière de sa trouvaille, Jetta en avait touché deux mots à Mavis qui avait approuvé. Elle avait donc demandé aux gardes de l'aider à modifier la disposition des deux pièces. Mais que diable faisait-elle allongée à côté de la baignoire, ficelée comme une dinde prête à passer à la marmite ?

— Ah, tu es réveillée, sorcière. Parfait.

Jetta pivota la tête vers la femme qui se tenait derrière elle et roula sur le dos pour obtenir un meilleur angle de vue.

— Charleigh.

Le nom s'échappa de ses lèvres dans un murmure au moment où la mémoire lui revenait brutalement, comme si un voile avait été levé dans son esprit et que tout ce qui s'y trouvait depuis toujours était désormais visible au grand jour. Ce n'était pas la vue de sa sœur qui avait déclenché cette vague de souvenirs, mais le vieux surnom que Cha avait utilisé. « Sorcière », un horrible sobriquet qu'elle avait toujours détesté et qui s'accompagnait généralement de moqueries.

— Sorcha la sorcière, misérable créature.

Cette fois-ci, Jetta n'éprouva aucune douleur en se remémorant ces faits qu'elle n'eut aucun de mal à retrouver. Ils étaient tous là : son nom de famille, sa maison à Fitton, son enfance, ses parents et sa jumelle, aussi différente d'elle que l'étaient le jour et la nuit.

Jetta se rappela également comment elle avait fini ligotée à un mât flottant au milieu de l'océan et le souvenir lui arracha une grimace de colère qu'elle dirigea à l'encontre de Charleigh.

— Toutes mes excuses, Cha, mais si tu as encore l'intention de m'envoyer en France de force pour épouser ton promis à ta place, cela ne fonctionnera pas. Je suis déjà mariée.

— *Aye*, j'ai assisté à la cérémonie, rétorqua Cha d'une voix moqueuse.

Jetta se raidit.

— Tu m'as observée ! Depuis combien de temps es-tu à Buchanan ?

C'était une question à laquelle Jetta n'avait pas songé. À dire vrai, elle n'avait pas pensé à grand-chose depuis l'apparition de Charleigh. Pourquoi, par exemple, était-elle présentement allongée sur le sol de la pièce adjacente à sa chambre ? Pourquoi était-elle ligotée comme un boudin ? Où était Aulay ? Jetta se rappelait l'avoir vu quand elle s'était souvenue que Charleigh était sa jumelle. Il se tenait à côté d'elle quand elle avait tenté de fouiller dans son esprit à la recherche d'un peu plus que quelques bribes de mémoire, persuadée qu'il y avait là, au fond de son cerveau, une information importante. Aulay avait voulu l'empêcher de forcer, mais elle avait insisté en dépit de la douleur et puis...

— Je me suis encore évanouie, dit-elle en fronçant les sourcils.

— Je ne pense pas que s'évanouir soit le mot adéquat, répliqua Charleigh d'un air pensif. Je me suis escrimée pour te réveiller après le départ de ton mari, mais en vain. Rien n'a fonctionné. Ni les claques ni l'eau froide que je t'ai lancée au visage... Tu n'as même pas cillé quand je t'ai poussée hors du lit pour te traîner jusqu'ici par les pieds.

Jetta dévisagea Charleigh, incrédule, puis baissa les yeux sur sa tenue et se rendit compte que ses cheveux étaient humides, et qu'elle n'avait plus sur le dos que son fourreau. Le vêtement froissé lui était remonté au-dessus de la taille. Agacée, elle tenta tant bien que mal de s'asseoir pour le tirer vers le bas et se couvrir le corps, mais les liens lui retenant les mains rendirent la tâche ardue.

— Pourquoi suis-je attachée ? Et où diable est passée ma...

Jetta s'interrompit en voyant ce que Charleigh avait sur le dos.

— Ta robe ? Je l'aimais bien, alors je l'ai prise, déclara Cha en haussant les épaules. Elle me va mieux qu'à toi, ne trouves-tu pas ?

Redressant le menton, Jetta lui lança un regard glacial.

— Qu'est-ce que tu fais ici, Cha ?

— Je suis venue terminer ce que j'ai commencé, déclara calmement cette dernière.

Jetta plissa les yeux.

— Je te l'ai déjà dit : père et toi ne pouvez pas me forcer à épouser ton fiancé. Je suis mariée, désormais.

— Père serait bien incapable de t'obliger à faire quoi que ce soit, rétorqua Cha d'une voix lasse en jouant machinalement avec le poignard qu'elle tenait à la main et que Jetta n'avait pas remarqué plus tôt.

— Pourquoi cela ? demanda Jetta avec suspicion.

— Parce qu'il est mort, répondit sa sœur aussi platement que si elle lui avait annoncé que le souper était prêt.

Jetta eut un mouvement de recul. Elle s'attendait à être submergée par le désarroi ou le chagrin, mais ce fut le soulagement et la résignation qui déferlèrent sur elle. Cela faisait maintenant plusieurs années que leur père buvait à outrance, depuis le jour où le guérisseur lui avait appris que son épouse ne se remettrait jamais du mal qui la rongeait. Cette dernière souffrait d'un trouble étrange qui lui faisait rendre tout ce qu'elle avalait et qui, par manque de subsistance, avait fini par l'affaiblir et l'amaigrir au point qu'elle en avait péri, après des mois d'agonie. Incapable d'accepter le décès de sa femme, leur père avait noyé son chagrin dans sa chope de bière, en alternant parfois avec une flasque de whisky ou un tonneau de vin, selon son humeur.

— Son alcoolisme a fini par le tuer, dit Jetta d'une voix calme.

Cha eut un petit rire sans joie et tordit la bouche en une moue méprisante.

— Tu n'as pas changé. Madame Je-sais-tout.

— Ai-je tort ? demanda Jetta en gardant un œil sur Cha tout en tentant de desserrer les liens qui lui retenaient les poignets.

Se pouvait-il que Cha soit derrière les récentes attaques à Buchanan ? songea Jetta. Et pourquoi n'avait-elle pas fait le rapprochement plus tôt ? Probablement parce qu'elle n'aurait jamais cru possible de la trouver ici. De plus, ses souvenirs étaient revenus en masse, ne lui laissant ni le temps ni la capacité mentale d'analyser la situation. Et donc, en la trouvant inconsciente sur le lit, Cha l'avait déshabillée, tirée dans la petite pièce adjacente à la chambre et ligotée. Il y avait peu de chances que sa sœur soit venue à Buchanan pour s'excuser de son comportement passé et espérer renouer avec elle…

Son attitude n'était pas des plus encourageantes. Cha avait toujours été une enfant gâtée et égoïste, mais s'était jusque-là efforcée de dissimuler sa véritable nature sous des sourires bêtas et des battements de cils. Apparemment lasse de jouer la comédie, la femme que Jetta avait devant elle n'avait plus rien de la jumelle exaspérante qu'elle avait connue. Elle se montrait désormais froide, amère et emplie d'une rage que Jetta ne lui connaissait pas. Au vu de ces éléments, il n'était pas impossible que Cha ait tenté de la tuer. Dans tous les cas, la priorité était de se libérer pour pouvoir se défendre, et pour cela elle avait besoin de temps. Elle décida donc de faire parler sa jumelle.

Cette dernière se mit à ricaner.

— Eh bien oui, tu as tort.

— Alors pourquoi ne me racontes-tu pas ce qui s'est passé depuis que j'ai quitté la maison ? suggéra Jetta avec calme. J'imagine qu'après que père et toi m'avez vue m'éloigner, ligotée au mât de ce navire marchand qui devait m'envoyer épouser ton fiancé à ta place, vous êtes rentrés à Fitton la tête haute et le cœur léger.

— Tout à fait, affirma Cha avec un petit sourire en coin. Je pensais avoir gagné et j'étais aux anges, cet après-midi-là, et tout au long de la journée suivante sur le chemin du retour.

— Tout au long de la journée suivante ? répéta Jetta, surprise. Mais il nous a fallu à peine une matinée pour faire le trajet jusqu'à la côte !

— C'est vrai, mais toi tu interdisais à père de boire.

— Ce que tu n'as pas fait après mon départ, conclut Jetta tristement.

Cha haussa les épaules.

— Il y avait matière à festoyer. Et j'étais tellement heureuse que peu m'importait de retarder notre voyage de quelques jours pour permettre à notre cher géniteur de décuver avant de reprendre la route. Et pourtant tu sais à quel point je déteste monter à cheval.

— *Aye*, tu as toujours considéré cela comme une torture.

— Et à raison ! Des heures passées à me faire bringuebaler sur cette selle inconfortable, souvent sous la pluie ou face au vent, obligée de me soulager dans les buissons, de manger des aliments froids ou carbonisés sur les braises d'un feu de fortune, de dormir à même la terre...

Elle eut un petit frisson de dégoût.

— J'abhorre plus que tout ce genre de voyage, mais ce jour-là, poursuivit-elle d'une voix plus douce, le soleil brillait haut dans le ciel, la nourriture était passable et même le sol ne semblait pas aussi dur que d'ordinaire.

Son sourire s'effaça, et elle soupira.

— Nous sommes arrivés à la maison, j'ai dormi comme un loir dans le confort de mon lit, et quand je me suis réveillée le lendemain matin le capitaine Casey m'attendait dans le hall.

Jetta sursauta. Elle avait oublié le nom du propriétaire du navire sur lequel on l'avait embarquée, mais le peu de temps qu'elle avait passé en sa compagnie lui avait suffi à se faire une idée du personnage : un fumier dégoûtant qui sentait la transpiration et n'avait eu aucun scrupule à la ligoter à son mât pour l'envoyer vers une mort certaine en échange de quelques sous. L'image lui revint en mémoire, tout comme le nom du bâtiment sur lequel il naviguait, *Le Cok*.

— Casey avait essuyé une tempête, poursuivit Cha d'un air sombre. Il avait perdu son nid-de-pie, et toi avec. Le vent l'avait fait dériver vers le sud, et il était de retour à terre le soir même de son départ. Dès que son bateau avait été en état de reprendre la mer, il était revenu à Fitton pour informer notre père de cet incident.

Sa voix se fit dure.

— Notre bâtard de paternel m'a dit qu'il était désolé, mais qu'il perdrait tout ce qu'il possédait s'il ne respectait pas sa part du marché et qu'il n'avait plus d'autre solution que de me marier au marquis. J'ai protesté, évidemment, mais il m'a ligotée, bâillonnée et chargée sur le cheval de Casey comme un vulgaire sac à patates pour m'envoyer épouser ce Français auquel tu avais réussi à échapper.

— C'était *ton* fiancé, Cha, s'exclama Jetta avec colère. Le mien est décédé en bas âge.

— Et alors ? s'écria Charleigh avec amertume. Cela te donnait-il le droit de t'enfuir ?

*Aye*, songea Jetta en son for intérieur.

— Je ne me suis pas enfuie. En fait, j'ai même failli mourir. La tempête était si violente que le navire s'est retrouvé coincé entre deux vagues aussi hautes que des montagnes. Quand le bateau s'est incliné, le nid-de-pie s'est retrouvé immergé sous l'eau et le mât a été arraché, m'emportant avec lui, expliqua Jetta du mieux quel put d'après ses souvenirs.

L'accident avait été terrifiant et elle avait cru qu'elle y laisserait sa peau, avant même de se retrouver à la mer. Le vent s'était levé peu après leur départ et, en l'espace de quelques minutes à peine, ce qui avait d'abord été une fine brise s'était transformé en des bourrasques monstrueuses et une pluie diluvienne sous un tonnerre assourdissant. Jamais Jetta n'avait vu l'océan aussi déchaîné. Rien que d'y repenser, elle en tremblait d'effroi. Au moment où la situation semblait être arrivée à son apogée, le mât auquel elle était attachée avait tremblé, un énorme craquement avait retenti, et elle avait rouvert les paupières qu'elle maintenait jusqu'alors closes juste à temps pour voir l'extrémité du poteau disparaître dans la vague de plusieurs mètres de hauteur qui les surplombait, côté poupe.

Le bois avait cédé juste au-dessous de ses genoux dans un bruit tonitruant qui avait résonné jusque dans sa moelle épinière. L'instant d'après, elle était bringuebalée en pleine mer, ligotée à sa planche de fortune qui disparaissait sous l'eau à intervalles réguliers. À chaque secousse, sa tête cognait contre le mât, tant et si bien qu'elle finit par ne plus saisir ce qui se passait autour d'elle tellement elle était aveuglée par la douleur et la peur de mourir noyée.

Quand elle s'était réveillée, le calme était revenu. Le vent avait cessé de souffler, la tempête s'était éloignée, et la première chose qu'elle avait vue en ouvrant les yeux avait été le visage d'Aulay penché au-dessus d'elle et le bleu éclatant du ciel en arrière-plan.

— Oh ! balivernes ! cracha soudain Charleigh. Que lui as-tu promis ?

— À qui ? Aulay ?

— *Nay !* Le capitaine Casey, répondit Cha, furieuse. Que lui as-tu donné en échange de ta liberté pour qu'il invente cette histoire de mât brisé à dormir debout ? Tu n'avais pas d'argent ! Ou bien as-tu réussi à sauter par-dessus bord pendant la tempête quand il a eu la gentillesse de te détacher pour que tu ailles te réfugier dans la cabine ?

Jetta dévisagea sa sœur, incrédule.

— Bien sûr que non ! N'as-tu pas vu les dégâts quand il t'a embarquée sur son navire ?

— *Le Cok* était en parfait état quand je suis montée à bord. D'ailleurs, dès mon arrivée, il m'a attachée à l'endroit même où il t'avait ligotée deux jours plus tôt.

— Et alors ? Il l'aura fait réparer avant de rentrer à Fitton, s'exclama Jetta.

Visiblement, Cha ne la croyait pas. Refusant de voir la vérité en face, sa jumelle était persuadée que, d'une manière ou d'une autre, elle s'était dérobée au destin que celle-ci lui avait concocté.

Pendant un long moment, ni l'une ni l'autre ne dit mot, puis Cha secoua la tête.

— Je n'arrive toujours pas à croire que tu aies réussi à me forcer à épouser le marquis.

— *Forcée ?* lâcha Jetta, amère. Je n'ai rien fait de la sorte, Cha. J'ai essayé de te sauver, jusqu'au moment où je me suis retrouvée attachée à ce mât et que j'ai appris qu'en dépit de tous mes efforts pour t'aider tu avais comploté contre moi dans mon dos pour m'envoyer en France à ta place.

Ce souvenir la fit réfléchir un instant.

— Comment as-tu osé ? rugit Jetta. J'ai fait tout ce que j'ai pu pour te défendre auprès de notre père. Et, quand aucun de mes arguments ne l'a convaincu, je t'ai même proposé de fuguer avec toi pour nous réfugier auprès de la famille de notre mère.

— Que voilà une excellente idée ! Demander la charité à nos cousins ! Sans fiancé, sans aucune perspective d'avenir et sans dot. Nous aurions fini notre vie à leur charge, obligées de faire le ménage gracieusement en échange d'un souper. Non merci !

Jetta ouvrit la bouche pour rétorquer, mais un bruit dans la chambre adjacente la coupa.

— Jetta ?

*Aulay !*

Jetta n'eut pas le temps de répondre. Un mouvement vif

dans sa périphérie lui fit tourner les yeux à temps pour voir la poignée de la dague de Cha s'approcher de son front à toute vitesse. Une atroce douleur explosa à l'intérieur de son crâne, et les ténèbres l'engloutirent.

# 19

Inquiet, Aulay balaya la chambre du regard, du lit vide jusqu'à l'âtre froid.

— Jetta ? appela-t-il une nouvelle fois en s'approchant de la porte conduisant à la pièce adjacente.

Il n'eut pas le temps de l'atteindre que Jetta en sortait précipitamment et lui rentrait dedans.

— Oh ! mon cher, s'exclama-t-elle en s'accrochant à son bras. Tu m'as fait peur.

— Désolé, je ne te trouvais pas et m'apprêtais à te chercher dans la nursery.

— La nursery ? répéta-t-elle en se reculant d'un air perplexe.

— *Aye*, c'est à cela que servait cet endroit à l'époque, expliqua-t-il.

— Oh ! fit-elle, soulagée, un léger sourire sur le visage.

Elle baissa les yeux sur la main qu'elle avait posée sur le devant de son kilt.

— Souhaitais-tu me voir pour une raison particulière ? demanda-t-elle en relevant la tête, ses yeux verts brillant de malice. Pour faire valoir tes droits conjugaux, par exemple ?

Amusé, Aulay secoua la tête.

— *Nay*, je suis venu te demander de ne pas quitter nos appartements.

— Oh ! vraiment ? fit-elle en haussant les sourcils, perplexe.

— Tout à fait, acquiesça-t-il avec le plus grand sérieux. J'ai de bonnes raisons de croire que ton agresseur se cache en ce moment même dans ce donjon et nous nous apprêtons à fouiller la tour de fond en comble pour le trouver. Je veux que tu restes ici et que tu te tiennes à l'écart du danger. J'ai ordonné aux gardes de ne pas te laisser sortir, ajouta-t-il en s'attendant à ce qu'elle insiste pour se joindre aux recherches ou s'offusque de voir sa liberté de mouvement ainsi restreinte.

Il se souvenait encore de la réaction virulente qu'elle avait eue quand il avait voulu la faire sortir de l'étable en feu !

Mais Jetta se contenta de sourire.

— D'accord, répondit-elle doucement.

Légèrement surpris, Aulay haussa les sourcils.

— Bien, dit-il en faisant un pas en arrière.

Jetta retint le kilt d'Aulay entre ses doigts et retroussa les lèvres en une petite moue boudeuse.

— Ne comptes-tu pas m'embrasser avant de repartir ?

— Bien sûr que si, murmura-t-il en se demandant pourquoi l'idée ne lui était pas venue spontanément. Certes, il avait beaucoup de soucis en tête et ses frères l'attendaient dans le hall, mais ce n'était pas une excuse.

Il se pencha vers Jetta pour se rattraper en bonne et due forme et s'empara de ses lèvres avec avidité. Apparemment, elle n'escomptait pas une telle vigueur, car elle se contenta de rester pendue contre son torse, les bras enroulés derrière sa nuque, sans vraiment répondre à son baiser.

Quand il y mit fin, elle poussa un petit gémissement de protestation et s'accrocha de plus belle à son cou comme s'il allait la quitter pour toujours.

Souriant face à une telle effusion de désir, Aulay la fit pivoter et la poussa gentiment vers la porte de la nursery.

— Retourne donc à tes occupations. Je reviendrai dès que possible. Avec un peu de chance, d'ici là nous aurons mis la main sur ton agresseur.

— D'accord, lâcha Jetta, le souffle court.

Elle avait repris un peu de poids, remarqua Aulay en regardant son postérieur s'éloigner. Heureux de ce constat et amusé devant sa démarche incertaine et sa respiration précipitée, il ne put s'empêcher de poursuivre :

— Agresseur ou non, je ne manquerai pas de revenir faire valoir ces fameux droits conjugaux dont tu as parlé, la taquina-t-il.

— J'attendrai ce moment avec impatience, répondit-elle en frissonnant de désir.

Flatté, Aulay tourna les talons et se dirigea vers la sortie sans parvenir à se défaire de l'idée que quelque chose n'allait pas. Il était au milieu du hall, à plusieurs pas du groupe qui l'attendait près de l'escalier, quand son sang se glaça et il se figea.

— Aulay ? fit une voix inquiète.

Il cligna des paupières pour sortir de ses pensées et pivota vers Conran qui venait de l'appeler et s'avançait vers lui, les autres sur ses talons.

— Conran ? Que diable fiches-tu ici ? Je croyais t'avoir envoyé…

— Le cheval d'Alick a perdu un fer avant même que nous ayons quitté les terres de Buchanan. Nous sommes donc rentrés et l'avons laissé entre les mains du palefrenier en chef. Je venais t'annoncer la nouvelle quand Rory m'a dit ce qui se tramait ici et j'ai pensé que tu aurais peut-être besoin d'aide pour mettre la main sur la sœur de Jetta.

— *Aye*, acquiesça Aulay.

Puis il secoua la tête et se corrigea d'une voix grave :

— Tout compte fait, non.

— Tu n'as pas besoin de notre aide ? demanda Conran, surpris.

— *Nay*, je suis quasiment certain de l'avoir *déjà* trouvée. En fait, je suis même persuadé que je viens de l'embrasser ! ajouta-t-il avec une petite moue de dégoût.

Il ne fut pas surpris du tollé qui s'ensuivit.

— Tu l'as embrassée ?

— Tu as embrassé *l'agresseur* ?

— Tu as embrassé la sœur de ta propre femme ?

— As-tu perdu la raison ?

Toute cette cacophonie lui arracha une grimace.

— J'ignorais que c'était elle, voyons ! se défendit-il sèchement. Je croyais que c'était Jetta.

Il jeta un coup d'œil à la porte de la chambre par-dessus son épaule et fronça les sourcils.

— Nous ferions mieux de nous éloigner pour discuter.

— Je n'arrive pas à croire que tu ne te sois pas rendu compte qu'il ne s'agissait pas de Jetta, grommela Saidh alors qu'ils atteignaient le bout du hall.

Aulay poussa un grand soupir et hocha la tête.

— J'aurais dû m'en apercevoir sur-le-champ, mais, pour ma défense, elle était exactement là où j'avais laissé Jetta un peu plus tôt en ordonnant aux gardes de ne permettre à personne d'entrer ni de sortir. Et puis elle avait cette robe verte sur le dos, celle que Jetta a enfilée ce matin.

— Oh ! fit Saidh d'un air grave. Ce n'est pas bon signe.

— *Aye*, acquiesça Aulay.

Saidh avait raison. La situation était inquiétante.

— Es-tu sûr qu'il s'agit bien de la sœur de Jetta ? s'enquit Alick. Peut-être que c'était vraiment Jetta, cette fois-ci.

— Absolument certain, lui assura-t-il. Une chose m'a fait tiquer. Elle pèse au moins cinq kilos de plus que Jetta, ce qui est plus ou moins le poids que celle-ci faisait quand nous l'avons repêchée.

— C'est vrai qu'elle a beaucoup perdu pendant sa convalescence. Elle n'a pas encore tout repris, murmura Rory.

Aulay hocha la tête.

— Autre chose : je n'ai pas vu l'arrière de la tête de la femme que je viens d'embrasser, mais elle ne portait pas de crépine. Jetta est bien trop gênée par son crâne rasé pour avoir enlevé la sienne.

— Oh.

Tous tombèrent d'accord sur le fait que dans la situation actuelle ce détail était trop étrange pour être une simple coïncidence.

— Alors cette sœur connaît l'existence des passages secrets, déclara Greer d'un air sombre.

Aulay fut bien obligé d'admettre qu'il avait raison.

— Je ne vois pas d'autre explication. Autrement, comment aurait-elle pu entrer dans la chambre sans que les gardes ne l'aperçoivent ?

— Mais alors, où est la vraie Jetta ? ajouta Saidh.

— Quoi ? s'exclama Aulay, effaré.

— C'est évident, voyons. Si tu es certain d'avoir laissé la vraie

Jetta dans cette pièce et que les gardes ne l'ont pas vue sortir, que lui est-il arrivé ?

Aulay hocha la tête en silence, assommé.

— Tu dis que cette femme portait la robe de ta femme, reprit Saidh. La seule explication que je vois, c'est que sa jumelle veut être en mesure de pouvoir se déplacer librement dans le château en se faisant passer pour elle. Elle a probablement déshabillé Jetta, enfilé sa tenue, forcé Jetta à entrer dans le passage et à traverser la galerie avant de...

Elle pinça les lèvres en évitant le regard d'Aulay.

— Pourquoi est-elle revenue ? Quel intérêt, à présent qu'elle a enlevé Jetta ?

Aulay n'en avait aucune idée. Il venait à peine de saisir le sens des paroles de Saidh. Cha n'avait jamais tenté de kidnapper Jetta auparavant. Elle avait essayé *de la tuer*. Mais il soupçonnait Saidh de ne pas avoir osé formuler cette possibilité à haute voix.

Il tourna brusquement les talons et se dirigea droit vers leurs appartements. Jetta se trouvait peut-être dans la nursery. Elle ne pouvait pas être morte. C'était impossible !

— Aulay, attends, l'interrompit fermement Cam en l'attrapant par la manche. Faire irruption dans la chambre risquerait de mettre Jetta en danger. Tu as bien dit que sa sœur était sortie de la pièce adjacente, non ? Jetta s'y trouve peut-être, mais, si ce n'est pas le cas, alors nous ferions mieux de faire semblant d'être tombés dans le piège de cette femme et de la prendre en filature. Elle pourrait nous conduire jusqu'à Jetta.

— Cam a raison, acquiesça Greer avec sérieux. Mais avant toute chose il nous faut vérifier si Jetta est dans la nursery ou non. Y a-t-il un passage qui y débouche ?

— *Aye*, affirma Dougall.

Aulay avait déjà libéré son bras de l'emprise de Cam et avançait à grands pas vers la chambre de Niels et Edith. Il y pénétra sans prendre la peine de frapper, sa famille sur ses talons.

— Nom de Dieu ! aboya Niels en se figeant au milieu de la pièce, entièrement nu, une chemise à la main.

Il enfila cette dernière et attrapa un kilt pour se couvrir.

— Ne vous a-t-on jamais appris à frapper ? s'exclama-t-il.

— Que s'est-il passé ? s'enquit Edith, anxieuse, en se détournant de la fenêtre pour les dévisager les uns après les autres. Avez-vous réussi à attraper l'agresseur ? Parce que Niels a bien l'intention de se joindre aux recherches.

— *Nay*, mais cela ne saurait tarder, grogna Aulay en continuant sa route vers le passage secret qu'il s'empressa d'ouvrir.

— Tes yeux ont l'air d'être revenus à la normale, commenta Greer dans son dos, probablement à l'intention de Niels. Comment te sens-tu ?

— Beaucoup mieux, répondit Niels calmement. Que se passe-t-il ?

— Nous sommes sur le point de mettre la main sur la jumelle de Jetta, expliqua Alick.

Aulay se figea et pivota pour lui lancer un regard noir.

— Il n'y a pas de « nous » qui tienne, rétorqua-t-il d'un ton ferme. Je vais jeter un coup d'œil dans la nursery pour voir si Jetta s'y trouve. Vous, vous m'attendrez ici.

— Et si elles y sont toutes les deux ? demanda Cam. Tu ne peux pas débarquer comme cela. Cette femme risquerait de trancher la gorge de Jetta sous tes yeux.

— Aulay n'est pas idiot, soupira Saidh d'un ton exaspéré. Il ne va pas faire irruption dans la pièce tel un taureau qui charge. Il se contentera d'observer par le judas pour s'assurer qu'il n'y a pas de danger avant d'entrer.

— Le quoi ? lâcha Aulay, éberlué.

Car, avant l'intervention de Saidh, il avait bien eu l'intention de foncer dans le tas sans précaution aucune...

— *Le judas*, répéta-t-elle en fronçant les sourcils. Le trou pour espionner. C'est maman qui me l'a montré. Il y en a un dans chaque passage.

— Il y a des judas dans les passages ? reprit-il, incrédule.

— *Aye*, tu ne le savais pas ?

— Jamais entendu parler, dit-il avant de se tourner vers ses frères. Et vous ?

— *Nay*, répondirent ces derniers à l'unisson en affichant un air ébahi.

— Nom de Dieu, grogna Aulay en reportant son attention

sur sa sœur. Pourquoi n'avons-nous pas été mis au courant ? Surtout moi. Je suis le seigneur de ce château, non ?

Saidh haussa les épaules sans paraître éprouver le moindre remords.

— Maman me les a montrés. J'ai simplement supposé qu'elle ou papa avait fait de même avec vous.

— Je pense connaître la raison de votre ignorance, intervint Jo d'un air pensif.

Tous les yeux se tournèrent vers elle, et Aulay haussa les sourcils.

— Et comment pourrais-tu en savoir davantage que nous sur nos propres parents ? demanda-t-il avec une curiosité sincère.

— Parce que j'ai un fils, répondit-elle avec un petit sourire en coin. J'imagine que vous étiez de jeunes garçons quand on vous a informés de l'existence de ces galeries.

Les Buchanan hochèrent la tête à l'unisson.

— Quel âge aviez-vous ?

— Cinq ou six ans, dit Aulay.

— *Aye*, confirma Dougall. Mais quel rapport avec toute cette histoire ?

Plutôt que de lui répondre, Jo poursuivit avec une autre interrogation :

— Si vous aviez reçu une visiteuse, quand vous aviez quatorze-quinze ans, disons une jolie blonde plantureuse ou une séduisante rousse aux courbes généreuses, et si vous aviez entendu la domestique ordonner qu'on lui prépare un bain, vous seriez-vous faufilés dans ces passages pour jeter un coup d'œil par le judas ?

Offensé, Aulay ouvrit la bouche pour rétorquer, mais Jo leva la main pour le faire taire.

— Cette question s'adresse aux adolescents Buchanan d'alors, pas aux hommes d'aujourd'hui. Quand vous aviez cet âge, en auriez-vous profité pour espionner ?

Aulay hésita, échangea un regard avec ses frères et soupira.

— *Aye*, admit-il en même temps que les autres. C'est ce que font les garçons.

Jo hocha la tête comme si c'était exactement la réponse à laquelle elle s'attendait.

— C'est pour cette raison que vos parents ne vous ont pas mis dans la confidence à l'époque.

Elle se tourna vers Cam.

— Et c'est également pour cela que nous ne parlerons pas à nos fils de ceux qui se trouvent à Sinclair, du moins jusqu'à ce qu'ils soient adultes et que nous soyons certains qu'ils n'iront pas regarder en cachette.

— On peut observer l'intérieur les chambres depuis les passages, à Sinclair ? s'exclama Cam, ébahi.

— *Aye*, ta mère me les a montrés après notre mariage, annonça-t-elle.

— Quoi ? Pourquoi mon père ne m'en a-t-il jamais parlé ?

Face au haussement d'épaules impuissant de Jo, Dougall prit la parole :

— Pour les mêmes raisons. Peut-être qu'il attendait que tu atteignes l'âge adulte pour être sûr que tu n'irais pas espionner les donzelles !

Cam se raidit, puis hocha la tête d'un air solennel.

— Je vois. C'est certainement pour cela que tes parents ne t'en ont pas parlé jusqu'à leur décès et que ton oncle n'a pas non plus abordé le sujet.

La taquinerie arracha presque un sourire à Aulay, mais la situation était bien trop grave pour que quiconque s'y ose. Personne n'avait oublié que Jetta se trouvait peut-être en danger en ce moment même… si elle n'était pas déjà morte.

— Où sont ces fameux judas ? demanda-t-il à Saidh d'un ton tranchant, impatient de s'assurer que sa femme était bien saine et sauve.

— Dans les petites pierres qui sortent du mur, expliqua sa sœur. Il y en a une douzaine à des hauteurs variées. Les pavés s'ôtent facilement pour révéler les trous qui donnent sur la pièce.

Après un bref hochement de tête, Aulay franchit l'entrée du passage, mais il s'arrêta sur le seuil en sentant une présence dans son dos et se rendit compte que tous avaient fait un pas en avant, comme pour le suivre dans la galerie. Même Edith et Niels s'étaient avancés, et Alick lui rentra dedans quand il s'immobilisa.

— J'y vais seul, grogna-t-il. Vous, restez ici.

— Tu auras peut-être besoin de notre aide, contra Dougall.

— Ne te fais pas de souci pour moi. Vous ne pouvez pas venir. Cela ferait trop de bruit, rétorqua Aulay.

— Nous serons aussi silencieux que des souris, promit Alick.

— Aulay, interrompit Saidh d'une voix calme. Si Jetta perd la vie parce que tu as refusé notre aide, tu ne te le pardonneras jamais... et moi non plus. J'aime beaucoup cette fille.

Il ferma brièvement les paupières, puis soupira avec résignation.

— Très bien, mais je ne veux pas vous entendre.

Ils acquiescèrent tous sans un mot, et Aulay tourna les talons pour les guider à l'intérieur du passage.

L'eau fraîche sur son visage réveilla Jetta. Paniquée, elle cligna des paupières et balaya frénétiquement les environs des yeux. La silhouette de Charleigh acheva de lui rappeler la situation dans laquelle elle se trouvait.

— Ce n'est pas trop tôt, lança Cha en reposant le pichet vide qu'elle tenait à la main. J'ai cru que tu ne reprendrais jamais connaissance.

Jetta la fusilla du regard.

— J'avais espéré que ta présence ici n'était qu'un horrible cauchemar. J'imagine que c'était trop demander, cracha-t-elle.

— Eh bien ! s'exclama Charleigh, surprise, en haussant les sourcils. J'ai comme l'impression que les griffes du chaton ont poussé. D'où te vient ce courage, frangine ? Tu ne te serais jamais adressée à moi de la sorte quand nous étions à Fitton.

Jetta se contenta de secouer la tête avec désarroi. Le temps n'était pas aux querelles de famille. Elle avait toujours refusé de rentrer dans le jeu de sa sœur, d'abord au cours de leur enfance, puis quand elles avaient atteint l'âge adulte, non pas par manque de repartie, mais pour ne pas contrarier leur mère. Et elle ne le ferait pas non plus à présent, car il fallait qu'elle réfléchisse à un moyen de se dépêtrer de cette situation. Elle avait plus de chances d'échapper à Charleigh en obligeant celle-ci à parler qu'en lui rendant ses insultes.

Aussi, elle l'encouragea.

— Vas-tu enfin me dire ce qui s'est passé après que père et toi m'avez embarquée de force sur le bateau ?

Cha ne répondit pas tout de suite, et Jetta craignit un instant qu'elle ne soit lasse de discuter et s'apprête à passer à l'étape suivante de son plan. Puis Charleigh reprit la parole.

— Oh *aye*, où en étais-je ?

— Sur *Le Cok*.

Cha resta un moment sans mot dire.

— As-tu vendu ton corps au capitaine en échange d'un moyen d'échapper à ton mariage avec le marquis ? continua Jetta face au silence de sa jumelle. Est-ce pour cela que tu es revenue ?

Cha retroussa les lèvres en une moue dégoûtée.

— Il s'intéressait plus à son second qu'à moi.

— Alors je suppose que tu es restée ligotée au mât jusqu'à ton arrivée dans le sud de la France, poursuivit Jetta pour l'inciter à poursuivre.

— *Nay*, Casey avait trop peur qu'une autre tempête ne se lève et emporte avec elle son nouveau nid-de-pie et sa promesse de paiement par la même occasion. Quand nous avons été suffisamment loin du port, du moins assez pour que je ne puisse pas sauter par-dessus bord et regagner le rivage à la nage, il a dénoué mes liens et m'a fait descendre dans sa cabine pour m'attacher à son lit.

Jetta se raidit et releva la tête.

— *Son lit ?* T'a-t-il...

— Violée ? finit Cha face à son hésitation. Non, sœurette, je t'ai déjà dit qu'il s'intéressait plus à son second qu'à moi.

— Oh ! murmura Jetta.

— Quoi qu'il en soit, continua Charleigh, le voyage a été court et dépourvu d'incident. Nous avons mis à peine cinq heures. Le vent soufflait, mais il n'y a pas eu l'ombre d'une tempête. Je me suis ennuyée pendant tout le trajet. Quand nous avons accosté en France, le capitaine m'a libérée, puis m'a ordonné de faire un brin de toilette et, après m'avoir informée qu'il avait posté un garde à la fenêtre et qu'il surveillerait lui-même la porte d'entrée, il m'a enfermée à double tour.

— Qu'as-tu fait ? demanda Jetta en griffant méthodiquement la corde qui lui retenait les poignets.

Les liens très serrés rendaient l'opération délicate et il y avait tout à parier qu'il était presque impossible de les sectionner ainsi, mais elle n'abandonna pas.

— Que pouvais-je bien faire ? répondit Cha sèchement. Je me suis préparée à affronter mon destin. J'avais alors cessé toute résistance. J'allais épouser ce Français, devenir marquise et prier Dieu pour qu'il ne me batte pas.

— T'a-t-il battue ? s'enquit Jetta sans se départir de son calme.

Cha la fixa d'un regard glacial pendant un long moment avant de se remettre à parler – en évitant soigneusement sa question.

— Mon fiancé n'était pas sur le quai quand nous avons jeté l'ancre dans le port. Il fallait s'y attendre. Après tout, le navire avait deux jours de retard à cause de ta fugue. Le capitaine a donc loué un chariot pour aller me livrer au marquis en mains propres.

Elle redevint silencieuse, et Jetta la dévisagea un instant sans rien dire. À quoi songeait Cha ? Maintenant que la mémoire lui était revenue, Jetta avait compris qu'elle n'avait jamais vraiment connu sa sœur et tout ce que celle-ci dissimulait sous une couche de superficialité et de théâtralité. Malgré l'égoïsme de Charleigh, Jetta avait été complètement sidérée de se retrouver ligotée au mât du *Cok*. Et même ainsi, elle ne s'était pas attendue à la situation présente. Froide et terrifiante, la femme qu'elle avait devant les yeux n'avait rien de la jumelle avec laquelle elle avait cru grandir.

— Il était très beau, finit par reprendre Cha d'une voix rêveuse. Je n'avais jamais vu d'homme aussi séduisant que lui. Ses cheveux étaient d'un blond doré et ses yeux aussi bleus qu'un ciel sans nuages. Son seul sourire aurait suffi à faire trembler la plus pieuse des demoiselles.

Elle croisa le regard de Jetta.

— J'imaginais que la noce serait célébrée sur-le-champ, mais il a déclaré qu'il l'avait programmée pour la semaine suivante, afin que je me sente plus à l'aise en sa présence avant que nous ne devenions mari et femme. N'est-ce pas merveilleux ?

— C'était gentil de sa part, acquiesça Jetta, sans oser lui dire qu'Aulay s'était montré mille fois plus prévenant envers elle.

Après tout, il lui avait sauvé la vie, avait prétendu être son époux pour qu'elle se sente en sécurité et guérisse rapidement, et lui avait prouvé qu'il se souciait d'elle de mille et une façons depuis le jour où elle avait échoué sur ses terres.

— Ce fut la semaine la plus merveilleuse de toute ma vie, continua Charleigh, des étoiles plein les yeux. Des compliments aussi doux que le miel se déversaient de ses lèvres à longueur de journée. Il déclarait à l'envi être l'homme le plus chanceux du monde de m'avoir pour fiancée. J'étais la plus belle fille de tout le pays. J'allais lui donner des enfants magnifiques. Il était impatient de commencer notre vie commune et de construire notre avenir.

Elle esquissa un sourire.

— Je dois avouer que je suis tombée amoureuse de lui. Je considérais ta mort comme une aubaine et me suis même surprise à penser que la Providence en avait décidé ainsi pour que je puisse épouser cet homme qui, de toute évidence, était fait pour moi. Je voyais déjà un futur de rêve se dérouler devant mes yeux. Et la noce ! Le marquis avait tout préparé. Rien à voir avec ton mariage hâtif et bas de gamme.

Jetta se raidit à cette description. La cérémonie avait certes été un peu précipitée, mais dans son souvenir elle n'avait rien eu de bas de gamme.

— Le mien était extraordinaire, continua Charleigh. Au cours de la semaine, le marquis avait fait venir un couturier pour me confectionner une robe magnifique. Il avait dépensé sans compter. La nourriture était exquise, et des troubadours avaient fait le voyage depuis les quatre coins du monde pour divertir la foule. J'avais l'impression de rêver.

Elle poussa un petit soupir nostalgique.

— Puis est arrivé le moment d'aller nous coucher. J'étais nerveuse et excitée tout à la fois, mais il a dit qu'il voyait bien que j'avais peur et qu'il attendrait une nuit de plus pour me donner le temps de m'accoutumer à ma nouvelle situation avant de faire valoir ses droits conjugaux. Puis, il s'est entaillé la main et a taché le drap de son propre sang pour que le prêtre puisse attester de ma virginité, le lendemain matin. Mais il n'a pas quitté le lit, poursuivit-elle. Il m'a prise dans ses bras et tenue contre lui toute la nuit en me murmurant des mots doux à l'oreille.

Charleigh croisa brièvement le regard de Jetta.

— Je me suis endormie chérie et aimée, et me suis réveillée en ayant l'impression d'être la femme la plus chanceuse du monde.

Il y eut un moment de silence au cours duquel Charleigh sembla se délecter de ce souvenir.

— Nos invités avaient alors repris la route, après être restés chez le marquis pendant plus d'une semaine. Quand est venue l'heure du souper, il n'y avait plus personne. Honnêtement, j'étais heureuse de les savoir partis. J'étais impatiente de passer un peu de temps en tête à tête avec mon nouvel époux. Après avoir dîné, il m'a escortée jusque dans notre chambre... et mon rêve merveilleux s'est alors transformé en horrible cauchemar.

Jetta eut un mouvement de surprise, mais elle garda le silence et laissa sa sœur avancer dans son récit à son rythme.

— Mon beau marquis aux mots de velours s'est envolé, et je me suis retrouvée devant un monstre d'une cruauté inimaginable. S'est ensuivie une semaine entière de souffrance et de dépravation sans fin.

Charleigh croisa de nouveau le regard de Jetta et, l'espace d'un instant, celle-ci aperçut dans ses pupilles l'enfant qu'elle avait connue, jeune et vulnérable.

— Il m'a torturée et il adorait cela. Il a fait des choses...

Charleigh frissonna et se détourna de Jetta pour se cacher le visage.

— Au début, j'ai essayé de ne pas montrer aux domestiques et aux soldats la façon dont il me traitait, confessa-t-elle, tourmentée. Mais, après la deuxième ou la troisième nuit, je ne pouvais plus cacher les bleus et les brûlures sur ma peau. J'en avais partout, et le personnel de maison a commencé à poser sur moi des yeux emplis de pitié. J'ai supporté ce cauchemar pendant une semaine, puis il s'est lassé de me persécuter dans notre chambre. Ce n'était plus assez pour lui. Il m'a traînée dans le grand hall et m'a battue et violée sur la table d'honneur, au vu et au su de tous.

Jetta poussa une petite exclamation d'horreur, mais Charleigh n'avait pas terminé.

— Quand il a eu fini, il m'a fait rouler au sol avec les chiens, mes semblables a-t-il dit, et m'a pissé dessus.

— Oh ! Cha, murmura Jetta, et sa sœur tourna brusquement la tête vers elle avec fureur, tel un serpent sur le point de fondre sur sa proie.

— La ferme ! cria-t-elle avec rage. Cela aurait dû être *toi* ! Si tu ne t'étais pas enfuie, jamais je n'aurais vécu cet...

Elle s'interrompit, inspira profondément et se détourna derechef. Après un long moment de silence, elle poursuivit d'une voix calme et détachée :

— J'étais alors...

Charleigh s'arrêta de nouveau pour se tourner vers Jetta avec un petit sourire en coin.

— En toute honnêteté, j'étais alors tellement mal en point et semblais si faible que personne n'a imaginé un seul instant que j'avais quoi que ce soit à voir avec la chute de mon mari dans l'escalier, celle qui lui a brisé le cou.

# 20

Jetta dévisagea Charleigh, choquée par de telles révélations. Elle n'avait aucune idée de ce que sa sœur avait subi et ne voulait même pas l'imaginer. Personne ne méritait de traverser une telle épreuve, et Jetta avait parfaitement conscience qu'elle aurait connu le même destin si la Providence n'était pas intervenue. La mort du marquis ne l'affectait pas le moins du monde. De fait, elle y trouvait même un certain réconfort. Au moins, il ne ferait plus jamais de mal à Charleigh ni à quiconque, car au fond de son cœur Jetta était persuadée que sa sœur et la première épouse de cet homme n'avaient pas été ses seules victimes.

Ce qui la troublait, en revanche, c'était Charleigh elle-même. Sous cette rage qu'elle affichait ouvertement se cachait une terrible douleur, mais la rapidité avec laquelle sa colère apparaissait et disparaissait était beaucoup plus alarmante. Jetta comprenait un peu mieux sa sœur à présent. Si Charleigh avait été égoïste et gâtée par le passé, c'était désormais une femme brisée – et probablement dangereuse.

Jetta prit une grande inspiration.

— Tu l'as poussé dans l'escalier, dit-elle simplement.

— *Aye*, affirma Cha en tordant la bouche en un rictus amer. Et je n'ai jamais été inquiétée à ce sujet. Tout a été légué à un lointain cousin ; le titre, le château, l'argent, tout. Même ma dot !

Elle avait prononcé ces derniers mots d'une voix outrée.

— Le nouveau marquis ne voulait pas entendre parler de

moi. À ses yeux, j'étais une intruse. Une semaine après le décès de mon mari, il m'a remise entre les mains de Casey.

Jetta eut un petit mouvement de surprise, et Cha sourit amèrement.,

— *Aye*, celui-là même qui m'avait débarquée en France. Le fumier ! Je lui rendrai une petite visite quand j'en aurai fini avec toi.

Jetta s'efforça de ne rien laisser paraître, mais en son for intérieur la panique l'avait gagnée. Cha était beaucoup plus que brisée. Elle avait complètement perdu l'esprit si elle prévoyait d'assassiner tous ceux qu'elle estimait lui avoir causé du tort. Jetta n'aimait pas non plus le capitaine, mais il n'avait fait que son travail, à savoir livrer une demoiselle à son supposé fiancé. Certes, la jeune fille en question était réticente, mais le contrat de mariage, lui, était bien réel.

— J'étais encore bien mal en point, poursuivit Cha, mais le nouveau marquis était impatient de se débarrasser de moi. Il m'a confiée à Casey avec rien de plus en poche que quelques sous. Même les joyaux qui m'avaient été offerts comme cadeau de mariage m'ont été retirés. C'étaient des bijoux de famille, m'a-t-on dit, destinés à revenir à l'épouse de l'héritier. On s'est arrangé avec le capitaine pour qu'il me ramène chez moi. Ce sale chien était censé me déposer à Fitton en personne, mais il avait mieux à faire. Il a donc loué un chariot, m'a fait monter à bord, puis est parti s'occuper de ses affaires. Je suis restée là, le corps meurtri et couvert de bleus, avec pour seule compagnie un marin posté à côté.

Charleigh fit une pause et esquissa un petit sourire amer.

— C'est là que j'ai appris que tu étais toujours en vie. J'étais allongée sur le sol de la voiture quand un jeune homme s'est approché et a demandé à mon garde s'il avait eu vent d'un navire ayant fait naufrage dans une tempête, un peu plus de trois semaines auparavant. Il affirmait avoir entendu parler d'un mât brisé ayant échoué sur l'une des plages environnantes. Mon garde lui a dit qu'il ne savait rien, et l'inconnu est reparti. Le capitaine est finalement revenu peu après cela, et le marin lui a rapporté l'incident. Ils ont conclu qu'il s'agissait probablement du nid-de-pie de son navire, mais que si tu avais survécu le jeune homme en aurait fait mention. Mais moi, je savais que ce type ou quelqu'un de sa connaissance t'avait trouvée en vie. Je le sentais dans mes tripes.

— Mais comment as-tu su où j'étais ? demanda Jetta.

— Le garde a reconnu son interlocuteur comme l'un des frères Buchanan. Apparemment, ils se ressemblent tous. Vu son âge, il a supposé qu'il s'agissait du dénommé Alick.

Cha l'avait menée en bateau ! Sa sœur savait pertinemment depuis le début qu'elle n'avait pas soudoyé le capitaine. Elle était au courant que le mât avait été arraché du pont. De toute évidence, elle avait besoin d'un bouc émissaire pour chacun de ses malheurs, quelles que soient les circonstances.

— Casey m'a déposée à la maison, ce soir-là, poursuivit Cha. Notre père a fait semblant d'être heureux de me voir saine et sauve. Il avait toujours su que tout finirait par s'arranger, a-t-il prétendu. J'ai suggéré que nous fêtions mon retour.

Charleigh retroussa les lèvres.

— Il a essayé de décliner mon offre, au début, mais j'ai insisté. J'avais survécu. Il fallait fêter cela. Finalement, il a cédé et a fait venir le whisky. Nous avons trinqué, d'abord à ma vie, puis à ton triste décès, à celui de notre mère, et ainsi de suite. J'ai fait mine de boire, mais lui ne s'est pas fait prier.

Charleigh fit une pause et leva les yeux au plafond.

— Nous en étions à notre huitième ou neuvième tournée quand j'ai finalement versé le poison dans son verre. Puis j'ai proposé que l'on porte un dernier toast à sa santé et je l'ai regardé mourir.

Jetta releva la tête aussi vivement que si on avait tiré sur une ficelle accrochée au-dessus de son crâne.

— Tu as assassiné notre père ?

Cha hocha la tête.

— Avec grand plaisir.

— Pourquoi ? s'exclama Jetta, surprise.

Leur père avait toujours accordé à Charleigh tout ce qu'elle désirait.

— J'étais furieuse contre lui, grogna celle-ci, les yeux brillant de colère, avant de reprendre une expression calme et stoïque. Qui plus est, son alcoolisme aurait encore été loin de le tuer, contrairement à ce que j'avais imaginé. En fait, il ne buvait presque plus. Si le décès de notre mère l'avait fait sombrer, ta supposée disparition l'avait remis dans le droit chemin. D'après les domestiques, il ne s'accordait plus qu'une seule chope de bière au souper.

Charleigh pinça les lèvres mais conserva son ton léger.

— Jusqu'au jour de sa mort.

Jetta baissa la tête. Sa sœur était hors de contrôle. Mettre fin aux jours du marquis était une chose, mais *leur propre père* ! D'autant plus que cela aurait plutôt été à elle d'en vouloir à ce dernier, pour avoir comploté avec Cha pour l'envoyer en France !

— Comme prévu, le guérisseur a conclu que la boisson l'avait tué et s'est vanté d'avoir prévenu notre père depuis des années que son alcoolisme finirait par avoir raison de lui. Pour ma part, j'ai fait mine d'être triste.

Elle esquissa un grand sourire avant de poursuivre :

— Et soudain tout était à moi ! Je suis désormais la dame de Fitton, la maîtresse des lieux.

— Le roi ne manquera pas de te désigner un tuteur jusqu'à ce que tu te remaries, lui fit remarquer Jetta.

— C'est déjà fait. Le frère de notre cher père, l'oncle Albert.

Jetta poussa une petite exclamation horrifiée.

— Mais l'oncle Albert est...

— Dérangé ? Fêlé ? l'interrompit Charleigh, le visage rayonnant. *Aye.* Et cela m'arrange. Il passe son temps plongé dans ses bouquins à essayer de démontrer l'existence du diable. En attendant, j'ai le champ libre.

Elle haussa les épaules d'un air détaché.

— Je peux faire ce que je veux, quand cela me chante. Je n'ai aucune limite. D'ailleurs, je doute qu'il se soit rendu compte que je ne suis plus à Fitton depuis quelques jours. Je n'ai jamais eu autant d'autonomie de toute ma vie.

— Alors que fabriques-tu ici ? Pourquoi n'es-tu pas à Fitton en train de profiter de ta nouvelle liberté ? s'enquit Jetta en imaginant aisément ce que sa sœur allait répondre, tout en espérant que ce ne serait pas le cas.

— Parce que tu es encore en vie. Et tu es tout aussi fautive que notre père dans ce qui m'est arrivé. Si tu n'avais pas échappé à ton destin, me forçant ainsi à prendre ta place, je n'aurais jamais souffert entre les mains du marquis.

— Ce n'était pas mon destin. Je...

— J'ai donc décidé de venir en finir avec toi, continua Charleigh sans l'écouter. Le premier jour, quand je suis arrivée, j'ai vu cette fille que j'ai prise pour toi qui batifolait dans les bois avec un homme que j'ai supposé être le seigneur de ces terres. Elle nous ressemble beaucoup, du moins de loin. J'imagine que notre père a dû traîner dans le coin, il y a quinze ou seize ans, et engrossé l'une des domestiques. Quand j'ai réussi à m'approcher, elle était montée à cheval derrière ce type et ils se dirigeaient vers le château. Je les ai suivis et je lui ai planté une flèche dans le dos juste avant qu'ils franchissent les portes de l'enceinte.

Jetta déglutit avec peine. Charleigh avait toujours été excellente au tir à l'arc.

— Il ne s'agissait pas de moi. C'était Katie, une domestique.

— *Aye*, c'est ce que j'ai appris par la suite, admit Cha d'un ton sec. Peu après lui avoir tiré dessus, un soldat est sorti au galop. J'ai su que cela avait à voir avec mon intervention, alors je l'ai pisté. Je voulais confirmer que tu étais bien morte. Je me suis dit que j'attendrais qu'il fasse halte pour la nuit et le ferais parler sous la torture, mais il s'est arrêté dans un pavillon de chasse. Une femme est sortie de la maison, et il s'est entretenu avec elle. Je l'ai entendu lui raconter comment la bonne, Katie, avait été blessée alors qu'elle chevauchait en compagnie d'un certain Geordie, et qu'ils avaient besoin de Rory au château.

Charleigh soupira.

— Tu n'imagines pas ma déception, admit-elle. Mais, alors que je m'apprêtais à faire demi-tour, la domestique a dit que Rory et le seigneur étaient partis à la plage avec la jeune Anglaise. J'ai eu une intuition, la même que lorsque j'ai entendu le dénommé Alick discuter avec le marin. Alors j'ai suivi le messager jusqu'à la côte et tu étais là ! Tu étais horriblement maigre, un vrai squelette. Et tu portais la tenue la plus ridicule que j'aie jamais vue. Mais tu riais beaucoup.

Son sourire s'effaça, et son expression se crispa sous l'effet de la colère.

— Comme si tu n'avais cessé de t'amuser pendant que je souffrais le martyre.

— J'ai été inconsciente pendant plusieurs semaines, Cha. J'étais réveillée depuis une douzaine de jours à peine. Et ce matin-là, à la plage, c'était la première fois que je quittais ma chambre. J'avais perdu la mémoire et je croyais être mariée à Aulay.

Charleigh haussa les épaules d'un air dubitatif.

— Quoi qu'il en soit, le messager et ce Rory sont repartis immédiatement, mais vous deux êtes rentrés au pavillon. Puis, Aulay est parti aussi. Après son départ, je me suis faufilée à l'intérieur pendant que la bonne et toi étiez à l'étage. Il y avait une marmite sur le feu, et j'y ai versé du poison en espérant que cela suffirait. J'ai bien mélangé et je suis ressortie. Ensuite, j'ai trouvé une clairière non loin de là pour me reposer un peu et patienter. Je suis revenue plus tard dans la soirée en m'attendant à vous trouver mortes. Au lieu de cela, l'endroit grouillait de soldats et le seul à avoir trépassé était un sale corniaud.

Jetta ne prit pas la peine de lui expliquer que le repas avait été carbonisé et jeté dehors. À quoi bon ?

— Avec tous les hommes qui campaient là, je ne me suis pas attardée dans le coin. Je suis retournée dans ma clairière pour réfléchir à ma prochaine action, et c'est là que je me suis souvenue de la couverture.

— La couverture ? répéta Jetta, perplexe.

— *Aye*, tu l'avais fait tomber sur la plage après votre pique-nique.

— Oh ! murmura Jetta en se souvenant de l'incident.

C'était en fait Aulay qui l'avait laissée derrière eux. Elle avait cru un instant qu'il retournerait la ramasser, mais l'orage menaçait d'éclater et il avait finalement décidé de se mettre en route vers le pavillon. Elle avait alors supposé qu'il irait la récupérer plus tard, mais il avait pris la route pour Buchanan peu de temps après.

— À quoi a-t-elle bien pu te servir ? demanda-t-elle.

— Je pouvais difficilement m'introduire dans l'enceinte de Buchanan vêtue de ma jolie robe, expliqua-t-elle sèchement. J'ai enroulé le tartan autour de mes épaules pour en faire un *arisaidh*[1], ramassé quelques joncs et de la lavande sur le chemin, attaché mon cheval dans le sous-bois et suis rentrée dans Buchanan à pied comme si de rien n'était. Personne n'a fait attention à moi, pas même les soldats postés sur la muraille. Pourquoi se seraient-ils inquiétés ? Je n'étais qu'une jeune fille innocente parmi tant d'autres.

Soudain éreintée, Jetta décida d'accélérer le récit.

— C'est toi qui m'as poussée dans l'escalier.

Cha haussa les épaules.

— L'idée avait fonctionné avec mon mari.

— Et tu t'es ensuite cachée dans une malle pour ne pas être découverte.

Surprise, Charleigh sursauta.

— Comment le sais-tu ?

— Tu as laissé tomber ta dague parmi les robes.

— Oh ! c'est donc là qu'elle était. Je l'avais amenée dans l'espoir de l'utiliser contre toi. Tous les soirs, quand je me couche, je rêve ce que je pourrais te faire avec ce poignard.

Jetta soupira, désespérée.

— Nous sommes *sœurs*, Cha. Jumelles, même. Pourtant tu me hais et...

— Évidemment que je te déteste ! s'exclama Charleigh. Tu t'es échappée et m'as obligée à épouser le marquis !

— C'était ton fiancé ! cria Jetta en retour. Et tu sais bien que je ne me suis pas enfuie. J'étais ligotée au mât quand il s'est brisé, comme si Dieu lui-même avait voulu l'arracher.

— *Dieu ?* ricana Cha. Prétends-tu que le Tout-Puissant en personne t'a sauvée ? Et où était-Il quand j'avais besoin de Lui ? Pourquoi n'a-t-Il pas frappé le marquis de Ses foudres divines

1. Sorte de cape avec capuche retenue à la taille par une ceinture, et qui peut à l'occasion être rabattue pour recouvrir la jupe.

pour m'empêcher de l'épouser ? Pourquoi ne S'est-Il pas assuré que je serais fiancée à quelqu'un de jeune, fort, beau et viril ?

— Peut-être a-t-Il tenté de t'offrir ce que tu souhaitais.

— Quoi ? Qu'est-ce que tu racontes encore ?

— Réfléchis. Si tu n'avais pas comploté contre moi, tu te serais trouvée sur *Le Cok* quand le nid-de-pie a été emporté par les vagues. C'est toi qui aurais échoué sur la plage près du pavillon d'Aulay. Si les choses s'étaient déroulées ainsi, tu serais désormais la femme d'Aulay et aurais à ton bras un homme jeune, fort, beau et viril qui prendrait soin de toi et ne ferait jamais de mal à une mouche. Maintenant que j'y pense, je crois que je devrais te remercier de ta perfidie, car je dois tout le bonheur que j'ai connu jusqu'à ce jour au fait que tu as convaincu notre père de m'envoyer en France à ta place.

Cha plissa les yeux d'un air suspicieux, puis éclata d'un rire dur.

— Ton mari est loin d'être beau. Mon époux a peut-être agi de manière monstrueuse, mais le tien est une véritable abomination à regarder. Franchement, je n'arrive pas à comprendre comment tu peux supporter qu'il te touche.

— J'aime son visage, rétorqua Jetta sans se laisser perturber. Je n'ai jamais connu d'homme aussi séduisant.

— Évidemment, cracha Charleigh avec dérision. Tu as toujours préféré l'imperfection. Je me souviens avoir un jour dit à notre mère que je craignais que tu ne sois aveugle, mais elle a démenti et m'a affirmé que tu trouvais de la beauté dans tout.

Elle leva les yeux au ciel et, l'espace d'un instant, les lèvres serrées, elle sembla éprouver des difficultés à poursuivre.

— Je dois toutefois admettre qu'il semble plutôt viril, reprit-elle. Les choses qu'il t'a faites dans l'étable... Tes gémissements, tes cris et toutes ces idioties que tu as dites...

Cha ne put réprimer un petit frisson à ce souvenir.

— Je me suis rendu compte que le lit conjugal n'était pas forcément douloureux et humiliant. Cela m'a donné envie de connaître ce même plaisir.

— Tu nous as observés dans l'écurie ? s'exclama Jetta, horrifiée.

— Où crois-tu que je dormais depuis tout ce temps ? rétorqua Charleigh d'un ton pincé. Je ne pouvais pas rester dans le donjon au risque que tu m'aperçoives et me reconnaisses. Les autres habitants se sont peut-être laissé duper par la poussière dont je m'étais barbouillé le visage, mais je savais que ce ne serait pas ton cas. Je me suis donc installée dans le grenier à foin, d'où j'ai eu une vue imprenable sur la manière dont vous avez consommé votre mariage.

— Et tu nous as ensuite enfermés à l'intérieur et incendié le bâtiment, conclut Jetta froidement.

— *Aye*, admit Cha sans le moindre remords apparent. Dès que vous vous êtes endormis, je suis descendue sans un bruit, j'ai mis le feu au bois et bloqué les portes.

Ses lèvres se retroussèrent en un rictus amer.

— Mais une fois de plus tu as réussi à t'enfuir.

Le sourire de Charleigh se fit cruel.

— Peut-être était-ce une bonne chose, en fin de compte, car vois-tu, sœurette, je crois que je vais adorer profiter du plaisir que va m'offrir ton cher Aulay avant de mourir.

— Pardon ?

Cha haussa les épaules avec nonchalance.

— Ce n'est pas comme si j'étais pressée de rentrer à Fitton. Quand je t'aurai tuée, il me faudra encore régler son compte au capitaine Casey, mais rien ne presse. Je peux m'attarder ici encore un jour ou deux et connaître les délices du lit conjugal avant de trancher la gorge d'Aulay dans son sommeil.

— Quoi ? glapit Jetta. Mais pourquoi ? Il ne t'a rien fait.

— Parce qu'il t'a rendue heureuse pendant que je souffrais, répondit Cha, furieuse. Il me semble tout à fait juste que je reçoive ma part de plaisir avant de le punir.

Une pensée traversa l'esprit de Jetta, et elle se détendit.

— *Nay*, tu ne le feras pas. Tu as dit que son visage était une abomination et que tu ne comprenais pas comment je pouvais supporter qu'il me touche, lui rappela-t-elle.

— *Aye*, c'est vrai. Et j'étais sincère. C'est pour cela qu'au départ j'ai tenté de séduire l'un de ses frères, admit Charleigh. Comme je ne voulais pas qu'il s'en souvienne, j'ai glissé quelques plantes dans la bière, couvert mes cheveux et sali mon visage, avant de déposer le pichet devant Conran. Malheureusement, Alick s'en est emparé et a lancé un défi à Niels. Ils ont tout bu. Conran n'a pas avalé une seule goutte de ma concoction.

Son expression irritée se transforma soudain en un sourire radieux.

— Mais depuis je suis arrivée à la conclusion que c'était probablement un mal pour un bien. Malheureusement, Edith était au lit avec Niels, alors j'ai jeté mon dévolu sur Alick. Je voulais qu'il me fasse l'amour, mais même drogué et soûl, il avait trop de scrupules et a refusé de coucher avec la femme de son aîné.

— Évidemment que j'ai refusé ! marmonna Alick debout à côté d'Aulay dans l'obscurité du passage, ce qui lui valut un coup de poing sur le bras.

Hormis cette réflexion d'Alick, et à l'exception de quelques soupirs dégoûtés ou exclamations étouffées, ils avaient tous gardé le silence jusqu'à présent, captivés par le récit de la sœur de Jetta. Même Aulay était fasciné par ce qu'il entendait. C'était d'ailleurs la seule et unique raison pour laquelle il n'avait pas encore poussé le levier de l'entrée du passage secret pour aller sauver sa femme.

— Tu as essayé de séduire Alick ! gronda Jetta. Mais ce n'est qu'un adolescent !

Connaissant son frère, Aulay s'empressa de lui couvrir la bouche de la main, étouffant le braillement de protestation qui suivit ce commentaire. Alick lui décocha un regard furieux.

— On avait dit aussi silencieux qu'une souris, lui rappela-t-il à voix basse.

Incapable de parler, Alick opina en silence.

Après un soupir de soulagement, Aulay reporta son attention sur ce qui se déroulait de l'autre côté du judas.

— C'était probablement mieux ainsi, disait Cha. Je ne pense pas que mon plan aurait fonctionné, de toute manière. Des quelques baisers que j'ai réussi à lui voler, je sais déjà que c'est un mauvais amant. Je n'ai pas ressenti une once de cette passion que j'ai entrevue entre toi et Aulay.

Aulay se tourna brusquement vers Alick, mais cette fois

Dougall le devança et le fit taire avant qu'il ait eu le temps d'ouvrir les lèvres.

— Tu as embrassé ma femme ? siffla Aulay à voix basse.

— Il s'agissait de Cha, pas de Jetta, le corrigea Dougall pour le calmer. Et probablement pas de sa propre volonté. Si tu as bien écouté ce qu'elle a dit, il l'a repoussée.

Aulay poussa un petit grognement indistinct, puis se détourna de ses frères.

— Mais la soirée n'a pas été entièrement infructueuse, commentait Cha quand Aulay se remit à observer par le trou. J'ai réussi à le convaincre de me montrer les passages secrets. Il est très naïf, à moins que les plantes que j'ai mises dans sa bière ne l'aient rendu docile. Je n'ai eu qu'à lui dire que c'était Aulay qui l'avait ordonné, et il s'est exécuté. Il m'a indiqué l'emplacement de celui qui se trouve dans sa chambre, puis m'a fait pénétrer dans un deuxième, situé près de l'escalier. Il m'a conduite le long de la galerie, jusqu'au tunnel qui débouche dans la grotte, et nous sommes revenus. Il m'a ensuite expliqué comment ouvrir les entrées.

Elle grimaça avant de poursuivre :

— J'ai dû lui intimer de baisser d'un ton plusieurs fois. Je craignais qu'il ne réveille quelqu'un, mais nous sommes passés inaperçus. Puis j'ai tenté ma chance auprès de Niels.

Aulay détacha son regard du judas pour jeter un coup d'œil inquiet en direction d'Edith. Elle allait être contrariée de ce qu'elle s'apprêtait à entendre. Pourvu que Niels ait la présence d'esprit de la faire taire à temps !

— Je n'ai pas réussi à trouver l'occasion d'être seule avec lui avant le matin, poursuivit Cha. Il était descendu avec Edith pour déjeuner, mais est remonté sans elle peu de temps après. La boisson que je lui avais concoctée avait perdu de son effet, à ce moment-là, et il a refusé même de m'embrasser.

Elle claqua la langue avec une moue agacée.

— Il ne cessait de dire que c'était déloyal envers Aulay et semblait dégoûté de ce qu'il pensait être ton comportement, dit-elle d'une voix irritée. C'est alors que je me suis rendu compte que la seule manière de connaître le plaisir intime était de me tourner vers Aulay en personne.

— Je te défends de coucher avec mon mari, déclara Jetta d'un air sombre.

Cha éclata de rire.

— Voyons, sœurette, ne sois pas si égoïste, riposta-t-elle. Notre mère nous a toujours appris à partager nos jouets.

— Aulay n'est pas un jouet, rétorqua Jetta avec colère. C'est mon époux et je l'aime.

Aulay déglutit avec peine. Son cœur gonfla dans sa poitrine. Jamais plus il ne douterait de l'amour que Jetta éprouvait pour lui.

Cha haussa les épaules.

— C'est donc le seul homme dans tout ce château qui ne me rejettera pas quand je me présenterai devant lui sous tes traits. Je suis certaine qu'il fera tout ce qui est en son pouvoir pour me faire connaître le plaisir.

Aulay la vit trembler de désir.

— Qui sait ? S'il est très doué au lit, comme je le suspecte, je le laisserai peut-être vivre un peu plus longtemps, jusqu'à ce que je me lasse de lui.

— Je croyais que tu ne supportais pas de le regarder en face, s'écria Jetta.

— J'éteindrai les bougies et les torches, répondit-elle simplement. Si cela ne fonctionne pas et que le feu de cheminée éclaire trop son visage, je fermerai les yeux. Qui plus est, je doute que tu aies aperçu sa cicatrice quand il se trouvait sous tes jupes.

Cha s'esclaffa face à l'expression horrifiée de sa sœur.

— D'ailleurs, maintenant que mon plan est en marche, je dois t'avouer que je suis pressée de voir ce qu'il peut me faire. Laid comme un poux ou non, j'ai bien aimé quand il m'a embrassée.

— *Il t'a embrassée ?* s'exclama Jetta d'une voix étranglée.

Aulay serra les poings contre ses cuisses. Que n'aurait-il donné pour tordre le cou de cette vipère ?

— *Aye*, acquiesça Cha. C'était…

Elle ne put retenir un petit frisson.

— Oh ! oui. Je suis impatiente de connaître la suite, dit-elle, le visage rayonnant.

Aulay serra les mâchoires à cette idée. Hormis pour l'appréhender, plutôt rôtir en enfer que de toucher cette garce !

— En parlant de cela, reprit Cha, lui et ses imbéciles de frères devraient avoir terminé leurs recherches d'ici peu. Il a promis de revenir faire valoir ses droits conjugaux. Si tu veux bien m'excuser, je vais devoir accélérer les choses ici, puis j'enverrai l'un des soldats le chercher. D'après mes observations, dans les minutes qui suivront son retour, je serai allongée sur le dos dans le plus simple appareil en train de crier de plaisir.

— Tu devras d'abord me passer sur le corps, répliqua Jetta.

— C'est ça l'idée, sœurette, s'esclaffa Cha. J'ai l'intention de te tuer d'abord et de te rouler sous le lit, puisque je ne peux pas me débarrasser de ton cadavre pour l'instant. Ton mari va littéralement me faire l'amour au-dessus de ton corps sans vie.

Cha fit un pas en avant, un poignard brandi au-dessus de la tête de Jetta, et le cœur d'Aulay cessa de battre.

# 21

Aulay avait trop attendu. Au lieu d'intervenir dès le début, il s'était laissé distraire par le récit de Charleigh. Un juron au bord des lèvres, il tira le levier pour ouvrir le passage et fit irruption dans la petite pièce. Mais il ne parvint pas à atteindre Cha à temps. Elle avait dû entendre un froissement de vêtement ou un bruit de pas à son approche, car cette folle se précipita vers Jetta et, en moins de temps qu'il n'en fallut pour le dire, se laissa choir à terre et s'allongea sur le flanc. Ainsi protégée derrière le corps de sa sœur, elle plaça son couteau sous la gorge de cette dernière.

Aulay s'immobilisa sur place.

— Repose ton arme, Cha. Tu es piégée, gronda-t-il en tentant de dissimuler l'inquiétude qui lui coulait dans les veines.

— Pas encore, rétorqua très sérieusement celle-ci en faisant glisser son regard d'Aulay au trou béant dans le mur situé derrière lui.

Aulay suivit sa ligne de mire et fut soulagé de voir qu'il n'y avait personne sur ses talons. Alick avait eu la présence d'esprit de ne pas le suivre dans la chambre.

— Tu as raison, répondit-il en reportant son attention sur Cha. Et nous ne sommes pas obligés d'en arriver là. Relâche Jetta et…

— Me prendrais-tu pour une imbécile ? l'interrompit-elle sèchement. Dès l'instant où je la laisserai partir, tu vas me sauter dessus.

Elle jeta un autre coup d'œil vers l'entrée de la galerie et obligea Jetta à se mettre debout.

— C'est pourquoi elle va venir avec moi, conclut-elle.

— Je ne suis pas idiot non plus, grommela Aulay. Je sais parfaitement que si tu quittes cet endroit avec Jetta, je ne la reverrai pas vivante.

— Jetta ? lâcha Charleigh avec une moue de dégoût. Elle s'appelle Sorcha, ou sorcière, selon mon humeur. Son nom n'est pas Jetta.

— Ça l'est désormais, répondit calmement Aulay.

Jetta avait grimacé en entendant le sobriquet dont sa jumelle l'avait affublée. Si jamais Aulay surprenait quiconque en train de s'adresser à sa femme de la sorte à l'avenir, il le réduirait en bouilli.

— Tu peux l'emmener jusqu'à l'ouverture du passage, dit Aulay. Si tu la libères ensuite, tu pourras t'échapper par le tunnel. Je ne te poursuivrai pas.

Cha jeta un autre coup d'œil dans le dos d'Aulay d'un air pensif.

— Décale-toi, dans ce cas, finit-elle par répondre après avoir considéré sa proposition.

Aulay hocha la tête et dévisagea Jetta, chose qu'il n'avait pas osé faire jusqu'alors. Il lui adressa un sourire rassurant, mais le regard désolé qu'elle lui rendit lui brisa le cœur. Avait-elle déjà abandonné tout espoir ?

La mâchoire serrée, il fit un pas sur sa gauche, se rapprochant légèrement de la baignoire désormais entre lui et les deux femmes. Cha l'observa avec attention comme si elle s'attendait à ce qu'il lui tende un piège, tout en poussant Jetta vers la sortie. Lorsqu'elle fit signe à Aulay de se déplacer un peu plus, ce dernier obtempéra et avança vers le fond de la pièce.

Quand il fut dos au mur, Cha se rapprocha du passage en tenant Jetta devant elle en guise de bouclier, puis se figea.

Aulay la vit plisser les yeux avec suspicion vers la galerie, et son estomac se serra.

— Qui est là ? aboya-t-elle soudain. Montrez-vous !

Il y eut un moment de silence, puis Alick sortit du passage, un air chagriné sur le visage.

— Va te mettre là-bas, près d'Aulay, lui ordonna Cha.

Marmonnant une excuse à l'intention de son frère, Alick obtempéra tandis que Cha passait la tête dans le passage sombre pour s'assurer qu'il n'y avait plus personne à l'intérieur. Les autres n'étaient pas idiots, songea Aulay. Ils avaient probablement reculé pour ne pas dévoiler leur présence. Aulay était persuadé que la galerie était vide. Malheureusement, la sœur de Jetta n'était pas née de la dernière pluie.

— Je sais que vous êtes là. Vous feriez mieux de vous montrer.

Seul le silence lui répondit.

— Ou devrais-je trancher la gorge de Jetta pour qu'on en finisse une bonne fois pour toutes ? suggéra-t-elle.

Les poings serrés, impuissant, Aulay vit Jetta grimacer et le sang perler sur sa gorge à l'endroit où Cha pressait son poignard.

— Sortez ! cria-t-il.

Dougall apparut, suivi de Murine, de l'oncle Acair et de Conran.

Les lèvres pincées, Aulay reporta son attention sur Cha. Comment allait-elle réagir ?

— À côté d'Aulay et plus vite que cela ! cracha-t-elle.

La pièce n'était pas très grande, et quand les premiers se furent déplacés le long de la baignoire, conformément aux instructions de Cha, Aulay vit que Niels, Edith, Greer, Cam, Rory et Jo étaient sortis, eux aussi.

Cha leur jeta un regard noir. Elle s'était reculée de quelques pas pour rester hors de portée et se tenait désormais dans l'encadrement de la porte conduisant à la chambre parentale.

— Où est le dernier ? lança-t-elle d'un ton tranchant qui dénotait une irritation extrême. Celui qui se trouvait avec la bonne quand je lui ai tiré dessus ?

— Geordie est auprès de Katie. Il n'a pas quitté son chevet depuis qu'elle a été blessée, expliqua Aulay pour tenter de la calmer.

Plus les secondes s'égrenaient, plus elle semblait agitée.

— Qu'est-ce qui me prouve qu'il n'y a pas un bataillon de soldats là-dedans, prêt à me tomber dessus ? marmonna-t-elle en désignant l'ouverture du menton.

Avant même qu'Aulay ait pu la contredire et lui assurer que le passage était vide, Jetta prit la parole :

— Tu ne peux pas t'échapper, Charleigh. C'est fini. S'il te plaît, rends-toi avant d'être blessée.

— Cela te plairait, n'est-ce pas, de me voir croupir dans le donjon de ton mari pour le restant de mes jours ? Tu me rendrais visite matin et soir pour me narguer et me rappeler que tu t'es montrée plus habile que moi.

— Jamais je ne...

— Hors de question, l'interrompit Cha en lui enfonçant la lame de son poignard un peu plus profondément dans la chair. Et tu ferais mieux de t'assurer que mon chemin ne s'arrête pas ici, parce que je ne partirai jamais sans toi, sorcière. Si je meurs, tu meurs avec moi.

— Cha, lança Aulay.

À son grand soulagement, cette dernière détourna son attention de Jetta et relâcha la pression de la dague contre sa gorge.

— Nous pouvons certainement trouver un arrangement, suggéra-t-il d'une voix monocorde.

Bien que désespéré, il ne voulait pas laisser entrevoir ses véritables sentiments. Il était bien connu que les prédateurs se nourrissaient de la peur de leurs proies.

Cha éloigna sa lame de quelques centimètres de la peau de Jetta, et le sang coula le long de la gorge de cette dernière et dans son décolleté.

— Quel genre d'arrangement ? s'enquit-elle avec prudence.

— Que désires-tu ? demanda-t-il en écartant les mains pour englober l'intégralité de son domaine. Tu peux prendre ce que tu veux en échange de Jetta.

Cha le dévisagea avec intérêt, puis inclina la tête pour regarder sa sœur, avant de se retourner vers lui. Un sourire maléfique inquiétant se dessina lentement sur ses lèvres.

— Je te veux toi.

— C'est impossible, contra Jetta. Il a prononcé ses vœux de mariage devant un prêtre. Aulay est mon époux. Il ne peut pas se donner à toi.

— Oh ! je t'en prie, s'esclaffa Cha. Mon mari avait juré de

m'aimer et de m'honorer, le jour de nos noces. Ces mots ne veulent rien dire. De plus, peut-être qu'Aulay sera mieux loti avec moi qu'avec une pauvre sorcière comme toi, Sorcha. J'ai toujours été la plus intéressante et la plus belle des deux. Toi et tes robes tachées, toujours à courir de part et d'autre pour apporter je ne sais quoi à mère tel un chien fidèle.

— Elle était mourante et souffrait le martyre, rétorqua Jetta avec colère. Naturellement que j'ai fait tout ce qui était en mon pouvoir pour la réconforter.

— Au point d'en devenir ermite, crasseuse et insipide, dit-elle avec un sourire glacial. Et une vieille mégère, en plus de cela. Tu n'avais de cesse d'enfermer le whisky et le vin à double tour pour que notre père ne se soûle pas. Pourquoi crois-tu qu'il m'a été si facile de le convaincre qu'il était préférable de t'envoyer épouser le marquis à ma place ? J'ai promis de ne jamais rien lui interdire. Est-ce que tu empêches aussi Aulay de boire ?

— Bien sûr que non, répondit Jetta en fronçant les sourcils. Aulay n'a pas de problème avec l'alcool. Tu sais pertinemment que le guérisseur avait prévenu notre père qu'il risquait d'y laisser sa peau s'il continuait sur cette voie.

— Au moins, il serait mort heureux, dit Cha en haussant les épaules.

— Crois-tu vraiment qu'il était content le jour où tu as glissé du poison dans son verre ? s'enquit Jetta d'un air sombre.

Charleigh plissa les yeux, puis se tourna vers Aulay.

— Je suis la meilleure des deux. Ne le vois-tu pas ? Je suis plus belle, plus intelligente, plus drôle. Voilà pourquoi notre mère disait tout le temps que j'étais un aigle royal et que Sorcha la sorcière ressemblait à une oie. Ne préfères-tu pas me prendre pour femme à la place de cette imbécile ?

Aulay fixa Charleigh, incrédule. Les deux sœurs étaient physiquement identiques en tout point ou presque. Il était impossible pour Cha d'être plus jolie que Jetta. Leur mère avait probablement voulu décrire leur caractère plutôt que leur apparence, quand elle avait fait cette comparaison. Ni l'une ni l'autre n'était un vilain petit canard, mais l'oie était un oiseau protecteur, qui savait prendre soin des siens et se montrer loyal envers les membres de son groupe, tandis que l'aigle était un prédateur vicieux. Aulay se souvenait en avoir vu un faire tomber une chèvre du haut d'une falaise pour ensuite fondre sur la pauvre bête et la déchiqueter encore vivante. En y réfléchissant, Aulay ne voyait pas d'autre explication possible. À première vue, Jetta avait hérité de tous les traits de caractère positifs de ses parents, tandis que Charleigh était une vipère amère et colérique aux pulsions meurtrières. Le choix d'Aulay se portait sur Jetta, évidemment !

— Dis-lui, ordonna Cha d'un ton confiant. Dis-lui que tu me désires plus qu'elle. Je sais que tu le penses. Je l'ai senti quand tu m'as embrassée.

Aulay s'apprêtait à répondre par l'affirmative pour lui faire plaisir et, avec un peu de chance, se servir de ce mensonge pour sauver Jetta, mais un bref coup d'œil à cette dernière le fit changer d'avis. Visiblement, elle était rongée par l'inquiétude et l'incertitude. Elle craignait honnêtement qu'il ne lui préfère sa sœur et, pendant un instant, Aulay fut sidéré par cette idée. Comment pouvait-elle douter à ce point de sa propre valeur ? Ne savait-elle pas combien il l'aimait ?

Cette pensée le perturba.

*L'amour.* L'aimait-il ? Bien sûr ! Corps et âme ! Mais il ne le lui avait jamais avoué. Et pour ce qui était de la confiance en soi… Jetta avait recouvré la mémoire à présent, et Cha venait justement de lui rappeler comme elle était peu sûre d'elle. Aulay se souvenait encore des mots qu'elle avait utilisés pour décrire leur histoire.

Jetta s'était efforcée de faire tout ce qui était en son pouvoir pour atténuer la douleur de leur mère et empêcher leur père de boire à outrance, tandis que Cha avait dû se préoccuper uniquement de sa propre personne. Il l'imaginait aisément passer son temps à se soucier de sa tenue, à séduire les soldats qui passaient et à tourmenter sa sœur à grand renfort de « Sorcha la sorcière ». Il n'était pas difficile de comprendre d'où venait le manque d'assurance de Jetta.

— *Nay*, rétorqua-t-il d'une voix ferme. Je ne te désire pas *plus* que Jetta : en fait, je ne te désire pas *du tout*.

— Menteur ! siffla-t-elle, furieuse.

— Aulay ne ment jamais, commenta Alick.

— Mais…

Cha s'interrompit et sourit.

— Tu ignorais que c'était moi. Quand tu es entré dans la chambre, c'est toi qui m'as embrassée. Tu étais venu dire à Jetta que vous alliez fouiller le château et que les gardes avaient pour ordre de ne pas la laisser sortir. Te souviens-tu ?

— Oui, répondit-il avec sérieux. Et je me rappelle qu'en partant je me suis demandé pourquoi ce baiser avec celle que je croyais être mon épouse adorée avait été si décevant.

— Non ! glapit-elle. Ce moment était merveilleux. Tu avais envie de moi. Nous pourrions être heureux ensemble, toi et moi. Beaucoup plus que tu ne le serais avec Sorcha la sorcière.

— Ce n'est pas Sorcha que j'aime, lâcha-t-il, exaspéré de l'entendre utiliser ce sobriquet. C'est *Jetta*. Quant à toi… Tu n'es qu'une garce folle à lier qui ressemble comme deux gouttes d'eau à celle que je porte dans mon cœur.

Aulay sut immédiatement qu'il avait été trop franc car Cha poussa un cri de fureur bestial et leva son poignard en l'air au-dessus de la poitrine de Jetta. Il était trop loin. Impossible de bondir en avant à temps pour l'arrêter. Il était persuadé d'être sur le point de voir la femme de sa vie mourir sous ses yeux quand Cha s'immobilisa dans un sursaut, la lame à quelques centimètres du cœur de Jetta.

Charleigh écarquilla les yeux, aussi surprise que lui, puis ses genoux flanchèrent, à l'image de Jetta lorsqu'elle forçait sa mémoire au-delà du raisonnable. Cha s'étala de tout son long sur le plancher, face contre terre, révélant Saidh debout derrière elle au milieu de la chambre parentale, le visage grave.

Confus, Aulay ne réagit pas tout de suite. Saidh était trop loin de Cha pour l'avoir assommée. Un rapide coup d'œil à Cha alors qu'il se précipitait vers Jetta lui permit d'éclaircir la situation. Un poignard était planté dans son dos. Probablement celui que Saidh avait trouvé dans l'une des malles entreposées dans le hall. D'après Jetta, Saidh l'avait conservé. Si c'était le cas, elle venait de rendre son bien à sa propriétaire. Aulay adressa un hochement de tête à sa sœur et prit Jetta dans ses bras.

— Abattue par sa propre dague, murmura-t-il tandis que Rory se précipitait vers Charleigh et s'agenouillait à côté de son corps.

— Celle de mon père, corrigea Jetta sans quitter Rory des yeux. Elle avait l'intention de me torturer sous sa lame avant de mettre fin à mes jours. Apparemment, elle s'est imaginé la scène de nombreuses fois avant de l'égarer.

Aulay serra très fort Jetta contre lui à ces mots. Rory se tourna vers son frère et secoua la tête d'un air triste. Charleigh était morte. Le fait qu'elle ait été tuée par l'arme ayant appartenu à l'homme qu'elle avait assassiné n'était que justice.

— Voyons voir ce cou, déclara Rory en se relevant.

Aulay relâcha son étreinte et regarda Rory examiner la plaie de Jetta. Ses lèvres se pincèrent à la vue de la coupure sanglante. Elle n'était pas très profonde, mais laisserait une cicatrice. Jetta avait eu beaucoup de chance. Charleigh était à quelques millimètres à peine d'une veine apparente.

— J'ai besoin de bandages, d'une bassine d'eau chaude et de mes remèdes, annonça Rory d'un ton ferme.

Alick, Conran et Dougall se dirigèrent immédiatement vers la sortie pour lui ramener ce qu'il avait réclamé.

Quand ils eurent refermé derrière eux, Rory suggéra de retourner dans la grande chambre.

Remarquant le signe du menton discret que son frère fit en direction du corps de Charleigh allongé sur le sol, Aulay acquiesça et souleva Jetta. Il la porta hors de la nursery et la déposa sur le lit de la suite parentale. Il venait à peine de se redresser que Rory le poussait sans ménagement pour pouvoir ausculter de nouveau Jetta.

— Tu as une bosse. Que s'est-il passé ? s'enquit Rory en se penchant pour tâter le front bleui de Jetta.

— Cha m'a assommée avec le manche de son poignard quand Aulay est entré dans la pièce, expliqua-t-elle.

— Es-tu blessée autre part ?

Quand elle répondit par la négative, Aulay se détendit. Il remarqua alors du mouvement autour d'eux et releva la tête.

Les femmes s'étaient avancées vers le lit et se tenaient devant la porte de la nursery, formant volontairement un écran pour bloquer la vue de Jetta pendant que Cam et Greer attrapaient Cha par les chevilles et les poignets.

— Ils vont entreposer le corps dans les cachots en attendant que tu décides de ce qu'il convient d'en faire, expliqua Saidh d'une voix douce.

— *Les cachots ?* fit Aulay sans dissimuler sa surprise.

Ils n'avaient pas été utilisés depuis des années.

Saidh haussa les épaules d'un air fataliste.

— Toutes les chambres sont occupées.

Aulay la fixa droit dans les yeux.

— Merci, dit-il avec la plus grande sincérité. Tu as sauvé la vie de Jetta quand j'en étais incapable.

— Je suis certaine que tu aurais fini par trouver quelque chose, répliqua-t-elle en haussant les épaules. Mais je suis heureuse d'avoir pu me rendre utile.

Elle se tourna vers Jetta et sourit avant de poursuivre :

— Je t'ai déjà dit que je l'aimais bien. Je pense qu'elle fera une bonne épouse et je suis fière de la compter parmi les membres de ma famille.

Aulay partageait son avis.

— Content de voir que j'ai ta bénédiction, rétorqua-t-il néanmoins un peu sèchement.

— Plutôt deux fois qu'une, affirma-t-elle sans se formaliser.

La porte s'ouvrit sur leurs frères qui revenaient avec les ustensiles que Rory avait demandés. Ce dernier s'empressa de nettoyer la plaie de Jetta avant de décider, au grand soulagement d'Aulay, qu'elle n'aurait pas besoin de points de suture. Il tâta ensuite la bosse sur son front, puis recula.

— Je pense que cela ira, mais si tu te sens mal fais-le-moi savoir.

— Entendu, murmura-t-elle en levant les yeux vers la porte en direction de Greer et Cam qui revenaient, leur tâche achevée.

Aulay les remercia d'un hochement de tête, puis caressa la joue de Jetta du bout des doigts pour la distraire.

— As-tu envie de te reposer après toutes ces émotions ?

— *Nay*, répondit-elle tristement. Je suis vraiment désolée, Aulay. Tout cela est arrivé à cause de moi. Ma sœur...

— Ce n'est pas ta faute, l'interrompit-il avec fermeté.

— Bien sûr que si, insista-t-elle. Elle était là pour en découdre avec moi. Elle a incendié l'étable, tiré sur cette pauvre Katie et empoisonné le chien de Robbie.

— Chérie...

— Et tué notre père, ajouta-t-elle, atterrée.

— Oh ! Jetta, soupira Aulay en lui tirant la main pour la mettre debout et la prendre dans ses bras.

— J'ai cru que je ne pardonnerais jamais à notre père de m'avoir envoyée chez le marquis à la place de Cha, mais quand elle a dit qu'elle l'avait assassiné, j'ai...

— Je sais, dit-il en lui caressant le dos pendant qu'elle sanglotait contre son torse.

— Je suis vraiment navrée. Je suis en train de mouiller toute ta chemise. Je ne t'apporte que des problèmes. Tu dois me détester, marmonna-t-elle.

Elle se redressa et renifla misérablement.

— Ne sois jamais désolée, mon amour, la sermonna-t-il. Tu n'as rien fait de mal. Et, non, je ne te hais pas. Je t'aime.

— C'est très gentil de ta part de me dire cela, mais tu n'es pas obligé...

Aulay recula d'un pas et fronça les sourcils.

— Ce n'est pas de la gentillesse. C'est la vérité.

Jetta secoua la tête.

— C'est impossible, protesta-t-elle vivement d'une voix désespérée. Comment pourrais-tu m'aimer alors que je ne t'ai causé que des ennuis depuis le jour où tu m'as repêchée ?

Aulay se mordit la langue pour ne pas sourire face à cette question ridicule.

— Peut-être parce que tu es courageuse, intelligente et que tu me cries dessus comme une poissonnière quand je veux te forcer à faire quelque chose contre ton gré, même si c'est pour ton bien. Ou peut-être parce que je te vois partout où je pose les yeux. Je retrouve ta peau dans la blancheur des nuages, tes yeux dans le vert de l'herbe et tes cheveux dans la queue de mon cheval.

— Seigneur Dieu, ayez pitié de nous..., marmonna Acair.

Aulay sursauta. Il avait oublié qu'il n'était pas seul dans la pièce avec Jetta.

— Aulay, mon garçon, poursuivit son oncle, je sais que tu n'es pas ménestrel, mais tu aurais au moins pu remplacer la queue par la crinière.

Aulay lui décocha un regard noir par-dessus l'épaule.

— *Nay*, la crinière de ma monture est marron foncé, lança-t-il avant de se retourner vers Jetta. Sa queue, en revanche, est du même noir de jais que ta chevelure et elle est magnifique.

— Oh ! fit-elle d'une voix étranglée, les yeux embués de larmes.

— Qu'est-ce qui est magnifique ? s'enquit Niels, perdu. La queue de ton cheval ou la chevelure de Jetta ?

— Sa chevelure ! aboya-t-il en se tournant brusquement vers Niels.

— Ignore-le, Aulay, conseilla Edith en donnant une petite tape sur le bras de son époux. Tu disais que tu aimes ses boucles noires et ses yeux.

Elle sourit pour l'encourager à continuer sur sa lancée.

— Comment sais-tu qu'il aime ses yeux ? interrompit Dougall, amusé. Tout ce qu'il a dit, c'est qu'ils sont de la même couleur que l'herbe.

— Chéri, voyons ! s'écria Murine, offusquée.

— Quoi ? C'est vrai, se défendit ce dernier.

Aulay ferma brièvement les paupières. Il prit une grande inspiration, laissa échapper un soupir et reprit :

— Je suis désolé, beauté. J'essayais de te dire que je t'aime en utilisant ce langage fleuri que les femmes adorent, mais tout ce que j'ai réussi à sortir est une litanie de paroles sans queue ni tête.

— Oh ! chéri, s'exclama Jetta en passant les bras autour de son cou.

Quand il rouvrit les paupières, elle était collée à lui, un grand sourire sur le visage et les larmes aux yeux. Elle leva une main et lui caressa la joue du bout des doigts comme si elle le voyait pour la première fois.

— Je n'ai pas besoin de langage fleuri, déclara-t-elle avec douceur. Ton amour me suffit. J'ai de la chance que Dieu t'ait mis sur mon chemin. Tu es un véritable cadeau de la Providence, mon ange gardien, mon sauveur descendu du ciel pour m'aimer et me protéger.

Aulay se délecta un instant de ces paroles. Depuis le jour où il avait été défiguré, jamais il n'aurait cru qu'une femme puisse éprouver de tels sentiments à son égard. Mais Jetta était différente. Elle s'imaginait peut-être qu'il l'avait tirée des griffes de la mort, mais c'était elle qui l'avait sorti du puits sans fond dans lequel il avait sombré, lui évitant ainsi une longue vie amère et solitaire passée à se lamenter sur l'état de son visage, en songeant qu'il était trop laid pour être chéri par qui que ce soit hormis les membres de sa famille proche.

— Je te protégerai et t'aimerai jusqu'à mon dernier souffle, Jetta, dit-il en la fixant d'un air solennel. Je te le promets. Et tu sais que je tiens toujours mes promesses.

— *Aye*, c'est vrai, répondit-elle avec sérieux en se dressant sur la pointe des pieds pour lui déposer un baiser sur le menton.

Mais Aulay fut plus rapide qu'elle et il lui pencha la tête en arrière pour s'emparer de ses lèvres. Après un bref moment d'hésitation, elle l'embrassa en retour sur la pointe des pieds, puis reposa les talons à plat.

Le sourire au coin de ses lèvres n'échappa pas au regard d'Aulay, et il inclina la tête sur le côté avec curiosité.

— Qu'y a-t-il de drôle, beauté ?

— J'étais en train de penser à la dernière promesse que tu as tenue, dit-elle.

Le souvenir du serment qui les avait conduits à consommer leur mariage dans l'étable lui revint en mémoire.

— Ce qui me rappelle que j'ai encore un engagement à respecter.

Jetta eut une moue pensive, puis elle secoua la tête.

— De quoi parles-tu ?

— Tu verras, lui dit-il d'un air mystérieux en la prenant dans ses bras.

Contournant la foule amassée dans leur chambre, il la souleva de terre et s'approcha de la porte. Jetta tourna la poignée et il franchit le seuil, mais il ralentit quand les quatre soldats postés dans le hall s'avancèrent vers lui.

— Ma femme n'a plus besoin de gardes, Cullen. Tes hommes et toi pouvez vous retirer, enjoignit-il d'un ton ferme.

— Bien, milord, murmura Cullen en faisant un signe de tête à ses collègues.

Quand ils se furent éloignés, Aulay se remit en marche vers l'escalier.

— Où allons-nous ? lança Alick dans son dos.

Aulay sursauta et se retourna, contrarié de voir que toute sa famille lui avait emboîté le pas.

Il secoua la tête, désespéré, et reprit sa route.

— Vous n'allez nulle part. Moi, en revanche, je vais emmener mon épouse faire un tour au lac pour nous détendre.

— Vous détendre en pêchant ou vous détendre… autrement ? le taquina Alick.

— Cela ne te regarde pas, rétorqua-t-il sèchement. C'est entre moi et ma femme, et vous n'êtes pas conviés.

À son grand soulagement, ils cessèrent tous de le suivre et les laissèrent tranquilles.

— Je viens de me souvenir de l'engagement que tu avais pris, lui glissa Jetta en esquissant un petit sourire. Tu devais m'emmener au lac en tête à tête.

— *Aye.* Et te faire l'amour jusqu'à ce que tes éclats de voix fassent s'envoler tous les oiseaux de leur perchoir à des kilomètres à la ronde.

— Et tu tiens toujours tes promesses. C'est l'une des choses que je préfère chez toi, ajouta-t-elle avec sérieux.

— Seigneur, si tu savais comme je t'aime, Jetta, déclara Aulay avec ferveur en la serrant dans ses bras.

— Je t'aime aussi, Aulay, lui assura-t-elle d'un air solennel.

— Alors je suis le plus chanceux des hommes.

• D
e
à

• P
le

• L

• R
r
e

SU